中共南浔区委宣传部、南浔区文联联合出品

生命的烛光

记北大校长 张龙翔

陆士虎 著

SHENGMING DE ZHUGUANG

浙江工商大学出版社
ZHEJIANG GONGSHANG UNIVERSITY PRESS

图书在版编目（CIP）数据

生命的烛光 ：记北大校长张龙翔 ／ 陆士虎著. —
杭州 ：浙江工商大学出版社，2023.1
ISBN 978-7-5178-4903-2

Ⅰ．①生… Ⅱ．①陆… Ⅲ．①报告文学－中国－当代
Ⅳ．①I25

中国版本图书馆CIP数据核字(2022)第227516号

生命的烛光——记北大校长张龙翔
SHENGMING DE ZHUGUANG——JI BEIDA XIAOZHANG ZHANG LONGXIANG

陆士虎 著

策划编辑	任晓燕
责任编辑	熊静文
责任校对	李远东
封面设计	蔡海东
责任印制	包建辉
出版发行	浙江工商大学出版社
	（杭州市教工路198号　邮政编码310012）
	（E-mail：zjgsupress@163.com）
	（网址：http://www.zjgsupress.com）
	电话：0571-88904980，88831806（传真）
排　　版	杭州彩地电脑图文有限公司
印　　刷	浙江全能工艺美术印刷有限公司
开　　本	787 mm×1092 mm　1/16
印　　张	25.25
字　　数	298千
版 印 次	2023年1月第1版　2023年1月第1次印刷
书　　号	ISBN 978-7-5178-4903-2
定　　价	118.00元

张龙翔

1916—1996

梁宋平颢

燃六朱筆含心血

烛光之恩永相思

壬寅 郭瑞书

郭瑞^①手书：灯下朱笔含心血，烛光之恩永相思

① 郭瑞，毕业于北大中文系，文学硕士，曾任中国新闻社社长、全国人大常委会办公厅新闻局局长、国务院参事等职。

本书编委会

主　任：翟海峰

副主任：施永伟　陆　剑

编　委：张元凯　张景怡　陆士虎　陆　剑　王山贤　马　俊

著　者：陆士虎

封面题词：徐　剑

策划统筹：陆　剑

子不语（代序）

郝　斌[①]

　　张龙翔，北京大学第二十三任校长[②]，1981 年 5 月至 1984 年 3 月，任期将近三年。

　　先生晚年有一篇千字自传——《八十回顾》。在撰写、发表的当年，他即溘然远行。人在这个时刻留诸笔墨的，可以想见，大概都是记忆深刻或是心上在意的事情。在《八十回顾》中，张先生写了自己的出生、家境，从小学、中学及至大学、留学，甚至包括 1944 年归国应聘桐油研究所的两年，工作并不如意，等等。唯独出任北大校长的三年，竟然了无一字。

　　这事有点让人费解。

---

① 作者简介：郝斌，北京大学原党委副书记、副校长。
② 北大校长没有固定任期，仅按任职先后排序，不含 1966—1978 年期间的"革委会主任"。

今天得到作者陆士虎先生的新作《生命的烛光——记北大校长张龙翔》，是关于张先生的一部翔实传记。我当年闪过的一念，又一次浮现出来。

刊载张龙翔先生《八十回顾》一文的《生理科学进展》，是一个专业性很强的刊物。给这类刊物写文章，非关本专业的事务，不宜拉拉杂杂放开漫说，过多占用人家版面，不合分寸。张先生执笔的时候，会有这层考虑。以这个视角去解读上面的悬念，或在情理之中，可是细看下来，在《八十回顾》里，当他谈到当年参与"计算机激光汉字排版系统"的工作，组织北大计算机系、物理系、中文系、无线电系有关人员共同协作攻关一事的时候，欣喜之情跃然纸上，他并未吝惜笔墨。读起来，你能够感觉到，他把这件事视作自己的业绩和荣耀。由此看来，我前面的推想也不准确。

为人处世要谦逊，张先生的同代人大都具有这种品格，而在他身上，另有平易近人这一层，让他的谦逊品格格外突显。凡在他身边工作、接近过他的人，对这一点都有切身体会，但拿这个理由去解释上面的悬想，也显得牵强。

回想起来，张先生担任校长时期的北大，境况有点特别。一方面，"十年动乱"结束，人心舒畅，大家都积极向上；另一方面，百废待兴，无论生活还是教学，桩桩件件，都处于半瘫痪状态。我们今天怀念先贤，漫说往事，脱离了那个时空，气定而神闲，可在当年的环境里，张先生身处一团乱麻之中，想在校长的职位上有点作为，绝非易事。

当时，学校从上面领取办学经费的方法与今天的不同，只是一个总数，所有开销都在其内。款项倒是可以按时拨来，但每月到手后，首先要划出一笔，是教职工的工资和学生的助学金，这个份额占去拨款的大半，属于刚性支出，一分钱都不能少。其次是校内日常消费性支出，如教材费、文具费、电费、电话费等，这些项目都要一压再压，少到不能再少。以上两项扣除之后，所余已经无几，到了校长手里，没有什么机动的余地，教师的科研经费更无从谈起。一年熬过大半，冬季到来，北风怒号，烧煤取暖的事迫上日程，日子更加难过。有一年遇到冷冬，农历腊月廿七，后勤主管报告：全校供暖用煤仅够使用三天。1982 年的除夕之夜，张先生到 38 楼宿舍看望没有回家的学生，当头碰上学生烧电炉热菜，这可是违反校舍管理规定的事，先前刚刚闹过火警事故。此时此刻，师生尴尬相对，他一笑而退。那个时代校长之难当，可见一斑。

教室的玻璃破了，临时修补一下；上课下课的电铃时响时不响，不是某一处线路出故障，就是教学楼电路系统整体老化却没有余钱更新。但就是在这种寅卯难继的状态之下，令人欣喜的现象不断出现：北大的教学步入正轨，新开的课程日渐增多；实验室夜晚的灯光重新亮起，有时候甚至通宵达旦；研究生的学制逐渐规范成型，甚至荒芜了三十年的社会学系，竟然也在这个时候重聚人马，复建起来。当时的神州大地一片昂扬向上，北大的办学经费其实没有增加多少，凭着教职工、学生的努力奋进，学校面貌日新月异。

不过，即便如上所说，境况大有起色，也全然没有超出基础工作的层面，只能说，那时的北大看上去有个学校的样子了。以上种种，不能说哪一件是因校长张龙翔一人而改变，也不好说哪一件没有他的躬亲。依我的记忆，仅上下课准时打铃一事，是由他协调各方，督促多次，才得以完成的。读者试想，这一类事，林林总总加在一起，就是统统完成得很出色，对一位大学校长来说，又算得上什么业绩、建树呢？！三年之任，其难其艰，临当病重之际，我想，先生未必能够完全去怀，但又可以对谁一诉一吐呢！

历史是一步一步走过来的。张龙翔出任校长三年，职责在身，操办琐细，是在完成一项不可逾越的历史任务。他知道，搁置了哪一件，今时和日后，北大都难以称得上一所大学。时光荏苒，很多事情在我们后来者的眼里渐渐模糊远去，其中况味，如今已难于体会。念天地之悠悠，愿先生的精神永在！

2022 年 2 月 15 日

目　录

引　子

我家新居的书房里，最醒目的是一本厚厚的《张龙翔教授纪念文集》，那是与屠岸老师（人民文学出版社原总编辑、党委书记）赠送的著作一起并排摆放的珍藏书，实属弥足珍贵。

我想写一本关于外婆家的书的念头由来已久。无奈这个家族比较庞杂，人物众多，一直不敢动笔。但每每面对这本《张龙翔教授纪念文集》，我就遐想无边，经常有一种创作的冲动。我想，在写完南浔丝商百年沉浮的长篇纪实作品《江南豪门》（文汇出版社，2008年）并获奖以后，下一本书应该写一写我的外婆家，故事的主角自然是我的一位舅舅——张龙翔，即1981—1984年担任北京大学校长的张龙翔。

北大档案馆的《北京大学纪事》记载：1981年5月22日，北京大学党委召开校、系两级干部会，传达党中央任命张龙翔为北京大学校长的决定。教育部部长蒋南翔，副部长曾德林、高沂出席了会议，并表示祝贺。蒋南翔在宣读了中共中央的任命决定后说：第一，张龙翔同志担任北大校长是北大的一个喜讯，代表着北大工作的一个前景。在向邓小

张龙翔在北大办公楼自己的办公室

平同志报送的《关于北京大学问题调查报告》中提出了一个重要方针，即北大要依靠自身的力量来解决，除必要的个别领导掌握方针政策以外，北大不需要从外面派人来。邓小平同志赞同这个意见。周培源同志离任以后，谁是北大校长人选，北大完全有能力自己解决，这是符合北大情况的，也是符合教育规律的。新中国成立以来，北大是重点中的重点，培养出来的学生的业务水平是全国一流的。这个工作是谁做的呢？主要是党中央领导，是在党中央领导下北大师生员工做的。北大的党委不管是江隆基时代、陆平时代、周林时代，还是现在的韩天石时代都是有功的，党委书记都是做了工作的。尽管各个时期有各自的特点，有各自的长处，但总的来说，党委主观上也好，客观上也好，都是努力贯彻中央

中国共产党中央委员会

〔1981〕100 号

★

中共中央关于张龙翔同志任
北京大学校长的通知

中共教育部党组并北京市委：

四月十四日报告收悉。中央批准，张龙翔同志任北京
大学校长。

中共中央
一九八一年五月十四日

北大校长任命书

方针的。第二，北大现在循什么方向前进呢？北大是教育界带头的一个
学校，教师在学校里起相当大的决定作用。当然，北大的成绩，干部、
工人乃至全校师生员工都是有贡献的。新中国成立后，北大发生了根本
的变化，党的领导、社会主义方向起了决定性作用，这同教师起相当大
的决定作用毫不矛盾，恰恰是党的领导、社会主义方向，全校师生员工
的积极努力，才使北大的面貌发生了根本的变化。第三，北大过去成绩
是主要的，方向是正确的，工作是有成绩的，因此，要沿着这个方向，
依靠原有的队伍作战，不排斥向外国学习，向古代学习，而是洋为中用、
古为今用，这是符合北大实际情况的，也是符合中央精神的。张龙翔同
志在北大三十年了，这很重要。实践证明，经过亲身实践的人，对经验、

成绩更珍惜，更有感情，对缺点、错误也更了解。校长好比是司令员，党委书记好比是政委，希望校长、书记分工合作，办好北大。我们还是党委领导下的校长负责制，党要发挥行政作用，行政要尊重党的领导。曾德林也在会上讲了话。校领导韩天石、王路宾、张学书、马石江都表示拥护中央的决定，共同合作办好北大。张龙翔表示，要尽一切力量，把中央交下来的任务努力做好。

张龙翔（1916—1996），浙江省湖州市南浔镇人，出身于书香门第。他是著名生物化学与分子生物学家、教育家，北京大学化学系、生物学系教授、博士生导师，曾任北京大学代秘书长、副校长、校长，国务院学位委员会第一、二届学科评议组成员，中国生物化学会（现为中国生物化学与分子生物学会）创始人之一，第一、二、三届常务理事和副会长，第五届理事长。他虽长期兼任行政、业务领导职务，但仍始终坚持做教学和科研的第一线工作，几十年如一日，敬业爱岗，执着地追求和探索生命科学之梦，为我国，尤其是北大的高等教育事业和生物学科发展做出了卓越贡献。正如《张龙翔教授纪念文集》中所言："张龙翔教授一生不求名利，一贯服从工作需要，从教五十余年，教书育人，始终如一。在他身患癌症之后，依然乐观坦荡，一如既往，继续招收博士生，指导青年教师的教学和实验工作，批阅并修改论文。临终的前几天，在已卧床不起、活动十分困难的情况下，他还为周廷冲院士写下了祝寿的贺词，留下了他对同志关怀和爱心的墨迹。直到逝世前一天，他在病情危重之时还向前去探视的同事们询问北京大学领导班子的调整情况，关心北大的工作。张龙翔教授关心教育，关心北大直到生命的最后一刻。"

那个柳絮飞舞的春夜，我在灯下开始构思作品的主题、框架和章节，不停地在电脑前敲打着键盘，沉浸在相对个人化的世界中，更为深切地走进了外婆家的过去，走进了那些我从未听说过的故事里。我仿佛就在龙翔舅舅的身边，倾听他的谆谆教诲。我在字里行间与他对话，感受到他传递着生命烛光的光明和温暖；看到他守望着春花满开的世界，执着地书写人生的壮丽诗篇。我经常陷入"寻找"那些熟稔而又陌生的人与事中不能自拔。我一直冥思苦索，探索在茫茫的史海中，与外婆家的故人相遇；或跋涉于崎岖的山路上，跳跃与穿行在历史与现实之中，且往往带有一种乡愁和亲情的纠葛，许多浸透着历史记忆的故事就在这不断"寻找"的过程中渐渐清晰、慢慢成形、最后出炉。

在这样的"寻找"过程中，我与龙翔舅舅的长子张元凯及其夫人戴未英、次子张景怡及其夫人朱薇薇等家人抱成一团，与外婆家几乎所有的亲戚，以及龙翔舅舅的部分师生都有了联系。有些因为分散在天南地北，甚至远在海外，已经三四十年没有交往，但是因为这本书，大家又重新建立起联系，在线上线下交流着先辈们的点点滴滴。从某种意义上说，这就是血脉相连，文化的力量。当然，我这本拙作在浩瀚的书海中不过是小小的一粟，于北大这所全国名校根本算不了什么。正如毕加索于巴黎算不了什么一样。北大与它的燕南园、未名湖一样，许久以来就兀立在古老而年轻的京都，像不动的大山，像流水的幻影，真实也虚拟。

落笔后的那个深秋，我发表了特写《生命最后的岁月》。

而初来的那个早春，我把书名定格为《生命的烛光》。

颐塘边的百年老宅

流淌千百年的颐塘，
犹如江南大地上一道流动的梦幻，
波光粼粼，扑朔迷离……
碧水讲述老宅的沧桑，
就隐匿在时光的背后。

"摇呀摇，摇到外婆桥，外婆买条鱼来烧……"

这是我小时候常常吟唱的一首童谣。因为我是土生土长的南浔人，我是唱着这首童谣长大的。这歌声里充满了我对外婆家的深情，浸透着我对太婆、外婆和母亲的怀念，也寄托着我对未来的梦想。

我的外婆居住在江南古镇南浔颐塘河边的一座百年老宅里。听母亲说，外婆家祖上是开丝行的，叫"张丰泰"，以商号而得名，是"七十二小金狗"之一。新中国成立后，这里出了一任北大校长——张龙翔，所以又被称为南浔张龙翔故居。

外婆家大门之南是流淌千百年的颐塘运河，波光粼粼，扑朔迷离，船儿往来穿梭，荡开层层波浪，拍打着岸边的芦荻轻轻摇曳。白鹭张开

世界文化遗产——大运河南浔段颊塘故道

柔软的翅膀在芦荻间翩飞，燕子沐浴着春风在垂柳间飞掠，杜鹃在树林里唱着江南水乡的歌谣。颊塘悠悠的流水倒映着天上的云彩，岸边的绿树、小草、房屋，倒映着那船上的片片白帆，犹如江南大地上一道飘飞流动的梦幻。当年最壮观的一幕是哼着号子的纤夫沿堤前行，身躯弯得像把刚健的硬弓，斜扣肩头的纤绳像一根血汗凝成的琴弦，始终伴唱一首苍老而深沉的歌。他们背负着风霜雨雪的命运逆流而上，挂在腰间的葫芦装着绍兴老酒和醉态的微笑……啊，这是一幅多么清丽而空灵的颊塘帆影诗意水墨！

翻开尘封已久的史册，颊塘最早可追溯到晋朝，由时任吴兴太守的殷康主持开凿，筑堤岸，障西来诸水之横流，导往来之通道，旁灌田千顷。因两岸多长芦荻，故称"荻塘"，又名"吴兴塘""东塘"。颊塘从湖州东门迎春桥经南浔至江苏平望莺脰湖，汇入大运河，全长六十多千米，是江南重要的交通航道、漕运通道和水利设施。史书记载，頔塘历经几代人的修葺，其中唐代贞元八年（792）湖州刺史于頔动员民工大规模修建，达到"缮完堤防，疏凿畎浍，列树以表道，决水以灌田"，在塘北岸筑堤，供行人车马使用，民仰颂其德，将"荻"改为"頔"（按，两字同音），以示纪念，故名"頔塘"。明万历十六年至十七年（1588—1589），乌程知县杨应聘又花了两年时间，组织民众整修；万历三十六年（1608），湖州知府陈幼学以青石修筑堤岸"尤资坚固"，至此堤岸面貌大为改观。清雍正六年（1728），湖州知府唐绍祖再次组织人力重修頔塘。辛亥革命后，頔塘再一次整修。在多数人眼中，当初对頔塘的开凿、疏浚与水利、防灾、通航、灌溉无疑关系密切。但站在今天的角度而言，更重要的是頔塘与南浔的经济建设和社会发展关系至大。

頔塘与中国大运河息息相通，是大运河的一条重要支线。它比一般运河价值特殊就在于有太湖塘浦溇港作为支撑，形成了一个密集型的运河网络，其独特的架构仅见于大运河，是人类农业文明的天才设想和创造，可比肩于郑国渠、都江堰。所谓塘浦溇港，"浦"指南北方向（纵向），而东西方向（横向）的叫"塘"，流淌千百年沉淀下来的就是溇港文化。遥望七百多年以前，元代著名诗人戴表元乘一叶扁舟，伴随着一橹一橹拨着水花的声音，从湖州抵达了南浔。诗人喝酒品茗，诗兴大发，欣然命笔，写下了《东离湖州泊南浔》这首诗："张帆出东郭，沽酒问南浔。画屋芦花净，红桥柳树深。渔艘齐泊岸，橘市尽成林。吾道真迂阔，浮家尚越吟。"

也许这就是当时頔塘的诗性写照。

如今，頔塘依然是通往湖州、上海的黄金水道，被誉为"东方小莱茵河"。随着中国大运河成功入选《世界文化遗产名录》，南浔作为大运河的一部分也因此成为世界文化遗产地。江南运河南浔段作为一个独立的遗产区，具体包括"一点一段"："一点"指运河附属遗产——南浔镇历史文化街区，即南浔古镇；"一段"系河道本身即顿塘故道，从西栅祇园寺旧址向东穿越古镇，出东栅分水墩进入江苏省境内，全长约一千六百米。南浔的"一点一段"作为运河遗产，不仅真实地反映了这条江南运河在古代通航时期的原始材料、框架和形态，也直观地印证了城镇与运河相伴相生、生生不息的特点，而漕运、丝业的繁荣促进了南浔的发展，使南浔成为江南古镇的翘楚。

外婆家的老宅是一座砖木结构的三进建筑，坐北朝南，大约建于清末年间，已有百余年历史。它与南浔许多大宅一样，有一个相同的建筑特色：前面是水（顿塘），后面也是水（唐家兜）。清晰的水面上映着河边高低错落的乌瓦粉墙，映着绿荫翠影，如今映着许多游客的笑脸。纵横交错的河流和如虹的桥梁，构成了诗画一般的意境。人称"运河活化石"的顿塘故道就有垂虹桥、通津桥、洪济桥，唐家兜口有圆通桥，还有北市河上的盐店桥、天带桥、清风桥、栅桩桥等数座小桥，连同潺潺的流水、隐约的船歌、浣洗的姑娘，把那种浓浓的江南水乡的韵味发挥得淋漓尽致。

这座老宅的大门是石库墙门，门槛上包着铁皮，但门口的空间不大，显示出主人低调、谦逊的风格。记得小时候这老宅与几条小巷相通：一条是通向南面顿塘的南庄家弄，有一位姓马的老中医，后来去了杭州，成了浙江省名中医；还有一条是与东面小桥堍的茶馆和书场相连的北庄家弄；也有人说西面还连着一条小巷。

这座老宅尽管砖木结构已显得斑驳、陈旧，但仍然有一种掩饰不住

北庄家弄 7 号张丰泰老宅

的古朴和优雅。它的建筑材料非常考究，连楼上的木地板上面都铺设水磨青灰方砖。大门的砖雕门楼额上镌"和气致祥"四字，意指和睦融洽，可致吉祥，出自《汉书·楚元王传附刘向传》："由此观之，和气致祥，乖气致异。祥多者其国安，异众者其国危，天地之常经，古今之通义也。"也许这就是张氏家风秉承的精神标志，抑或是张家之根脉所在。后进的砖雕门楼额上镌"莼鲈遗韵"四字。《晋书·张翰传》载，西晋张翰在洛阳为官，见秋风起，怀念家乡莼菜、鲈鱼，作诗《思吴江歌》："秋风起兮木叶飞，吴江水兮鲈正肥。三千里兮家未归，恨难禁兮仰天悲。"后来张翰弃官回乡，"莼鲈之思"便成为思乡的成语出典。

　　这座老宅的大门口东侧有一棵老槐树，枝叶茂盛，绿云如盖，高高出挑在围墙之上，像是大门的守卫者。记得当年树上有一只很大的鸟巢，那是一对夫妻鸟温馨的家园。那对夫妻鸟恩恩爱爱，相依为命，早出晚归，常常盘旋在树顶的上空，不时传来几声脆亮的啁啾，划破周遭的宁静。记不清是哪一年了，其扬娘舅不知怎么竟爬上树，掏出几个鸟蛋，一个鸟蛋有两个鸽蛋那么大。听母亲说，老槐树的"槐"字是由"木"字和"鬼"字组成的，所以槐树又称为鬼树，是不能随便砍的。因为一旦把木砍了，就只剩下鬼了。有人说宅前有槐，百鬼夜行，因为槐树树干上有很多小孔，那是鬼的住处。如果你把槐树砍了，鬼就没有地方住了，就会来找你，折磨你。但母亲又说这种迷信的说法是不可取的。遗憾的是这棵老槐树，大约是"文化大革命"期间被"革"掉了。呜呼，那对恩爱的夫妻鸟不知飞向了何方！

从大门进去，原有进门仓库，后来只留了两间平房。跨入一进的石库墙门，迎面是带楼的正厅连着两边的厢房，正厅原挂有一"安凝堂"堂匾。老宅的斑驳墙面，斗拱和雀替显示出历经沧桑却依然典雅又苍劲的面容，透露着主人曾经的富有和才智。新中国成立后，西厢房（楼下）一度为当地居委会办公室，大厅还办过幼儿园，留下了我母亲执教多年的背影以及孩子们的欢歌笑语。一进的小庭院是石板铺就而成，靠南的墙边摆着零星小盆景和花卉，点缀出文雅的气氛。二进与一进格局相似，但进深略小些。据张氏后人回忆，如果办喜宴的话，前厅可摆二十桌，后厅仅能摆十二桌。所有楼房仅为两层，大小房间三十五间。据说前厅底楼与二楼边有一间小洋房（因结构较为精致，冬暖夏凉，布置较为洋气，里面放了一部没有接线的电话机，故称洋房）。三进原有楼房，还尚有厨房和贮藏间，东侧有一小河埠（通向唐家兜）。那幽深绵长的小巷，那刻有浮雕图案的砖雕门楼，那墙门内的天井、客堂间、厢房、阳台、灶间、后门、河埠……这些熟稔而陌生的空间形态，构成了外婆家历史记忆的

张丰泰二进砖雕门楣

精彩符号。

　　张氏家族源远流长，从一世祖魏国公开始，二世至十九世有务农的，经商的，行医的，等等，自十六世至二十二世一连七世单传。据张氏后人回忆，大约是晚清年间，张氏祖先由皖南徽州迁居而来，原居住在江苏省震泽之七都吴家兜。至二十世张睡亭这一代，父子经营丝业发家致富，在浙江省湖州市南浔古镇北庄家弄旧址建造了这座老宅。

　　张氏家族到了二十三世，两个儿子分家，分了田地。南浔"张丰泰"老宅前厅及左厢房归大房，后厅及右厢房归二房，故称东、西两厢房。大房张介寿（字梦花），生六男六女；二房张镜清（字砚农），原配生二男三女，继室生五男一女。但抗战以前东、西两厢房人员就已不大往来了。当时西厢房的人员大多迁居上海等地。

　　我的外公是大房第三个儿子，名叫张哲民，生有一女，名叫张美玲（小名美宝），即我的母亲。母亲告诉我，当时老家除了经营丝业外，还兼

14

营盐业。我的外公就是做盐业生意的，但因病早逝，外婆和母亲成为寡妇孤女，居住在后厅东侧楼上一间不大的房间。后来叔伯父做主，让大房第四个儿子之子张继堃（小名鼎鼎）承继给我外婆，等到外婆到我家（北西街24号）居住以后，那间小房间就由继堃娘舅居住了。在我儿时的记忆中，前厅正中楼室是大房第六个儿子张明远（我叫他敬外公）一家居住，靠东面楼室是大房太婆蒋珍的居室，东面楼室是大房第六个女儿张默厂（我叫她阿婆）一家居住。

　　孩提时代的记忆往往是最原汁原味的，至今依然鲜活而青涩。我家离外婆家很近，外婆家是我节假日常去的地方。每当我沿河走过狭窄的小街，跨过石桥，拐进书场边的小巷，老远就望见那棵露在风火砖墙外的老槐树，走近这百年老宅时，耳边常常传来隐约的鸟鸣声，窸窸窣窣的树叶声似在述说昔日的故事。让我最难忘怀的是，每当夏天我走进这石库墙门，就看见在前厅屏门后面或走道上，静静地坐着一位慈眉善目的老太太，穿着老式的衣服，中等个子，人略肥胖，缠着一双小脚，左额上长着一个很大的肉瘤，从来都不喜欢说话，仿佛与外面的世界隔绝了似的。她就是我的太婆，即大房张介寿的妻子蒋珍。

　　每次我见了她，总是毕恭毕敬地叫一声："太——婆。"

　　没有半点回应。

　　我又毕恭毕敬地叫一声："太——婆。"

　　仍然没有回应。

　　我再毕恭毕敬地叫一声："太——婆。"

　　但不知为何她还是没有回应，只是偶尔朝我点点头或脸上露出一丝笑意。

　　后来我去的次数多了，发现她手里轻摇着一把大蒲扇，夏季天气炎热，原来她坐在那里是图个凉快的。有一次，当她听到我叫了一声"太——婆"时，她竟轻微地应了一声，用手指指耳朵，意思是耳聋听不见了。记得当时屏门后面摆着一口楠木的空棺材，小孩是不许碰的。听大人说，这是太婆的寿材。从小就顽皮的我，趁没人注意的时候，竟偷偷地用手指关节在寿材上轻轻敲了两下，霎时发出"咚咚"的声音。虽然明明知道棺材是空的，但我还是觉得有点恐怖。

母亲说："太婆长寿，是小辈的福气。"

太婆确实是个长寿老人，大约我读初中时，太婆平静地去世了，享年九十八岁。

我的外婆名叫沈银芳，也是出身于"七十二小金狗"之一的丝商家庭。她个头比太婆小，给我印象最深的是她和太婆一样，也缠着一双小脚。

张龙翔是我的舅舅，1916年3月19日在老宅出生，从小就住在我外婆、母亲的"贴隔壁"。我常听母亲讲龙翔舅舅从小刻苦读书的往事，他似乎成了大家庭孩子们读书的楷模。学校放假时，他就躲在自家的小楼屋里看书，大家庭的弟弟妹妹们却不懂事，常要缠着他讲故事。他的母亲勤劳善良、心灵手巧，每当烧了芋艿等好吃的东西，就用小碗装了，用手隔窗送过来，轻轻地说一声："美宝，芋艿趁热吃！"

母亲还说，我的敬外婆屠玉和是屠守锷的亲姐姐，她留给我的印象是很和蔼可亲的，就像我的亲奶奶。屠家祖居就在南浔镇郊区辑里村（离古镇七里路），后来迁居到南浔镇通津桥畔的船长浜，老宅现已设置"南浔屠守锷院士故居"的保护性标志。他家从前是个并不富裕的职员家庭。屠守锷生于1917年12月5日，童年曾与母亲一起寄宿在姐姐屠玉和家老宅（一进西厢房）里，和张龙翔一起上学，他俩关系密切。

后来屠守锷离开南浔，进入浙江省立第二中学及江苏省立上海中学就读，1936 年考入清华大学，毕业后公费留学美国麻省理工学院攻读研究生，获硕士学位，继而被美国寇蒂斯飞机制造厂聘为工程师。1945 年回国，破格聘为清华大学航空系副教授。1948 年加入中国共产党。新中国成立后在北京航空学院任教。1956 年被聂荣臻元帅点将参与筹建导弹研究院，投身于我国导弹和航天事业，长期从事火箭总体研究和设计，是火箭技术和结构强度专家、中国科学院院士、国际宇航科学院院士。1985 年获国家科学技术进步奖特等奖。1999 年被中共中央、国务院、中央军委授予"两弹一星功勋奖章"，被誉为"中国航天之父"。

一座建筑往往是史海沉浮的见证，也往往记录着几代人的风尘遭际和喜怒哀乐。1954 年我的敬外公张明远因在天津做生意亏本，回到南浔老家居住，靠房租、代课费等生活。在我的记忆中，敬外婆屠玉和曾有很长一段时间在北京她的弟弟屠守锷家帮助料理家务。我下乡插队时，她曾把从北京带回来的一件塑料雨衣送给了我，我很珍惜这件雨衣，一直舍不得穿。记得当时为解决部分小学毕业生的升学难题，敬外公张明远曾参与创办了南浔镇民办中学并任教，也算是对家乡的一种感恩和回报。后来，外婆家的这座百年老宅被很多外来人租用，并各占一方。张锡麟（张龙翔的堂弟）在关于南浔张家的回忆录中写道：20 世纪 80 年代初，南浔镇房管部门落实私房政策，曾补给这所老宅九千多元钱。当时大房的张明远已故世多年，其儿子收到这笔补偿金后，因大房人多，二房人少，汇给二房的张锡麟两千八百元。张锡麟即告知张龙翔，并交给张龙翔一千四百元。张龙翔却拒收："我们靠薪水生活，这钱是决不能收的！"

然而，天有不测风云。几年前因一户房客老太太不慎，老宅发生火灾，我和妻子听到火灾警报后，心急如焚，赶到时眼睁睁地望着熊熊烈火夹着浓烟冲天而起。尽管消防队员拼命抢救，但大火还是瞬间吞噬了外婆家的百年老宅。火灾过后，我很心痛，觉得外婆家几乎成了一首破碎的散文诗，被时光堆积在残垣断壁里。老宅从进门至前厅部分荡然无存，焦木纵横，野草杂树，一片狼藉。所幸由于二进封火砖墙的保护，后厅楼室安然无恙。让我欣慰的是目前南浔古镇有关部门已将这所老房子列入保护的议事日程，计划修复南浔张龙翔故居。

外婆家的老宅凝聚着百年风云，是藏在我心底的一张褪色的老照片，是我儿时魂萦梦绕的伊甸园。2021年4月，我和龙翔舅舅的长子元凯夫妇、侄女张永和、张永平，以及陶宏夫妇、其伦舅舅等人又一次来到这百年老宅问祖寻根，惊喜地发现大门上已设置"南浔张龙翔故居"的保护性标志。阳光喷薄而出，斑驳的砖墙上冒出了几缕希冀的新绿，叶脉间滚动着晶莹的露珠。这时元凯笑了，从挎包里拿出无人机，遥控着拍下了老宅的俯瞰图。

往事历历，恍如昨日。我在冥思遐想中乘坐记忆的小船，抓一把清风，拂去当年残留在心上的灰尘，穿过时空隧道，仿佛回到了童年和少年时代。我看见了太婆、外婆、母亲，看见了敬外公、敬外婆、阿婆，看见了龙翔舅舅和屠守锷小时候结伴上学的情景，看见了当年与我年纪相差不多的娘舅其捷（小名奥毛）、其伦（小名娃娃）和小阿姨佩玲（小名壮毛）等一起疯闹玩笑、讲故事、画"菩萨"（连环画）、捉迷藏，有时甚至玩得忘记回家。

我轻轻地叩问心扉："从前从未走远，但已回不到从前。有些事可以遗忘，但有些事不应该遗忘，永远不能遗忘。"

我的耳边又回响起那首童年的歌：

"摇呀摇，摇到外婆桥，外婆买条鱼来烧……"

从张砚农的墓志铭说起

隐居乐善，

好行义举，

终身竭蹶为之而不厌，

可谓善士。

我的忘年交陆剑对南浔文史颇有研究，他与王巍立编写的《南浔近代人物碑传集》（浙江摄影出版社，2016 年）一书中收录了张砚农的墓志铭，由哈长霖撰文，周庆云书并篆盖。哈长霖是钦赐进士及第翰林院编修。周庆云（字景星，号湘舲，别号梦坡），是南浔"八牛"之一周氏后裔，也是"张丰泰"的女婿，被誉为江南一代儒商，一生著作颇丰。据陆剑说，张砚农的墓志铭是一位民间收藏家发现的，其拓片已被浙江省图书馆珍藏。这篇墓志铭对研究南浔张氏家族及张龙翔这个人，很有参考价值和现实意义。

解读这篇墓志铭，我仿佛看到了张砚农的大写形象：

张镜清（1872—1922），字砚农，南浔"七十二小金狗"之一，张家后代。因父亲张辅（字春帆）早逝，砚农两岁时就跟着祖父张博文（字

张砚农墓志铭篆盖（陆剑供图）

采山）生活，祖父对其钟爱逾恒。砚农十八岁时，祖父病况愈来愈重，他割股疗亲，但祖父竟病剧不起，乡亲们都称他为孝子。因家庭缺少主心骨，砚农便辍学治家，井然有序，持躬谨约。张砚农身体羸弱，但唯好公益善举，抗洪救灾，助人为乐。颐塘前后经过多次重修。1922—1928年，湖州、南浔地方富绅会同商会集资八十三万元重修颐塘，堤岸砌石用水泥嵌缝，"泥石交融，固粘不解"。工程以旧馆为中心点，自旧馆东塘桥东至南浔镇西市梢，由南浔负责；旧馆西至县城由湖州负责。1929年，在旧馆东侧建一碑亭，亭中立重建吴兴城东颐塘记碑，碑高约三点五米，宽一米。其阳面刻碑文，阴面列捐资者姓名、金额及开支等。

为了颐塘古运河的重修，热心慈善的张砚农集会商议，往返奔波，终因积劳成疾，一病不起，享年五十一岁。因此，人们评价他"隐居乐善，好行义举，终身竭蹶为之而不厌，可谓善士"。清廷曾钦赐张砚农四品衔，封中宪大夫，候选同知国学生，死后葬于江苏省吴江清水池。

这篇墓志铭精短概要，可以说浓缩了张砚农的一生，赞扬了他爱乡行善的壮举。我很欣赏作者由衷发出的感叹："呜呼！砚农之善，善于一乡者也。其不敌海内好乱乐祸为恶者之众可知也。然自古风俗之善，必先自一二人倡天下，一国之善亦必自一乡基之，一乡有善士倡于一乡，一国有善士倡于一国，天下有善士倡于天下，以善召善，以众善胜少不善，驯至通国之人好善者众，而好乱乐祸为恶者退处于无权，庶几善气洋溢寰区而入心之俶扰为之一变，海内太平之蔗有望乎？"

张砚农原配刘氏生二男三女：长男幼夭；次男张学敷就是张龙翔的父亲；长女张湘云，嫁于南浔桂家；二女张爱云，曾两次守寡，1980 年过世；另一女不详。继室谈氏生五男一女：三男学溥、学衡、学鼎，殇二；

颐塘碑亭（陆剑供图）

一女张掌珍，嫁邱调梅，于20世纪70年代故世。张龙翔是西厢房张砚农的孙子，因父亲早逝，故随母亲在祖父及叔父家中居住。

张龙翔之父张学敷，《梦坡文存》记载：字铭慈，号民视。性抗直，寡言笑，事后毋惟谨，好饮而不过量，遇事而能果断，有少年老成之目。十六岁，入本省官立法政学校肄业。曾短期做过乌程县（今湖州）知事，后任南浔镇竞新女校、上海圣约翰大学国文教师。1916年2月，突见面容消瘦，咳嗽痰稠，方知患肺病甚深，遄返故里。父亲砚农复挈之来上海，租屋就医，不幸病故。其父检其遗箧得诗若干首。《浔溪诗徵》（周庆云辑，浙江文艺出版社，2020年）选录了他的《中秋墨溪步月》《题适庐》《壬子除夕余留学法校在杭度岁感而赋此》《留别竞新女学同人》《题浙江民报社同人摄影》《焦溪夜渡》《奔牛道中》七首诗。虽然这七首诗不能涵盖他的全部作品，但也可以反映出他驾驭古典诗歌的能力，取材于日常生活中的闲情逸致、风花雪月、学友吟咏，讲究工整、对仗、平仄、韵律，字里行间表达了诗人的真实情怀。

《浔溪诗徵》还记载了张学敷之祖父张辅，字春帆，国子监生，有《乐琴书屋诗稿》。《梦坡文存》记载："春帆幼颖异，操笔成文。比长，磊磊落落，不屑俯就绳墨。一赴院试未入彀，即弃制艺之学，惟以诗自娱，得业师张质人先生尧淦之陶冶，故其诗颇凝练，深得晚唐风趣。年逾弱冠，佐祖若父理家政，则井井有条。祖睡亭公称其才堪用世，故绝爱怜之。"春帆尝谓读书将以广其胸襟，非务荣进也，偶至乡村，乐意教年少之人识字写字，以树枝，或以炭条，随处作字，每以浅近句教之，口讲指画，必觇其悟会而后已。平时行善助人，不求回报。一次，他携家眷探亲归来，自菰城路过深山，正逢风雪交加，忽然一条航船倾覆水中，万分危险之际，他飞奔进入邻近的村庄，大声呼救，当场许诺以重金回谢！众村民纷纷出门，救出船上落水者三十余人。获救者再三言谢，准备明日登门拜访，但他说："莫谢！莫谢！救人一命，胜造七级浮屠。"《浔溪诗徵》选录了他的《秋日闲居》《月中看桂》《赠友人七夕新婚》《秋夜》《秋夜对雨》《园中眺雪》《病中偶成》《怀同学诸友》《寒日怀古》九首诗。张辅的诗风比孙子显得成熟，遣词造句，文采斐然，但取材、技巧等方面，两人颇有异曲同工之妙，彰显了张氏几代人文脉相连。

　　由此可见，张龙翔的父亲、曾祖父等都是南浔古镇历史上有名的诗人，其家可谓诗人之家。可以说，"张丰泰"既是儒商之家，又是书香门第。当然，这与南浔古镇丰厚的历史文化内涵和底蕴有关。明清时期湖州地区诗派繁盛，其中以南浔诗派影响较大。南浔的诗歌兴起于元，繁荣于明中叶，更盛于清代。董氏望族诗名最盛，其人才之多，超乎想象。董氏从董斯张、董说开始有诗名，至后代子侄辈中，著名的诗人有董樵、董耒、董谓瑄、董浩、董灵预等，其他重要人物包括董份、董嗣成、董汉策等，他们的诗各有特色，在当时都有一定的影响力。董氏阖门几乎人皆能诗，人各有集，由此吸引远近文人纷纷来附，正如清代诗人范锴所言："群从风流奏雅音，一门诗派著南浔。"晚清以后，南浔董家诗派开始衰落，代之而起的是南浔"四象"之首富刘氏家族，以刘家第二代核心人物刘锦藻为代表，他的诗收入《坚匏庵集》，古体、近体皆有，近体以七律为多。表现手法上，感事诗多典故，抒情写景诗则语言晓畅、近似口语。刘安澜与刘承干合辑《国朝诗萃》一书。刘安澜认为诗歌应遵守《诗经·国风》的传统，《浔溪诗徵》收录其诗六首。诗人刘承干，不仅在上海参加周庆云的淞社，还自倡沤社。当时南浔镇上很多大贾富户都选择让子女读书，可谓诗人辈出，诗风不绝。

　　我把忘年交陆剑关于"张龙翔的父亲、曾祖父等都是诗人"这一新的发现告诉元凯老弟后，元凯很高兴，他说父亲生前恐怕还不知道张家的祖辈是写诗的，立马网购了一套《浔溪诗徵》。本来我想把自己的那套《浔溪诗徵》送给元凯，但因为我那套《浔溪诗徵》是陆剑冒雨开车送来的，我已珍藏，是不能送人的。

张龙翔由母亲抚养长大，自幼就受到为人要自强不息的教诲，这对他的成长有深远影响。在家乡小学、中学读书时，他就养成了自觉学习的习惯，小学、初中学习成绩一直名列前茅，初中时还跳了一级。1930年秋，为了追求现代文明，十四岁的张龙翔毅然离开南浔，考入上海沪江大学附中高中部；1933年毕业后，升入沪江大学一年级学化学。由于他聪慧过人、好学不倦，他高中三年学科总成绩领先侪辈，毕业时名次荣膺首位。他在中学和大一时做化学与生物学实验，都是在实验室做的，并且都是自己动手做的，这在当时是很难得的。沪江对英语教育十分注重，中学的英语课由美国教员任教。在沪江，不但英语课，而且数学、物理、化学、世界史等课程也用英语教材，这些为他的英语能力打下了良好的基础。后来他到加拿大攻读博士，到美国做博士后，英语能力更是炉火纯青。据梁宋平（湖南师范大学生物化学教授、北京大学生化系兼职教授）回忆，当年他曾问过张龙翔先生是如何学好英语，印象最深的是先生说"哑巴英语是很难进步的"，"正确的发音和朗读非常重要"。有一次，梁宋平去看望张先生，走到他家门口，听见张先生在屋内朗读英文，等他读完后才敲门进去，发现他读的是一本英文政论类杂志上的文章。先生说，"朗读英文既是休息又是学习，看别的书累了，读读英文可以调节"，"英语也在发展中，常有新的词汇和术语，朗读中也可以学习"。梁宋平后来也曾仿效张先生，不满足一般的默读，宿舍没人时就大声朗读英文，果然对学习英文有帮助。梁宋平曾说："张先生虽然没有正式给我上过一堂英语课，但是在指导我博士论文的三年中却是使我获益最多的英语老师。他的指点和熏陶，对我英语水平的提高起了很重要的促进作用。近年来，我的大部分论文，都是在国外杂志上发表的，饮水思源，我将永远不会忘记张先生给我的教诲。"

张龙翔早在沪江大学附中学习时，就对化学、生物学产生了浓厚的兴趣，对国内享有盛誉的清华大学化学系十分仰慕。1934年在沪江大学读完一年级后，他考入清华大学，转入化学系二年级（插班）。在大学学习期间，张龙翔的全部费用由上海某银行家资助。景怡夫人朱薇薇回忆，婆婆刘友锵生前曾对她说，龙翔上学的费用曾得到匿名银行家的资助，由于钱都是直接交给学校的，而学校也始终保密，所以一直无法查询到是哪家银行和哪位银行家捐资的。后来景怡和薇薇听说了南浔顾家叔蘋奖学金一事，也曾想过是否与此有关，但经过分析觉得不太可能。因叔蘋奖学金设立晚于1937年，那时父亲已经从清华大学毕业。因此，助学之事我一时无法考证。当时清华大学化学系可谓名师云集，有教普通化学的张子高教授、教分析化学的高崇熙教授、教有机化学的萨本铁教授、教物理化学的黄子卿教授、教工业化学的张大烃教授。这些德高望重的学术泰斗，对学生循循善诱、要求严格。在张龙翔读大四时，萨本铁教授开设了生物有机化学课，张龙翔很感兴趣。他的毕业论文就是由萨本铁教授指导的，研究成果发表在荷兰的化学杂志上。冯新德（北京大学高分子化学教授、中科院院士）回忆，当时他与张龙翔都是清华大学化学系二年级插班生，学号连得很近。张龙翔是2588，他是2599，按学号排，不少课都坐在隔壁。因为同桌吃饭的关系，虽然不住一室，但也很快熟悉起来。大三时，大食堂开张，两人都参加了南方派饭团。张龙翔午饭后有个习惯，多半要睡觉。他问张龙翔如何能很快睡着。张龙翔幽默地说有一个秘方，就是翻开三民主义，一看就能催眠。真是戏法人人会变，各有巧妙不同……对于这段时间的学习和生活，张龙翔在《八十回顾》一文中自述："清华不但使我在化学专业方面受到了扎实的训练，在德育方面，受到了'自强不息，厚德载物'校训的陶冶，在体育方面也养成了良好的习惯。例如体育课要求学生在百米、跳高、游泳等方面都要达到一定的标准，课外体育活动也很普遍。下午四时后，学生都要去健身房或体育场锻炼，最有趣的是'斗牛'（一种不大讲究规则的打篮球）。"

1937年张龙翔从清华大学毕业时，正值"七七事变"爆发，日本侵略军的炮火燃烧到我国的东三省，山河破碎，国土沦陷，北平（北京）大中学生发起"一二·九"抗日救亡运动，振臂高呼："华北之大，竟放不下一张安静的书桌！"清华南迁，与北大、南开共同组成西南联大。张龙翔目睹了帝国主义列强践踏下的中国任人宰割的惨状，心头时时涌动着以科技救国的强烈愿望。他赴广州岭南大学（后迁至香港）攻读有机化学专业研究生。他半工半读，曾在搪瓷厂兼职。梁植权（中国医学科学院基础医学研究所研究员、中科院院士）回忆，他们一同考进了广州岭南大学化学系。当时环境不算好——那里的蚊子很厉害，能隔着衣服咬人；老鼠很多，能把放在洗衣盆里的肥皂吃掉，毛巾咬破——但龙翔泰然处之。开学一个多月，日军逼近广州，他们仓皇撤退到香港。在香港，借香港大学的教室晚间上课，而且分别租住民房，生活相当艰苦。虽不住一块儿，但经常见面。龙翔还是那样微笑着，挺乐观的，大家有什么事都推举他去办。他们就这样坚持了几个月。有一天傍晚，张龙翔和梁植权在一个公共汽车站等车。等了很久，车还是不来，他俩就走进身后一家古玩家具店，随便看看。没想到进去没几分钟，那里的电灯就熄灭了。他们马上意识到这是表示不欢迎两个身穿蓝布长衫的穷学生，就出来了。

当时他们感到莫大的轻蔑，许多年之后，说起这件事，还很气愤。

　　1939 年，张龙翔应聘到昆明（西南联大）清华大学农业研究所任汤佩松教授的研究助理。在那里，他与刘友锵邂逅。张龙翔和刘友锵都是1934 年考入清华大学的，张龙翔学化学，刘友锵学经济，两人在校期间并不认识。1938 年夏，刘友锵毕业后，经济系主任陈岱孙教授介绍她到昆明汤佩松教授处任研究助理。后来，刘友锵和张龙翔一起工作，在教职员工食堂同桌吃饭，开始相识、相爱。1939 年仲夏，汤佩松、张龙翔联手在《中国生理学会杂志》第 14 卷第 4 期上发表题为《中国农人之膳食》的论文。1940 年 3 月，张龙翔和刘友锵在上海结婚。此时张龙翔的母亲也住在上海，由他的叔父张学溥和刘友锵的姨丈周恭良代表双方家长，为他们主持婚礼，上海的亲朋好友都参加了。从此，他们相濡以沫，同甘共苦，成为人生路上栉风沐雨的并蒂莲。

1939 年岁末，张龙翔和刘友锵游昆仑海源寺（摄于山顶）

张龙翔与刘友锵于 1940 年3 月 3 日在上海结婚

两家特殊的情谊

在日渐加深的接触中，
我了解到张龙翔教授
是一位心怀祖国、
笃志向学、
谦和待人、
有素养的学者。

张龙翔青年时代的求学之路，充满着自强不息的精神。由于他的率真、好学、谦逊、低调，他相识相交了许多情深义重的同学。就说他和钱伟长吧，是20世纪30年代清华大学的同学，钱伟长在物理系，张龙翔在化学系。据钱伟长回忆，1933年以前，清华大学的数学、物理、化学三系同在科学馆，数学系在一楼，物理系在二楼，化学系在三楼。每班同学不多，并能跨系选课，所以他不仅认识了化学系的许多同学，还选读了许多化学系的主要课程。但钱伟长与张龙翔的交往不始于他们同在清华求学，而是从1939年他们同期考取第七届中英庚款公费生后开始的。

1991 年 5 月 1 日，钱伟长（左一）教授和夫人孔祥瑛（右二）到北大燕南园56 号看望张龙翔夫妇

　　1937 年，张龙翔从清华大学毕业，他的毕业论文，竟一反常例有两篇。当时，正是抗日战争时期，国难当头，他的论文只能由导师分别介绍到荷兰和德国的化学杂志上发表。原来他准备参加清华大学留美公费生考试，后因"七七事变"，清华留美公费生暂停。1938 年他到广州岭南大学化学系读研究生，继续攻读有机化学，一直到 1939 年应聘到昆明（西南联大）清华大学农业研究所任汤佩松教授的研究助理。

　　1939 年 8 月，张龙翔考取第七届中英庚款公费留学生。当时共录取留英公费生二十四人，其中清华大学毕业生有八人：张龙翔、钱伟长、林家翘、傅承义、欧阳予祥、段学复、陈遵祈、靳文翰。《科学文化评论》第 18 卷第 1 期（2021）有关论文披露，中英庚款公费留学生的考试在 1933—1947 年间共举办了九届。在被选中的一百九十三人中，第七届留学生可能是近年来受媒体关注较多的。原因有两点：一是"二战"在欧洲的迅速发展和日本对中国以及东南亚国家的侵略，使得这一届留学生的出国求学之路变得异常坎坷；二是这一届被中英庚款项目录取的二十四人中，颇有些出类拔萃的人物，包括张龙翔（生物化学家，1916—1996）、段学复（数学家，1914—2005）、傅承义（地球物理学家，1909—2000）、郭永怀（空气动力学家，1909—1968）、韩德培（法学家，1911—2009）、靳文翰（历史学家，1913—2004）、李春芬（地理学家，1912—1996）、林家翘（应用数学家，1916—2013）、罗开富（地理学家，1913—1992）、钱伟长（力学家，1912—2010）、宋杰（儿科专家，1904—1985）、沈昭文（生物化学家，1906—1998）、谢安祐（火箭发动机专家，1911—1990）、易见龙（生理学家，1904—2003）等，每一位几乎都有非常精彩的人生故事。

其中最有名的可能是钱伟长、郭永怀和林家翘。前两位有过坎坷的经历：钱伟长曾任清华大学副校长、教授、中国科学院力学研究所副所长，然而在政治运动中饱受折磨，复出后成为上海大学的终身校长、全国政协副主席、中国科学院院士；郭永怀出身于山东的一户农民家庭，他是中国力学科学的奠基人和空气动力研究的开拓者之一，曾任中国科学院力学研究所副所长，为中国发展"两弹一星"做出了卓越贡献，1968年12月5日凌晨，由于飞机失事而英年早逝。当时现场发现烧焦的十三具遗体中有两具尸体紧紧抱在一起，分开以后，人们惊讶地发现，两具尸体的胸部中间，是一个皮质的公文包，虽然有些烧焦，但是在两个人相拥的身体保护下依然完整，打开后，一份热核导弹试验数据文件完好无损。看到眼前的一切，前来接应的士兵当场跪地痛哭，这两位用生命去守护国家机密的牺牲者就是中国科学院力学研究所副所长郭永怀和他的警卫员。这一消息第一时间传到国务院，周恩来总理失声痛哭，良久不语；

另一位和他亲如兄弟的杰出科学家钱学森闻知郭永怀牺牲的消息后号啕大哭，悲恸不已。在郭永怀走后的第二十二天，他用生命守护的机密文件，使我国第一颗热核导弹试验成功。郭永怀是唯一以烈士身份被追授"两弹一星功勋奖章"的科学家。郭永怀去世之后，他的夫人、中国著名应用语言学家李佩化悲痛为力量，带着丈夫生前对祖国事业的殷切希望，继续行走在为祖国事业奉献的路途上，被誉为中关村"最美的玫瑰"。2017年李佩逝世，她唯一的遗嘱，是与丈夫合葬。而林家翘可能是这批留学生中国际学术影响力最大的科学家。美国麻省理工学院自1861年建校以来，虽然出现过近百位的诺贝尔奖获得者，但学校只选出过五六十位涉及文理工商各个学科的"学院教授"（Institute Professor），这被认为是该校教授的最高荣誉。至今华裔教授中只有林家翘和化学工程系的王义翘（1936—2020）获得过这份殊荣。

20世纪50年代初，段学复（左一）、苏联专家（左二）、郭永怀（右二）和张龙翔合影

1939 年 9 月 3 日，张龙翔这批中英庚款留学生自昆明出发，经海防赴香港，谁知乘上客轮海上航行途中，因"二战"爆发，英国的大学停止接收海外留学生，迫使他们出国深造的念想成为泡影。1940 年 1 月，他们接到通知被改派至加拿大，在上海英租界集合，乘英国海轮经日本去温哥华。但他们上船后，发现由庚款会英方买办办理的护照上竟有日本签证，注明可在神户登岸参观。当时这些年轻的大学生一致认为经留日本有损国格，义愤填膺，群起反对，宁可不去留学，也绝不能接受有日本签证的护照。大家愤然离船，一起把加有日本签证的护照扔到了黄浦江里，各返原地。

显然，这批留学生的出国之路充满了艰难和险阻，可谓一波三折。我们可以想象当时这些年轻的留学生远离故乡和亲人，带着行李箱，冒着被日本飞机轰炸的危险，多次往返在滇越铁路上，并带着挫伤的心一次又一次打道回府的情景。但这些磨难加剧了他们对日本侵略者的仇恨和报效祖国的决心。

张龙翔到 8 月初第三次接到通知，再到上海集合，终于乘"俄国皇后号"邮船起航成行。他趴着舷窗望去，码头上晃动着一张张面孔，都是前来送别的父母和同学，声声嘱咐裹挟着亲情和乡愁被江风撕成碎屑卷走。渐渐地，已看不到亲人和同学的身影。岸上挥动的手臂如失焦影像，恰成了恍惚迷离的时代底片，铭刻在心灵的深处。据景怡回忆，父亲生前曾经提到过，在他与钱伟长、郭永怀等人去加拿大的轮船上，有人硬塞给他们加入国民党的申请表，但都被他们扔进了大海。尽管大海波浪翻滚，但张龙翔等人的心却如一泓静水。

1940 年 8 月，张龙翔站在轮船甲板上，面对着一望无际的太平洋，金碧辉煌，万里云空，海水湛蓝，海鸥贴着水面自由地飞翔，嬉笑着追

1940 年 8 月，第七届留英公费生在"俄国皇后号"邮船上
前排左起：林家翘、欧阳子祥、张乐军、宋杰、钱伟长、汪盛年、曹飞、曹隆
后排左起：易见龙、段学复、张孟休、靳文翰、张龙翔、朱承基、陈春沂、姚玉林、傅承义、沈昭文、谢安祜、李春芬、罗开富、郭永怀、林慰桢、韩德培

逐晶莹的浪花……此刻，他心里豁然开朗，宛如大鸟展翅翱翔，眺望前方，那一朵朵美丽的鲜花正在向他招手微笑，那一丛丛根茎青褐色的荆棘就长在鲜花旁边。但张龙翔心里却充满了对即将开始的求学之路的殷切期待，充满了为建造一个强大的祖国而做贡献的美好憧憬。

9 月中旬，张龙翔风尘仆仆抵达加拿大多伦多后，得知老同学钱伟长的妻子在重庆生下一个男孩，由外公和叔祖父取名元凯，大气、响亮，意在祈盼全国抗战凯旋。张龙翔非常欣赏这个名字。六年后他的妻子刘友锵也生了一个男孩，张龙翔亦取名元凯。正如钱伟长所说："这是我们两家特殊的情谊。"

多伦多大学位于加拿大安大略湖的西北沿岸，而多伦多是加拿大最大的城市。多伦多大学于 1827 年根据英国乔治四世颁布的皇家宪章所建立，是殖民时代加拿大最早建立的高等学府之一。它早期名为国王学院，直至 1849 年脱离圣公会而成为非宗教大学，并改为现名。受英国大学制度的影响，多伦多大学是北美少数实行独立书院制的学府，各学院享有高度自治权。当时这些中国留学生在多伦多大学攻读博士学位，张龙翔在生物化学系，师从 Leslie Young 教授，钱伟长在应用数学系，虽都忙于学习和写论文，但住处邻近，时相过从。张龙翔和段学复、林家翘、沈昭文同住赫隆大街 107 号，钱伟长住在克拉锡克大街 20 号，两处相距不到二十米，可谓近在咫尺，"近邻胜远亲"。他们经常在赫隆大街 107 号相聚。珍珠港事件爆发后，美国参战，他们和国内的信件往来更加困难，更勾起了他们思念家国的情怀。大凡出国求学的青年学子谁也不会忘记这段人生经历。景怡回忆说，儿时有一次与父亲去中国科学院礼堂看电影，碰到郭永怀叔叔也在看电影，父亲很高兴地与他打招呼，称"郭公"，郭则称父亲"张公"。还有当年的室友段学复（北大数学系教授），父亲称他"段公"。当然，这该是新中国成立以后的事了。虽然见面彼此轻轻一声称呼，但这些留学生之间弥足珍贵的情谊于此可见一斑。钱伟长曾在一篇回忆文中感叹说："在日渐加深的接触中，我了解到张龙翔教授是一位心怀祖国、笃志向学、谦和待人、有素养的学者。"也许这是许多留学同窗对他的认知和印象。

当时有不少加拿大的留学生转去美国。张龙翔和钱伟长毕业论文进行得很顺利，他们决定先读完博士，再考虑以后的安排。在多伦多大学两年半的时间里，他们参加了很多留学生的活动，曾结伴游览过尼亚加拉瀑布、渥太华和蒙特利尔等地，领略过加拿大的风土人情。张龙翔和

庚款留学生在加拿大合影

钱伟长还曾相互参酌购置一些工作上、生活上的物品。钱伟长回忆，当时张龙翔和他一同选购了打字机和照相机。这台打字机曾伴随钱伟长半个多世纪，打印了许多篇科普论文，一直到"文化大革命"，在"红卫兵"的"勒令"下才舍他而去。至于那架照相机，却另有一番故事：1960年困难时期，钱伟长的儿子染上肝炎，不能上班不能读书，他把照相机给了儿子以便休息养病。谁知儿子从此一发不可收，研究摄影、照相机，并自学精密仪器、光学等有关学科，1968年成为业余摄影器材爱好者，自制七台照相机、闪光灯、放大机、测光表等摄影器材与多种相机测试仪器。1982—1994年进入北京市照相机总厂研究所任主任设计师，主持多种照相机的研制工作。其中"EF3"相机获北京市科技成果奖、全国照相机评比一等奖。1994—2002年在北京飞索公司［后改为（香港）新明光电技术有限公司］任总工程师，创建国内首套系列化的狭缝光栅立体图片制作系统，投入商业运行，并获五项专利，跻身于摄影学界，成

为摄影理论和照相机设计方面自学成才的专家。1994 年至今，先后被聘
任为《摄影与摄像》《数码摄影》《中国摄影》《中国摄影家》等杂志
的编委。1996 年起任北京电影学院摄影学院、中国传媒大学南广学院客
座教授。2006 年任纽约摄影学院（中国）特聘教授。后为中艺影像学校
特聘讲师，主讲"照相机""镜头""色彩管理"等课程。难怪钱伟长说，
正是张龙翔当年帮他选购的照相机，使他受"错划右派"之累，虽成绩
优异而"不宜录取"，被拒之于清华大学门外，背着重负当了二十几年
工人的儿子，竟探索出一条意想不到的研究新路，真是说不清道不明的
机遇！

张龙翔和钱伟长在多伦多大学获得博士学位后，到美国继续从事博
士后研究，卓有建树。1942 年，张龙翔在美国耶鲁大学化学系深造。耶
鲁大学坐落于美国康涅狄格州纽黑文，是世界著名的私立大学、美国第
三古老的高等学府，是美国大学协会的创始院校之一，也是世界著名的
常青藤联盟会员。耶鲁大学作为美国最具影响力的私立大学之一，其本

科生院与哈佛大学、普林斯顿大学齐名，还曾出了包括比尔·克林顿、乔治·布什在内的五位美国总统，以及十九位美国法院大法官、十六位亿万富豪等。张龙翔在著名生物有机化学家安德森（R.J.Anderson）教授的指导下，从事博士后研究工作，进行结核杆菌脂质化学的研究。而钱伟长在1942年至1946年期间，任美国加州理工学院喷气推进研究所总工程师，师从世界导弹之父冯·卡门，从事博士后科学研究工作，研究火箭弹道、火箭的空气动力学设计、火箭飞行稳定性、变扭率的扭转、超音速对称锥流等问题，并发表世界上第一篇关于奇异摄动的理论文章，被国际上公认为该领域的奠基人。

"科学救国"是20世纪初中国无数仁人志士的救国理想。张龙翔和钱伟长等留学生虽身在异国他乡，却时刻思念着苦难深重的祖国。当抗战胜利的消息一传到美国，他们便义无反顾地相继返回祖国，直至迎来了中华人民共和国的成立。1952年院系调整时，钱伟长在清华，张龙翔在北大。后来虽几经时代的风雨，但他们都满怀忠诚、矢志不渝地为祖国的建设事业努力奉献智慧和力量。1985—1986年间，两人曾共同接受香港爱国人士王宽诚先生的聘请，担任王宽诚教育基金会留学生考试委员会的委员。其间曾举行两次考试，共录取八十八名留学生（全国报名近万人，参加考试的逾六千人），先后送往美、英、法各国著名大学攻读博士学位。张龙翔教授严格谨慎，在决定考选专业，决定几百门考选课程的命题、考试、评选、派送学校以及向国外著名导师推荐等事项时，都能从国家的需求方面来全面考虑并提出建议，为祖国培养人才倾注心力。此后，张龙翔还几次主持选派生物化学的研究生，都是经过缜密考虑精心选拔的。

每当回忆起那些老同学的坎坷往事，张龙翔总觉得无限惆怅和感叹。

1986 年 10 月，王宽诚教育基金会考选委员会第二次会议合影
前排左起：钱临照、陈岱孙、汤佩松、王宽诚、陈省身、钱伟长、吴富恒
后排左起：黄贵康、费孝通、黄丽松、田长霖、张龙翔、薛寿生、王明道

是啊，这是一段难忘的岁月，一个难解的情结，一本共同的作业。回味人生冷暖重叠，才明白老同学的真情最纯洁。张龙翔逝世以后，时任全国政协副主席、上海大学校长、中国科学院院士的钱伟长无尽缅怀和追思了他俩半个多世纪的交往和情谊，感喟万分地说出了许多老同学的心里话："张龙翔教授终身从事祖国的教育事业和科学事业。他所悉心关注的是祖国科学人才的培养成长，是祖国跨世纪的前途，是深刻体现了科教兴国的精神的。"

第二章

温馨的家园

- 北大就是他的家
- 香港《大公报》记者的专访

北大就是他的家

他一生到过很多地方，
但只有北大才是他的家。
他把自己的一切
都献给了北大的教育和科研事业。

张龙翔的妻子刘友锵在《怀念龙翔》中笔蘸深情地写道："龙翔从
1946 年 10 月到北大任教至 1996 年 10 月去世，度过了整整半个世纪。
他对北大有深厚的感情，他一生到过很多地方，但只有北大是他的家。
他把自己的一切都献给了北大的教育和科研事业。"这一段话说得多么
好啊！可以说是凝练、浓缩了他一生工作的格言，也是指引、激励后人
的警句！

1944 年秋，张龙翔回国到重庆桐油研究所工作。当时"二战"尚未
结束，他从美国东部乘船，绕道非洲南部好望角，抵达印度加尔各答时
竟费时一个月，与同船的金岳霖、费孝通等四人只好打桥牌消磨时光。
后来，他由加尔各答转乘飞机到重庆，任桐油研究所研究员。但事与愿违，
当时桐油研究所的环境和条件不适合搞科学研究工作。

1946 年 10 月，张龙翔应聘到北京大学化学系任教。当时北大化学

系有一条规定：所有教授必须讲授一门普通化学课和一门其他课程。他先后教过有机化学、有机分析化学，并在化学系第一次开设了生物化学课程。在艰难的物质条件下，他除了教课外，还克服种种困难，开展了脂肪酸醣酯的研究，合成了几种高级脂肪酸葡萄糖酯新化合物，并发现这类化合物的同质多晶现象。

山东的桂业勤在《北京大学校长张龙翔的奇闻逸事》一文中写道，1946年，内战不断，通货膨胀，物价飞涨，人民生活于水深火热之中，甚至连大学教授也很清苦。北京大学张龙翔与清华大学朱自清等教授数十人签名拒领美国救济粮，参加了"反饥饿、反内战、反迫害"爱国运动，弘扬了民族气节和中国知识分子的骨气。当时他是北平进步教授之一。毛泽东主席曾在一篇文章中提及此事，表扬了北平进步教授的爱国行动

张龙翔给研究生上课

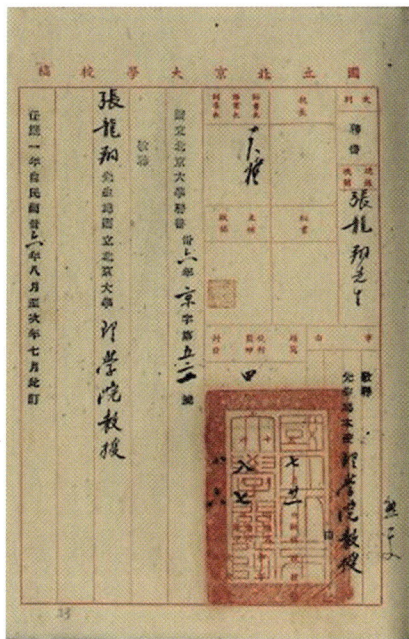

1947 年聘任张龙翔为北大理学院
教授的文件

（原刊于《南浔萍踪》，当代中国出版社，2001 年）。

　　湖州市党史办原主任杨友宝在《对张龙翔〈八十回顾〉一文的补充》
中说：1948 年底，北大化学系中共几名学生地下党员，看到张龙翔等是
进步教授，就给他看《论解放区战场》等油印进步刊物，这给了他极大
的教育和鼓舞。当时，北大化学系的钱思亮等人却跟随校长胡适走了，
去了台湾。新中国成立前夕，由于国民党的倒行逆施，学校经常有学生
罢课，张龙翔等几个教授就以罢教声援学生运动。

　　那时，进步学生常常在张龙翔和许德珩、袁翰青处讨论时政。有一次，
五六个人在他家里起草和平解放北平的文稿，有百余名教授签名，抗议
北平市警备司令部逮捕学生，声势很大。

　　《北京大学纪事》记载：1947 年 5 月 30 日上海《大公报》登载北

大清华两校一百零二名教授发表的宣言《为反内战运动告学生与政府书》（全文见附录）。

"劝学生避免牺牲不废学业，希望政府对纠纷合理处理。"

"近来有人喊出六月二日为全国反内战日的声音，届时各地或将有更大规模的游行宣传，要求温饱，是自然的人情。争取和平乃今天的国是，民苦饥饿，国濒危亡，青年学子乃至各阶层的广大群众，于此紧急的时会，做此迫切的呼吁，理属当然，事有必要。我们一方面对于运动表示同情，但另一方面又感到事态险恶，站在教育工作者的立场，本着爱护学生的诚意，我们愿披肝沥胆做如下的劝说与忠告：姑不谈学生应以学业为重的老话，青年亦实应珍重其血肉，宝贵其精神。从远处说：优秀青年为建设国家的支柱、社会的主力，主力应当善自保持积极培养。就近事言：复杂困难的政治问题，确非一言一行所能辩解，争取势在长期工作，须能持久，此原则如称正确，则我青年之气要敛，心要沉，所见要远，所行要稳。而尤要者则为能发能收，动作机敏，不屈于强暴，亦不惹无谓之纠纷。运动工作固无懈怠停顿之理，而如何可以不废学业，避免无谓牺牲，其理至明，其道正大。亲爱的同学们，允宜慎思明辨，稳健以行。"

当时北大、清华的一百零二名教授中，张龙翔与朱自清、俞平伯、费孝通、陈岱孙、周培源、钱伟长、汤用彤、向达、沈同、沈从文等名字赫然在目。

斗转星移，沧桑巨变。1949年10月1日，终于迎来了中华人民共和国诞生的第一缕阳光，张龙翔的生命仿佛翻开了崭新的一页。从此，他的思想、境界在拓展，他的追求、理想在飞翔，而谁又知道他的心里有多感叹多憧憬啊！面前的世界化作诗意、化作信仰、化作生命的凯歌。他心中装着一个新生的共和国，守着北大，以校为家，一直辛勤耕耘在教育和研究工作的前沿。1953 年转至生物系任教授和系副主任后，他始终致力于学科建设，尤其是生物化学专业的创立和发展。此外，他还担负了校级行政领导工作。从 20 世纪 50 年代初参与清华大学、北京大学、燕京大学三校的院系调整和规划，至"文化大革命"前长期负责北大科研处和自然科学处的日常工作，他辛苦备至，竭诚尽力。

我不知多少次叩问心扉，始终思考着同一个问题："他究竟是怎样一个人呢？应该怎样才能描绘他的一生呢？"因为，这样的大学校长、资深教授，并不多见。

好在我珍存的那本《张龙翔教授纪念文集》，早已成为寻找、发现他人生轨迹的路线图，或者说"活字典"。从这些师生、好友、亲人的"三亲"回忆中，我找到了可能更深入了解他的诸多线索，我几乎可以读到他个人的一部北大简史和前世今生。

他是一个睿智乐观、胸怀坦荡的人。

这在"文化大革命"的特殊年代里体现得尤为明显。记得人们说他在被关"牛棚"睡通铺时，也能倒在床上就睡着，使监管者莫名其妙，怀疑此人究竟有无问题，为什么能这样若无其事。1969 年，他是第一批到江西鲤鱼洲北大"五七"干校的教职员工。当时他五十三岁，和小伙子一起干活，仍然是乐融融的。1970 年，妻子刘友锵也随他来到鲤鱼洲干校劳动。她刚到农场时，见丈夫身穿旧蓝布棉袄、棉裤，腰系草绳，头扎土黄色毛巾（白毛巾被含有铁锈的水洗得黄黄的），颇有些许江西庄稼汉的风采。搭草棚、养猪、碾米，甚至扛一两百斤的米袋，他也能够胜任自如，真不知他的力气是从哪里来的。农场组织小跑步上井冈山要他参加，他也能跟上队伍，真是"斯文"扫地。因为张龙翔乐于交往，和气可亲，平易近人，所以能团结人。下放结束回校后，北大的门卫、工友，原在鲤鱼洲干校一起干活的战友，仍然喊他"老张"，十分亲切。

如今，他修长、挺拔的身影还时常闪现在北大学子的微信群中，可见大家对他念念不忘。如2021年北大1981级学生入学四十周年纪念，他们建了个公众号，地理系1981级地貌专业一名学生的回忆文章中提到了时任校长的张龙翔。他说，当年开学典礼上，副校长兼教务长王学珍忘了介绍校长张龙翔，大家也只是哈哈一笑置之，要是换一个地方，恐怕会鸡飞狗跳。接着北大党委书记韩天石做报告，中间介绍冯某窃书杀人和北大竞选，大家听得津津有味，供"批判用"的竞选中的一些奇谈怪论，赢得了强烈的共鸣和响亮的掌声。等到张龙翔校长讲话时，学生们在他的一次较长的停顿间隙，拼命鼓掌，张校长只好说，我的话讲完了。于是全场爆发出雷鸣般的掌声和笑声，对张校长闻弦歌而知雅意的智慧、从谏如流的胸怀深表感谢和鼓励，台上台下一片笑声。不难看出，这位1981级的学生对他是十分敬佩的，四十年后的回忆让我们真实地看到了学生眼中和心中的张龙翔校长。

他是一个待人宽厚、严于律己的人。

有个学生考取了他的研究生。临开学前，收到国外一所著名研究机构的录取通知。这个学生非常兴奋，但转念一想，如果自己去了国外，那么张龙翔先生的招生计划就会落空。他带着矛盾的心情来找张先生商量，没想到张先生非常坦然地说，你被两方都录取是好事，可从自己的前途考虑做出选择，不必考虑我这里是否有困难。后来这个学生去了国外的研究机构，他和张先生一直保持着良好的关系，并经常联系。20世纪70年代末80年代初，少数大学毕业生申请出国留学，但他们不知道如何联系外国学校，张先生就亲手教他们如何申请、填表，热心地为他们写推荐信。有的学生为了留学事宜，到张先生家里找他商量不下十次，张先生总是一次又一次地帮助他们。

张龙翔乐于帮助人，待人宽厚，从不责难人，而对己很严，从不为自己的事去麻烦别人，对待子女也是如此。他逝世以后，妻子刘友锵坦诚地说，过去有些事她是没有征求张龙翔的意见自作主张办理的。例如，"文化大革命"中两个孩子下放多年。1975年，刘友锵看到清华大学同学曹某、魏某的儿子自青海调回北京，当时她双膝患关节炎，疼痛难行，北京积水潭医院骨科大夫为其诊断并开具证明，她据此申请，将小儿子

1993年张龙翔夫妇在美国达拉斯市（Dallas）与景怡一家团聚

1995年张龙翔夫妇在北大与元凯一家团聚

景怡自青海以"困退"为由调回北京。1979 年，在她的坚持下，大儿子元凯和儿媳戴未英从河北省平泉县调回北京。他们的女儿晓音自出生以来，一直和祖父母住在一起，等元凯他们调回北京时，晓音已上小学一年级了。

他是一个治学严谨、做事认真的人。

张龙翔带研究生要求极其严格。在审定论文时，他总是要来学生的实验原始数据记录本，认真核对，决不允许文章采用任何不实的论据。对文章本身，更是字斟句酌，一丝不苟。质量高的研究生论文，他总是推荐到高水平的学术刊物上去发表。对这些论文，由于学生英语水平有限，他倾注的心血就更多，有时甚至基本上重新写过。他曾说，在国际上发表的论文代表了中国的科学技术水平，从科学性到语言文字都容不得半点马虎。每当刊物编辑部寄回大样，他总是圈圈点点，不放过从字母到版面的任何差错。他对选拔人才特别认真，又敢于担当。邢其毅（北大有机化学教授、中科院院士）回忆："根据北大校友王士仪先生的遗愿，资助北大建立一个在校攻读化学或生化的学生奖金，由张先生主持这项工作，我是奖金委员会的一名委员，因此每年都有和他见面两三次的机会。以像他这样执掌全校大计的人兼管一个小基金会，应当是轻而易举的，但在我看来，他还是用了不少心思，周密考虑，仔细安排。就以这个基金而论，基金的数目和名额虽然有限，但他希望细水长流，尽量发挥作用。他把大部分的资金存入银行，以每年的利息来决定奖金的数目和名额，仅留很少的一部分作为流动资金，精打细算，非常节俭，从不铺张浪费，每年发奖金完毕，都会在学生食堂里举行一次聚餐。在这些细微的事情上，我对他的才干和为人，有了进一步的了解。可以说，他对工作极端负责，事无巨细，秉公办理。对人平易谦和，从不高谈阔论。"

他是一个善于学习、淡泊名利的人。

20 世纪 50 年代初，我国高等学校院系调整时，清华大学、北京大学、燕京大学三校成立调整建筑计划委员会（简称"三校建委会"）。建筑大师梁思成（清华）任主任，张龙翔（北大）、张维（清华）任副主任。当时三校教授都忙于各自的课题和课程。而他这样一个生物化学教授，却终日忙于学校基建。他也有过想法，担心做事务工作会影响自己的学术研究，但还是顾全大局，认为"总要有人做基建工作"，虽然建筑、设计、施工、材料、监理等都是从未涉及的领域，但是满腔热情地投入到工作中，一方面向梁思成教授和行家学习，一方面从实践中积累经验。北大校园北部的教学楼、师生宿舍楼和中关园楼区都倾注了他的汗水和心血。正因为有过这样一段经历，张龙翔对有关建筑的知识了解甚多。元凯回忆说，记得儿时他们家刚搬到西郊，父亲常带着他和弟弟景怡到建筑工地参观，并津津乐道地讲解，大到高楼地基和结构，小到砖垛的码放，他都能讲出许多门道来。

至于他从不追逐名利，这也可以从他处理论文的署名上看出来。按中国惯例发表论文，学术带头人在前，科研组成员在后。可是张龙翔无论付出了多少心血，总是把自己的名字署在最后。他认为应该尊重别人的劳动，尤其是实验工作，他认为实验工作不但最辛苦，而且往往是一篇论文的基础。

他是一个事必躬亲、乐于助人的人。

张龙翔任副校长、校长期间，讲话、文稿都是自己动手起草，不用秘书代劳。由于他一贯没有架子，平易近人，所以人们有事都愿意找他。有一天晚饭时间，女生宿舍二楼水管漏水，流到下层，地面积满了水。此时后勤部门工作人员已经下班。一楼的女生跑到他家里来找，他当即拉上妻子去查看情况，并立即找到有关部门解决。还有一次，男生宿舍楼顶漏雨，该楼学生跑来找他。当时他仗着自己身体好，竟亲自跑到男生宿舍最高层，爬上屋顶查看，并立即通知有关部门解决。景怡回忆，张家有一位亲戚，是北京某大医院的著名外科专家，或许是因为当时单位对待知识分子的方式不妥，这位医生曾一度想不开，服用了过多的安眠药。半夜里，张龙翔一接到其夫人的电话，就急忙赶过去帮助妥善处理，安抚并耐心开导。一段时间下来，这位医生终于恢复了健康的心态，又重新开始了正常的工作。梁宋平回忆："有一年暑假，我妻子和孩子从湖南来探亲，我们住在29楼一层最西端的房子里。一天傍晚有人敲门，开门后看到竟是张先生和师母，还给我的孩子带来礼物，亲切地询问我们生活上有什么困难，如不方便时可住到他家。后来张先生接我们全家到他家吃饭。我的女儿当时才六岁，她至今仍深深记得那间古色古香的房舍和那高高的和蔼可亲的张爷爷。"

他是一个为人正直、作风正派的人。

张龙翔与同事、学生的关系，可以说用"君子之交淡如水"这句话来形容是再确切不过了。他从不亲此疏彼，以权谋私，培植个人势力。他作风正派、为人正直，赢得了北大师生们的敬重和爱戴。如他在担任CUSBEA中美生物化学招考委员会中方主席九年期间，从来不给任何学生写推荐信，即使这样做会得罪一些人甚至是亲朋好友。他认为在这个位置上给学生写推荐信不利于公正客观地选拔人才。

景怡回忆，父亲有一个患难与共的大学同学，哥哥元凯和自己都叫他大伯伯。大伯伯的夫人曾经是北大化学系讲师，20世纪50年代中期在一次课堂讲课时因身体不适晕倒，医生诊断为神经衰弱。大伯母在病休期间，兄弟俩曾陪她在颐和园划船放松心情。大伯母后来因病情加重转为留职停薪，此后二十多年再也没有上过班。两家关系一直走得很近，大伯伯家没有子女，因为受父母亲的影响，孩子们有时也会过去串门或帮点小忙。父亲做北大校长期间，大伯伯曾经提出希望将夫人多年来的待遇从留职停薪转为病休，这样可以补发工资，然而父亲认为不妥，没有同意。由此可见，父亲在秉公办事方面是一丝不苟的。他的交友之道真正是君子之交淡如水。

他是一个兴趣广泛、热爱生活的人。

张龙翔在外人看来是一位严肃的学者，实际上他有多方面的兴趣爱好。他喜爱古典音乐。每次出国，总要省下一些零用钱，买回价格不菲的原版磁带，视若珍宝。在患病期间他几乎每晚都要听贝多芬、莫扎特等音乐大师的作品，音乐常常伴随他进入梦乡。元凯回忆说，父亲早年爱好摄影。记得在我们儿时，曾经见到几十幅裱装得很好的黑白摄影作品，很美丽的风景照，都是父亲在加拿大和美国留学期间拍摄的。可惜新中国成立后父亲由于工作繁忙，没有机会再拍风景照了，但还是拍摄了不少具有纪念意义的照片，记录了他在世界各地访问的足迹。在父亲的影响下，我们也爱好摄影。父亲还喜欢打桥牌。听说留学期间他曾和钱伟长、费孝通、沈昭文和段学复等伯伯打过桥牌，身手不凡。我们打桥牌都是父亲教的，可以感觉到他的桥牌技术不低，计算精确。在闲暇时，他也会和家人打打桥牌。

张龙翔还爱好体育锻炼，坚持数十年不渝。他出身于江南古镇的富裕人家。初上小学时，是由家里佣人背了去的，幼时的父亲属于肩不能挑、手不能提的一族。但他上大学后，承袭了清华大学注重体育锻炼的传统，坚持晨练（主要是做操和慢跑）。由于这两项运动几乎不受条件限制，所以他从未间断。不论是特殊年代下放劳动时，还是身患癌症后能起床时，一生乐此不疲。有一年他赴美国参加会议，会后在景怡家小住了一

张龙翔参加群体体育运动（李静涵摄）

个星期，每天仍不忘到临街的小公园去锻炼，慢跑和做操。遇到下雨天不能出门，他就在那个仅四平方米的门洞里做体操。夏季，他最喜欢的运动是游泳。早年是去颐和园昆明湖，20世纪80年代北大有了五四游泳场，他常在早上不对外开放的时间段和体育教研室的老师一起游泳。20世纪90年代初他迷上了太极拳，找来录像，认真对照练习，每日操练不辍，还参加了学校运动会上生物化学系教工集体表演，后来还学习了太极剑。由于他在体育方面养成了良好的习惯，以至于四十多年后出任北大校长时，他还兼任学校的体育运动委员会主任，不但自己长期坚持锻炼——经常可以看到他环绕未名湖畔长跑，在颐和园昆明湖中游泳，有时还能看到他钟爱的孙女紧跟身后亦步亦趋，而且经常鼓励师生们强身健体促进工作和学习，留下了不少佳话……

因此，我对他的妻子刘友锵的这一句话颇有同感，认为她讲得很贴切，很引人深思。

他是一个以北大为家的人，

一个把自己的一切

都献给了

北大的教育和科研事业的人！

香港《大公报》记者的专访

要把北大办成既是教育中心，

又是科研中心，

我是充满信心的。

只靠我一个人不可能办好北大，

要发挥集体领导的智慧，

调动教职员工各方面的积极因素，

鼓励大家用主人翁的态度，

对学校各项工作提出批评和建议。

我继续追踪张龙翔的足迹，在《张龙翔教授纪念文集》中寻找线索，但发现有关张龙翔的报道实在太少，大概唯一有据可查的就是1981年6月14日香港《大公报》记者石天的专访。

那是5月的一天上午，香港《大公报》记者石天专程拜访了新上任的北大校长张龙翔。他身材修长，戴眼镜，头上没有一丝白发，如果不是他那略微光秃的前额，很难看出他的实际年龄已经六十五岁了。他待人谦和，总是满面笑容，即使是初次相见，你也不会感到拘束。当然，接任校长职务，自然成为他们交谈的中心话题。

1981年6月14日,《访北大新校长张龙翔》刊于《大公报》

　　张龙翔虽然谦虚地说接任北大校长感到力不从心,但表示:"不过,我有信心办好北大,以不负众望!"

　　张龙翔谈到他的出生地江南古镇南浔,谈到他在家乡读完小学、初中后,到上海沪江大学高中部读书,后来考入清华大学化学系。1940年,考取公费留学生,赴加拿大多伦多大学研究院生物化学系深造,1942年获得博士学位,再到美国耶鲁大学研究院从事博士后研究工作。他想到祖国的需要,放弃了在国外工作的条件和待遇,最后毅然回国。自1946年以来,他一直在北大执教,至今已有三十五个年头了。

　　张龙翔笑呵呵地叙谈着这三十五年的生活和工作。他说:"新中国成立前,我本来想在北大专心执教,两耳不闻窗外事。后来,北大学生反蒋、反美爱国运动的开展,对我影响很大,我开始同情正义的学生。我也曾和民主教授们一道起草过罢教宣言,名义是抗议国民党不发薪水,实质是从旁响应学生的罢课活动。有一份罢教宣言还是在我家里起草的呢。"

　　记者问:"你是怎样走上教务领导岗位的呢?"

　　张龙翔风趣地说:"我可不是坐火箭上来的干部呀。"1951年他代理北大秘书长职务，负责全校的总务后勤工作。1952年北大从城内迁往海淀郊区时，与清华大学、燕京大学三校院系调整，他又和当时的清华大学建筑学教授梁思成共同负责新校园的筹建工作。1953年他回到北大生物系任系副主任。1956年任学校自然科学处处长，统管全校的理科教学和科研工作。1973年任校教育革命部副部长。1978年提任北京大学副校长。教育部蒋南翔部长在张龙翔就任北大校长新职的大会上，赞扬他是一个对学校情况熟悉，长期担任教学和科研方面的工作，富于行政领导工作经验的老教授，确是言之凿凿呵！

他担任北大副校长职务期间，也没有放弃教学和科学研究。他经常在系里兼课，曾一个学期兼了五十个学时的生物化学基础课。此外，他还负责一个科研小组的工作，一直进行着"胰蛋白酶在自溶作用中结构变化与功能的关系"的理论研究，已取得初步成果，他的论文1979年刊登在英文版的《中国科学》上。同时，还有一项同美国生化专家合作的科研课题，也在进行。他还亲自带了三个研究生，指导他们的学习和科研。他先后出访过美国、加拿大、法国、德国等国家，了解国外教育的现状。1980年底，又应邀到日本讲学。学校里同国外进行学术交流的信函，往往也是由他亲自执笔用英文回复的。

人们都说，张龙翔作风正派，善于和大家合作，他先后担任几个部门的工作，没有见他和谁闹过不团结。在他担任副校长时，有位负责招生工作的干部，在工作安排方面，和他发生了意见分歧，不免争执了几句。这位干部自以为得罪了顶头上司，认为自己继续在这个单位工作恐怕不合适。而张龙翔却觉得工作上有意见分歧是正常现象，丝毫没有另眼相看。不久后，张龙翔还同意提升这个干部接任一个部门的领导职务。由于张龙翔十分谦逊，很不愿意提及自己的优点和长处，记者的采访只好转到

张龙翔在燕南园

北大今后的工作这个话题上来。

　　谈到如何办好北大，他说："只靠我一个人不可能办好北大，要发挥集体领导的智慧，调动教职员工各方面的积极因素，鼓励大家用主人翁的态度，对学校各项工作提出批评和建议。"他还说："要把北大办成既是教育中心，又是科研中心，我是充满信心的。为什么这样说呢？第一，北大文科、理科集中了一批高水平的教授、副教授。当时全校现有教授一百四十三名，副教授五百多名，其中中国科学院学部委员十九名。这样强的学术力量，在全国大学中是少有的。第二，北大集中了全

1989 年北大校庆日
左起：张龙翔、周培源、林家翘、丁石孙

国青年学生中的精华，他们以天下为己任，提出了'团结起来，振兴中华'的响亮口号，他们可以成为又红又专的人才。第三，北大文、理科门类比较齐全，有些学科领域的基础比较雄厚，有些学科已经初具特色。第四，在图书资料、仪器设备方面条件也还是比较好的……"

　　我面对这篇唯一有据可查的香港《大公报》记者的专访，陷入沉思。有关资料的短缺，相对来说给我的写作带来不少困难。但无论如何，应该感谢这位《大公报》记者，给我们留下了张龙翔刚任北大校长时的一幅逼真的速写，使我们加深了对他的认知和理解。按理说，无论是科研还是教育，张龙翔都是值得新闻媒体关注和聚焦的，记者是不可能也不会放弃的。主要原因恐怕还在于他自身，他具有中国知识分子的许多优点：豁达、谦逊、谨慎、低调，不喜欢张扬，不追求名利，但这恰恰从另一个角度折射出他的个性和风格。他就是这样一个平常而又不平常的高品位的人！

第三章

生命科学之梦

- 沉醉于生物化学的王国
- 与吴瑞的 CUSBEA 项目

沉醉于生物化学的王国

他是我国生物化学界的先驱，

既做"经师"，

更做"人师"；

学术造诣很深，

思维敏锐，

善于抓住关键问题，

勇于开拓新的研究领域。

一、既做"经师"，更做"人师"

中国科学院院士、高分子物理化学家、华南理工大学教授程镕时曾感叹地说："我的一生，深感幸运的是在每一个关键阶段都遇到了前辈师长的指导和帮助，尤其是戴安邦、张龙翔、钱人元三位恩师，对我影响甚巨，难以尽言。"程镕时自述，1949年秋，在他从金陵大学化学系毕业后，赴北京大学就读研究生之前，戴安邦先生亲笔写了一封致曾昭抡先生的推荐信，请曾先生帮助他决定专业方向。曾先生时任北大教务长兼化学系主任，是我国现代化学事业的领军人物之一，但他没有一点大人物的架子，待人非常和气，在征求程镕时本人的意愿后，安排他跟随张龙翔先生攻读生物化学。因此，程镕时成为中华人民共和国成立后张龙翔先生培养的第一位研究生。

一位优秀的教师，应该是"经师"和"人师"的统一。为师者，既要做"经师"，要精于"授业""解惑"，教给学生知识和本领；更要做"人师"，以"传道"为责任和使命，以高尚的道德情操和人格魅力感染学生，激发学生对真善美的向往。当时的张龙翔先生三十多岁，对科研工作十分细致严格，尤其擅长实验，是学校中最年轻的教授之一。他在承担繁重的学校行政和"三校建委会"工作的同时，一身二任，坚持教学、科研同步，怀着对国家富强的满腔热情、对民族复兴的使命担当，弦歌不辍，教书育人，深受广大师生的尊敬和爱戴。程镕时回忆说，他到北大后就在沙滩老神庙北大理学院张龙翔先生的实验室与张先生朝夕相处，刻苦攻读。当时张先生正在进行一项研究工作，试图合成 TB 菌体中发现的高级脂肪酸葡萄糖酯，张先生将这一任务作为他的论文题目并把自己历年积累的资料交给他补课，其中包括一本厚厚的实验记录本，这个实验记录本实际上是他的工作日志，内容包罗万象，极其丰富。工作日志中甚至记录着实验当天详细的天气情况，刚开始他很不理解。张龙翔解释说化学作为一门实验科学，天气的变化往往影响到数据的变化，因此需要记录清楚，在分析讨论数据的时候加以参考，真相往往就藏在细节中。就这样，他了解到整个研究过程，从中学到了怎样做实验记录，记录必须一一详尽忠实，不能有任何马虎，记录不仅自己能看懂，还应做到别人能看懂。张先生要求实验所用的各种试剂都要逐一纯化，对其纯度要做检验。他按照张先生的要求，花了两个多月的时间纯化了实验所用的试剂，为以后的实验做好了准备。可以说，在北大两年半的时间里，张龙翔先生对他倾囊相授。在张先生的严格训练下，他学到了从事科研工作的方法和态度，为他以后从事其他领域的工作打下了坚实的基础。正因为张先生的悉心关爱，事无巨细，精心指导，他才能在较短的时间里顺利完成高级脂肪酸葡萄糖酯的研究工作，并在《化学学报》上发表他的第一篇研究论文。

恩师的言传身教让程镕时永念在心，并对其后的学习、研究和教学产生了深远影响。据有关资料，程镕时是我国高分子物理学科的主要奠基人之一，20世纪50年代初，他参与组建了我国第一个高分子物理化学研究小组。早年从事高分子表征和溶液黏度的研究，提出了一系列应用广泛的公式和团簇理论。对凝胶色谱的研究阐明了多孔填料的成孔机理并提出凝胶色谱扩展效应和分离效应的统一理论及绝对定量化原则，以及一种研究分子水平上吸附作用和分子间配合作用的有效而直接的定量方法，拓展了凝胶色谱的应用范围。后来在高分子溶液凝聚过程等方面的研究工作中又取得了新的进展。他创立了中国化学会高分子表征专业委员会并担任首任主任，1991年任中国科学院学部委员（院士），1995年兼任华南理工大学教授，曾获国家科技进步奖特等奖、国家自然科学奖二等奖等，一生著作颇丰，桃李满天下。但他念念不忘感恩前辈师长的教诲和栽培，念念不忘恩师严谨的科学精神。因此，当他站上讲台与学生交流时，他总会想起当年戴安邦、张龙翔、钱人元三位先生指导和培养自己的情景，始终将恩师的育人理念践行到自己的教学工作中，既为"经师"，更为"人师"。

我很想跟踪采访程镕时院士，无奈不得其门而入。有关程镕时院士的材料，是未英在查阅张龙翔之妻的日记时发现线索的，但可惜的是他已于2021年2月7日在广州病逝。好在元凯设法找到了程镕时的三子程昀的联系电话。但几次打电话对方未接，元凯便改发短信，自报家门，程昀在第二日凌晨 3 时收到短信，3 时 15 分第一次回复说："我父亲于 2005 年写过一篇短文《楷模恩师》，主要内容是回忆早年追随令尊大人（张龙翔先生）以及戴安邦先生、钱人元先生学习工作的经历，发表在《科学的道路 上卷》（上海教育出版社，2005 年，第 550—552 页）上。2007—2008 年，有关单位曾经筹备出一本资料集（为此，程镕时院士曾于 2008 年 2 月 27 日和 29 日写信给元凯的母亲，征求张先生的照片），后来由于种种原因，出书计划中止。我父亲生前一直缅怀思念令尊大人（张龙翔先生），感激恩师对他的教导和栽培，对没有留下与令尊大人（张龙翔先生）的合影感到非常遗憾。"程昀第二次回复是，上海教育出版社那套书已售罄，故转发来此书中父亲程镕时院士的文章。我读后感到他师从张龙翔先生的那部分讲述更细致更生动，很值得参考。

1953 年，北京大学按照当时苏联高等教育专业设置的模式，在生物系的"人体和动物生理专业"增设了"人体和动物生物化学专门化"课程。为了加强生物化学教育和科研的师资力量，优化老师们的专业结构配置，马寅初校长和周培源教务长把张龙翔从化学系调来生物系任系副主任，并与沈同教授一起主持生化教研室的教学和科研工作。

沈同（1911—1992），字子异，江苏吴江人，生物化学与分子生物学家，教育家。他的父亲是一位循循善诱的好老师，受父亲熏陶，沈同为生命科学辛勤耕耘了半个多世纪。其实张龙翔与沈同早在 1939 年（昆明西南联大）清华大学农业研究所植物生理组时就认识了。但真正开始合作共事是 1953 年院系调整以后。当时沈同是生化教研室主任。张龙翔到教研室后，沈同就把自己教的一门主要的学年课程"生物化学"让出来给张龙翔讲授，并请张龙翔负责这门课的实验教学，自己却改教一门简明的学期课程"生物化学"。在一些重要的教学问题上，他们经常坦

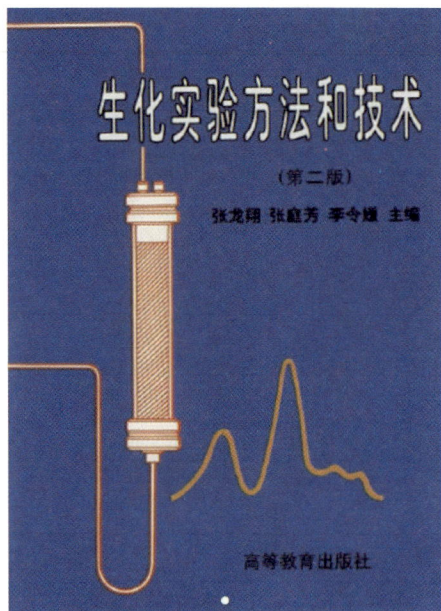

张龙翔主编《生化实验方法和技术》

诚交换意见。1956 年张龙翔与沈同教授等根据国际上生物化学迅速发展的趋势，向教育部建议建立生物化学专业，经教育部批准，北大成立了我国综合性大学的第一个生物化学专业。1978 年经过拨乱反正，沈同与教研室同志重新修订生物化学专业的教学计划、教学大纲等。由沈同主编《生物化学》、张龙翔主编《生化实验方法和技术》教材，分别在 1980 年和 1981 年出版。《生物化学》在 1991 年经过重新改编出了第二版，增加了新内容。这两部教材是北大生物化学专业的教科书，深受校内同学及校外读者的欢迎。后来这两部教材分别获得国家教委的优秀教材奖。1992 年，沈同逝世后，张龙翔在《忆沈同学长》一文中高度评价说："沈同学长为北大生物化学专业的建设做出了卓越的贡献，是生物化学专业的奠基人。沈同学长为人忠厚，平易近人，待人以诚，善于团结同志。在我的记忆中，他从来没有与人争吵过。四十年来，我们的合作共事关系，可以说是亲密无间的。"

生物化学也是一门实验学科，如物理一样。1956 年杨振宁、李政道研究物理提出"宇称不守恒"的理论设想便离不开吴健雄（北大名誉教授、著名物理学家）精准实验的证实。生物化学科学研究中实验的重要性及必要性是不可或缺的一部分。1953 年张龙翔由化学系调整到生物系，与

沈同教授共同主持生物
化学课程的工作，他就
积极着手生化实验课程
建设和教材编写工作。
当时得到的是俄文版的
生化实验教材，凭借出
国攻读博士和博士后时
打下的扎实功底，张龙
翔与生化教研室教师王

吴健雄（右一）被聘为北大名誉教授

镜岩按俄文版教程把实验一个一个做了一遍。经过几年的努力和积累，
张龙翔与同事们于 1956 年完成了第一届生化专业学生的生化大实验课程
内容，这也是全国高等院校率先开设的课程，正是在这一年，经教育部
批准，北京大学正式成立了全国综合大学第一个生物化学专业。20 世纪
60 年代，教育部提出对学生加强基础理论、基本原理、基本技术的"三基"
教学与训练，鉴于原来沿用的苏联教材比较陈旧，张龙翔与生化专业教
师决定编写体现"三基"教学的实验教材。1966 年在北大出版的《生物
化学大实验指导》教材，广受欢迎，直到"文化大革命"结束后全国各
地院校及科研单位还来索取。1980 年，北大生化教研室决定由张龙翔任
主编，出版生化专业教材《生化实验方法和技术》，这本书总结了北大
几十年科研成果及教学经验，是当时国内理科中引用率最高的书籍之一，
不仅为高等学校生化专业解决了教材问题，而且是一本重要的实验方法
学工具书。阎隆飞（中国农业大学生物学院教授、中科院院士）说，《生
化实验方法和技术》详细介绍了当前生物化学的最新技术，这对培养我
国的生化人才起了很大的作用。本专业研究生和年轻教师几乎人手一册，

高等学校教材

高级生物化学实验选编

张龙翔 吴国利 主编

GAOJI SHENGWU HUAXUE SHIYAN XUANBIAN

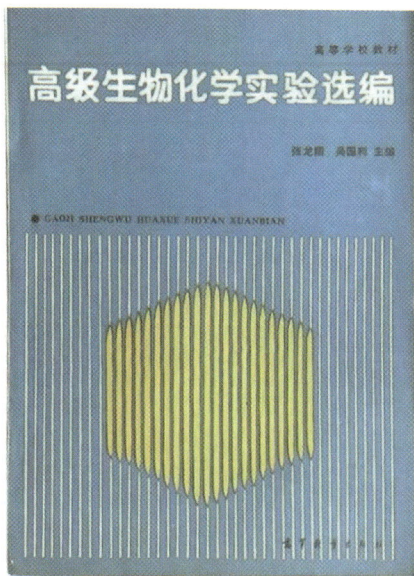

张龙翔主编《高级生物化学实验选编》

都把这本书放在桌上经常参考。1989年张龙翔又主编了《高级生物化学实验选编》（高等教育出版社出版），增加了很多新内容，这本书在各高等院校和科研所继续发挥着作用。唐建国（北大生物化学与分子生物学系副主任）说："张先生主编的《生化实验方法和技术》一书算是我了解张先生的第一步，在为数众多的相关书籍中，我认为该书迄今仍可被认为是一本很好的实验指导书籍。"1981年《生化实验方法和技术》由高等教育出版社出版，受到好评。本书曾九次印刷，仍供不应求。1995年提出重新编写该书第二版，当时张先生已患癌症，但还是亲自过问并鼓励他们认真编写，提出了新版要有新版的新意。他在患病期间花了两个多月时间审阅了八十四万字的原稿，还写了"再版序"。1997年7月，该书第二版出版后，在1998年《中国计量指标：论文与引文统计》生命科学类中，排名为引用频次最高著作的第二名。由此可见，张龙翔深知生化实验是生化专业的基础，理论如果没有实验的证明，是没有意义的。当实验推翻了理论后，才可能创建新的理论，理论是不可能推翻实验的。张龙翔从年轻时带研究生开始至1996年病重之时仍详细修改此书第二版的全部内容，说明他对生化实验的重视，说明改革开放初期他紧跟世界先进科学研究的发展步伐以及在生化实验方面与时俱进、锐意开拓的精神，也说明这两本书在他一生中的重要价值和意义。

张龙翔年轻时刚回国任北大教授的情景，在莘莘学子心里留下了不可磨灭的印象。吴德昌（中国人民解放军军事医学科学院原院长、中国工程院院士）回忆："记得是 1947 年，化学系开设了一门新的选修课程——生物化学，它是阐明生命本质的化学基础与规律的科学，理所当然地吸引了众多学子，我当然也不例外。当时听说授课老师是刚从美国回国的年轻教师，他就是张龙翔。开始上课了，张先生以他那年轻学者的风度，系统地由浅入深地给我们展现了生物化学的学科领域，他的谆谆教诲，使我对生物化学产生了极大的兴趣。据我所知，这在当时全国各有关大学中是第一个开设这一课程的，张先生是第一个在祖国大地上播下这门学科的种子的学者。"朱圣庚（北大生化与分子生物学系主任、教授，《北京大学学报》编委会副主任）回忆，张龙翔先生在承担繁重的行政领导工作的同时，积极完成教学任务，坚持站在教学第一线。他知识渊博，讲课逻辑性强，富有启发性，而且板书规范，有机化合物分子结构式画得规规矩矩，一板一眼，原子间的联系表示得明白无误，使学生一目了然，使本来比较枯燥的段落也变得趣味盎然，大大提高了学生的学习积极性，增强了学习效果。他对学生实验技能基本功的训练要求非常严格，小至洗刷试管、烧杯，以及分析天平的使用，无不躬亲指导和检查，一丝不苟。使用新仪器前，他都亲自操作示范，然后指导学生动手做，循循善诱。居乃琥（1963 年毕业于北大生物系生物化学专业，1966 年研究生毕业，高级工程师）回忆，1963 年 6 月北京的气候异常炎热，张先生放弃休息，约他周日上午来张家。在会客室里，张先生字斟句酌地为他修改毕业论文的正文以及用英语、俄语写的摘要，花费了整整一个上午。那天虽然开着电风扇，但张先生还是汗流不止，不时用毛巾擦汗，汗珠有时仍然会滴到草稿上。此情此景，他仍记忆犹新。可以说，恩师的辛勤耕耘换来硕果累累，经张先生教育的学生到了工作岗位后，大多在教学和研究工作中有较好的动手能力和严谨的作风。北大生物化学专业自1956年成立以来，到1996年，四十年来共培养生物化学本科毕业生一千三百零六人，硕士生一百二十六人，博士生十八人。生物化学专业培养出来的人才，现在遍布全国各地，有些人已经走上科技界的重要岗位，在一些领域成为学科发展的学术带头人和中坚力量。张龙翔由此感叹说："每当看到他们在事业上的成就时，我心里总有说不出的高兴，这也是教师最大的欣慰。"

20世纪50年代初期正是生物化学迅速发展的时期。1953年，桑格（Sanger）报道了胰岛素A、B链的全部氨基酸序列和二硫链的位置。沃森（Watson）和克里克（Crick）提出了脱氧核糖核酸（DNA）结构的双螺旋模型。张龙翔在教学工作中，注重传授新理论和新技术，每次讲授两小时的课，总要提前花一整天的时间备课，以取得较好的课堂教学效果。当时学习苏联教学体系，生物化学只是作为"人体及动物生理专业"的一个"专门化"方向，这对于培养生物化学的专业人才有一定的局限性。生物化学需要有较强的数、理、化基础和生物学基础，同时需要了解现代生物化学的发展趋向。张龙翔在新制订的生物化学专业教学计划、教学大纲，基础课和专业课的设置等方面都体现了这一指导思想，为生物化学专业的发展奠定了坚实的基础。他先后开设了生物化学、生物化学大实验、蛋白质化学、酶学等课程。

20世纪60年代初，张龙翔接受教育部的委托，参与起草了我国第一个高校研究生培养条例，推动了我国研究生培养的制度化、规范化建设。在研究生培养工作中，张龙翔十分重视基础理论和科学素质的培养，强调生物化学实验技能训练和动手能力的养成，要求他们勤学苦练，注重生物化学发展的前沿，独立思考，培养主动分析问题和解决问题的科学思维能力。对研究生的实验数据认真检查，严格要求；对论文写作逐字阅读，认真修改。教师严谨、求实的态度，对学生最具感染力，有利于培养学生的优良学风。当时国家制订了第二个科学技术发展规划，张龙翔选择分子生物学中的蛋白质结构与功能作为基础性研究的方向，并以从 1954 年指导学生进行毕业论文即开始的、制备具有应用价值和理论意义的结晶胰蛋白酶及其结构与活性功能间的关系为研究对象。对胰蛋白酶在自溶过程中化学结构的变化与酶活性的关系进行了系统性的研究，得到了结构不同但仍具有酶活性的 δ、γ、σ 三种胰蛋白酶自溶产物，以及它们与苯甲脒复合物的晶体，并对它们的化学结构、溶液构象和性质做了研究。还合成了 δ 胰蛋白酶与绿豆胰蛋白酶抑制剂的复合物单晶，进行了 X 射线晶体结构分析。在长期的科研和教学工作中，建立起一个具有先进水平、设备齐全的蛋白质结构与功能实验室。

张龙翔教授和他的研究助手在蛋白质结构和功能实验室

姚仁杰（北大生物化学教授、《中国生物化学与分子生物学报》常务副主编）回忆，正是有了张龙翔先生、沈同先生、陈同度先生等知名学者们的支撑和实际的业务领导，北大生化教研室和生化专业，才逐步发展为举国公认的、高校中开设最早的、师资设备条件最好的、科研教育最有成绩的理科专业之一。该实验室的另一项科学研究工作是以特定蛋白质的氨基酸序列作为分类学特征，研究我国珍稀动物大熊猫与相关动物的亲缘关系。通过乳酸脱氢酶同工酶 M_4 氨基酸序列分析来判断大熊猫在动物分类学及其进化过程中的地位。大熊猫的分类学地位一直是学术界有争议的问题。根据传统方法按解剖学特征和化石标本分类：有的学者认为大熊猫是一种高度特化的熊，应归入熊科（Ursidae）；另有学者认为大熊猫更接近小熊猫，应属于浣熊科（Procyonidae）；也有学者提出大熊猫应被列为独立的一科（Ailuropodidae）。张龙翔等认为蛋白质的氨基酸序列可以作为研究动物亲缘关系的一个客观信息。他们首先用亲和层析等方法从大熊猫骨骼肌中分离纯化了乳酸脱氢酶同工酶 M_4，又完成了 M 亚基三百三十一个氨基酸残基的序列测定，并与小熊猫、黑熊、狗、猪等相关动物同一酶的氨基酸序列做对比，发现大熊猫乳酸脱氢酶同工酶 M_4 有其独特性，从而提出了大熊猫应在食肉目中划为独立一科的见解。这一研究成果在《中国科学》上发表后，引起了国内外同行的重视，从而使学术界更多的同行认定：分子水平研究生物的亲缘关系应是一条可行的、更确切的途径。

随着国际上分子生物学，尤其是基因工程的迅速发展，1985 年他们在对胰蛋白酶结构与功能研究的基础上，又开始了胰蛋白酶的分子设计与蛋白质工程的研究。这项研究后来成了国家高技术发展"863 计划"中生物技术领域中的一项专题研究。为了加强胰蛋白酶稳定性和对底物作用的专一性，他们提出了对胰蛋白酶分子进行改造的设计方案。并用定位突变方法得到了几个相应的突变体，对这些突变体在大肠杆菌中进行了表达和性能测定，而且得到了稳定性和活性较野生型胰蛋白酶有所提高的胰蛋白酶突变体。1989 年，张龙翔写成《几种蛋白质的结构、功能和进化》一文，收录于邹承鲁（中国科学院生物学部主任、院士，中国生物化学与分子生物学会理事长）主编的《当前中国的生物化学研究》一书中，由美国学术出版社出版。该文总结了张龙翔和他指导的研究者们多年来的研究工作。在对蛋白质结构、功能及其工程的长期、系统研究的基础上，经国家科技管理与学术职能部门和同行专家组的审批，北京大学成立了由张龙翔创建并领导的"蛋白质工程及植物基因工程实验室"。1990 年通过国家验收，张龙翔任该实验室第一届学术委员会主任。

1990 年"蛋白质工程及植物基因工程实验室"国家验收会

二、从"合成八肽"到"胰岛素合成"

人工合成胰岛素一直是我国科学界的骄傲。它于 1966 年在科学界正式公开报道，并与半导体、激光研究以及原子弹试验成功等成就一样，标志着新中国成立后不久，中国科学家在某些基础研究和尖端科学研究方面与国际领先水平并驾齐驱。一些科学家认为，这项成就是打开生命奥秘之门的钥匙，是人工合成生命征途的三大飞跃中的第二大飞跃，它在科学上的重要性也许将远远超过获得诺贝尔奖。在科学以外，它在政治上、哲学上也有着十分重要的意义。可以说，北京大学是我国人工合成胰岛素的首倡者之一，张龙翔在这方面倾注了大量的心血，做了大量的工作，功在当代，利在千秋。

张龙翔是我国生物化学界深受尊敬的老前辈，学术造诣很高，思维敏锐，善于抓住关键问题，勇于开拓新的研究领域。早在 1953 年，他就开始研究胰蛋白酶。1958 年，中国科学院上海生物化学研究所提出了人工合成胰岛素的倡议。当时张龙翔在北大担任行政工作，主管科学研究，积极响应和支持这项重大研究。人工胰岛素 A 链有十一种二十一个氨基酸，B 链有十五种三十个氨基酸，共五十一个氨基酸。而八肽（催产素）是由八个氨基酸组成，可以看出人工合成八肽比合成胰岛素要容易许多，但这个项目是在探索合成胰岛素道路上的一项前期基础工作。张龙翔领导生化教研室师生完成八肽的化学合成，相比国外同类工作在合成步骤上有所改进。这是当时国内首次合成具有生物活性的多肽。徐长法（北大生物化学与分子生物学系教授）回忆说："张先生对青年教师的指导是非常具体的，记得有一次专门教我如何清洁和调试分析天平，整整花去他一天的时间。边示范边讲解，把天平部件有次序地卸下并按一定格式摆好，用有机溶剂清洗玛瑙口和托盘，复原后又仔细地调整了灵敏度并校正了砝码。他还把在国外做研究时的记录本给我看，教我怎样做实验记录，并把他心爱的玻璃器皿和真空橡皮管给我用，有两条橡皮管至今我还保留着。先生培养晚辈是不遗余力的，怎能不使我们对先生满怀敬意！"徐长法还说："1958年张先生指导我们青年教师完成了八肽的化学合成。是年秋冬生物楼里灯火通明，当时的情景还历历在目。张先生白天有繁忙的行政领导工作，夜间还要指导我们做合成八肽的实验。在最紧张的日日夜夜里，他通宵达旦地在实验室度过。当我们碰到合成的肽是油状物时，他就亲自试选沉淀剂，摸索溶解剂和沉淀剂的合适比例，直到获得结晶沉淀。在那'头脑膨胀'的日子里，正是张先生那种求实、严谨和对真理执着的精神，使我们年轻人避免了许多弯路，取得了可喜的研究成果。"从那时起，中国科学院上海生物化学研究所、中国科学院有机化学所和北京大学化学系大力协同，真诚合作，经过七年坚持不懈的努力，终于取得了显著成绩。1965年，在"北京科学讨论会"上，中国向全世界宣布人工合成了第一个具有生命活性的蛋白质——牛胰岛素，使与会的各国科学家，尤其是发展中国家的科学家深受鼓舞。这项研究大大推动了我国生物化学、有机化学的发展，并为我国科学事业在国际上赢得了荣誉。

人工合成牛胰岛素是一个具有国际尖端科研水平的重要课题，我们看了一些有关这方面的论文和资料，认为首先有必要确定第一篇研究论文所属的科研单位。在正式发表的报道成功合成牛胰岛素的论文中，署名作者所属单位有三个——中国科学院上海生物化学研究所、中国科学院有机化学研究所、北京大学化学系。然而实际上参加过这项研究的单位很多。据了解，最初的协作单位就有四个——中国科学院上海生物化学研究所、北京大学生物系生化教研室、复旦大学生物系生化教研室、北京大学化学系有机教研室。而且，《胰岛素人工合成课题的提出》一文指出："在人工合成胰岛素的工作中其他的研究组经常抽人大力支持。山西分院、河北分院、河南分院、四川分院、北京大学、四川大学、华东师大、复旦大学、上海科技大学、北京生物物理所等单位来我所进修的同志也前后参加了这一工作。"在所有这些单位中，究竟是哪个单位最先提出了这个课题？我们认为这个问题似乎并不重要，重要的是在当时的时代背景下这项研究彰显了我国科技界的集体智慧和力量。

为了寻求和探索这一问题相对正确的答案，我们不妨先看一下1998年出版的《北京大学纪事》的记载——"生物学系报告生化专业八肽组师生合成八肽"之事发生于1958年12月17日，再来研究1958年北大与生化所两单位领导之间的通信——从通信中我们首先可以看出北大在1958年暑假时并没有合成八肽。北大党委负责胰岛素工作的张龙翔教授在1958年11月24日写给生化所所长王应睐院士的信中说："来信告诉我们催产素合成的好消息，使我们十分兴奋。祝贺你们在合成方面的成功。我们现在还在合成，估计还有半月也可结束这一项工作。"据有关文章考证，促使张龙翔写这封信的原因，是上海生化所王应睐在同年11月19日以前两次致信北大，报告生化所的设想、进展，同时提出合作研究意向及两个单位的具体分工建议。令人遗憾的是目前还没有找到王应睐先生致北大的信。北大方面的回应是全面与生化所方面合作，责成张龙翔分管这项工作。然而从北大方面回复生化所的信件中，我们可以明显看出，当时是上海生化所在力邀北大参与合作。张龙翔在上述信中说："我们考虑了生化所的建议，并根据北大生化教研室的情况，确定和你所全面合作，在1959年共同进行胰岛素的化学和酶促合成的研究工作。"其后，才有了 12 月 8—12 日 "北京大学生物系生化教研组、北京大学化学系有机教研室、复旦大学生物系生化教研组和中国科学院上海生物化学研究所" 等四个单位共五十九人在上海生化所举行（第一次）"胰岛素文献报告学习讨论会"。1978 年 12 月，党中央、国务院批准向诺贝尔奖委员会推荐人工全合成胰岛素研究成果。为此，国家科委于 12 月 13 日在北京友谊宾馆召开胰岛素全合成工作的总评会议，会议由中国科学院副院长钱三强主持，聂荣臻副主席在人民大会堂接见了全体与会代表。时任北大副校长的张龙翔和北大化学系教授文重参加了会议，并合影留念。

1978 年，胰岛素全合成总评会议留念
　　前排左起：杨钟健、黄家驷、周培源、华罗庚、杨石先、贝时璋、钱三强、
　　　　　　　汪猷、冯德培、王应睐、柳大纲
　　二排：右二文重，右三张龙翔
　　三排：左二钮经义（生物化学家、中科院院士）
　　四排：左一杜雨苍，左四曹天钦（中科院上海分院院长、中科院院士），
　　　　　右三邢其毅（北大化学系教授、中科院院士）
　　五排：左一徐杰诚，左五张友尚，左六邹承鲁

三、中国生物化学会创始人之一

张龙翔先生对中国生物化学学会的工作一直非常重视。他认为学会是学科同行以文会友、交流学术、增进彼此了解和团结的民主形式的群众组织，是帮助党和政府联系广大科技人员的纽带和桥梁。他与王应睐、郑集、邹承鲁、张昌颖、曹天钦等先生都是中国生物化学学会早期创始人。张龙翔长期担任中国生物化学会的副理事长，并任第五届理事长。1982年又偕同杨福愉、王镜岩等先生筹建了北京生物化学会，张龙翔被推选为第一、二、三届理事长。正如邹承鲁在《张龙翔教授纪念文集》前言中所言："1993年7月，正当中国生物化学会即将召开'全国第七次生物化学学术会议暨第六次会员代表大会'的时候，突然听说张龙翔教授因患癌症住院。我约杨福愉和姚仁杰同志去北京大学第三医院（简称"北医三院"）高干病房探视，见张先生瘦了许多但精神还好，见我们去看他，脸上露出了往日常有的笑容，但这次却多了一丝隐隐的歉意。此时，他正担任中国生物化学会第五届理事长，即将召开的会议原定由他主持，现在生病住院不能到会了，便立即征求我的意见，请我代他主持这次大会，还认认真真写了一份请假信和对我的委托书，请杨福愉同志到会上宣布，其对学会工作的认真负责的精神是很值得我们学习的。"

杨福愉（中科院生物物理所研究员、院士，中国生物化学与分子生物学会副理事长、秘书长）回忆，张龙翔先生的优点很多，有两点令人印象很深：一是他抓学会工作始终注重贯彻"五湖四海"的原则。在讨论问题时总是耐心听取各方面的意见，遇到矛盾与棘手的问题时，从不发脾气，而是耐心协商寻找合适的、各方面都能接受的办法。因此获得了大家的好评，从而享有很高的威望。二是对工作极其负责。1993年当

首届分子生物物理学术交流大会

中国生物化学会常务理事会决定派人去斯德哥尔摩参加国际生物化学与分子生物学联合会执委会议，申请2000年在中国举办第十八届国际生物化学与分子生物学会时，张龙翔教授原拟亲自前去，但因健康问题，遵医嘱不能远行。他与副理事长邹承鲁教授商量后决定让我（杨福愉）前去参加，我因原来没有分配这方面的工作，在思想上及业务上都没有丝毫准备，感到很为难。经他多次动员，我才踏上旅途。虽然他在病中，但临行前仍多次与我通电话，对可能遇到的问题方方面面都考虑得很周详。在我参加会议回国的第二天清早，他又来电话急切地问了申办的结果。虽然这次申办活动由于种种原因（主要是政治方面的）没有获得成功，

张龙翔主持中国生物化学与分子生物学会第五届常务理事会议时合影
左起：杨福愉、张乃蘅、王琳芳、陈惠黎、邹承鲁、杜雨苍、张龙翔、吴国利、
阎隆飞、祁国荣、敖世洲、袁士龙、姚仁杰

但这一事件充分体现了张龙翔先生热心学会活动和对工作高度负责的态度，值得大家学习。再说，张龙翔先生是《生物化学杂志》（1985年创刊，1998年更名为《中国生物化学与分子生物学报》）的常务编委，这一任职在他众多的兼职中应是微不足道的，但事实上他十分重视和关心这份生物化学高级学术刊物的成长，尽管他在北大校长任期内，公务繁忙，但还是经常参加常务编委会议，有时甚至不用公车而是骑自行车与会，也许他是把从事生物化学的专业学术活动看成他校长工作以外的"业余私事"。张先生的一位学生曾有一篇来稿，经编辑部几次退回修改，还是词不达意，编辑部碍于张先生的大名而左右为难，最后副主编找到张先生，先生一口答应由他修改处理，并在一周内寄回，若编辑部认为还不合宜，就做退稿处理。这就是张先生的学风。

　　张乃蘅（北京医科大学生物化学与分子生物学教授、《中国生物化学与分子生物学报》主编）回忆，张龙翔先生曾任北京大学校长，并为中国生物化学学会第五届理事长，在我国教育界和生物化学界享有很高的地位和声望。但张先生平易近人，对晚辈和学生没有架子。他在任《生物化学杂志》常务编委期间，经常积极参加编审工作，恰似一名普通的学会活动积极分子。他的这种精神也是非常令人敬佩的。另据张昌颖（北京医科大学生物化学教授、《中国生物化学与分子生物学报》名誉主编）回忆，张龙翔教授对《生物化学杂志》十分重视和爱护，在筹建中多方协助，创刊后竭尽全力以促其成长。在召开杂志的常务编委审稿、定稿会时，他虽肩负北京大学全校的繁重公务，然而每会必到，常常提出有关杂志发展的切实可行的意见和建议，并认真审阅、修改稿件，使杂志的水平不断提高。《生物化学杂志》之所以有今日的声誉，不无他的一份功劳。

　　张龙翔教授还是国务院学位委员会第一、二届生物学科评议组成员，国家自然科学奖励委员会第一、二、三届委员，北京市人大第一、二、三届代表和北京市政协第六届委员会常委，1981—1989年担任中美生物化学招考委员会（CUSBEA项目）中方主席。他曾多次赴美国、日本和中国香港等地的大学讲学，广泛参加国内和国际间的学术交流活动，在国内外均享有盛誉。他不仅自己认真学习国外科学技术先进经验，而且积极鼓励和支持学生出国深造或交流，并尽可能提供帮助。李武波（美国马里兰州生命技术公司高级研究员）回忆，1979年他考取了张先生的研究生，从事蛋白质结构与功能的研究。为了尽快赶上国际先进水平，张先生积极主导制定并推动了与国外的学术交流，包括科技人员的交流，邀请有成就的外国专家来校、系做学术报告和专业交流。任职美国食品和药物管理局的生物化学与生物物理所所长的刘德勇教授就是来校做学术交流的外籍学者之一。1980 年，在张先生和刘德勇教授的共同努力下，李武波有机会前往华盛顿的美国天主教大学化学系从事博士研究生阶段的学习。为了适应国外的学习环境，张先生特意将他安排到北大为全国出国人员开设的英语进修班学习。那时，虽然进修班的进程已经过半，但对李武波来说，这是个难得的机会。进修班里的老师都是从美国请来的，所有的课程都围绕着美国日常生活中的常用会话展开。虽然时间只有一个多月，但他受益良多。在李武波即将赴美之前，美方学校来信要求提供英语合格证书。那时候，我国还没有正式的托福考试（TOEFL），无法提供这类考试的成绩。张先生知道后，为避免李武波到校后遭受麻烦，就根据他在英语进修班中的表现和考试成绩，亲自给校方写了封证明信。对外界一无所知的李武波来说，这封信无疑是极大的鼓舞，同时给了他自信，张先生的这封亲笔信至今仍被完好地保存着。

与吴瑞的 CUSBEA 项目

CUSBEA 项目，
是张龙翔历时九年
与美籍吴瑞教授，
为中国培养生物化学
专业人才的一项重要工作，
也是他改革开放初期
做出的重要贡献之一。

20 世纪 80 年代初，中华人民共和国结束了十年浩劫和三年徘徊的迷茫，改革开放的时代强音开始奏响，神州大地徐徐迎来了崭新的春天。1981 年 5 月 22 日，张龙翔接受中共中央任命，出任北大校长。自此，北大的各项工作在拨乱反正的基础上逐步走上正轨，同时向着建设世界一流大学的远景目标迈出了坚实的步伐。下面，让我们用一组组鲜活的事例和翔实的数据，来真实地讲述那个中美生物化学联合招生项目（China – United States Biochemistry and Molecular Biology Examination and Administration Program，简称 CUSBEA 项目），这就是张龙翔校长与美籍吴瑞教授从 20 世纪 80 年代初开始历时九年为中国培养生物化学专业人

张龙翔教授与吴瑞先生

才的一项重要工作，也是他在改革开放初期做出的重要贡献之一。从中可以感受到张龙翔校长带给北大的点滴变化。

改革开放初期，我国的科技教育事业、科技水平和世界先进国家的差距很大，科研机构和高等院校普遍感到青黄不接。因此，利用国外的条件，培养一批我国急需的优秀人才，成为当务之急。为了帮助中国培养科技人才，一些美籍华人学者在中美大学之间牵线搭桥。1979 年，美籍物理学家、诺贝尔奖获得者李政道教授发起中美物理学联合招生项目（China – United States Physics Examination and Application Program，简称 CUSPEA 项目），每年选派一百多名中国学生赴美国一流大学和科研机构学习物理。

1981 年，受到 CUSPEA 项目的启发，美籍分子生物学家、美国康奈尔大学教授吴瑞萌发了创建中美生物化学联合招生项目的想法。吴瑞祖籍福建省福州市，1928 年 8 月 14 日生于北京。其父吴宪（1893—1959）是中国近现代生物化学的创始人之一，是北京协和医学院生化系

82

首任系主任。吴瑞之母严彩韵，是中国最早的一位在国内从事现代生物化学和营养研究的女性。在家庭的影响下，吴瑞很自然地爱上了生命科学，并以此为终生职业。1981 年，吴瑞在得知 CUSPEA 项目实施之后，决定发起 CUSBEA 项目，选拔中国学生赴美国学习生物化学和分子生物学，以缩短中国生命科学与世界先进水平之间的差距。经过与李政道的沟通，吴瑞教授得到了中国方面对举办中美生物化学招生项目的肯定意见。

1981 年 3 月 24 日，吴瑞教授和美国康奈尔大学的生物化学助理教授戴碧曜写信给当时的教育部部长蒋南翔和中国科学院副院长严济慈，建议创办 CUSBEA 项目。1981 年 4—5 月，吴瑞开始了繁忙的准备工作。他和戴碧曜以及康奈尔大学的其他同事向五十多所美国著名大学写信，询问是否愿意参加中美生物化学和分子生物学招生项目。约有四十所大学表示愿意。李政道也帮助吴瑞联系了部分学校。

1981 年 5 月 15 日，教育部正式邀请吴瑞到北京商谈。7 月 1 日，教育部正式发布文件，委托北京大学承办 CUSBEA 项目，将执行 CUSBEA 项目的责任委托给北大校长、生物化学和分子生物学家张龙翔教授，并决定该项目是我国政府公派出国留学计划的一部分。尔后，吴瑞教授曾先后三次写信给教育部副部长黄辛白、北大校长张龙翔和中国科学院副院长严济慈。这三封信对教育部和 CUSBEA 招考委员会接受并采纳吴瑞的意见起到了决定性作用。

在这三封信中，吴瑞详细介绍了他所设想的 CUSBEA 项目实施方案，说明了学生的专业和院系来源、考试的内容和组成、面试及推荐过程、举办 CUSBEA 考试的必要性、生物学科的重要性和增加派出人数的必要性等问题。在给张龙翔的信中，他特别强调了培养生化人才的重要性："现代生命科学已经进入一个新的历史阶段，已由原来的以被动的观察、描

述为主的阶段转入以实验、主动改造客观世界为主的阶段。生命科学的
这种转变的动力，主要来源于现代生物化学的蓬勃发展。生物化学不仅
是所有生命科学的牢固的理论基础，而且是实验基础，它能为所有生命
科学提供强有力的实验手段。"最后，吴瑞提出了一个方案来选拔考生，
如果采用这个方案，就能够选拔出足够多的学生参加 CUSBEA 考试。吴
瑞诚挚的建言最终说服了教育部同意举办 CUSBEA 考试、增加派出人数
和扩大考生的选拔来源。

　　1981 年 9 月 14 日吴瑞飞抵北京。16—21 日，他分别与教育部部长
蒋南翔、副部长黄辛白、中国科学院副院长严济慈、北京大学校长张龙
翔等会面，讨论派遣留学生的人数、考试以及推荐方式等事宜。23—24 日，
吴瑞与张龙翔为主任委员的 CUSBEA 招考委员会（副主任委员：陈德明，
北大生物学系副主任、生物物理学教授。委员：沈同，北大生化教研室主任、
生物化学教授；孙亦梁，北大化学系副主任、分析化学副教授；顾孝诚，
北大生物学系副主任、分子生物学副教授）在北大就考试的具体事项进
行会谈。吴瑞对会谈的结果非常满意。

　　CUSBEA 项目是我国生物领域中外合作组织的最大的出国留学项目。
考生必须参加全国研究生入学考试，报考专业对口，报考资格是大学本
科即将毕业的学生和大学本科毕业后已经工作、年龄在三十五岁以下的
科研人员。考生的专业背景，除了本科学生物学和医学外，本科出身于
化学系而又有志于攻读生物化学的学生也包括在内。研究生入学考试成
绩达到录取标准的考生，根据个人自愿申请的原则，由录取他们的单位
择优推荐参加 CUSBEA 考试。参加 CUSBEA 考试选拔的大学和研究所
是教育部、卫生部及农业部所属的一些高等院校以及中国科学院所属的
若干研究院（所），这些大学和研究院（所）在当时都具有比较好的生

时任国务院副总理方毅（左五）接见美籍华人科学家吴瑞（左四）、张龙翔（左六）

物学科基础。当时，参与项目的院校（所）主要有全国各大学院校或院所，后来加上了少数民族地区的几所院校，有内蒙古大学、新疆大学、广西医学院等。CUSBEA 考试由美方命题，每年由两所参与 CUSBEA 项目的美国大学负责出题，试题密封后交给北大 CUSBEA 招考委员会，CUSBEA 招考委员会负责复制试题并安排考生参加 CUSBEA 笔试。

毋庸讳言，英语能力是进入美国大学学习的先决条件，因此，CUSBEA 招考委员会采用了几种方法来评估申请者的英语水平。前两届 CUSBEA 考试，主要以考生参加全国研究生入学考试中的英语成绩和美国教授面试过程中对考生的英语评价作为英语水平的参考。从 1984 年（第三届）开始，CUSBEA 招考委员会开始组织考生参加当时正在举行的 CUSPEA 项目的英语考试。CUSPEA 英语考试内容分为四项：听力、结构、阅读理解（包括词汇）与写作。英语考试的成绩单独列出，供美国大学选拔时参考。最后，由 CUSBEA 考生本人在面试评价表上用英语写下他们感兴趣的研究领域及其理由。面试评价表在随后的申请过程中提供给美国大学作为参考。

参与 CUSBEA 项目的美国大学都是生命科学领域的高水平机构，其生物院系的排名也居于前列，如哈佛大学、耶鲁大学、康奈尔大学等。最初参加 CUSBEA 项目的美国高校有四十多所，到 1987 年时，增加到七十多所。通过面试后的学生在 CUSBEA 招考委员会的协助和指导下，根据考生的实力和意愿，选择五至六所美国大学进行申请。CUSBEA 招考委员会负责寄送考生成绩汇总表（包括国内研究生英语成绩，CUSBEA 考试成绩、面试评价记录、英语笔试和听力成绩）。

张龙翔校长顺应历史发展的潮流，非常敏锐地抓住这个机遇，全力推进这项工作。从 1981 年起，在他接受教育部任命担任中美生物化学与分子生物学考选项目（CUSBEA 项目）中方主席的九年期间一贯秉公办事，从来不写推荐信，始终以公平公正的态度选拔优秀学生，对来自全国各高校的考生一视同仁，北大学生虽然每届都有中选者，但从来没有得到过"近水楼台先得月"之便。CUSBEA 招考委员会要求美国大学在每年 3 月 28 日之前，确定录取学生名单，然后把结果通过电报告诉北大校长张龙翔。美国大学的录取结果要求注明其首选的学生和备选的学生。CUSBEA 招考委员会收到录取名单后，决定学生去哪一所美国大学。每个 CUSBEA 考生能够收到的录取通知书数量不同，一般能够得到两至四份录取通知书，但有的考生可能会收不到录取通知。为了尽可能保证每个学生都能够派出，招考委员会通常需要内部协调考生赴美的学校。少数未被录取的 CUSBEA 学生先在广州中山大学外语培训中心进行英语培训，然后参加下一届的 CUSBEA 项目。这些学生不需要再次参加笔试而直接面试，参加下一年的推荐和申请。CUSBEA 笔试及面试落选者则回到原推荐单位，录取为原推荐单位的研究生。

最后被录取的 CUSBEA 学生，由教育部出国人员集训部办理出国手续。为保证 CUSBEA 学生完成学业后按期回国服务，出国前，推荐 CUSBEA 考生的各个单位会与 CUSBEA 学生签订出国留学协议书，明确派出学生的留学目的、学习内容和期限，并且规定 CUSBEA 研究生学成回国服务的义务等。

通常每一个被录取的 CUSBEA 学生都能从美国大学的研究院（所）得到经济资助（包括学费、生活费及其他费用）。但是，一些顶尖的美国大学接收外国留学生通常需要奖学金支持。为了帮助更多 CUSBEA 学生进入美国的顶尖大学，从第三届 CUSBEA 项目（即 1984 年）起，教育部决定，由中国政府提供全额奖学金（学费和生活费）给前十五名 CUSBEA 学生，奖学金金额为五千美元，由中国使馆支付。1985 年，中国政府为 CUSBEA 学生提供了三十个全额奖学金名额。

在赴美之前，已被录取的 CUSBEA 学生在广州中山大学外语培训中心进行四至八个月的英语培训，以提高英语听说能力及了解美国文化。在培训期间，来自全国各地的 CUSBEA 学生聚集在一起，几个月的共同生活增进了他们之间的了解。这一段时间的共处使他们在赴美以后，能够保持一定的联系，这对他们在美国建立联系和举办学术交流活动起到了很大的促进作用。

1984 年以后，国内赴美学习生物化学的留学通道基本打开了。美国大学开始大量接收自费申请的学生赴美留学。一方面是由于 CUSBEA 学生在美的优异表现；另一方面是由于 1984 年以后，托福和留学研究生入学考试（GRE）开始在中国国内广泛举行，自费留学的途径开始建立。留学的通道全面打开以后，与CUSBEA项目同时举行的其他项目先后停办了。CUSPEA项目决定1988年招收最后一届学生。1988年秋，CUSBEA委员会也正式决定停止举行下一届考试。1989年8月，在派出最后一届（即第八届）学生以后，CUSBEA项目正式结束。CUSBEA项目在特定时期所肩负的历史使命圆满完成。该项目自1981年实施，至1989年结束，一共举办了八届，共派出四百二十二名学生赴美攻读生物学科的博士学位，至今已有五人当选美国科学院院士，两人当选美国艺术与科学院院士，同时走出了两位中国科学院院士，以及一位中国科学院外籍院士。有关资料显示，CUSBEA项目逐年出国的学生有很多已成为知名生物学家：王晓东、吴虹、陈雪梅、管坤良、马骏、林海帆、傅新元、王小凡、袁钧瑛、施杨、金亦石、骆利群……一串长长的名单，他们活跃在世界科学界的前沿领域，传承发展，卓有建树。

CUSBEA学生是时代的幸运儿，也是一个特殊的社会团体，对推动中国的生命科学研究和教育发挥了积极作用。早在广州英语培训期间，CUSBEA学生就自发地组织起来，每一届CUSBEA学生都编制了通讯录，约定赴美以后加强联系，互相帮助。第一届CUSBEA学生在广州培训时成立了"CUSBEA Fellow Union"的组织，并拟订了章程，规定赴美以后要定期联络，举办研讨会和编发刊物等事项。赴美以后，在同一所美国大学学习的CUSBEA学生联系比较紧密，他们之间形成了互相帮助的良好传统。位于同一地区的CUSBEA学生也会经常聚在一起讨论生活和学习问题。

1987年以后，CUSBEA学生陆续获得博士学位。1987年、1989年和1993年，CUSBEA学生先后在美国举行了三届名为"旅美中国学生（学者）生命科学研讨会"的学术交流会议。每一次的学术讨论会除了有学术报告外，还会有专门的议程，讨论当前中国生物学科留学生普遍关心的问题。从 1993 年开始，CUSBEA 学生每年夏季在国内举行"海外及归国中国生物学者生命科学暨生物技术讨论会"。该研讨会一直举办到 1998 年，共举行了六届。2001 年 6 月，为了庆祝 CUSBEA 项目实施二十周年，在国家自然科学基金委员会、教育部、科技部等单位的大力支持下，CUSBEA 学生在国内组织召开了"二十一世纪生物科学前沿论坛"。自从 1993 年 CUSBEA 学者在国内举办"海外及归国中国生物学者生命科学暨生物技术讨论会"以来，越来越多的华人生物学家开始同国内建立联系。正如美国科学社会学家戴安娜·克兰在《无形学院》中所指出的："无形学院对于统一研究领域和为领域提供凝聚力和方向是有帮助的。这些重要的人物和他们的某些合作者由直接的纽带紧密相连在一起，他们发展了有利于在成员间形成道德原则和保持积极性的团结。"CUSBEA 学生举办这一系列学术讨论，促进了在美国学习生命科学的中国学生之间的交流及合作，同时也增强了在美国的 CUSBEA 学者之间的凝聚力。此外，通过组织和参加这一系列的学术交流会议，CUSBEA 学生向中国国内传播了最新的生命科学研究成果，为中国的生命科学发展做出贡献。

如今，四十多年过去了，很多 CUSBEA 学生已成为各自所在学科的中坚力量，并在国际上取得了引人瞩目的成就。现在，一大批华裔生物学家（包括许多 CUSBEA 学生）活跃在生命科学的前沿领域。虽然 CUSBEA 项目不过是中国生命科学发展历史中的一个插曲，但是它在一个特殊的时期发挥了重要的历史作用。CUSBEA 项目培养了一大批活跃在生命科学前沿的顶级科学家。正如学者钱卓所说："如果吴瑞先生的计划晚十年，生物学界还会有十年的人才断层和整体水平的断层。"

　　CUSBEA 项目的实施，是中美两国科学界、教育界在改革开放初期双边合作的一种有效模式，是热心于两国学术交流的学者们共同努力的结果。作为 CUSBEA 项目在国内的具体执行者，北京大学的张龙翔教授为 CUSBEA 项目及学生的成长投入了难以估量的心血和精力。他多次受国家教委之托，去美国各高校视察和慰问中国留学生的学习和生活状况，鼓励青年们潜心向学，为科学的发展做出贡献，为祖国的振兴出力，受到了这些留学生发自内心的敬重。从 1993 年始，到 1996 年去世前，他被推选担任在北京召开的"海外及归国中国生物学者生命科学暨生物技术讨论会"的主席和名誉主席。1993 年夏，他因重病卧床，不能出席会议，还专门写了书面发言稿委托他人在会上宣读，不少海外学子和外国专家都深受感动。多年来，他们积极推动 CUSBEA 学生回国或在中国举办各种学术研讨会，充分反映出老一代科学家对 CUSBEA 学生在促进中国生命科学发展方面所寄予的厚望。

　　当前，生命科学的重要性正逐步彰显出来。CUSBEA 学生有一大半活跃在生命科学研究的前沿领域，他们中的许多人已经成为著名的科学家，目前回国工作和参与交流的 CUSBEA 学生也正逐年增多，而留在海外的 CUSBEA 学者有的回国参加学术交流活动，有的在国内开办生物产业。他们往返于中美两国之间，促进了中美两国在生命科学领域的交流。毫无疑问，CUSBEA 项目的实施是成功的。通过国家大规模地派遣留学生赴美学习，从而为祖国乃至整个人类社会加快了学科的发展，这样一种培养人才的方式在中国特定的历史时期起到了积极作用。

　　张龙翔教授逝世以后，吴瑞教授从美国纽约伊萨卡发来用英文撰写的悼念文章《纪念张龙翔教授》。全文不长，翻译如下：

　　1981 年参加 CUSBEA 项目（中美生物化学与分子生物学考选项目），我第一次见到张龙翔教授。这个项目是在我联系了教育部后发起的。教育部要求张教授担任中国方面的协调人。他明智地邀请顾孝诚（助手）参与其中。通过我们的共同努力，四百多名中国学生在美国主要大学获得博士学位，表现非常好。有些人已经成为生物科学不同领域的领导者。他们很感激张教授在给他们机会去美国学习方面发挥的积极作用。张教授于 1987 年前后来到美国进行了一次短暂的访问，并在伊萨卡待了几天。我很高兴地邀请他住在我家里，因此就有机会更好地了解他。我发现他是一个非常热情、知识渊博、有思想的人。他是一个说话相对较少的人，他总是经过深思熟虑的。因此，他经常有很好的想法。他是一位绅士和真正的学者。他多年积极从事教学和开展研究工作，并发表了一些高质量的论文。我们会永远记住他的。

　　我们由此想起 19 世纪法国一位杰出的科学家巴斯德说的一句话："科学虽没有国界，但科学家却有自己的祖国。"科学的本质是求实、开放的。科学无国界，真正的科学问题，需要全球共同解决。中国未来科学技术发展的核心竞争力一定是、也只能是人才，特别是高层次的世界级人才，那些在本研究领域、本行业具有战略眼光的高端领军人才。这里最鲜明的例子就是 20 世纪由钱学森、郭永怀、钱三强等为代表的一批杰出人才创造的"两弹一星"奇迹。如果没有这些高端人才，那么中国在尖端科学技术，乃至国家安全方面该蒙受多大的损失！

　　张龙翔在改革开放初期为中国教育和科研事业走向世界做出的努力

和贡献，充分表现了他作为北大校长、生物化学与分子生物学家、教育家，顺应历史潮流推进校内各项改革，增强了北大与世界各国著名大学的联系，为国家培养新一代人才另写的一部《创世纪》。同时，他"老骥伏枥，志在千里"，在这一时期还承担了很多学术、考选和奖学金等方面的重要工作。从 1981 年起，在张龙翔受教育部任命担任 CUSBEA 项目中方主席的九年期间，乃至卸任北大校长之后，他始终一如既往，高瞻远瞩，追求卓越，旨在建设世界一流大学，加快实现发展科技创新、参与全球合作的宏伟愿景。这不仅限于讲台上教书育人和带研究生，更重要的是，这是中国在 20 世纪 80 年代科教兴国开放走向世界的具体表现。CUSBEA 项目在特殊时期发挥了特殊作用，培养了一批杰出的生物学家和生物制药行业精英等急需人才，是适应我国改革开放科教兴国战略的重要举措，对我国生命科学领域的发展和中美文化交流都具有划时代的历史价值和现实意义。

吴瑞教授于 2008 年在美国因心脏病逝世，CUSBEA 学子成立吴瑞基金会，并从 2009 年开始设立吴瑞奖学金，奖励从事生命科学领域工作的具有创新性、独立思考能力和专注奉献精神的博士研究生。

四十多年间，前事不忘，后事之师，CUSBEA 项目亲历了中国生命科学研究的飞速发展，也见证了一代代华人科学家的薪火传承！张龙翔教授与吴瑞教授，生前无疑都是 CUSBEA 项目的功臣，但张龙翔在生命的最后岁月里，抱病所写的千字自传《八十回顾》中，竟然对此了无一字。也许这正如郝斌前辈师长在《子不语（代序）》中所言，"时光荏苒，很多事情在我们后来者的眼里渐渐模糊远去，其中况味，如今已难于体会"，抑或这就是他的为人处世与众不同之处呢？

第四章

追赶时代的脚步

扶持"748 工程"

张龙翔二十多年来，
对"748 工程"投入了很多心血，
尽心尽力支持和推动了这一项目。
这一项目的成功在我国引起了
一场印刷出版界的革命。
令人欣慰的是，
他生前已经看到了
北大"方正"的巨大发展。

张龙翔逝世后，时任北京大学计算机科学技术研究所所长、两院院士、方正集团公司董事长王选写下了《追思张龙翔先生对"748 工程"的扶持》一文，赞扬了他一直以来尽心尽力扶持"748 工程"的点点滴滴，功不可没。

何谓"748 工程"？这一重大科技项目总共包括精密汉字照排系统、汉字情报检索系统、汉字通信系统和汉字终端设备等的研制。其中精密汉字照排系统最为关键，这是书刊和报纸编辑排版工作的专用系统，对已延续了五千年的汉字意义重大，其创造性、先进性和可行性是该系统能否研制成功的关键。

1946年美国发明了第一台手动式照排机，20世纪50年代发展了"光学机械化"二代机，1965年德国推出阴极射线管三代机，1975年当英国研制的激光照排四代机即将问世时，我国却连一代机都没有研制出来。在此背景下，北大无线电系助教王选提出直接研制西方还没产出的第四代汉字激光照排系统，则被认为是"妄想一步登天"，还被戏称为"数字游戏"。但正是这个"数字游戏"，使中国踏上了向数字化时代挺进的征程。

1975年5月，王选提交了一份研制照排系统的建议书，提出了构建"数字存储、信息压缩和小键盘输入"系统的总体方案，很快得到了北大党委的重视，将其作为北大自选项目，成立协作攻关的会战组，但要争取列入国家"748工程"计划，则困难重重。1976年9月，当时的电子工业部来函，正式给北大下达了这项研制任务，并向北大明确了这项研究不仅要解决汉字如何有效进入和输出计算机的问题，而且要在印刷出版业中采用计算机精密照排系统来取代传统的铅字排版印刷。

张龙翔在《"748"工程的启示》（手稿现存于北大档案馆）一文中回忆说，当初北大新图书馆落成时，为了使图书管理现代化，有一个小组在研究用计算机来检索管理中文图书，实质上首先要解决的也是大量汉字信息如何进入和输出计算机的问题。在提出"748工程"后，校方和这个小组与其他有关人员进行了认真的研究。经过讨论，大家一致认为汉字信息处理工程对我国计算机工业、印刷出版业和信息化社会的发展极为重要，应该承担这项任务。汉字进入和输出计算机以及汉字精密照排系统应该依靠我们自己的力量和才智来解决，这是我们义不容辞的责任，我们一定要为我国人民争气。大家还认为北大有多学科上的有利条件，可以把各个学科的专业人员组织起来，团结协作，联合攻关，在

（1）

（2）

（3）

（4）

（5）

（6）

（7）

（8）

《"748"工程的启示》手稿

上级领导部门的关怀支持下，有条件承担和完成这项任务。

这样重大的科技项目往往需要多学科的联合作战，但会战组的组建很不顺利，数学系、中文系比较积极，派人参加会战，而有些系则明确表示拒绝承担这一项目。当时计算机方面实力最强的电子仪器厂也缺乏热情，甚至连已经承担的几项任务都很难派人参加。就在一些单位互相推诿、不愿出头的情况下，1976年3月24日学校委派北大教育革命部副部长张龙翔担任会战组组长。他在上任的第一次会战组会议上，一开头就说："各系都不愿管，那就我来管。"从这时起，一直到后来任副校长和校长期间，张龙翔始终全力支持激光照排项目，从组织各系技术力量参加攻关、争取国家立项和经费，到落实工作室、协调解决校内外各方面的种种问题以及攻关的决策，等等，他都一一落到实处，付出了很大心血，为后来方正集团的成立做好了前期工作。可以说他是北大历任校长中对这一项目投入精力最多的一位。

1976年4月，电子工业部计算机工业管理局局长郭平欣被北大的这一方案所吸引，列出了十一个汉字，这十一个汉字是"山、五、瓜、冰、边、效、凌、纵、缩、露、湘"，从简到繁，包括了汉字的主要笔画和结构；要求他们对汉字字形信息压缩方案做模拟实验，并于5月4日做出指示——要在一个半月内完成模拟实验。当天晚上，张龙翔召开会战组紧急动员会，要求和鼓励大家开足马力，按时按质完成这一任务。6月10日他又主持了模拟实验的汇报会，接待有关领导在北大计算机中心观看表演。演示进行得异常顺利，现场宽行打印机打出的十一个字规范漂亮，笔锋光滑，几乎看不出有失真的地方。郭平欣局长等领导满意地笑了，结果比他们预料的还要好。

模拟实验成功不久，北大收到一份"红头文件"，下款赫然盖有北京市科教组、北京市文化局、北京市出版局的大印。文件明确规定，北京市有关单位仍决定采用第二代光机式照排机方案，要求北大承担其中的软件任务。当时张龙翔拿了这份"红头文件"给会战组成员看，征求大家的意见。王选心里明白他是相信北大的技术力量的。

1976年9月6日，北京市科教组和科技局在新华印刷厂召开了一次方案介绍会，专门介绍了"748工程"——光机式二代机方案。张龙翔代表北大参加了会议。虽然会上并未介绍北大的方案，但指责颇多，说什么"北大想搞先进的系统，看来要先进到修正主义那里去了"。张龙翔回校后对王选说："我今天挨了批判，他们完全不了解我们的方案，我已经请他们来参观。"9月8日，张龙翔在北大接待了北京市科教组刘锦华、科技局鲁延武，他们听了方案介绍，大为称赞，当即表示回去后向北京市领导汇报，尽可能统一到北大的方案上来。

激光输出是北大方案的重要组成部分，物理系代表的参加是至关重要的。1976年，张合义就非正式地加入这一项目，提出了不少好的构思。张龙翔说服了物理系正式派张合义参加会战组，张合义又于1977年从物理系请来李新章、钱世雄等加盟攻关。1980年提职时，张龙翔还亲自过问有关物理系来的同志职称评审方面的事情，并做出了努力。由于组建班子困难重重，张龙翔早在1976年底就给校党委打了一个报告，认为有些系对此项目不够理解，请党委重议一下。1977年1月27日，当时北大党委负责人黄辛白在报告上批复："不必重议，抓紧进行。"张龙翔举着报告对王选说："这下我有了'尚方宝剑'，抽调人员比较好落实了。"1977年春，电子仪器厂和计算中心一批计算机方面的专家调入会战组，并于1978年正式成立汉字信息处理技术研究室，隶属北大教育革命部，张龙翔兼任研究室主任。1979年12月13日研究室选举三位副主任时，张龙翔还与研究室同人一起投票。

粉碎"四人帮"后，新华社重新成为"748 工程"的合作单位和第一用户。1977 年 5 月 6 日，在新华社召开电子工业部、新华社、北大三方领导会议。会议原定由北大党委负责人黄辛白参加，因黄辛白临时有事，张龙翔就请周培源参加。由于周老到会，新华社把社长曾涛请了出来，周老和曾涛是老朋友，都在会上做了热情洋溢的发言，气氛非常热烈。可以说，这次会议是"748 工程"的一个转折点，会上成立了由郭平欣、杨家祥（新华社副社长）、张龙翔组成的领导小组，统一协调和领导这一项目。事后张龙翔很高兴地对王选说："本来请黄辛白同志出席，他没有空临时请了周培源同志，反而取得了意想不到的效果。"这是周老进一步接触和了解"748 工程"的契机，从此他以更大的热情支持这一项目的推进。

自 1975 年 5 月"748 工程"起步以来，北大办公用房一直紧张，文史楼两间总共二十平方米的破旧教室是软件组的所在地，冬天暖气不足，加上穿堂风，条件很差。1977 年 8 月人员大增，一大批定购的设备即将到货而无处安装，事情已到了刻不容缓的地步。张龙翔想起北大旧图书馆的一楼是"文化大革命"时期教育革命展览所在地，在新形势下已无存在的必要。张龙翔提出的这一建议得到了周培源、黄辛白等校领导的支持。然而，要人让出房子实在很难，张龙翔为此遭到责难。但在校党委的支持下，还是把北大旧图书馆一楼全部拨给"748 工程"。在机房装修过程中张龙翔多次亲临现场，并提出一些设计方面的具体意见，因为 20 世纪 50 年代初北大的一些实验室装修是他参与设计的，应该说他是有经验的。"748 工程"有不少协作单位，张龙翔经常过问与这些协作单位相关方面的事情。如潍坊市电子局郝局长 1977 年 3 月 14 日第一次来北大谈合作时，就是张龙翔接待的。是年 10 月选择了潍坊电讯仪表厂（即潍坊计算机厂的前身）作为总承厂。1977 年 11 月潍坊市电子局派了一批泥瓦匠来协助北大旧图书馆的内部装修工作，完工后张龙翔夫妇陪他们去长城游玩并合影留念。新华社多年来承担了不少字模制作工作，1982 年由于各种原因，该社从事这一工作的人员不大愿意干了，想停止这一工作，张龙翔获悉后立即写信给新华社有关领导，说"不要功亏一篑"，很快就解决了问题。

　　1979 年是"748 工程"内外交困的一年，也是王选一生中感到压力最大的一年。这一年初在外部遇到蒙纳字体（Monotype）威胁的同时，在内部则受到出国风潮的影响。还有一些同志不愿从事工程性质的工作，认为吃力又发表不了论文。面对这种情况，张龙翔在全室会议上做了专门讲话，希望大家专心致志搞好"748 工程"，暂缓出国。1984 年他离开校长岗位后仍继续关心"748 工程"的发展，每次鉴定会他是必到的，有一次他刚动完胆囊切除手术，但也没有缺席。至于汉字信息处理技术研究室和后来的计算机研究所每年元旦前一天的联欢会，他也是每次都到的，还常常表演节目。1995 年的联欢会上，已患癌症的张龙翔仍旧到会并讲话。对于激光照排系统的每一项进展，他都热切关注并由衷感到高兴。1994 年春节，他在病床上看到刚刚印出的彩色精美样张时，脸上充满了笑容。是年他身体奇迹般好转，8 月份还参加了电子部主持的"748 工程"二十周年纪念会。可以说，王选和他的研究团队永远难忘的是张龙翔二十多年来对"748 工程"投入了巨大的精力和心血，尽了很大努力支持和推动这一项目的精神和人格力量。

　　现在，让我们把回忆的镜头切换到 1979 年 7 月 27 日那最激动人心的时刻吧！

清晨，阳光明媚，未名湖绿波摇曳。

北京大学汉字信息处理技术研究室的计算机机房洋溢着紧张而又热烈的气氛。身穿白罩衫的工作人员一声不响地围在样机周围，用期许的目光注视着神秘的样机，没有人走动，没有人说话，只有计算机键盘不停地发出嗒嗒的敲击声。转眼间，从激光照排机上输出一张八开报纸的底片。两个年轻人忍不住挤了过去，只见装有底片的暗盒被拿进暗室，于是年轻人又拥到暗室门口焦急地等着，不断有人喊：好了没有？

暗室的门终于打开了，人们争先恐后，抢着看那张刚刚冲洗出来的大底片。

此刻，阳光透过玻璃窗，王选眼睛发亮，满面通红，使劲抑制着心跳和喘息。

陈堃銶就在他旁边，留心着底片也留心着王选。底片从一个人手里传到另一个人手里，赞叹声与欢叫声像春潮般此起彼伏。

这时候，报纸的样张终于印出来了。"汉字信息处理"六个大字，赫然占据了报头的位置。横竖标题错落有致，大小十来种字体，配上精心安排的表格、花边，版面美观大方，端庄悦目。啊！汉字激光照排系统印出了第一张报纸样张"汉字信息处理"，这是新中国第一张用"计算机激光汉字编辑排版系统"整张输出的中文报纸。

王选一夜成名，成为"当代毕昇"。

但没有人知道他妻子陈堃銶，没有人知道陈堃銶做了什么。

燕山与太行相握，科学与爱情交汇。王选是江苏无锡人，出生于上海，1958年毕业于北大数学力学系，他个性坚韧，狂热探索，充满好奇心。陈堃銶就读于北大数学系计算机数学专业，个性顽强，正直善良，伶俐聪慧，生就一副银铃般的好嗓子。她比王选高一届，毕业后留在数学系工作，担任过王选的辅导老师，所以，她既是王选的师姐，又是他的小老师。两人性格互补，在一起有说不完的共同语言。青年时期的王选体质文弱、重病缠身，是个"病号"，陈堃铫也身患多种疾病，但她却主动跟他说："咱们结婚吧，这样我就可以名正言顺地照顾你。"

陈堃铫与王选相知相惜，在科研取得突破的同时，也收获了爱情。其实了解他们的人都知道，这对患难夫妻几乎过着清教徒似的生活。在那些日子里，他们家几乎成了汉字精密照排项目的工作间，夫妇俩朝朝暮暮，殚精竭虑，没有寒暑假，没有星期天，甚至没有白天与夜晚、上班与下班的界限，调研、查阅资料、论证方案，一切都在紧张而有序地进行着。夫唱妇随，不分你我，常常早上一睁开眼，他们就开始讨论科研方案，有时为了一个难题，各抒己见，争得面红耳赤。许多技术难题，不是在办公室，而是在清晨的争论或半夜的突发灵感中解决的。有一年除夕夜，夫妻两人工作后回家，发现冰箱里只有一块豆腐，就用一块豆腐当作年夜饭。作为科学家，他们勇于向困难挑战，而从攻克难关中所获得的乐趣，也是常人体会不到的。

在王选的项目中，一项重大而艰巨的任务——设计和调试软件，一直是陈堃铫负责，陈堃铫就像一个方面军的指挥员，为研制排版软件绞尽脑汁，四处奔忙。这位体态娇弱、智力过人的女性可以说是中关村的才女，也是中国新一代计算机软件专家。当时没有软盘，没有显示器，总量达十四万行的程序全用汇编语言写出，其艰难是今天的软件开发者难以想象的。就这样，不知经过了多少个节假日和不眠之夜的奋力拼搏，他们终于设计出一个令大家满意的"轮廓加参数"汉字高倍压缩方案。他们绕过了二代机和三代机在机械、光学等方面的巨大技术困难，大胆选择别人不敢想的第四代激光照排机。西方从铅排到激光照排，其间经过了一代机手摇照排、二代机光学机械照排、三代机阴极射线管照排，可以毫不夸张地说，他们一步跨越了西方走过的四十年。

1980年夏天，陈堃銶的软件核心部分全部调通。计算机激光汉字编辑排版系统成功地排出了样书——《伍豪之剑》。全书只有二十六页，但字形优美清晰，封面古朴典雅，这是用国产激光照排系统排出的第一本汉字图书，在中国印刷史上具有里程碑的意义。该书从文稿输入、编辑排版、校对修改到添加页码等一系列工序都是在计算机控制下自动运行的。没有动用一个铅字，也没有经历铅排所必要的拣字、拼版、打纸型、浇铅版等一系列烦琐的工序，更没有熔铅、铸铅这类有毒作业。

王选和陈堃銶望着那本淡绿色的样书，脸上露出了胜利的微笑。国务院副总理方毅接到样书，抑制不住喜悦之情，爱不释手，把样书带到中央政治局，分赠给每位政治局委员。这些貌似平凡的绿色小册子，向中国最高领导层传递了一则重要的信息：北京大学在首都引发了一场划时代的汉字印刷技术革命！邓小平当即写下"应加支持"的批示。1980年10月，方毅副总理带着邓小平的批示来到北大，向王选及全体研制人员表示感谢。满脸阳光的陈堃銶和全体研制人员都笑了，王选对着方毅副总理欲言又止，又看了一眼陈堃銶。

王选声名显赫的时候，有记者采访王选，他想起了妻子陈堃銶。那时王选荣誉等身，摘得了第十四届日内瓦国际展览会金牌奖、联合国教科文组织科学奖、国家最高科学技术进步奖等桂冠，担任了"三院院士"（中国科学院院士、中国工程院院士、第三世界科学院院士）、全国政协副主席、全国人大常委会委员、教科文卫委员会副主任、九三学社中央副主席，获"改革先锋"等殊荣。王选对记者说："那时我负责系统和硬件，我的妻子陈堃銶负责整个软件的设计。有十多年，她是整个软件的负责人，在这个项目里头她的贡献和我差不多，也是激光照排的创始者。你们为什么不报道她？"

记者说："人们习惯聚焦一个人"。

王选说："这是不对的。事实不是这样。唐三藏取经，九九八十一难，这是我们一同取的经。我总觉得我剥削了她，两人的荣誉加在了一个人身上。"

回到家里，陈堃銶对王选说："行了，就这么定了，以后不要提我，就是你一个人。"

王选咕哝："不！是我们两人。"

"两人太复杂了，"陈堃銶说，"我们还分吗？"

是的，两人不分。

当初陈堃銶嫁给王选，自己就消失了。王选也消失了，两个人变成了一个人……

1985年，汉字激光照排系统在新华社试用成功。1987年《经济日报》使用这一系统，在全国成为"告别铅与火，迎来光与电"的首家单位。汉字激光照排系统，不仅成为新中国第一个计算机中文信息处理系统，风靡全国，而且出口到日本和欧美等发达国家。北京大学这一科技项目的成功，为汉字的信息化处理插上了翅膀，在我国引起了印刷出版界的一次革命，从此使编辑、印刷、出版行业开启了从工业化向数字化时代的历史性跨越，进入了计算机和激光的时代，为中华民族文化的传承和发展奠定了重要基础。令人欣慰的是张龙翔生前已经看到了北大方正集团的巨大发展。如今，也许他在天之灵唯愿北大方正集团经历一番磨难以后重新砥砺前行，走向新的辉煌！

回顾二十年的历程，张龙翔在晚年写下了《"748"工程的启示》一

文。他在回顾总结中指出:

首先,科技工作者要有雄心壮志,敢于承担对科学技术、国民经济发展有重大意义的攻坚项目。尤其汉字信息处理难度大,印刷出版业要求的汉字照排系统精密度又高。面对这种情况,科技工作者是知难而退呢,还是知难而进?解放后,我们自己培养的像王选这样的科技工作者,是有水平、有能力的,他们对科学有奉献精神和事业心。因此对他们来说答案只能是后者而不是前者,要勇于攀登科学高峰,为国家为中华民族做出重大贡献。

第二,研制项目选定后,要瞄准世界科技发展的前沿,采用创造性的、有发展前途的技术路线,制订先进的研制方案。国外照排机的发展,经过了四次换代,从四十年代中的第一代手动式照排机到七十年代中的第四代激光照排机。汉字的信息存储量大,因此汉字照排机的难度要比西文照排机大得多。面对难关,王选和同事们敢于攻坚,选准了正在发展中的四代机作为目标,明确了技术难点是如何压缩汉字信息量(的)。经过反复探索试验,终于创造了高倍率汉字压缩信息技术,使庞大的汉字字模存储量压缩了五百倍,扫除了汉字精密照排系统最大的技术难关。采用回络激光平行扫描技术,解决了汉字高精度的输出问题。

第三,重大科技项目除了要组织好单位内部各学科的协作外,还要组织好跨部门、跨地区、跨行业的协作,大力协同,联合攻关。北大内部调集了数学系、计算机系、无线电系、物理系、中文系等单位的力量，并保持了一支稳定的核心研究队伍。同时，由于领导部门的支持，（北大）组织了有试制部门潍坊计算机厂、无锡电子计算机厂、杭州邮电通信设备厂、长春光机所等，和使用部门新华社、《经济日报》社等单位参加的协作网。正是这种内外协作，保证了计算机激光汉字精密照排系统的成功，为照排机的系列化、实用化和商品化打下了良好的基础。

恢复高考后的北大逸闻

张龙翔的校长主张——

"做"比"说"更重要。

他管理这所中国一流大学的奥秘

包括他一生的追求

到底是什么呢?

浙江省湖州市的历史上曾出过两任北大校长:一位是胡仁源(1913—1916年在任);一位是张龙翔(1981—1984年在任)。

【校长主张】

张龙翔的校长主张——"做"比"说"更重要。

这位中国生命科学的先驱者之一,曾先后担任北大副校长、校长的张龙翔先生,管理这所中国一流大学的奥秘,以及一生的追求到底是什么呢?这就颇像著名的"钱学森之问",或是周培源研究的"斯芬克斯之谜",吸引着人们去发现,去探寻,去研究。

【校长大事】

张龙翔自谦地说:"我在北大期间,自认为在两件事情上做对了。一件是支持了胰岛素合成;一件是支持了'748工程'。"

【校长逸闻】之一：1978 年 2 月

夜幕开始把天空渲染成深蓝色，张龙翔骑着自行车，从蔚秀园 17 号楼的家里出发，冒着凛冽的寒风，驶过灯火闪烁的道路，浓浓的年味扑面而来。

当时正逢全国恢复高考，这一年北大是冬季招生。1977 年 11 月 4 日北大校党委常委开会，决定成立北大招生委员会，由校长周培源任主任委员，副校长张龙翔任办公室主任，张文增任副主任。这些日子里，张龙翔查阅档案，接待来访，处理来信，虽然很忙很累，但看到关闭十年的高考大门重新打开了，心里总感到热乎乎的。

张龙翔骑车沿蔚秀园路往东再向右转，就到了燕南园 60 号，北大教授、中国语言学家王力的家。王力看见张龙翔，心里猜想他准是为自己儿子王缉思的事来的，忙请张先生在一楼客厅就座。

张龙翔平静而温和地说："你们寄给北大招生办的信收到了，我是来听取意见的。"

王缉思心里早有准备，就做了简单汇报。

张龙翔很认真地听着，不时在笔记本上记录。

原来王缉思 1968 年毕业于北大附中，1968 年至 1978 年为内蒙古东乌旗和河南陕县下乡知青、河南省三门峡水电厂工人，1977 年秋在河南省三门峡市参加了"文化大革命"后第一次高考。填报考志愿时，看到招生简章上称北大有五个专业在河南省招生——哲学、政治经济学、文学、图书馆学、英语，当时报考只能填三个志愿。他报的第一志愿为北大中文系文学专业，第二志愿为北大图书馆学系图书馆学专业，第三志愿为北大西语系英语专业。考试结束后，他于春节回家探亲，与一位高中同学见面，才得知自己报考北大已成泡影。因为那位同学的姐夫是北大派到河南招生的老师，看到了王缉思的报考材料，但他报考的三个专业，北大已取消在河南招录。同时，却在仍然招生的哲学、政治经济学专业以外，新增了一个考古专业。因此，虽然王缉思的成绩已经达到北大录取分数线，却无法被录取。另外，据说不录取他的原因还包括年龄偏大（未曾公布的一条原则是，北大在外省录取考生，年龄一般在二十五岁以下）。

说起这事，王缉思显得有些气愤、不安。

"你们向上面反映过了？"张龙翔握着笔问。

"反映过了。"王缉思克制了一下激动的心情。

张龙翔深情地望了王缉思一眼，又望望王力。

王缉思继续汇报说，自己和父母一致认为，无论出于什么原因，这是不公平的竞争。想到自己将失去上大学的机会，他不甘心服输。于是以父亲王力的名义，给教育部高教委员会写了一封信，由他送到教育部信访办公室。近日他获悉北大要扩大招生，招收北京地区走读生，他们就又给北大招生办公室写了一封信。

张龙翔莞尔一笑，点点头。

"你们的信转到了北大党委书记手里，他过问了这件事。"

张龙翔望了一眼窗外的夜色，话语不多，直奔主题，好似一股清泉，流淌在王缉思的心田。他当机立断，要求王缉思马上到郑州找河南省招生办，请他们把王缉思的报考材料尽快寄到北大，如果能够在规定日期以前寄到，北大即可考虑录取。

王缉思心里升起了希望。

王力话语很少，但心里明白，张龙翔白天忙，晚上还不休息，从他家蔚秀园赶来，足足有两里路哩！他向儿子望了一眼，意思是你该谢谢张先生啊！

没等王缉思开口，张龙翔站起身来，看了一下手表说："时间不早啦，我该走了。"

张龙翔起身，王力父子默默地送他出门。

目送着张龙翔迎着寒风骑车渐渐远去的背影，王缉思心里顿觉一阵温暖，不禁视线模糊了。这时候，夜幕下的北大校园响起了迎春的鞭炮声……

王缉思的姐姐王缉慈在河南陕县工作，她正巧打算当晚回河南。于是，姐弟俩立即乘火车，第二天早上赶到了郑州。姐姐帮助王缉思找到河南省招生办，取回了有关材料，密封后由王缉思本人带回北京。他到了北大后，马上将材料送给张龙翔先生。

过去通往大学的道路很远，今日却很短，转眼就望见了大门。1978年3月，王缉思在河南收到了北大录取通知书。

4月初王缉思回到北京，到北大国际政治系报到。那年国际政治系已经录取了三十名本科生，望着打印的名单上，王缉思的名字是用钢笔在末尾加上去的，他的眼角透出了一丝晶莹。他想起那个难忘的夜晚，张先生寒夜骑车远去的背影渐渐变得高大起来了。他想，自己这一次终于圆了北大之梦，的确是最后一刻努力冲刺的结果。

王缉思果然不负众望。1983年获硕士学位后在北大国际政治系任教，1991—2005年任中国社会科学院美国研究所副所长、所长、研究员，2001—2009年兼任中共中央党校国际战略研究所所长，2005—2013年任北京大学国际关系学院院长、教授，2008—2016年兼任中国外交部外交政策咨询委员会委员。王缉思还曾到英国牛津大学圣安东尼学院、美国加利福尼亚大学伯克利分校东亚研究所、美国密歇根大学政治系任访问学者，2001年8—12月任美国加州克莱蒙特·麦金纳学院亚洲事务访问教授，2002 年 1—2 月任新加坡国防与战略研究所拉贾拉南客座教授，2011—2014 年受聘为美国普林斯顿大学"环球学者"。现为北大博雅讲席教授，博士生导师。主要教学和研究方向为美国外交、中国外交、亚太安全，主要著作有《高处不胜寒：冷战后美国的全球战略和世界地位》（主编）、《中国学者看世界》（丛书总主编），发表文章有《国际关系理论与中国外交研究》《美国霸权的逻辑》《美苏争霸的历史教训和中国的崛起道路》《中国国际战略研究的视角转换》等。

张龙翔校长逝世以后，王缉思在《关于张龙翔校长的一点回忆》一文中深情地回忆说："我虽然至今不知招收我的内情，但相信张龙翔校长的热情关心、辛勤工作和负责精神，是我得以被北大录取的关键因素。当时我和张校长素不相识，我父亲同他虽然认识，也很少交往。他对我的帮助，完全是出于公心以及对求学青年的厚爱。对此，我永远充满感激之心。"

【校长逸闻】之二：1979 年 9 月

1979 年，林毅夫出人意料地选择了研究马克思主义政治经济学。最初，他申请就读的是中国人民大学，但校方以"来历不明"为由拒绝了。接着，他开始申请就读北京大学。

时任北京大学副校长兼校招生办主任的张龙翔，看了林毅夫要求就读北大的申请后，找到北大经济系主任、著名经济学家陈岱孙教授，说有一个从台湾来的学生想到北大读政治经济学，这个学生就是林毅夫。

林毅夫，原名林正义，1952 年 10 月出生在台湾宜兰。小时候家境清苦，由于家住夜市附近，环境嘈杂，他总是晚饭后先倒头大睡，到了午夜才起来念书，念到第二天清晨为止，他的功课一直很好。1971 年初，他进入台湾大学农工系农机专业学习，担任学生会主席。1975 年，他以第二名的成绩毕业于台湾陆军官校正期生四十四期步兵科，随即留校担任学生连排长；1976年考上国防公费台湾政治大学企业管理研究所。

1978年，林毅夫获台湾政治大学企业管理学硕士，随即返回军营，派赴金门马山播音站担任陆军上尉连长，即台军陆军284师851旅五营第二连连长。而此时海峡对岸频频出现重大举动：1978年，中国大陆开始了以经济建设为中心的大发展时代；紧接着，中美建交。

1979年5月16日傍晚，林正义彻底改变了自己的命运航道，他游过两千多米的台湾海峡，抵达对岸的厦门，更名为"林毅夫"。此时，他的家人并不知情，第二个孩子还在妻子腹中。"我回到大陆，是一个知识分子对历史所做的选择，但我希望不伤害任何人。改了名字，就意味着过去的我人间蒸发了，消失了。"

北大是否接收这个"来历不明"的学生，张龙翔和陈岱孙觉得需要谨慎考虑，于是便请时任北大经济系副主任的董文俊出面，先和林毅夫谈一谈。谈话的地点位于北京西直门的一家招待所，谈话的结果是：董文俊发现"他是一个有理想、有上进心的年轻人"，"而且讲话很有分寸，认真而严谨，是个想搞事业的人，不像有什么特殊目的"。

董文俊回忆说，对林毅夫的身世有所了解后，他向学校领导汇报时，还是提出了可以收下这个学生的建议。随后，北大副校长兼校招生办主任张龙翔和经济系又商量了几次，虽然思维方式不乏那个时代的特征，却体现了北大"兼容并蓄"的传统。"当时我们分析，收下他最坏的结果是，最后发现他是个特务，可经济系又没有什么情报。"董文俊后来说。就这样，林毅夫进了北大经济系。为了安全起见，对外宣称是来自新加坡的华侨。当时，即使在北大，知道林毅夫真正来历的，也只有张龙翔、陈岱孙和董文俊等几个人。

那时的北大恰逢改革开放初期，校园里形成了自由开放的学术氛围。在一次国际学术交流活动中，林毅夫遇到了经济学大师西奥多·舒尔茨。通晓英文的林毅夫为舒尔茨担任翻译，舒尔茨对林毅夫印象深刻，主动邀请他到美国芝加哥大学留学，成为诺贝尔奖得主舒尔茨的关门弟子。

芝加哥大学经济系是"宽进严出"的典型，每年有三分之一的博士生在没有拿到学位的情况下离开。四年后，林毅夫完成了多数学生至少五年才能攻读下来的博士学位，其博士论文《中国的农村改革：理论与实证》更被老师舒尔茨誉为"新制度经济学的经典之作"。

林毅夫拿到博士学位后，1986年又辗转耶鲁大学经济发展中心，做博士后研究。此时，北大经济系有些老师猜测，"那个到北大来求学的林毅夫，不会再回来了"。

那时的林毅夫，已经获得了国际经济学界的认可。许多著名的美国大学和研究机构主动提出为他提供教职，世界银行也向他抛来橄榄枝，但是，作为林毅夫的老师，董文俊知道，林毅夫的理想在中国："他不是一般人。虽然他来自台湾，但是他想的是整个中国的事情。"

1987年，林毅夫再次做出了与众不同的选择。他带着三十多箱英文资料回到中国，成为改革开放后第一位回国的经济学博士。他曾先后任国务院农村发展研究中心发展研究所副所长、农村部副部长、北京大学经济系教授、香港大学经济系教授、世界银行高级副行长、首席经济学家、全国工商联（专职）副主席、北京大学国家发展研究院名誉院长、北京大学中国经济研究中心主任等职，以及第七、八、九届全国政协委员，第十届全国政协经济委员会副主任，第十一届全国人大代表，第十二、十三届全国政协常委、经济委员会副主任。

在世界银行第一天上班的时候，林毅夫觉得有点像小学生第一天上学，很兴奋。不过还好，林毅夫主管的是研究部门，大家交流的是真理。林毅夫所主管的部门里有二百五十个学者，其中四十人是高级经济学家，如果把他们研究经济的年限加起来，会超过一千年。

有记者问道："精英总是很有个性，如果大家意见不同，会不会吵起来？你会不会用权威来统一意见？"

林毅夫笑答："我有那个权威，但是我不用。我们要以理服人，我不用职务上的便利。如果我错了，我向你学习。如果我对了，我一定要说服你，你是错的。知识就是力量。"

世界银行其实和一个大公司一样。它有执行董事会，也有管理层。一般来说，管理层不用投票的方式，而是提倡讨论，然后大家达成共识。如果没有办法达成共识，那么就由行长来拍板。林毅夫说："世行为什么会选择来自中国的经济学家？我想，最终还是因为中国这些年来改革开放的成绩和经验，得到了世界的肯定——尤其是它改变了世界上很多学者对发展和转型问题的看法。"

【校长逸闻】之三：1986 年

同为留美归国经济学家的北京大学原副校长、汇丰商学院院长海闻曾在朋友圈发了一条消息："热烈祝贺当年的下铺兄弟、回国创业搭档易纲荣任央行行长！不容易啊！"作为易纲的大学同班同学，海闻与易纲相识四十年，昔日'睡在下铺的兄弟'如今成了央行行长，他深知其中的不易。

海闻是湖州市南浔镇张廷灏的侄子，父亲是张廷鹏，曾居杭州。关于张廷灏（1901—1980）这个人物，我的忘年交陆剑在《南浔最早的共产党员张廷灏》一文中介绍过。这位复旦大学的高才生，参加过五四运动；国共第一次合作期间，与恽代英等人建立国民党上海市党部，并担任青年部长；他与毛泽东主席共事过，且关系友善，晚年还受到了毛泽东主席的接见。他是目前能查到的南浔最早的共产党员（原刊于南浔区政协《南浔文史》2021年总第9期）。

海闻上大学前，已在黑龙江经历了九年的知青生活；易纲在北京郊外顺义县插队，当过知青队长、伙房管理员。1978年，二十岁的易纲成为恢复高考后的第一批大学生，在北京大学经济系学习。海闻曾回忆说，1977级的学生年龄相差很大，最大的三十三岁，最小的只有十六岁。易纲入学时二十岁，算是比较年轻的。"他特别积极上进，英语特别好，是我们当中第一个在大学里入党的同学，1980年北大选派三名学生去美国交换留学，他就是其中之一。"

1980年大学三年级的易纲被选派前往美国，分别在美国哈姆林大学工商管理专业、伊利诺伊大学经济学专业学习。刚去美国时，易纲身上只有两美元，当时外币只能换那么多。他课余时间去洗碗，虽然免学费、免房费，但吃饭和零花钱必须靠自己打工。每个星期在学校食堂洗三次碗，每次三个小时。易纲一直研究中国经济问题，1986年博士毕业后，他希望回国，进北大教书。

当时，北大前校长张龙翔给他写了一封信，说你如果没有在美国工作过，对美国的大学和教育是完全不懂的。按照张校长的说法，易纲必须在美国找一个教职教书。这封信的潜台词似乎是张龙翔校长的一个暗示："做"比"说"更重要，也许还包含其他深层次的思考。于是，易纲决定先在美国工作。他申请了美国印第安纳大学的助教职位，一个星期只需要上两天班，工资是税前五千美元。而他的母亲在国内担任小学校长，每月工资九十九元人民币，按当时的汇率换算，还不到二十七美元。"在我心里她是一个全能的人，能力比我要强多了，她管一个学校，管几十个老师，几百个孩子，而我二十多岁，一个星期只需要上两天班。"这让易纲感受到了当时中美之间劳动生产率的差距之大，由此所引发的思考也开启了他对中国经济的探究。用他自己后来的话说，"有时候提出问题或许比找到答案更为重要和有趣"。

20 世纪 80 年代中期，易纲结识了一群同样研究中国经济问题的留学生，其中包括现任证监会副主席方星海，以及林毅夫、钱颖一、杨小凯、许小年等中国最优秀的经济学家。这段经历对他日后影响深远。1985 年，中国留美经济学会在纽约成立。七年后，易纲担任会长，并开始定期在中国举行研讨会，聚焦中国经济的市场化改革。

1992 年，易纲获得了印第安纳大学的终身教职，但回国的念头一直在他的脑海中萦绕。当时，本科毕业后到了美国的海闻也已在加州大学戴维斯分校拿到博士学位，在一所大学任教。他们一群留美学者经常聚在一起讨论中国的经济问题。海闻说："我们都想回国，但一直在等待一个合适的机会。"1994 年，易纲抱着一颗学者之心、责任之心，毅然放弃了在美国安逸而稳定的生活，回到祖国，和林毅夫、张维迎等共同创办了北大中国经济研究中心，也就是后来的北大国家发展研究院，聚集众多专注中国经济问题的顶尖学者。

1997 年，易纲加入中国人民银行，开始将自己的理论投入实际的政策研究和制定工作。他历任货币政策委员会副秘书长、秘书长兼货币政策司副司长、货币政策司司长、行长助理、外汇管理局局长等职，从 2007 年起就开始担任央行副行长一职。作为周小川任职央行行长期间最重要的助手之一，外界对易纲的评价与对周小川的如出一辙：良好的国际口碑、较高的专业素养，还有一点便是，二人皆为学者型官员。易纲的专业能力在业界备受认可。他的研究方向为计量经济学、货币银行学和国际金融，多年来他一直从事中国经济相关领域的调查研究，到 2003 年，出版了《中国的货币化进程》。进入中国人民银行工作后，他依然笔耕不辍，在《计量经济学杂志》《中国经济评论》《比较经济学研究》等经济杂志上发表论文多篇，专著多本，其著作《中国的货币、银行和金融市场：1984—1993》被世界银行和国际货币基金组织（IMF）等国际组织多次引用。他主编的《货币银行学》，至今仍是广受推崇的经典教科书。

2014 年 4 月，易纲赴制定中国经济政策最高级别的议事机构中央财经领导小组办公室，担任副主任。2016 年初，他卸任国家外汇管理局局长，升任中国人民银行党委副书记。当时有观察者预测，易纲这次新头衔"加持"，可能预示着未来将承担更重大的使命。

熟悉易纲的记者都知道他每次只回答三个问题的习惯。无论记者如何追问，他总是从容应答，精准扼要，但他有他的原则。2017 年 3 月 4 日早上 7 点多，易纲独自一人前往酒店，正通过安检时被记者迎面碰到。尽管采访来得有些突然，一连接到三个关于宏观货币政策的问题，易纲并没有回避，而是准确、精练地回答了记者的提问。记者还要继续追问，他则抛出了一贯的原则："今天就到这里吧。"因为宏观经济政策会影响市场，即使央行官员表态也会引起市场反响，所以，央行官员面对媒体随时要扮演新闻发言人的角色。

而在学术讨论时，易纲又总是展现出他学者的风范。讨论遇到焦点问题时总是免不了唇枪舌剑，而易纲始终温和表达、从容应对，引用数据、联系实际，一语中的，让对方心服口服。2015 年 3 月，中国发展高层论坛上演了一场关于人民币资本项目可兑换的激辩。中国社科院学部委员余永定观点鲜明，担忧我国放缓了推进人民币资本项目可兑换的进度。

因为政府工作报告把"加快推进人民币资本项目可兑换"改成了"稳步实现人民币资本项目可兑换"。从"加快"到"稳步"，一词之差，政策基调大变。本来不是发言嘉宾、全程在观众席上聆听的易纲在所有嘉宾发言结束后，在台下发言，指出"加快"是"推进"，而"稳步"是"实现"，回应了对改革放缓的质疑，寥寥数言扭转了整场讨论的结论，起到了"四两拨千斤"的作用。

留美多年并成为同批留学生中最早获得美国大学终身教职的易纲，在国际舞台上也游刃有余，其智者风范为境外媒体所熟悉。2016年4月，易纲与前任美联储主席伯南克在美国顶级智库布鲁金斯学会的一场论坛上也有过一次激烈的交锋。当时，市场刚刚经历了2015年8月11日新汇改带来的波动，中国央行面临着"保汇率"还是"保储备"的监管抉择，加强资本管制的呼声不断。

2018年3月19日上午，在十三届全国人大一次会议第七次全体会议上，国务院总理李克强提名易纲为中国人民银行行长。作为一名资深"海归"，易纲担任央行行长给世界释放出了中国将继续推动全球化、持续进行市场化改革的信号。毋庸置疑，他与周小川一样，也是一位技术派学者型官员，同时兼备国际视野，并且是坚定的改革者。2018年12月，易纲入选"中国改革开放海归四十年四十人"榜单。今天的改革家易纲正带领央行直面各类冲击，成就大国金融。

新中国成立后北大的第一位博士

他命运坎坷，

左手致残，

却一心钟爱教育事业。

他一生清贫，

不为名利，

却被人们授予最响亮的头衔

——真正的教授。

在北大百年校庆时，曾展出这样一件十分珍贵的文物，对北大具有重大意义——一张编号为001的博士证书。001，意味着这张证书是新中国成立后北大签发的第一张博士证书，它的主人叫张筑生。此事还得从1982年7月6日说起，在北大数学系攻读博士学位的研究生张筑生，顺利通过论文答辩，但校长张龙翔却没有通过。第二年，张龙翔校长为他举办了由一百多个专家学者参加的论文答辩会，张筑生因此成为新中国成立后北大的第一位理学博士。

解读张筑生，首先要了解当时的时代背景。

1976年，"文化大革命"结束，中国迈入了新的发展阶段。此时的中国，各行各业，百废待兴，而率先恢复正常的，是教育工作。1977 年 11 月，中断了十年的高考制度恢复，与此同时，研究生工作也正式恢复。1978 年 1 月，教育部发文安排研究生招生事宜。1 月 23 日的《光明日报》刊文说，经国务院批准，1977、1978 两年招收研究生的工作合并进行，同时报考，一起入学。不分级别，没有硕士研究生和博士研究生之分，按部就班地学习、毕业，统称为 1978 级研究生。按照现代教育学概念：研究生属于学历，指人们在教育机构中接受科学、文化知识训练的学习经历；而博士、硕士、学士是学位，标志被授予者的受教育程度和学术水平达到规定标准的学术称号。一个是学习的经历，一个是学术的水平，两者有着本质的区分。

1980 年 2 月 12 日，第五届全国人大常委会十三次会议通过了《中华人民共和国学位条例》（简称《条例》），规定"学位分学士、硕士、博士三级"。《条例》于 1981 年 1 月 1 日起施行，中国的学位制度正式建立。同年，北大被国务院批准为首批具有博士、硕士授予权的大学。与 20 世纪 50 年代向苏联学习的培养模式不同，新时期北大的研究生教育兼取欧美的研究生培养模式，并开始着力构建自己的研究生教育体系。在这一阶段，北大实行相对统一的硕士三年、博士三年的"三三学制"，实行统一的入学考试制度和学位授予要求，博士生导师的任用则实行由国家严格把关、统一审批的制度。1982 年 7 月 6 日，在数学系攻读博士学位的研究生张筑生，顺利通过论文答辩，第二年获得理学博士学位。这是北大第一次授予博士学位，而张筑生也因此成为新中国成立后北大第一个通过博士学位论文答辩的人。

张筑生，1940 年出生于贵阳市，自幼命运坎坷体弱多病。两岁时得了一次脑膜炎，万幸没有伤及大脑，但小脑受到了影响。1953 年，十三岁的他不小心摔成左臂骨折，由于医疗事故，转为败血症，几经抢救终于保住了性命，但左臂从此残疾，肌肉和神经严重萎缩，只留下皮包骨头，左手的手指再也无法伸展开，但身体的缺陷并没有影响张筑生勤奋拼搏。1965年，张筑生从四川大学数学系毕业后留校任教。在我国刚刚恢复研究生培养制度的1978年，他以第一名的成绩考入北大数学系，成为著名数学家廖山涛的弟子。据当年的研究生同学、现任北大数学学院教授赵春来回忆："1982年张筑生就在博士毕业论文里，把著名数学家斯蒂芬·斯梅尔提出的'四大猜想'中的一个给干掉了。"

答辩委员会一致同意授予张筑生博士学位，但由于当时的校长张龙翔不同意而没有通过。张校长肯定有不同意的理由，但具体情况不详。难道仅仅是严格谨慎吗？著名诗人牛汉曾说："黄河入海时的平静，是在经历了一切艰险才获得的伟大境界。" 不知我能否这样理解：当时张龙翔先生的严格谨慎，是经历了无数决然后形成的个性和品位。严格谨慎是一个大学校长办校治学的必然准则，而张龙翔校长应有更深层的考虑和打算。毋庸置疑，张龙翔校长心里对所教的学生（包括张筑生在内）充满了爱和诗意的温馨，也许他有很多话要倾诉，也许他心里还有着某种困惑，或是某种忧虑，但他始终没有说，也没有留下什么记录。因此我们现在已无法找到张龙翔校长当时不同意的原因，也无法窥视他内心深处究竟深藏着什么奥秘，只能给大家留下一点思考的空间了。有人说，如果当时张筑生通过了，他就是新中国成立后首批博士之一。因为从1982年2月第一位进行博士论文答辩的马中骐之后，到1983年2月27日，经过层层遴选，新中国成立后首批十八位博士，从一万七百零八名1978级研究生中脱颖而出，具有里程碑的意义。也许张筑生身上还藏着另外的秘密？但现实生活中往往没有那么多"也许"和"如果"，重要的是不仅要看过程，而且要看结果。第二年，张龙翔校长专门请了一百多位专家给张筑生一个人举办博士论文答辩，场面极其壮观。也许这场几乎空前绝后的壮举就是解读谜团的最好诠释？抑或这也是新中国成立后北大学位制度改革的一个闪光答案！

1983 年 8 月 4 日，学校举行仪式，授予联合国教科文组织总干事阿马杜 – 马赫塔尔·姆博北京大学名誉博士学位，授予数学系研究生张筑生理学博士学位。张龙翔校长在仪式上讲话，祝贺姆博和张筑生分别荣获名誉博士和博士学位。他说："授予博士学位在北京大学还是第一次。因此，这是值得庆贺的一件大事。"他向姆博和张筑生颁发了名誉博士学位证书和理学博士学位证书。塞内加尔驻我国大使姆邦格及夫人、姆博先生及夫人、教育部副部长黄辛白、我国教科文组织全国委员会主任高沂及学校师生代表六百多人出席了授予仪式。

1983 年 8 月，张龙翔校长代表北大授予联合国教科文组织总干事姆博先生名誉博士学位

　　我为此阅读了当时有关张筑生的报道，发现记者采访的张筑生生前的同事、学生，都用"才华横溢"来形容这位面容清瘦、衣着简朴、左手残疾的教授。文兰院士是张筑生的同门师弟，他说张筑生的学问、口才、活力，让人根本想象不到他身体上的缺陷。文兰说："在1978级五十三名研究生中，张筑生是学问家。他是我们微分动力系统讨论班上的主讲，一讲就是三个小时，都是学科前沿的东西，黑板写满了擦，擦了又写满，总是一肩膀粉笔末子。"

　　张筑生并非著作等身的大学者，一生只写了三本书：《微分动力系统原理》、《数学分析新讲》（共三册）、《微分拓扑讲义》。文兰说："张筑生有很好的文学造诣，能用通俗易懂的语言阐述深奥的数学内涵。他的《微分动力系统原理》，成为该学科国内最早的研究生教材。我至今还用这本教材给研究生上课。我们的导师廖山涛院士对该书的评价是：'有了这本书，一大批年轻人就可以顺利地进入学科前沿。'廖先生从不表扬谁，唯独对他例外，说'张筑生的知识面广博得惊人'。"

　　数学分析是数学系的基础课。1986年初，张筑生刚从美国做访问学者归来，领导就给他一个教材改革的硬任务——编写《数学分析新讲》。有朋友善意地劝他："科研成果才是立身之本，编写教材不算科研成果。"张筑生却没有犹豫，马上进入角色。此后五年间，《数学分析新讲》一、二、三册相继面世。曾是北大数学系"十大才子"的陈天权，现为清华大学数学系教授，十多年来他一直把张筑生的《数学分析新讲》作为首选教材。他说："数学分析的书多如牛毛，我没有全部见到，不敢妄加评论；不过与我所见到的书比较，张筑生的这套《数学分析新讲》是有特色的。数学分析是数学系最基础的课，讲好了不容易，但讲得再好也不算学术成果。张筑生能这么投入地编写一本基础教材，是非常难得的。"张筑

张筑生编的《数学分析新讲》

生本人对这套教材也钟爱有加，他在书的后记里写道："从编写教学改革实验讲义到整理成书，前后花费了五年时间。明知是'吃力不讨好'，却硬着头皮做了……《红楼梦》里有两句诗：'都云作者痴，谁解其中味？'"

张筑生夫人刘玲玲说，就在这套《数学分析新讲》面世后不久，张筑生被查出了鼻咽癌，从此开始了十二年漫长的放疗过程，自1990年开始直到去世，张筑生与癌症搏斗十余年。鼻咽癌后来转移到了肝部，在生命的最后五年，他唾腺损坏，全身骨头疼，肝癌引发腰部以下浮肿，又得了严重的结肠炎，一天要上几十次厕所。北大数学系领导劝他全休，他却坚持上课。为了上好课，他总要提前一天节食，上课当天则禁食禁水。夫人刘玲玲代他找到了系领导，说："他把工作和讲课看得比生命还重要，如果不让他上课，就是要他的命。"

张筑生常对前来劝他去医院的人说："你们让我去医院就是让我去死！"他乐观地说自己："万千劫难平安过，炼就金刚不坏身。"

带着半身癌细胞，张筑生从1995年开始受命担任中国数学奥林匹克国家队主教练，一干就是五年。他领着一帮数学尖子生，五年间从加拿大转战阿根廷，在七十多个参赛国中，中国队连拿五届总分第一，其中三次所有参赛选手都获得了金牌。这一成绩，在世界范围内尚无先例。

连续拿了五个世界第一的同时，张筑生在北京协和医院也拿了一个第一：他是该院有史以来接受最大量放疗的癌症患者。有一次在课堂上，张筑生对着下面几十张青春的脸庞说："也许你们所有人经历的痛苦之和，也没有我一个人经历的痛苦多。"

此外，张筑生还为北京海淀区教师进修学校开办"数学教师研讨班"，为老师们授课教学一讲就是八年，并且一开始分文不取、不计报酬，直到后来才拿一些授课费。整整八年，左手残疾的张筑生，单手骑着自行车穿行在路上，风雨无阻地坚持授课。他面容清瘦，衣着简朴，完全看不出一丝北大名教授的样子。许多人都难受得看不下去，劝他不要这么拼，领导想让他全休养病，他却不同意。

2001年9月，张筑生的身体变得异常虚弱，连路都走不动了。从他在蓝旗营的家到学校东门大约只有五百米的路程，他却要历尽艰辛：先请夫人叫出租车到楼下；再慢慢地扶他从没有电梯的六楼下到五楼，乘电梯下去，艰难地一步一步挪到出租车上；到了学校，夫人扶他上楼，走进教室。每节课他都要拼尽自己全身的力气才能讲几十分钟。每次讲完课，他总像是虚脱了一场。

张筑生授课

2002年1月11日下午，已经失去方向感的张筑生被几位研究生抬进北大第一教学楼208室，这是他的微分拓扑学考场，他要亲自为三十七名学生监考。他的学生们回忆，当时张筑生拿起花名册，一个一个点名，看着夫人刘玲玲和临时来帮忙的史宇光老师把考卷发下去，他又认真地宣布了考试纪律，然后才让学生们答卷。整整三个小时，张筑生坐在那里，一动不动，像是一尊雕像。几十年来他已经形成了一种近乎苛刻的习惯，在监考期间决不允许自己去厕所。

考试终于结束了，张筑生却再也挪不动半步。

学生们流着泪把他抬下楼，送上了车。学生们的评语和成绩很快就出来了，交到学院后，张筑生却不省人事，住进医院。

2002年2月6日，他与世长辞，享年六十二岁。

张筑生和刘玲玲没有孩子，他们把一茬接一茬的学生当作自己的孩子。奥赛金牌得主、北大研究生安金鹏回忆说："2002年2月1日，张老师病危，我去医院探望。张老师苏醒过来了，拉住我的手，坚持让我坐在他跟前，不准我起来。我就坐在那里，看着瘦得脱了形的张老师，心绪烦乱。过了好一会儿，张老师又慢慢睁开眼睛，看到我还坐在那里，慢慢地露出了安静的微笑。我被震撼了，从这个笑容里面，我看到了无法用语言表达出来的东西。"

张筑生去世后，北大校园网的BBS上曾贴满了悼念文章：

"张老师也许是我一生中再难遇到的顶尖级的老师……当他讲到几何，我才知道自己以前没有学过真正的几何；当他讲到代数，我就开始怀疑自己是否学过真正的代数。张老师的数学思想深刻但极其清晰，使我这样智力平常的人都能懂。"

"我曾经数次拜访了张老师以前在蔚秀园的家，真的是非常清贫，看过后我一度放弃了要从事科学研究的打算。2000年的夏天，最后一次拜访，张老师高兴地拿出蓝旗营的结构图，说：'用我和刘老师的积蓄，也可以住进去了。'我难过得哭了。"

还有位叫刘卫平的学生在《人民日报》上写道："我是在硕士阶段认识张老师的，我上了他的'微分拓扑'课程。虽然我跟他很多时间都在争论数学问题，虽然我对他缩在怀里的断掉一截的左手一直充满好奇，虽然我知道他身患癌症却在玩命工作，但是我没有想到他会走得这么早。也许张先生还会记得我这个经常提出问题，却不好好听他讲课的学生。现在唯一让我感到欣慰的是我的那门课的成绩是班里最高的，我自认为也是对他的书本内容掌握程度最精的。我没参加过奥赛，对张老师带奥赛班自然有点瞧不起，毕竟一个大学教授教初等数学是一种浪费（我的直觉）。现在我明白了：人的一生重要的不是结果，而是过程。重要的是你去做了，努力过，让生命的价值完完全全展现出来。为什么这么浅显的道理直到现在我才真正体会出来？我为自己的轻浮感到羞愧，也为张老师逝世感到悲哀。张老师，您走好！"

《光明日报》在张筑生逝世后曾这样评价道："张筑生一生钟爱教育事业，心里只有工作、学生。他似乎不懂得争成果，争头衔。然而，熟悉他的人们授予了他最高、最响亮的头衔——真正的教授。"

今天，在日新月异的北大燕园，张筑生这个名字，已很少再被人提起。转眼间，年轻的后来者不知道他是谁，年长的一辈把关于他的记忆封存在心里，静静地沉淀。历史的定格是从来就不以人的意志而改变的。作为学生，他才华横溢；作为老师，他严谨执着。张筑生的名字，将注定和北大的研究生教育，永远紧紧联系在一起。然而，让人遗憾的是，这样一位真正的教授，却没有被评上博导。为此很多人都叹息，张筑生的一生，似乎都在做着"傻事"。

与张维的二次合作

一位是北京大学校长，

一位是深圳大学校长，

曾合作于"三校建委会"时期，

又一起参与中国教育代表团，

访问联邦德国、法国和美国。

他们正思考着

我国高等教育的发展和未来。

20世纪80年代，张家奶奶（张龙翔母亲）经过清华大学副校长张维的帮助终于找到了她的外甥女王德芬一家，亲人团聚分外亲切。她的外甥女王德芬、婿程秉恒携两女一家四口早在1956年就搬来北京工作，由于相互间都没有音信，同在一个城市二十多年从来没有来往过。

事情还得从王德芬家的保姆说起。湖州人杨发英是程家从上海带到北京的保姆，在程家做了十几年，两个孩子都是她带大的，感情非常好。"文化大革命"开始后一般家庭不得再使用保姆（据说是资产阶级生活方式），杨发英也只得离开了程家。她因有北京市户口，得以继续在北京的高干家庭做保姆。但做了几家没多久，因这些家庭受"文化大革命"

冲击，而无法继续做下去。其后杨阿姨又换过数户人家。但也因种种问题没有做长。由于杨阿姨是湖州人，会做南方菜，据说有一户主人家请客还曾让她当过主厨。后来杨发英来到清华大学张维教授家做保姆。张维夫人陆士嘉教授因为身体不好经常在家上班，杨阿姨常有机会与她接触。有一次杨阿姨对陆教授提起王德芬家有亲戚在北京的事，听说好像是在北大教书，陆教授和张教授听了都非常热心，让她把对方的名字要来。杨阿姨因为与程家孩子感情深，每逢周末休息时仍然回程家。待姓名问来后，张维教授在一次开会时与张龙翔见面告知了此讯，张龙翔非常激动。就这样失联了几十年的亲戚经张维教授和他家保姆的帮助给找回来了！

其实张龙翔与张维是早就认识的。张维（1913—2001）是北京市人，固体力学家、结构力学和工程教育专家。1933年毕业于唐山交通大学，获工学学士学位，1938年获英国伦敦帝国理工学院工学硕士学位，1944年获德国柏林高等工业学校工程博士学位，同年在国际上首次求得环壳在旋转对称载荷下的应力状态的渐近解。1956年加入中国共产党。先后被选聘为中国科学院院士、中国工程院院士，曾任清华大学副校长、深圳大学首任校长。张维长期从事结构力学和固体力学的教学和科研工作，为中国培养力学人才做出了贡献。三次

张维和陆士嘉

参加中国科技长远发展规划并任土木建筑水利组组长和力学组副组长，推动了中国某些新兴学科的建立和发展。研究板壳静、动力理论。主编了《壳体文献汇编》《力学丛书》和《世界力学名著译丛》等书。

张龙翔与张维虽然平时来往不多，但曾有过多次合作，如参加历次全国科学技术发展规划的制订，1978 年参加全国科学大会，等等。我在北大档案馆原馆长马建钧提供的《张龙翔校长校务大事》中发现关于"三校建委会"的简单记载，应该说这是他俩第一次时间较长的合作。

我为此采访了元凯："元凯老弟，请你谈谈'三校建委会'的情况好吗？"

元凯说："好的，好的。不过，当时我还小，不太懂事。关于这些事情是后来才知道的。这方面，景怡几天前发来的清华大学建筑系朱自煊的回忆等有关材料，可供参考。"

　　1952 年高校院系调整，是我国高等教育体制一项重大改革，到今年正好是一个甲子。

　　六十年过去，是非功过，自有公论。这里谈的是清华、北大、燕京三校院系调整中一段逸事，也可以说是它的前奏。题目就是"三校建委会"。我是清华建筑系第一届，1950 年毕业留系当助教。记得当年教育部张宗麟副部长来做动员报告，大意是清华、北大、燕京三校院系要做大的调整。燕京大学停办，有关院系并入清华、北大。清华改综合大学为多科性工业大学。文、理两学院并入北大。法学院、农学院也调整出去，与其他院校合并组成政法学院和农大。

　　北大以文、理为主，工学院并入清华。三校校址也有大的变化。清华仍在清华园旧址上发展。北大从城内迁至燕京大学

"三校建委会"时期合影中的张龙翔（后排左六，穿浅色长大衣者）

旧址燕园内发展。为迎接院校调整后新的形势，急需增加学生饭厅、教职工宿舍以及部分教学楼。当时正是"三反""五反"高潮后，营造厂纷纷倒闭，国营建筑公司尚未建立，只有自力更生，自己动手建设校园。为此，成立"三校建委会"。由梁思成先生担任主任委员，三位副主任是清华张维教授、北大张龙翔教授、燕京李德滋教授。党支部由李德耀同志负责，她是清华建筑系党支部书记。办公室主任是著名油画家李宗津教授，他工作能力很强，顺便说一句，院系调整后，他和高庄（国徽最后修改完成者）、李斛、常沙娜（中央工艺美院老院长）等名家一起被中央美院江丰院长网罗到中央美院。我在建校初期也在办公室当差跑腿。

当时参与建校的师生主要是清华、北大两校建筑系师生和部分土木系师生，面临的任务很艰巨。关键是一切从"零"开始。例如招工是由1953届学生童林旭、高亦兰等负责的。当时也没有什么正规劳务市场，他们到校外张贴招工布告，欢迎城乡建筑方面的手艺人前来报名。传扬开来后，人越来越多，很难掌控。另外，各个工种人员比例、工资定级等也十分复杂。有的工种如灰土工，把头势力还残存。通过摸索并依靠校内修建队的老师傅，逐步建立起一套制度。后来又成立工会，聘请力学老师庞家驹教授担任工会主席。

材料也是大问题。砖瓦、砂石及钢筋水泥等大宗材料还好办一些，木材就是个大难题。一类是材质要求高的，在北京城内跑遍了光华木材厂，很难凑齐。至于大宗木材，需要到东北去采购。当时赵炳时同学（1954届）身揣支票，只身赶往鸭绿江边、临江等地，从选料、采购到运输，参与了各个环节，勇往直前一竿子到底。当时材料组是一批由1952届1953届，个别1954届和1955届学生如林志群、英若聪，梁友松，蒋维泓等组成的，在组长张昌龄老师的领导下都锻炼成行家里手，十分干练。

规划设计方面，由老师和高班学生参加，有汪国瑜、吴良镛、张昌龄、刘恢先、滕智明、罗福午等。尽管当时建造的都是一批常见的砖混结构，但很多在当时也属首创，如刘恢先教授设计的西大饭厅，为裂环连接拱形桁架式刚架，跨度29.5米，亚洲第一。一员工食堂薄壳屋顶结构设计是张维教授计算的。就连一教（第一教学楼）三层钢筋混凝土预制楼板也属罕见。由于当时国力和形势任务，领导明确提出"三校建委会"这批建筑为临时建筑，十年二十年后拆除。所以规划选址上很注意，不影响燕园和清华园这两座名园的人文环境。而后来保留下来的如清华二校门内的一教，荷花池旁的一员工食堂（现为清华工会俱乐部）及荷花池一宿舍，还有北大东门内两幢坡顶教学楼，均能与环境相融合，新老建筑交相辉映，今天看来，还是

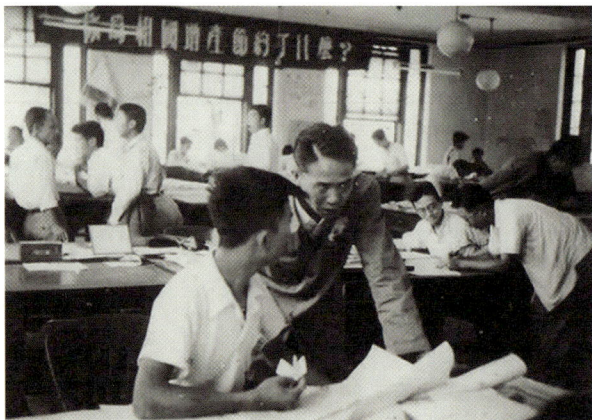

很不容易的。

工地分布与工区设置。"三校建委会"共设六处工地，清华和北大各设三处如下：

清华方面设一工区，地点在清华园西边，工程是西大饭厅和 17 幢家属宿舍。现已拆、改建成理学院和医学院，与生物馆、化学馆以及气象台等老建筑形成一个整体。工区负责人：黄报青、罗福午、楼庆西。

二工区，地点在校园东，从照澜院一直到南门，现已拆除，改建成多层住宅区即东区和南区。工区负责人高亦兰、朱恒谱。

六工区，地点较分散。穿插在教学区内，计有一教、旧水利馆加层、荷花池一员工食堂等，至今仍保留。工区责任人：周干峙、李道增、童林旭。

北大方面设三工区，地点在校园东面中关园，和清华二工区一样是大片平房住宅区，现已改造为多层住宅区。工区负责人：胡允敬老师（前期）、朱自煊、关肇邺。

四工区，地点校园内，离燕园核心区较远，建大饭厅及宿舍楼，现已改造。工区负责人：蔡君馥、唐益韶。

五工区，地点北大东门内，离未名湖及水塔不远，建两幢带有传统形式坡顶教学楼，三层。现保留，与后建的北大图书馆融为一个整体。工区负责人：陶宗震、姚富洲。

低班同学，大部分在工地担任技术员、材料员、会计等各项业务，在实践中边干边学。

"三校建委会"的建设不是孤立的，它和首都北京文教区八大学院建设是同步进行的。老北京除了旧城及关厢外，西北郊只有清华、燕京两座学校，进城只有一条西颐路，从西直门到颐和园。三工区建设过程中，工地北面成府路开始修建，西通白颐路和北大东门，东到四道口，与学院路八大学院连接，成为中关村一条重要干道。

在工地建设中一是抓建设任务，二是抓队伍。负责人中工地主任抓全面，主任工程师抓技术。三工区是住宅工地，又是清一色平房区，建筑单体比较简单，而规划方面如竖向、道路、

西大饭厅二十九点五米跨度木拱架桥吊装现场

135

绿化，要求较严。施工后期，又要求在北京沿马路，建一组建筑，两幢三层住宅楼，中间建一食堂，由于是沿街建筑，立面设计要求高一些，主任工程师下了一些功夫，至今依然被保留，与新建高楼大厦和谐共处。

工地管理关键是人。六十年前建筑工人基本上是农民工——乡土观念重，组织纪律差，重技术，好面子，小圈子，爱抱团。生活比较懒散，时间观念差。文化娱乐上爱听评剧、梆子，尤其对"刘巧儿""小女婿"等传统唱段百听不厌。记得早上上工时，工地大喇叭放着"鸟入林，鸡上窝"唱段，小白玉霜带鼻音的唱腔如同催眠曲和早上朝气蓬勃氛围格格不入。所以如何带好这支队伍，包括众多的学生是一件伤脑筋的事，不时还有一些突发性事件，更令人挠头。体会最深的，还是依靠了一批年长、思想好、技术高、有威信的老工人师傅，当时八级瓦工孔繁廷师傅就是工地上一个榜样。通过他们树立正气，影响队伍，工会工作逐渐走上了正轨。在工程结束前，国家也开始在"三校建委会"工人队伍中，选拔一部分骨干，作为长期合同工，所以"三校建委会"几千工人，也是一支不可忽视的力量。

同学无论是毕业班还是中、低年级学生通过实践得到锻炼，无论是在做人、做事上，还是在独立工作能力和对专业的认识上都得到了很大提高。对他们后来的成长起了很大作用。特别是清华、北大两校、两系师生，在实践中相互学习，取长补短，为两系合并，起到了很好预热作用。

…………

（《朱自煊：忆"三校建设委员会"》，有修改）

我们的对话还在继续。

我问："元凯老弟，那时你父亲不是北大的教授吗？为什么放下教育与科研，去做'三校建委会'的工作呢？"

元凯说："当时中华人民共和国成立不久，父亲是生物化学专业的，虽然这样做会影响他专业的研究，但他服从大局，听从组织分配，他就是抱着很强的组织观念去参与'三校建委会'的工作的。"

我问："当时三校建设工地离你家远吗？"

元凯说："当时我家住在北京城内府学胡同 36 号北大教授宿舍（现在北京市文物局所在地），从那里到北京市西郊原燕大路很远，相距大约三十里。因为当时北京市内交通不便，父亲是工作、生活都在那里。他经常放弃节假日，甚至连我和景怡过生日时也没空回家。"

我还想与元凯继续对话。但遗憾的是因为他当时年纪太小，知道得不多，实在难以深入下去。他说，七十多年过去了，参加过"三校建委会"的师生，如今都已进入耄耋之年，父亲与张维伯伯这一辈人有的也已经过世。但那些当年的亲历者回忆这段经历时，还是十分亲切的。他们都有同一种心情，认为"三校建委会"值得写上一笔。在那个特殊的年代，"三校建委会"起到了救急和填空补白的作用。任务完成后，他们又悄悄退出了历史舞台，不留什么痕迹。今后也不会再有第二回，他们是朵不起眼的小花。但经历对参加者来说，还是终生难忘的。

北大老人王希祜是当年"三校建委会"的亲历者，他在《告别红楼进燕园——纪念院系调整 70 周年》一文中回忆说："在新北大的校园建设中，化学系张龙翔教授做出了重要贡献。当年北大秘书长王鸿祯因公出国，由张龙翔代理秘书长，出任'三校建委会'副主任，负责北大的扩建校舍工作，他日夜操劳，精心策划，满腔热情地投入建筑设计、施工、材料等从未涉及的领域，不仅带领师生在短时间内完成了建校任务，保证了迁校,而且有远见地为北大海淀校区长远规划建设做了有益的准备。清华大学吴良镛教授称赞'三校建委会'北大工作较好,因为北大有个张龙翔,这个人比较精明,也很能办事。"王希祜老人还说:"张龙翔历任北大教务长、校长,从 20 世纪 50 年代到 80 年代一直负责参与校园规划建设工作,是北大历届规划建设委员会委员,亲自参加了昌平分校建设和理科楼群国家重点工程的申报工作。"

这时,远在美国的景怡给我发来了有关材料,还提到父亲与张维伯伯时间较长的第二次合作,应该是 1980 年 5 月 15 日至 6 月 20 日,教育部部长蒋南翔率中国教育代表团访问了联邦德国、法国和美国,主要是了解三国的教育体系,学习三国的有益教育经验和调查我国留学生的情况。联邦德国外交部部长会见了代表团,法国国民议会议长富尔和美国总统科学顾问普雷斯分别参加了蒋部长举行的答谢宴会。蒋部长分别同三国教育部部长举行了会谈。此外,联邦德国教育科学部专门举办了两次工作午餐,请教育专家与代表团成员交流情况。美国教育部在周末安排了两次教育讨论会,请教育界名流讲了六个专题,代表团也介绍了中国教育的情况。这次访问的重点是到三个国家的州级教育部门,了解地方的教育情况和直接考察学校,共访问了十七座城市、二十八所高等学校、一所师范学校、八所中小学。(景怡注:张维在代表团访问联邦德国、法国期间为副团长,张龙翔在代表团访问美国期间为副团长, 这是因为张维是留学德国的,而张龙翔是留学加拿大、美国的。)

当然,我无法赴美国采访景怡,只能通过手机上的微信或电脑联系、沟通。承他和元凯的关心和支持,通过国家图书馆,我们找到了张龙翔和张维合作撰写并发表在 1981 年 1 月 12 日和 13 日《人民日报》第三版上的两篇专栏文章,可以立此存照。两位前辈校长关注我国大学教育和科学研究的拳拳之心,跃然纸上,引人深思,催人猛醒。

重点大学既是教育中心又是科学研究中心
——访问西德、法国、美国高等学校观感之一

北京大学 张龙翔　清华大学 张维

内容提要：本文在介绍了西德、法国、美国等一些著名大学的特点以后指出，这些国家都是把培养高水平科技人才作为一项战略性的重要任务，从体制上把高等学校作为国家科学事业的一支重要力量而加以安排、使用、指挥、装备，使一些重点大学成为能够培养第一流人才和出重大科研成果的中心。

作者还分析了我国的具体情况，认为我国的重点大学集中了大批教授和副教授，学科门类比较齐全，实行教学与科研相结合，同样可以把它们办成既是教育中心，又是科学研究中心；并就如何做到这一点提出了五条建议。

一

中国教育代表团于去年五六月间，访问了西德、法国、美国。访问过程中，参观了 28 所高等学校，其中不少是世界著名的第一流水平的大学。回国途中，又顺道参观了日本东京大学。给我们突出的印象是：这些国家的著名大学既是教育中心，又是科学研究中心，担负着培养高水平的人才和发展科学技术的双重任务。这些著名大学，都具有下列一些特点。

（一）传统上，大学就是培养人才和发展科学的学术中心。1810 年，德国从威廉·洪堡建立柏林大学时起，就提出了"科

139

学研究与教学统一"的原则。在大学里，不是单纯通过教学达到传授知识的目的，还要使学生了解科学研究，并积极参加科学研究。"通过研究进行教育"，成为培养具有高水平年轻学者的传统和有效的途径。第二次世界大战后，西德在恢复重建大学的过程中，以及最近20年高等教育的大发展中，仍然试图保持这种"洪堡式"大学的传统。

我们参观过的法国著名大学如中央理工学院、高等师范学院、巴黎南大学，美国著名大学如哈佛大学、耶鲁大学、麻省理工学院等也是如此。这些大学都是教学与科研并重，有的甚至科研比重超过教学。美国州立大学中规模很大的加利福尼亚大学伯克利分校，有2万多名大学生和8400多名研究生，以基础科学研究闻名世界，在原子核科学、化学元素的发现，地震学、病毒、激素和光合作用的研究等方面，声誉卓著。该校拥有十名诺贝尔奖金获得者。由能源部支持设在该校的劳伦斯实验室规模巨大，共有工作人员3000余人，是一个原子能科学研究和发展中心。私立大学中，素以注重科学研究著名的麻省理工学院，有4600名大学生和4000名研究生，有教学人员1732名（其中教授517名，副教授、助理教授419名），另有专职科研人员650名。该院拥有五名诺贝尔奖金获得者。1978年培养出硕士934名，学位工程师108名，博士425名。1977—1978学年度，全校经费3.2亿美元，其中科研经费即达2.2亿美元。该院的林肯实验室以研究军事电子学著称，从事宇宙通信、空中交通管制以及雷达、固体器件等研究和发展工作，有独立的编制和经费，专门研究人员即有900余人，1977—1978年度研究经费达

1 亿美元。

（二）在西德、法国和美国，高等学校尤其是第一流水平的大学，在自然科学、技术科学、社会科学和人文科学方面，都承担了大量的国家科学研究任务。

在主要由联邦和州政府拨款的西德科学研究协会所支配的研究基金（1979 年为 7.7 亿马克）中，约有 90％ 是资助大学的研究项目的。阿亨高等工业学院的机床研究所几十年来对机床和金属切削、企业管理进行了基础研究。它的研究成果使西德在国际机械产品市场上具有很强的竞争能力，第二次世界大战后，为西德创造了约 400 亿马克的财富。这个所每年培养出 15—20 个工程博士。它既出了先进的科研成果，同时又培养了高水平的人才。

在美国，1979 年全国研究及发展支出中，工业、企业部门为 360 亿美元，联邦政府所属实验室为 69 亿美元，大学及大学管理的国家实验室为 62 亿美元，非营利研究机构为 13 亿美元。在基础研究方面，大学是一支最主要的力量。1978 年全国基础研究支出总数为 60 亿美元，其中大学和大学管理的国家实验室为 36 亿美元，占总数的 60％。

法国国家科学研究中心共有 1135 个研究单位，其中有 819 个是与大学协作设在大学里的。据法国大学部部长索妮埃－塞特介绍，法国科研成果的大多数来自大学。

（三）利用大学学科门类比较齐全的特点，设置跨系、跨学科的研究中心和实验室，发展新兴学科。西德、法国和美国的一些著名大学近二十年来纷纷成立了许多跨学科研究中心。

最突出的例子是美国麻省理工学院，设有45个跨学科研究中心和实验室，如人工智能实验室、生物医学工程中心、材料科学及工程中心、空间科学研究中心、能源实验室及能源政策研究中心、计算机科学实验室、原子核科学实验室等。现代科学技术中提出的重大问题，往往是综合性的。跨学科研究中心可以组织大学里有关系科的教授、研究生、大学生从不同学科角度共同协作，联合作战，发挥大学的长处。

（四）西德、法国、美国第一流大学都得到政府的大力支持，设有规模相当大的国家实验室，为解决本国经济建设、国防建设中提出的重大研究任务而进行基础和应用研究。美国在这方面最为突出，能源部、国防部、国家宇航局等在大学里设有20个国家实验室。这些国家实验室都有独立的编制和经费，所进行的研究工作是世界第一流水平的。例如前面已经提到的由国防部支持的林肯实验室，设在麻省理工学院。由能源部支持的阿贡国家实验室，设在芝加哥大学；劳伦斯辐射实验室和洛斯阿拉木斯科学实验室设在加州大学：它们都是原子能研究中心。能源部支持的其他一些著名实验室，如橡树岭国家实验室、费米加速器国家中心、勃洛克海文国家实验室等，也是由几所大学组成联合机构，负责进行研究工作。由国家宇航局支持的喷气推进实验室（JPL），设在加州理工学院，有工作人员约4000人，是一个喷气技术和宇航研究中心。美国1979年发射绕过木星的"旅行者"1号、2号飞船的研究工作就是由这个实验室完成的。

国外这种情形，固然有其传统的原因，更主要的是这些国家都十分重视教育。教育，尤其是高等教育和人才培养对国家经济发展以及政治、国防的作用，日益显示出其重要性。这一点已为这些国家的政府所普遍认识。西德有人指出："教育危机意味着经济危机。"西德一位副部长著书，名为《教育不是奢侈品》。美国提出要开发智力资源。这些国家都把培养高水平科技人才作为一项战略性的重要任务，从体制上把高等学校作为国家科学事业的一支重要力量而加以安排、使用、指挥、装备，使一些重点大学成为能够培养第一流人才和出重大科研成果的中心。有些国家还把这一点作为方针写入国家法令。西德 1976 年议会通过的《高等学校总纲法》中规定："高等学校的任务是通过研究与教学发展科学和艺术。高等学校培养学生具有应用科学知识和科学方法的能力，或者具有艺术创作的能力。"

二

我国要实现四个现代化，关键是科学技术现代化。十年浩劫，拉大了我国科学技术与世界先进水平的差距。从根本上说，差距在于科技队伍的数量与质量。队伍的数量不足，必然要影响科学技术的发展速度；而科学技术现代化的水平则主要取决于队伍的质量。有了一支宏大的、高质量的科技和管理队伍，"四化"建设就比较好办了。西德和日本都是第二次世界大战的战败国，但都只用了 20 年左右的时间，恢复并发展成为世界上的经济大国，其根本原因就是他们长期以来重视教育，注意培养掌握先进专业知识的队伍。西德教育科学部部长施莫特说："我们缺乏资源，但我们最好的资源是人的智慧。"西德 1978 年有大学生 94.6 万名，为 1960 年的 3.25 倍；1978 年高等教育经费

146 亿马克，为 1961 年的 8.6 倍，占教育总经费的 22.7%，占 1978 年国民生产总值的 1.14%。

四个现代化要求我国高等学校培养出一支宏大的科技队伍和管理队伍，特别是重点大学要为国家培养出这支队伍的骨干力量。这不仅指高质量的大学生，而且要能培养出达到世界上第一流水平的博士。这就必须使大学生、研究生在学校里学到先进的科学知识和受到先进的科学研究的训练。只有教授、教师自己直接在科技战线最前沿参加认识世界和改造世界的战斗并指挥作战，才有可能引导学生获得最新、最先进的知识。这就是重点高等学校必须既进行教学，又进行科学研究，必须成为既是教育中心，又是科学研究中心的根本原因。

我国重点大学有没有可能办成既是教育中心又是科学研究中心呢？我们认为重点大学有以下一些有利条件：

（一）集中了大批教授和副教授。

历史上，科学研究在欧美一直集中在大学里，全国的主要研究力量和著名学者也都在大学里。所谓学术中心是与著名大学的名称分不开的。第二次世界大战以后，虽然由于科学技术的需要，一些国家如西德、法国在高等学校以外建立了一些规模较大的研究机构，但主要研究力量和高水平研究人员的大多数仍然是在著名大学里。美国科学院自己不设研究机构，科学研究更是集中在著名大学里。在欧美，大学的科学研究，无论是历史上还是现在，一直处于领先地位。爱因斯坦的广义相对论是他在瑞士苏黎世高工和德国柏林大学任教授时开始研究和完成发表的。普朗克的量子论是当他在柏林大学任教授时发表的。这次我们在美国、西德参观时，也看到一些在大学里正在进行着的高水平的研究工作。美国耶鲁大学分子生物学系正在用核磁共振谱仪研究大白鼠脑细胞中新陈代谢的动态过程。据说再有两三年俟大型设备制成后，即可直接对人脑细胞的新陈代谢作用进行观察、分析。无疑，这将为生物学和医学研究揭开新的一页。威斯康星大学利用人工气候室所进行的农业生物学的研究，具有重要的理论和实际意义。西德阿亨高等工业学院关于机床和金属切削加工自动化的研究也是世界第一流水平的工作。

在我国，中央领导同志一直十分重视发挥高等学校在科学研究中的重大作用。早在 1956 年，周恩来总理在讲知识分子问题时，就提出要发挥高等学校科学研究的重大作用。聂荣臻同志任国家科委主任时，在 1959 年肯定了高等学校是科学研究的一个方面军。邓小平副主席在 1977 年讲话中，再次强调高等学校是我国科学研究的一个重要方面军，并提出要把重点大学办成既是教育中心，又是科学研究中心。

事实上，高等学校的科研力量在我国科研队伍中所占百分比，始终是超过一半以上的。据不完全统计，全国高等学校共有教授、副教授 11200 名；即使因有教学任务，按四比一折合计算，也有相当于 2800 名全时科研的教授、副教授。仅教育部直属全国重点高等学校 26 所，就有教授、副教授 4033 人，按三比一折合计算也有相当于 1344 名全时科研的教授、副教授。中国科学院系统约有 1550 名研究员、副研究员。由此可见，高等学校的科研力量确是我国科学研究的一个重要方面军。

（二）学科门类比较齐全。

近代科学技术的发展日益明显地走向跨学科和多学科综合研究。这不仅表现在自然科学与技术科学的互相渗透，还表现在自然科学、技术科学与社会科学之间的相互关联。前面提到美国麻省理工学院设有45个跨学科研究中心和实验室，并且正在把这些学科的力量组织起来，发展成为新型的学院。该校1977年成立了卫生科学、技术与管理学院；现在正在筹建科学、技术与社会学院。

在一个高等学校范围内，往往自然科学与社会科学兼而有之，基础科学和技术科学门类比较齐全，有利于互相探讨、启发，有利于开展多学科的综合研究。这是多数专业研究所难以具备的条件。

我国高等学校在这方面还有很大的潜力。尤其是重点大学各方面专家比较集中，有能力根据国家需要和科学发展的趋势，组织多学科的力量，解决某些综合性的重大科学技术问题，发展边缘学科和新技术，开拓跨自然科学与社会科学的新科学领域。

（三）实行教学与科研相结合。

高等学校既进行教学，又开展研究，每年都有大量的青年大学生、研究生参加科研工作。青年人思想活跃，敢于创新，师生切磋琢磨，教学相长，这有利于发现和培养优秀的新生力量，有利于提高教学和科学水平。而且科学队伍有相对的流动性，不断有新鲜血液输入，既可防止队伍的"老化"，还有利于学术思想的活跃。高等学校这一优势，也是独立的研究所不具备的。

美国纽约洛克菲勒医学研究所曾经是闻名世界的医学研究机构，到20世纪50年代中期，出了好几位诺贝尔奖金获得者。1965年，该所决定撤销研究所建制，改组为洛克菲勒大学，招收研究生，主要原因是为了防止科学队伍的"老化"和科学思想的"僵化"。

三

怎样进一步发挥重点高等学校在我国科学事业中的作用，并把他们办成既是教育中心，又是科学研究中心？我们有以下几点建议：

（一）必须发挥高等学校是我国科学事业的一个重要方面军的作用。建议选择一批基础好的重点大学，着重于提高质量，扩大研究生规模，要求这些学校能够培养出与国际先进水平大体相当的博士学位研究生，把这些学校办成世界上第一流水平的大学。在全国经济计划和科学技术计划的指导下，集中较大的力量，发挥这些重点大学的优势，尽早把它们办成既是教育中心，又是科学研究中心，借以推动全国高等教育质量的提高。我们认为这是一个必须坚持的十分重要的战略方针。

（二）高等学校多年来科研工作的"基本口粮"问题一直没有解决，只能从国家科委的科研经费中得到一些补助。现代科学研究需要一定的物质条件。高等学校现有科学实验的装备陈旧落后，已极大地阻碍着培养高水平科技人才工作和一些重要研究工作的进展。在西德、法国、美国的大学里，除了教授自己向各种研究基金申请的科研经费外，学校都有基本的科研经费。建议按照高等学校里教授、副教授的人数，参考中国科学院的科研经费标准，在教育经费中设立专门的科研经费项目，并与工农业生产总值挂钩，确定一个恰当的比例，每年按此拨款。

（三）在高等学校里建立研究机构是投资较少，收效较多的一种办法。投资少，因为有些实验设备、大型设施可以教学、科研共用；人力也可以教学、科研统一调配。收效多，因为既进行了科研，出了成果，又培养了人才。

在国家统一规划下，为了解决四个现代化建设中重大科学技术问题和发展新兴学科，今后各部门需要增设新的研究机构时，建议优先考虑设在大学里。

（四）加强中国科学院和产业部门研究机构与高等学校之间的交流、合作。

在人员交流方面，可以采用高等学校教师、科研单位研究人员和产业部门技术人员互相兼职或定期休假交换的办法。在学术合作方面，可以采取共同进行某一项目的研究，协作搞好研究生的培养工作等多种方式。

建议先从高等学校和研究机构比较集中的北京、上海两地开始，大学与研究所之间，订立制度，推动交流、合作关系。

（五）希望全国人民代表大会尽早制定高等教育基本法。

高等教育发展中值得注意的几个问题
——访问西德、法国、美国高等学校观感之二

北京大学　张龙翔　　清华大学　张维

在这次访问中，我们特别注意了解西德、法国、美国在第二次世界大战后迅速发展高等教育的经验和存在的问题，以资我们借鉴。集中起来，感到有以下三点值得我们注意。

（一）发展高等教育必须从整个教育体制出发，做出规划。

一个高度发达的工业化国家，需要有各行各业、受过各种类型和不同水平教育的专业队伍。这样可以使全国人力资源得以充分合理利用。西德、法国、美国教育不尽相同，各具特色，但其共同点，则都是根据本国社会的需要形成了一整套由普通教育、职业教育、高等教育、在职成人教育构成的教育体制。其中，西德的教育体制更加多样化，适应性更强。西德在中等教育和高等教育阶段，都有职业教育系统的学校，培养工业、农业、商业、手工业、卫生事业、公共事业、服务性行业等各行各业的人员。据1978年统计，西德大学和大专学校共有94.6万学生，而各种职业学校则有1517万学生，两者相比为1∶16。这个数字说明，在西德职业教育十分发达。

一个完整的教育体制一方面必须与国民经济计划相适应，另一方面对于各类学校和需要培养的各类人才要有合理的比例。我国教育体制受到"四人帮"的破坏极为严重。"文化大

革命"前，刘少奇同志提出的两种教育制度，在"文化大革命"中受到不应有的批判。现在我国初等教育、中等教育、高等教育的结构，几乎都是单一的。原有的中等专业学校、技工学校在"文化大革命"中受到很大的摧残。职业教育极不发达。这给青年就学、就业带来了一系列严重的问题。我们在考虑发展高等教育时，不仅要考虑高等教育本身的结构，还必须从整个体制出发，对初等教育、中等教育、职业教育、高等教育、在职成人教育加以通盘考虑，做出规划，逐步调整现行教育体制。

（二）高等教育必须有计划、按比例地发展。

西德、法国、美国近20年来高等教育都有很大发展。美国1960年各类高等学校共有学生358万人，1978年发展到1126万人，增长了2倍多。西德1960年只有大学生29.1万人，1978年达到94.6万人，为1960年的3倍多。西德、法国、美国高等教育这样的迅速发展，固然满足了人才的需要，但也带来了不少新问题。首先是教师质量有所下降，合格教授的成长，赶不上高等教育发展的需要。法国15年来大学教授、副教授由8000人扩充到4万人。因此，他们认为教授质量不能保证。西德因学生人数猛增，而高等学校教师的成长又跟不上，只能加重在职教授的教学负担，因此影响了科学研究，这就有可能导致教学质量的下降。

其次是大学毕业生就业问题。在资本主义国家里，大学毕业生就业也受劳动力市场供求关系调节。大学毕业生增加过快，有些专业的毕业生在社会上找不到工作，为了生活，只好去做不需要大学毕业生做的工作，这就形成人才的降格使用。

再次是财力、物力问题。西德、法国、美国都是经济发达的国家，这三个国家的国民生产总值，都在全世界前五名之列，对高等教育投资很大。例如，美国 1977 年国民生产总值为 18872 亿美元，教育支出 1412 亿美元。因此这个问题不很严重。我国是一个发展中的国家，经济还不发达，这个问题可能更为严重。

总之，高等教育在 20 世纪 80 年代需要有一个大的发展。但在规划时，既要考虑到需要，更要考虑到可能；既要考虑到数量，更要考虑到质量。我们要吸取本国的经验教训，也要借鉴国外近 20 年来发展高等教育的经验教训，尤其在国民经济调整时期，这个问题必须谨慎、妥善地加以解决，使我国教育事业能够有计划按比例地健康发展。

（三）更好地发挥高等学校中知识分子的作用。

西德、法国、美国高等学校中都拥有大量的教授、教师。德、法两国政府和社会对教授都比较尊重，物质待遇也比较高，因此高等学校教师队伍比较稳定，质量比较整齐。在美国，教授、副教授、助理教授待遇偏低，社会地位有些下降。因此近几年优秀的新生力量不愿留校任教，各校都反映缺乏年轻师资的问题。这是一个很值得注意的问题，长此下去，对一个国家人才的培养十分不利。

我国高等学校教师工作条件很差，工资待遇也偏低。这个问题已经引起中央的注意，并且中央正在采取措施改善高等学校教师的工作条件和生活待遇。我们相信随着工农业生产的发展，高等学校教师的工作条件和生活待遇也必将逐步改善。

推迟了半个多世纪的英国之行

SBFSS 走完十年历程，

堪称国际教育交流的一个范例。

他当年的无限投入，

在多年以后不负众望，

卓有成效，

意义深远。

1991 年初，张龙翔教授风尘仆仆飞抵伦敦。因参与"中英友好奖学金计划"（英语缩写为 SBFSS）评估工作，他第一次去英国。据当年参与这项工作的杨新育女士回忆，也许真是巧合有缘，张教授笑说他的英国之行竟推迟了半个多世纪。

1939 年，年仅二十三岁的张龙翔以优异成绩考取了中英庚款公费留学生，被剑桥大学录取，攻读博士学位。但不料当载着十几位中国学子的客轮经过一个多月的颠簸驶至印度洋时，第二次世界大战爆发了。剑桥大学和所有的英国大学一样，停止接收任何海外学生。张龙翔他们不得不打道回府。后被改送加拿大多伦多大学生物化学系学习，继而到美国耶鲁大学生物系深造。因为战争，张龙翔五十多年前的英国之行未能成行。时隔半个多世纪的 1991 年初，张龙翔虽然圆了"英国之行"的梦，但由于工作日程安排紧张，未能有机会游览一下伦敦的异国风光。

但到了剑桥，机会却不期而至。那天，正巧安排的面谈人员因故未到，这才有了二十分钟空隙时间。杨新育女士就陪同张龙翔教授在剑桥街上走一走，看一看，领略一下剑桥冬季的景色。这里安静舒适，没有大城市的喧嚣，给人一种犹如乡村的感觉。小公园的草坪上铺满了一层白白的寒霜，好像刚下过雪一般。远处，是一条宽宽的小河，河面非常平静，没有丝毫的涟漪。小河旁边，有几座老式的建筑，也有高大肃穆的教堂，在小树林中若隐若现。树林中，分明还能看到薄薄的一层烟雾，如乡村早晨那袅袅的炊烟……

张龙翔教授徜徉在剑桥街头，赏心悦目，感触多多。然而，他想起肩负的责任，便顾不上观赏剑桥的冬晨之美，就像往日一样准时与面谈人员碰头，投入工作中去了。这偶然而来的二十分钟体现出他人生的必然，说短是短，说长则长。只有受尽战争苦难的人才能体验和平与幸福来之不易；只有珍惜今天的学子才能为祖国的明天勤奋攻读，知恩图报。可以说，虽然只花了二十分钟，也算是圆了他推迟了五十多年的看看剑桥的梦。

说起"中英友好奖学金计划"的前世今生，还得从包玉刚讲起。

1984 年，英国前首相玛格丽特·撒切尔夫人访华，同中国政府签署了《中英关于香港问题的联合声明》，在撒切尔夫人回国途经香港时，香港华人世界船王、爱国人士包玉刚（浙江宁波人）向撒切尔夫人提出，鉴于当时中国赴英留学人员很少，为帮助祖国培养更多的有用人才，进一步促进中英两国的友好关系，建议由他本人、中国政府、英国政府共同出资设立一个奖学金计划。这一建议得到了撒切尔夫人的赞赏。

1985 年，包玉刚在北京拜见了邓小平同志，将这一想法面呈邓小平同志，同样得到了邓小平同志的支持。尔后，包玉刚与中、英政府代表进行磋商，三方一致同意设立"中英友好奖学金计划"。

1986年6月9日，时任国务院副总理兼国家教委主任的李鹏、英国外交大臣杰弗里·豪以及包玉刚分别代表三方签署了《中华人民共和国、包玉刚爵士基金会和大不列颠及北爱尔兰联合王国关于设立中英友好奖学金的谅解备忘录》。中国领导人胡耀邦、英国首相撒切尔夫人参加了签字仪式。设立这一奖学金的宗旨和目的是"向科学、技术、经济和社会科学领域的中国赴英人员提供奖学金，使他们为中国的现代化和发展做贡献"。每年，包玉刚爵士基金会将支付或筹款一百四十万英镑，中国政府将赞助一百四十万英镑或同等数目资金，英国政府将赞助七十万英镑，并支付英国文化委员会的管理服务费用。计划实施时间是十年（1987—1996）。奖学金的适用对象是研究生、访问学者和高级研究人员。

为了确保计划的顺利实施并讨论、解决执行过程中的重大问题，由三方代表成立了"中英友好奖学金计划"委员会，委员会设主席一人、副主席两人，主席任期三年，由各方轮流指定一名委员担任。还规定了委员会的职责，明确了各方的责任；中国国家教委负责赴英人员的选拔、语言培训、派遣及回国后的工作安排；英国文化委员会负责英语考试、安排学员在英学习单位，并同中国驻英使馆教育处共同管理学员在英的学习和生活。委员会每年召开会议，审议中、英双方提交的执行报告，并确定下一年度的选派任务。

杨新育女士回忆，当时这一奖学金计划资格审查委员会的专家都是国内各学科领域的著名学者，他们不仅有过留学经历，而且了解国家的教育和科技发展状况。如北京大学原校长张龙翔，清华大学张维教授、吴佑寿教授，西安交通大学校长蒋德明教授，上海第二医科大学校长王一飞教授，中国人民大学副校长郑杭生教授，等等，都担任过资格审查

1990 年 7 月，"中英友好奖学金计划"委员会三方代表会见第一届资格审查委员

委员。大连理工大学王言英教授是第三届资格审查委员会委员，他本人曾接受过本计划的资助，作为高级访问学者在英从事研究工作。

查阅《张龙翔教授纪念文集》，1986—1992 年，张龙翔教授任中英友好奖学金资格审查委员会副主任。受国家教委的委托赴英国考察，与英方代表——原英国皇家学会会员、生物学教授哈塞尔（C.Hassall）提出共同的规划，并于 1991 年担任评估专家，代表中、英双方对已回国和正在英学习的人进行问卷调查。面谈对象包括留学生本人、导师、学校管理者、英国文化委员会地方办公室负责人等。面谈内容包括个人基本情况、在英学习和生活情况、导师情况、语言培训效果、对项目管理的意见等。评估小组在英工作三周，先后与剑桥大学、伦敦大学学院、帝国理工学院、伯明翰大学、萨塞克斯大学、利兹大学、爱丁堡大学、格拉斯哥大学等近两百名人员进行面谈，了解各方面对这项目的评估。于是有了本文开头提及的张龙翔教授的第一次"英国之行"。

　　由于在英评估期间的日程安排异常紧张，张龙翔教授他们可以说马不停蹄，几乎是"白＋黑"地工作，经常是白天在一个地方工作后，晚上乘火车到达下一个地方，第二天继续工作，晚上再继续赶路。当时张龙翔教授七十五岁，哈塞尔教授七十二岁，这样快节奏、高强度的工作量压在两个古稀老人的肩上，可真是一场严峻的考验。陪同的参与者杨新育女士看在眼里，疼在心里，不免忧心忡忡。然而，每天看到他们精神饱满、忘我工作的劲头，杨女士不由心中升起敬佩和爱戴之情。不过，繁忙的工作之余，张龙翔教授也有惊喜的收获。元凯说："1991 年 1 月 26 日，父亲与 1940 年就读加拿大多伦多大学时的博士导师 Leslie Young 教授在伦敦相遇，师生互诉衷肠，回忆当年的学习和生活，合影留念，妙趣横生。Leslie Young 导师还把保存了几十年的父亲在多伦多大学攻读博士学位的那一篇论文原稿，送给了父亲，父亲自己都没有这篇论文原稿了。父亲故世以后，我们已把这一篇论文原稿捐赠给北京大学档案馆珍藏。"

　　在英的评估结束后，正逢中国的春节。1991 年 4 月，双方又对中国

1991 年 1 月 26 日，阔别五十载，张龙翔在英国伦敦与加拿大多伦多大学博士导师 Leslie Young 教授合影

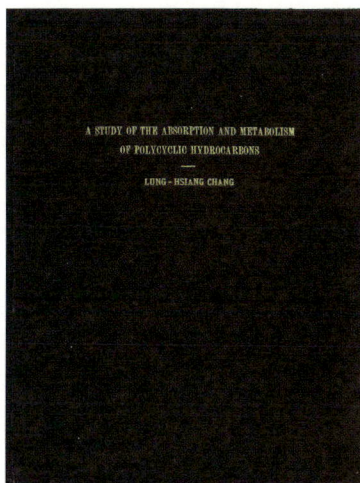

（1）

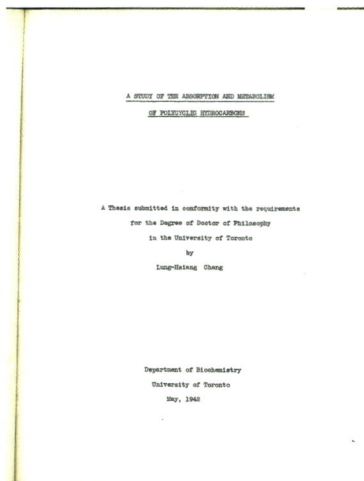

（2）

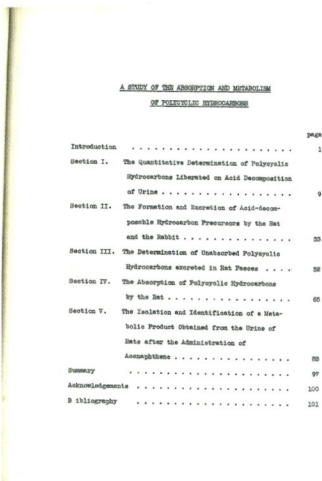

（3）

张龙翔博士学位论文

国内已回国人员进行联合评估。他们访问了北京、上海、西安、广州、
杭州等地的近两百名回国人员及其所在的工作单位，采用问卷调查和面

谈等方法，了解留学人员回国后的工作情况、在英的学习经历及其对目前工作的影响等。经过紧张有序的四周时间，张龙翔教授和哈塞尔教授写出了联合评估报告，提交"中英友好奖学金计划"委员会审议。评估结果佐证了这一奖学金计划的实施很有成效并显示出较大的魅力。当然，也不可避免地存在一些不足和问题。根据评估报告的建议，中英双方都在各个方面做了努力和改进。奖学金计划的进一步推进，鼓励和吸引了更多的留学人员学成归来，报效祖国，自然成为三方越来越关注的点。中、英、包三方先后在伦敦、天津等地多次召开有关留学人员座谈会。"知恩图报，报效祖国"成为许多人的共同心声。据初步统计，十年间一千七百二十八名留学人员中，已有八百多人回国，他们在我国现代化建设的各个领域发挥着骨干作用。

黄大年，1958 年 8 月，出身于广西南宁市一个知识分子家庭，后随父母下放到偏僻的山村。他自小就喜欢读书，高考头一天，他走了近一天的山路，才走到二十千米外的考场。1978 年，以优异的成绩考入长春地质学院（现吉林大学），就读于应用地理系，随后毕业留校工作。在 1992 年，他又成为全国仅有的三十个公派出国留学生中的一个，在"中英友好奖学金计划"全额资助下，前往英国利兹大学学习。四年后，他以排名第一的成绩获得英国利兹大学地球物理学博士学位。

黄大年在学成之后便立刻归国，但是之后又被派往英国做研究工作，在英国剑桥 ARKeX 航空地球物理公司任高级研究员十二年，其间换过许多岗位，因工作需要，他加入了英国国籍。或许，有人会说，以黄大年的科研能力，获得英国国籍，以后就能够享受生活。但是黄大年却有着自己的追求，他不甘心只要自己过得好便好，他心中一直有着那个责任，从未忘记。或许，黄大年代表了一批科学家，他们可能留在国外搞科研，但是只要国家召唤，便会毫不犹豫回到生养他的地方。可惜，很多人被误解，但是他们却不曾申辩，他们相信事实胜于雄辩。2009 年 12 月 24 日，黄大年辞去了在英国公司的重要职务，离开了共事多年的科研伙伴，甚至说服妻子卖掉了经营多年的两个诊所，留下了还在读书的女儿……财富可以不要，家庭可以不顾。很多人当时无法理解，黄大年到底为什么要这么做？最终，黄大年还是义无反顾，通过"千人计划"回到中国，回到母校，出任吉林大学地球探测科学与技术学院教授，并被选为有关地球探测项目的首席科学家。这个项目以吉林大学为中心，组织全国四百多位来自高校和科研院所的优秀科研人员，为我国的航空地球物理事业耕耘、播种，为中国巡天探地潜海填补多项技术空白，为深地资源探测和国防安全建设做出了巨大的贡献。2016 年，在由多位院士专家参加的验收会上，他带领的研究团队经过六年的刻苦攻关，取得的成果入选国家科技创新成就展，与屠呦呦等多位著名科学家的成果并列上榜。2017 年 1 月 8 日，黄大年因病医治无效在长春去世，年仅五十八岁。2017 年 5 月，习近平总书记对黄大年同志先进事迹做出重要指示，中宣部追授黄大年同志"时代楷模"荣誉称号。2017 年 11 月，中央精神文明建设指导委员会追授黄大年同志"第六届全国道德模范"荣誉称号。

张林琦，1981 年考入北京师范大学生物系。在那个通信尚不发达的年代，他毕业后不知下一步落脚在何方。用他的话来说，给外国大学寄一封申请信，很有可能"老死不相往来"。然而，他还是得到了爱丁堡大学的赏识，并且获得中英友好奖学金，二十五岁的张林琦怀揣十五英镑，只身前往英国爱丁堡大学攻读博士学位。当时他并不确定未来要做什么研究，有人曾问他为什么开始艾滋病的研究，他并没有包装"救世济人"的理想，只是坦诚地说，爱丁堡大学的博士导师原本是做果蝇分子进化研究的，因为艾滋病研究当时刚刚起步，艾滋病病毒变异速度超级迅速，急需遗传进化专业的研究人员参与，爱丁堡大学的博士导师转而开始研究艾滋病病毒的变异和进化，他也随之加入这个当时的"冷门"领域。随后，他在美国纽约大学和洛克菲勒大学从事为期十五年的科研工作，2007年回国在清华大学任教。先后承担多个国家级科研项目并获得了诸多荣誉，如科技部"973"计划首席科学家、国家科技重大专项艾滋病黏膜疫苗、国家自然基金会杰出青年基金，教育部"长江学者"特聘教授等。众多荣誉中有两条是"2016年清华大学教育教学成果一等奖"和"2020年清华大学第十七届良师益友"。他不仅在教书育人上有独到见解，而且学术造诣深厚。他在艾滋病的研究中，体现出一个全球化时代的科学家的担当和风范。2016年他当选为非洲科学院院士。

夏初临，1963年4月出身于浙江温州鹿城一个高级知识分子家庭。父母都是高级工程师，对作为家中长女的她从小就寄予厚望。喜爱中国文学的父亲便用词牌名"夏初临"给她取名，"翠入烟岚，绿铺槐幄，薰风初扇微和。茂樾扶疏，绛榴花映庭柯……"这是一个注入了初夏蓬勃朝气和诗意愿景的名字，也饱含着父母的美好期盼。夏初临从小就好学，1980年考取了上海医科大学药学系，毕业后继续攻读上海医科大学生物化学硕士学位。1988年获得了中英友好奖学金，进入英国伦敦大学生物化学与分子生物学系攻读博士学位，主攻克隆技术和基因调控机理，获得博士学位后在伦敦大学癌症研究中心、伦敦大学分子病理系担任高级研究员、博士生导师。她致力于设计开发面向中国社区医疗卫生服务人员的培训体系，推动中英科研机构及企业在生物技术方面的交流合作，构建中英健康医疗合作交流平台。

武波，1963年生。1986年毕业于中南大学外国语学院（长沙），获学士学位（优秀毕业生）。1990 年毕业于英国威尔士大学，获硕士学位。2005 年毕业于北京外国语大学，获博士学位。首届国家教委中英友好奖学金获得者，现为外交学院英语系教授。目前主要从事的学术研究领域为国学与中国文化英译，以及跨文化传播。教育人文社会科学项目评审专家，北京教育考试院高考英语科目考试专家组专家；商务部国际商务官员研修学院客座教授，主讲中国文化；英国应用学会会员，《外语教育与研究》审稿人（2002—2003），《中国应用语言学》审稿人（2006—2016）；中华全国工商联黄孟复主席访美翻译，国家发改委范恒山秘书长大会翻译；中央电视台"希望英语"大赛评委，共青团中央"星星火炬"英语大赛评委，海峡两岸口译大华北赛区评委。

杨新育《SBFSS 十年回顾》（刊于《神州学人》2007 年第 8 期）一文介绍，中国科学院病毒研究所的孙国萍留英期间，在导师的指导下，首次在国际上证实了在印染废水中的一种污染物的细菌降解途径的存在。重庆大学潘复生教授 1991 年到牛津大学从事研究。在短短八年时间里，他完成的八篇论文分别在国内外权威刊物上发表。他回国后即被聘为教授、博士生导师，并担任重庆大学副校长。中国科学院南京古生物研究所孙革研究员曾利用中英友好奖学金，在大英博物馆从事研究工作，一年的留学生活对他来讲最大的收获是学到了西方先进的研究方法和技能。他回国后从事的被子植物的起源与早期演化就是他在英研究工作的继续。

回顾十年的"中英友好奖学金计划"，由于契合了当时的国际政治环境，所以中英两国领导人都很赞同，并一同开始实施。中国培养了大批的人才，同时也改善了中英关系。三边互动的"中英友好奖学金计划"是改革开放初期中国政府勇于探索、积极创新的产物，它不仅表明了中国政府能够采用多种形式发展留英教育事业，同时也证明了中国政府能够团结一切可以团结的力量进行社会主义现代化建设。

20 世纪 40 年代张龙翔和郭永怀、钱伟长、段学复等一批庚款留英学者，出国前受过深厚的传统教育的熏陶，出国留学期间又受到洋化的高等教育的影响，实际上是属于更新的中国知识分子。他们站在中西文化交汇点的高处，知道如何跟外国人打交道，如何正当地维护中国的利益，为探索科学走出国门，学成归来，为国家发展做出贡献。他们所学的领域，除了科学、教育、工业、农业、工程外，还包括医学、金融、实业、新闻和社会科学以及外交等各个方面，对中国现代化的奠基起了很大作用。当时国家教育部门深知培养先进科学技术研究人才必须向科学技术先进的国家学习，也深知中国改革开放后与世界先进国家共同培养人才的重要性，"机不可失，时不我待"。因此，国家教育部门委以张龙翔重任，恐怕还是因为他不仅具有青年时代留学加拿大、美国的经历和学识，而且回国后又经过长期从事科研、教育以及担任校、系领导的工作实践，这些积淀使他具有对科教兴国战略大计的良知和责任，以及开展各方面工作的素养和能力，只要时代召唤就能挺立潮头，搏风击雨。

改革开放后受益于 CUSBEA 和 SBFSS 这些项目的学者，是继老一批为国家做出巨大贡献后的新生一代，他们同样是"科学无国界，科学家却有自己的祖国"的实践者，为现代化建设和发展贡献着力量。张龙翔在 20 世纪八九十年代为中国科教事业走向世界做出的努力和贡献，充分体现了开拓进取，为国为民为全人类的情怀和担当。他当年的无限投入，在多年以后卓有成效，意义深远。不知我们是否可以这样认定：张龙翔从 1981 年出任北大校长到逝世，这一段时期是他一生事业的高峰，也是他"生命的烛光"的思想和精神的高峰！我们在科学与教育的广袤田野上——看见他像一个园丁，辛苦劳作，精心培育；看见他像一头黄牛，倾力耕耘，足不踏空；他像一条春蚕，吐丝结茧，死而后已；他像一支红烛，燃烧自己，照亮别人……也许一位真正的教育家、科学家和领导者，讷于言，敏于行，旨在为年青一代铺路架桥，春华秋实、薪火相传，携手走向现代化建设和发展的明天！

第五章

不了师生情

一位学者的感恩

灯下朱笔含心血，
烛光之恩永相思。
桩桩往事，
犹如发生在昨天，
一幕幕呈现在眼前，
将永远铭记在我的心中。

我通过元凯的介绍，与湖南师范大学的梁宋平教授取得了联系。他虽然正在编著《幸福感的由来——生物学机制与启示》书稿，但很快给我发来了两首诗和一篇文章，主题都是缅怀和追思张龙翔先生的。

其中一首诗是《怀念恩师张龙翔先生》：

忆昔燕园秋叶时，
今生有幸遇恩师。
贝公楼内传高义，
燕南园里语意慈。
师训谆谆如春雨，

德望煦煦我感知。

灯下朱笔含心血，

烛光之恩永相思。

读这首诗，我被梁宋平教授的尊师之情所感动。我通过电话说，梁教授，你的诗写得很好，你笔下的"灯下朱笔含心血，烛光之恩永相思"这两句诗，既包含了全诗的内涵和底蕴，又浸透着你对张先生的敬重与感恩。你不仅是教授，也是一位诗人！

但梁教授谦逊地说，不不，我不是诗人。我当时是沉痛缅怀恩师张龙翔先生，抒发心中的感情，先写了悼文，而尝试着想"画龙点睛"，所以又写下了两首诗。不过，这两首诗确是我当时真实心境和情愫的写照。

那是 1996 年 10 月 24 日午时，梁教授实验室的电话铃骤然响起，这是北大博士生小吕打来的，这个电话异乎寻常："梁老师，告诉你一个非常不幸的消息，张先生今天上午去世了。"梁教授被这突如其来的消息震惊了，他不敢相信，因为就在一个星期以前，他还与先生通过电话，虽然他知道先生又一次躺在床上，但他的声音和平常一样安详、自信。而且，在过去的四年中，先生每次病倒，最后都康复了。然而，消息是确切的，几分钟之后唐建国博士也打来了电话，证实了这一使人震惊的噩耗。

悲伤的心情陡然袭来，梁教授的眼睛被泪水模糊了，思绪飞到了自己曾去过无数次的燕南园那绿荫环抱的古色平房，仿佛看到了先生最后一次把他送出门时那慈祥矍铄的面容，一位对他的人生道路曾给予过巨大影响的老人去了，一位多年来曾不断给他以关怀和教诲的导师去了。桩桩往事，犹如发生在昨日，一幕幕呈现在眼前，也将永远铭记在他的心中。

我们的采访从张先生指导梁宋平的博士论文说起。

1983年9月的一天，正值燕园秋高气爽的季节。梁宋平来到位于办公楼一层南端的北大校长办公室，那一天上午9时张先生约见他讨论博士论文的选题。

校长办公室外间的一位老师开门后，说："你是梁宋平吧，张校长已经在等你了。"说着，把他引进了张先生的办公室。

张先生从办公桌边站了起来，亲切地和他握手，叫他坐在办公桌旁。

这是一间旧燕京大学时代留下的办公室，古色古香的结构，室内虽不是十分明亮，但光线柔和，摆设整洁有序。张先生桌上码着一沓沓的文件和资料，中央放着他正要批阅的公文，使人想象得出他作为北大当任校长日理万机的情景。

张先生一边从一旁的抽屉里拿出梁宋平的硕士研究生论文，一边说，已经与李建武先生通过电话，对论文阶段的工作已有所了解，说着翻开梁宋平的论文，详细地询问有关实验过程的问题，张先生对亲和层析和蛋白质纯度鉴定等关键之处问得特别详细。

张先生说，对于博士论文的写作，选题和方法是两件很重要的事，选题要有意义，方法要先进。他接着告知梁宋平，在他的倡导下，北大生物系很快要引进一台当时最先进的470型气相蛋白质顺序仪，他希望梁宋平在论文中利用这台仪器，把蛋白质顺序分析技术建立起来。两人在交谈过程中，始终是以一种商量讨论的语气，张先生总是引导梁宋平提出自己的想法，没有一丝的拘束。最后，张先生说："你可以考虑利用硕士论文阶段建立起的亲和层析技术，选取一种有价值的蛋白质开展顺序分析的工作。"先生的这一句话，实际上确定了梁宋平后来博士论文的方向。

离开时，张先生送梁宋平到走廊里，语重心长地说："你是北大生物化学专业的第一位博士生，希望你能做一篇好的论文。"梁宋平说，这是他第一次单独聆听张先生的指导，时间虽不到一小时，但不仅确定了自己以后三年的工作，而且也影响了以后学术上的道路。其后不久，在潘文石先生的帮助下，他们决定选取大熊猫作为材料，开展乳酸脱氢酸的顺序测定工作，从分子水平研究大熊猫的进化。1984 年春，经张先生同意，梁宋平踏上了去四川卧龙自然保护区采集大熊猫材料的旅途。

采访中，我请梁宋平教授谈谈张先生平时给他们留下的最深印象。

梁教授略做思考，很概括地说了一句：厚德载物的楷模！

张先生作为中国生物化学与分子生物学会前任理事长和北大前任校长，有着非常高的名望，是青年学子仰望的享誉全国的科学家和教育家。凡是和张先生接触过的人都会感到，他又是一位非常平易近人，非常谦

梁宋平与张龙翔

逊宽容的人。

梁宋平在跟张先生攻读博士研究生学位的日子里，常常在他家里见到系里的老师和同学们来拜访他，张先生和张师母总是十分客气，以礼相待，走时两老一定送他到他家台阶下，印象特别深的是张先生与沈同先生、邢其毅先生、陈阅增先生等同辈的老先生在一起时亲密无间、谈笑风生的情景。张先生创建了我国第一个生物化学专业，参与组织了很多重大的已载入史册的科研计划，如牛胰岛素的人工合成、激光汉字照排系统等，这除了张先生高瞻远瞩的洞察力之外，还与他宽厚容人、善于团结人，因而具有很强的凝聚力有关。

张先生在学术上是十分严谨、一丝不苟的。这是给他的学生们留下的最值得学习和仿效的作风。每次学生们给他汇报实验进展，他都要求带上全部原始实验数据，而且这些原始实验结果他都要一一过目。有一次，梁宋平的实验中有一个多肽的两次氨基酸分析结果前后稍有不合，张先生要求重做了两次，直至得到可靠的结果为止。梁宋平的博士论文完稿后，他从头至尾逐字逐句地修改。当时实验室还没有今天这样的电脑和文字处理软件，张先生带着梁宋平来到位于西校门的北大老图书馆，请当时北大激光照排车间的同志打印，经过几次校对修改，不放过一个标点符号和一个英文字母的拼写错误，清样后，再审看，又经过一轮修改才付印。梁宋平在论文写作和打印过程中，又一次得到了老一辈科学家严谨治学作风的熏陶。

张先生曾和梁宋平谈起过他早年留学归国的经历。1940年，张先生到加拿大多伦多大学攻读博士学位，后来到美国耶鲁大学做博士后，正当我国抗日战争进入危急关头，张先生抱着报效祖国的理想，毅然决定回国工作，当时正值第二次世界大战期间，回国旅途艰难，他是绕道非

1985 年，梁宋平和张龙翔在实验室

洲好望角，在海上历时一个多月才回到祖国的。他的行李十分简单，唯一的"大件"是一台英文打字机。

梁宋平说到这里，感慨地说张先生的家国风范成为自己 1990 年在美国完成博士后研究后回国报效国家的动力。张先生逝世前在他的《八十回顾》一文中，写到他年轻时受到当时清华大学"厚德载物"校训的熏陶，张先生正是以他的高尚人格为我们树立了一个"厚德载物"的楷模！

1993 年春，梁宋平陪同师母刘友锵到北京城南的友谊医院看望在那里住院检查的张先生。那次他刚从美国访问归来，由于感觉颈部非常不适而住院检查。梁宋平在病房里见到他时，发现先生明显比以前消瘦。但他精神仍然很好，兴致勃勃地谈起他访美的过程和在美国见到北大生物系的老校友的情况。他似乎很乐观，说自己不会有大毛病，会很快出院的。然而，他绝不会想到，此时癌细胞已经侵入他老人家的肌体了。

两个月后的一天，梁宋平突然接到博士生彭浪从北大打来的电话，说张先生已被确诊身患癌症，癌细胞已经转移到骨组织。当她说到医生说先生可能过不了秋天时，已是泣不成声。几天之后，梁宋平匆忙赶到北京，到北医三院高干病房见到张先生时，感到意外的是先生脸上看不到丝毫晚期癌症的愁容，尽管他已卧床一个多月，而且已经知道自己身患癌症。在他俩的交谈中，他从不谈自己的病情，而是问梁宋平的科研进展情况。他还说，不久就要召开一次海外及归国青年生命科学研究者大会，他是大会主席，他要梁宋平好好准备在会上报告自己的科研工作。面对这样一位坚强的老人，梁宋平知道先生是在克服了身体上和精神上的巨大痛苦后和自己谈话，多么希望此时此刻能做点什么减轻他老人家的疼痛！"文化大革命"中在被下放大兴县劳动时，梁宋平学过一点按摩，提出给他做按摩，张先生似乎理解了学生心思，欣然同意了。就这样，梁宋平一边给先生做按摩一边和先生谈话，以后每次去看望张先生，都给他做一次按摩，每次先生总说按摩后他感觉不错，梁宋平理解先生这样说是为了让自己高兴，重病中的先生仍是善解人意的。

不久，留学及归国人员生命科学研讨会在北京举行，张先生在病床上克服了极大的不便，亲自写了开幕词。当会议主持人宣读张先生的开幕词后，全场响起了经久不息的掌声。参加会议的留学生很多是通过CUSBEA项目出国的学生，张先生就是 CUSBEA 项目的中方主席。学生纷纷要求去医院看望张先生，为了不影响张先生休息，派出了几名代表带着鲜花去看张先生，梁宋平陪同他们到了张先生的病房，张先生非常高兴地与这些留学生代表交谈，一张照片记录了这一令人难忘的一刻。照片上的张先生笑容满面，使人很难想到他已是身患绝症的病人。

病中的先生给我们以沉静乐观的形象，在他与疾病的漫长抗争中，他以坚强的毅力克服了无数难以忍受的苦痛。先生在病床上一躺就是一年多，一年多的时间不但不能下床活动片刻，连翻身都极其困难，这样漫长的病榻生活是一般人难以忍受的。为了与癌症抗争，他长期服用苦涩难咽的中药、汤药和西药，这些药物严重地破坏了先生的食欲，使他连吃饭也要用意志力迫使自己执行。然而，先生就是这样默默地与晚期癌症无言地搏斗着，在一般人可能不再抱有希望的时候，他以安详的心境与顽强的意志一点一点争夺着体内被癌细胞侵占的阵地。终于，这位年近八十的老人创造了医学史上的一个奇迹，让他的家人、朋友和学生得到了一份惊喜。

1994 年春天，先生居然从病床上走下来了。医生惊奇地发现，已转移的癌细胞竟然消失了，张先生成了人们谈论的抗癌英雄。从病床上走下来的张先生，又开始为恢复行走能力而努力锻炼，由于长期卧床，他的肌肉萎缩，他便扶着家人特制的支架，一步一步地练习行走，走呀，走呀，终于有一天他独自一人从家里走到生物楼，出现在他主持多年的二楼实验室里，使学生和老师们无不为之欢欣。张先生在与癌症抗争的四年中，无时无刻不记挂着实验室的工作。应张先生的要求，梁宋平作为北大兼职教授参加了实验室的部分工作。梁宋平每次去见他，他首先询问的是实验室和研究生的情况，四年中他以极大的责任心，培养了他的最后一批博士生，彭浪、吴冠铭、张东裔、

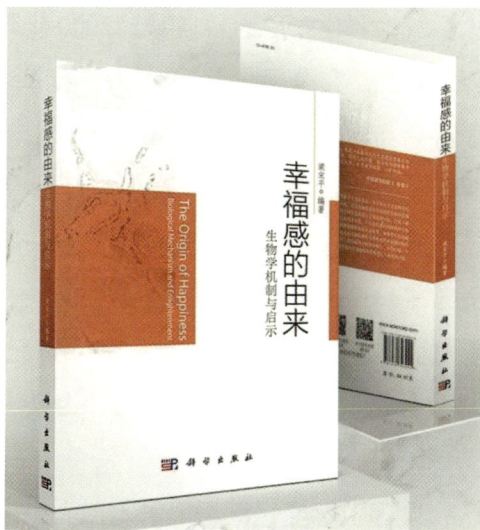

梁宋平新作

李新芳均顺利获得了博士学位，而且都经张先生推荐赴美进行博士后阶段的研究。后来，元凯告知梁宋平，1996 年 6 月至 10 月期间先生病情恢复后，颈部活动不便，但他坚持带病工作，甚至躺在床上修改博士生的论文，颈部剧烈疼痛使他额头上渗出滴滴汗水。

采访还在继续。我请梁教授谈谈自己的业绩，但他没有回答。

我明白，梁教授师承传统，也是一个谦逊、低调的学者。于是就打电话与元凯联系，因为他俩是北大同届不同系的同学，知根知底。

元凯说，梁宋平是我父亲所教的一位杰出的学生。他是湖南长沙人，生于 1946 年，1970 年毕业于北大生物学系，1983 年获北大生物化学硕士学位，1986 年获北大生物化学博士学位，1990 年在美国波士顿大学蛋白质化学研究室完成博士后研究工作。1994 年赴英国诺丁汉大学神经生物学研究室访问进修。1992 年任湖南师范大学生物学系教授，1995 年聘为北京大学生命科学学院兼职教授与博士生导师，1997 年出任湖南师范大学生命科学学院首任院长，2000 年任湖南师范大学副校长。曾担任中国生物化学与分子生物学学会常务理事，中国蛋白质专业委员会副主任，世界生物毒素学会亚太分会主席，湖南省生物化学与分子生物学学会理事长。曾担任国家重大基础研究计划"973"项目首席科学家，曾获北大王世仪化学奖、国家教委科技进步一等奖（集体）、湖南省自然科学一等奖等殊荣。1991 年国家学位委员会授予其"中国有突出贡献博士学位获得者"称号，1993 年劳动人事部授予其"有突出贡献中青年专家"称号，1999 年被教育部和人事部将其评为全国模范教师。现为《生命科学研究》杂志主编。

梁宋平教授一直铭记张龙翔先生的谆谆教诲，以张先生厚德载物的精神为楷模，在科学研究、教书育人两个方面，踏实、低调、勤勉工作数十年。他认为科学研究的精髓是创新，而一切创新源于实践且成于实践，这对于生物化学这门以实验为基础的科学更是如此。因此，他在指导研究生时强调动手能力，注重实验方法。他以身作则鼓励研究生要甘于寂寞，不务虚名，潜心做自己感兴趣的研究。他认为有所不为才能有所为，要在一个领域做出深入的结果，必须有多年的积累和不懈的努力。

至此，我想引用他的另一首纪念张龙翔诞辰一百周年的诗作为结语。

扬帆经望报国魂，

清华北大两相承，

一代宗师彰大雅，

三千桃李秀寰中，

厚德载物为师表，

鞠躬尽瘁显赤诚，

高山景行光明正，

燕园千载忆翔翁。

（注：本文根据梁宋平《心中的铭记——缅怀恩师张龙翔教授》一文改写，特此致谢）

一盒茶叶的联想

看到柜头上
张先生送到他家的那盒茶叶，
立即在心头浮现起
未名湖畔张师母搀扶他的背影
和最后看到他的亲切笑容……

北大宿舍朗润园，一户人家的柜头上摆着一盒茶叶。

这户人家的主人，是一对夫妻。男的叫文重，是北大化学教授；女的叫王镜岩，是北大生物化学教授。

看着这盒茶叶，文重、王镜岩夫妇联想起1996年8月的一天下午，张龙翔先生和妻子刘友锵从燕南园长距离步行来到郎润园他们家的情景。当时，他们两人都惊愕了，想不到张先生大病初愈就亲访他们家。这惊愕还带点惶恐，张先生毕竟是大病之后，更何况是他们两人的老师。那天，他们送张先生张师母一直走到未名湖畔才依依告别，一再说："请多多保重！"

没想到，这竟是张先生最后一次来他们家。

那天之后，才过了两个月，听到他又卧病的消息，王镜岩从生物楼赶紧去看望，张先生还面带笑容告诉他病情，她劝张先生及时住院，不料张先生住院后第二天，10月24日中午突然传来几小时前张先生去世的消息，几天中发生这样的巨变，如晴天霹雳击痛了王镜岩夫妻的心。他们赶到燕南园去看望师母，回到家，看到柜头上摆着张先生送到他们家的那盒茶叶，立即在心里浮现起未名湖畔张师母搀扶张先生慢慢行走的背影和紧接最后看到他的那副笑容，一切犹如昨日留在他们两人的心中。

1993年的夏天，张先生发病住院，文重、王镜岩夫妇俩赶到北医三院去看望，特地看了X射线检查的照片，骨骼的大部分显然受到癌细胞的侵蚀。王镜岩立即找了姐姐周舒，她任职于中日友好医院临床医学研究所，从事肿瘤的研究，王镜岩请她和刘同庆大夫来院会诊，并进行了治疗。尔后，他们回到日本大阪，在电话中不时问起张先生的病情，听说大大好转，心头的一块石头总算落了地。两年半后，他们回到北京，去燕南园56号看望，张先生的脸色、精神都好，X射线检查结果显示原来的黑点已全消。张先生告诉他们说有时去系里走走，有时甚至外出。他们为张先生的康复感到欣慰。这期间他们不时去探望，不料8月的那天，张先生张师母两位竟上门来访，再过两个月，张先生竟离开了人世。张先生发病后的三年多乃至进入北大的半个世纪，他们两人从作为他的学生到同事，始终在他的身边，回顾这一切，往事历历在目，永远不会忘却。

1946年，张先生留学归来受聘北大任教。他开设生物化学课，文重是第一班的学生。同年秋，张先生开始研究工作，1947年王镜岩进入他的实验室，跟着他做解毒的研究，又是他的第一个助手。可以说，是他引导王镜岩走进了生物化学的殿堂，此后，王镜岩一生的注意力没有离开过这个领域。1950年，王镜岩和文重结婚，当时王镜岩经过医预班刚进入医学院，面临专业的定向问题。是做医生还是从事自然科学工作？
他们两人正在考虑如何选择。这时候，是张先生的及时引导，使这两位
学生感到了生物化学的魅力。于是王镜岩毅然决定转入生物学系，从此
跟随张先生，走上了生物化学的道路。这是因为张先生讲课条理清晰，
不时介绍新的学术动态，使他们从一开始就打下了好的基础，开阔了视野。
在实验室中，张先生操作认真仔细、秩序井然，处理数据严格，分析实
验结果谨慎，尊重科学，夯实了他们的基本功，培养了他们从事研究的
科学态度，使他们终身受益。1953年，张先生得到了俄文版生物化学教程，
他虽然十多年前就已获得博士学位，但仍十分谦虚，亲自和王镜岩按教
程把实验一个一个做了一遍。这样的言教身传和认真谦虚的态度，至今
让学生们记忆犹新。

张先生对青年教师、学生的成长从来都十分关心。1954年，王镜岩
准备去列宁格勒大学（简称列大）攻读学位前，张先生特意鼓励她说："苏
联培养研究生非常严格。你去列大是一个极好的机会，要认真做好研究，
提高自己。"行前，张师母拿出她自己的两件漂亮的旗袍，送给王镜岩。
在苏联，每当王镜岩穿上师母送的旗袍，总是想起老师对她的关爱和鼓励。
四年之后，王镜岩拿到学位回到北大，张先生和沈先生又鼓励、支持她
独立建立"脑生化"的研究方向，始终不渝。直到1994年她去日本期间，
她的研究生需要经费时，张先生又用自己的科研经费给予支持，还不时
对这位研究生给予关照。在这位研究生毕业前，张先生和王镜岩还共同
审查她的论文。那时张先生已发病很久，但审查论文一丝不苟，要学生
交出实验原始记录，一一对照，或质疑，或亲笔修改，其精神感人肺腑。

在学会活动方面，王镜岩亲身感受到，张先生在中国生化界享有极
高的威望。他多次被选为中国生物化学会的副理事长和理事长。在他担

1987 年参加北京国际生物化学会议时合影
左起：王镜岩教授、沈同教授、张龙翔教授和博士生夏东元

任北大校长期间，他还任命王镜岩参与组织北京生物化学会。他当选为理事长后，不时亲自过问北京生物化学会的进展。可以说，没有他的支持，北京生物化学会的诞生是难以想象的。

张先生的前半生，本来已走上科学家的道路。1944 年留学归来，在战火声中，他仍埋头于科学研究和教学。但当北京解放，这个翻天覆地的巨变却把他引向面对社会的现实。当初，北大开设了政治课，讲的是"新民主主义论和马克思主义的启蒙"，那时有些教师、教授自愿地和学生一起听课，张先生以他爱国、正直的心走出实验室，迈入追求真理的大门，其后又热心地参加了知识分子思想改造的学习。1950 年春，北大秘书长王鸿祯教授被派去东欧，正物色一位教授代理。那时，王镜岩在理学院工作，作为他的学生，曾想：张先生刚从美国回来，是一位埋头自然科学的博士，会不会甘愿牺牲自己，从学术转为行政事务？不料张先生却毅然允诺，真是难能可贵。过后院系调整，文重在院系调整委员会工作，

1982 年张龙翔校长、文重教授应邀代表北大正式访问瑞典斯德哥尔摩大学时，与该校校长（右四）、副校长（右一）亲切交谈

张先生又被聘为"三校建委会"副主任，主管新北大校园的建设，他出城区在清华大学办公。为迁校需要，创建了中关园宿舍区，兴建了哲学楼、教学楼、旧化学楼、地学楼、文史楼、生物楼、1—5 斋、16—21 楼学生宿舍和大膳厅（即大讲堂）等。作为甲方代表，他在这些建筑上倾注了很多心血。当时北京刚刚解放，一位留学加拿大、美国的年轻教授，能做出这样的贡献，实属罕见。其后，他又在院系调整后的北大校部兼任行政工作十多年。"文化大革命"结束后，自 1978 年起，他任副校长，其后任校长。大部分时间，文重也在校部任职，特别是 1978 年后，一直辅助他的工作。两人一同访问欧洲，还去过延吉、长白山、镜泊湖。张先生虽身居高职，但始终平易近人、克己奉公、作风正派，处理工作十分认真负责。

凝视着家里柜头上的那盒茶叶，王镜岩和文重夫妇感慨万千，浮想联翩。就在这半个多世纪中，他们两人一直跟随张先生学习，又与他在生物学系、校部共事。从红楼到府学胡同，从中关园到燕南园，两家交往不断，相互看到对方子女长大成人。从张先生初到北大直至他在北大离去，彼此结下了五十年的师生情谊。王镜岩和文重夫妇目睹他对北大所做的贡献，千言万语说不完、道不尽对张先生的敬爱之情。

凝视着家里柜头上的那盒茶叶，他们心潮澎湃，思绪如清新的茶香飘飞，想再异口同声地说一句："敬爱的老师，我们永远怀念您！"

（注：此文根据王镜岩、文重《我们两人的恩师》改写，特此致谢）

一位博士的异国重逢

张先生两只大手握住她的手。
多么简单的话语，
多么简单的动作，
顿时温暖了阎守和的心，
那是一种父亲去世后，
再也没有感受过的关爱。

1985 年的秋天，比利时鲁汶天主教大学内，一位中国女子正在实验室工作。她，就是北大校友阎守和。这时，鲁汶天主教大学留学生办公室主任窦德侃先生通知她，北大原校长、著名生物化学家、她的老师张龙翔教授应鲁汶天主教大学校长马稣（Massaux）主教和校务委员会主席瓦坦教授的邀请来比利时做回访。张龙翔教授正在瓦坦教授家里，要她尽快过去。

阎守和是山西人，1957 年考入北大生物化学本科专业。1963 年考入该校研究生院。1967 年，她在远离了张龙翔教授所从事的生物化学基础理论研究后，到上海从事保健食品与茶的应用科学研究。直到 20 世纪 80 年代前后，为了评估她所开发的新产品，她才有机会再和她的老师张龙翔教授联系，张先生不仅高兴地试用了她所送去的每一个新产品，还要她讲述自己工作的特点和体会。她讲到将新鲜的人参洗净后用针刺处理，再存于蔗糖中，这样人参变成了糖参，并具有不变形、易保藏的特性，同时参的部分有效成分进入糖中，成为人参糖浆。由于糖的干扰，不能使用香兰甲醛方法测定其中的参含量，因为无法商品化。她利用人参皂苷在振荡时产生泡沫的特性，用一支试管、一个量筒、一个小天平，测定不同稀释度糖浆给出的泡沫高度，与不同浓度人参抽提液给出的同类指标相比较，求得了糖浆中的参含量，后来回到上海又做了泡沫高度—人参含量—紫外吸收值的相互关系研究，使集安县的这一产品深受欢迎，而她也因此获奖。张先生听后，赞叹之余表示要送阎守和到国外去看看，希望她在应用科学领域有所创新。为此张先生亲自写信并让陈守良同志直接和上海轻工业局联系落实阎守和出国进修之事，使这位中年人又开启了重进课堂、再闯考场、留学西洋的生涯。

此刻，阎守和高兴得不知道该说什么好，连忙跑到瓦坦教授家里，看见瓦坦夫妇正在陪张先生喝咖啡。

张先生站了起来。

阎守和一边说张先生好，一边用自己的两只手握住张先生已经向她伸来的右手。

张先生问：

"你的手怎么这样冰凉，衣服穿得太少了吧？"

张先生边说边用他的两只大手握住她的手。

多么简单的话语，多么简单的动作，顿时温暖了阎守和的心！那是一种父亲去世后，再也没有感受过的关怀。她语无伦次地说了好几次，意思是说自己从小就这样，不要紧的。主人听不懂他们的中文对话，站在旁边微笑。

阎守和想，老外定能看出他们师生间情深谊长。

瓦坦教授学着张先生的样子，也向她伸出了右手。她在握手的同时，用法文说，很荣幸能见到您，谢谢您的邀请。瓦坦夫人热情地拥抱了她，并在她的脸颊上亲了三次，这是比利时人最热情、最友好的见面礼。

在瓦坦家里的对话是用英文进行的。瓦坦教授拿出一张时间表，让张先生下榻他家，他和校长各组织一次宴请，参观医学院、酶化研究室、和农学院的两个实验室、营养生物化学和微生物工程研究室。瓦坦教授陪同张先生参观大学的博物馆，那里正在举办比利时最著名的画家戴尔沃先生的画展，画家欢迎张先生的到来，并一起共进午餐。这个博物馆里还存放着北大送给鲁汶天主教大学的礼品，那是一件西周文物的复制品，一个庚嬴鼎。阎守和的任务除了全程陪同外，还要组织张先生与那里的中国留学生聚餐和开展座谈会等活动。

鲁汶天主教大学是比利时最大的大学，欧洲顶级高等学府，也是世界著名大学之一。1425年由教皇马丁五世下令建立，是现在最古老的天主教大学，同时也是西欧"低地国家"最古老的大学，1966年起分为两座大学——荷语鲁汶大学和法语鲁汶大学。具有悠久的历史和优美的校园环境，设有统一的教学区和学生宿舍区，各个学院掩映在美丽的鲁汶市中。鲁汶天主教大学百余年来始终排名全球前二十名；近五十年来排名在第十七名左右。作为一所以国际为导向的大学，鲁汶天主教大学继承了一个世纪以来好客的传统。得益于大学同学生与教师的紧密合作与交流，鲁汶天主教大学极大地促进了欧洲乃至世界的文化与科学的发展和知识的传播。该校拥有超过五千名教师和学者，按照国际最高标准进行顶级研究，同时他们之间有着良性互动、合作和交流。我国现与该校合作的有清华大学、北京大学、上海交通大学、北京交通大学、华中科技大学、北京科技大学等高校。

张先生回访的一个目的是要为竖立在鲁汶天主教大学办公楼正面外墙的北京大学校牌揭幕。揭幕仪式在张先生到达的第二天下午 3 点半开始，报社和电台也来了记者。主持仪式的是鲁汶天主教大学经济学教授、校务委员会主席瓦坦。从 1963 年起，他一直兼任这所学校的最高行政领导人，因领导搬迁建校有功，国王授予他男爵称号。

瓦坦主席对张先生做了一个简要的介绍之后，便强调是在张先生任北大校长之后，两校间的友好往来才开创的，他已代表鲁汶天主教大学去中国两次，两次都访问了北大，在那里受到了以张先生为首的北大师生的盛情接待。他相信张先生的来访会加强两校之间的友好往来，愿这种友好关系持续发展。

张先生非常幽默地致辞说，我连续两次收到你们的校长马稣主教寄来的回访邀请信，我向我们的教育部负责人说，我又不是诸葛亮，大概

1985 年秋，张龙翔校长应比利时鲁汶大学校长马稣主教邀请，为竖立在该校的"北京大学"校牌揭幕

不要让他们再发第三次邀请了吧，这样我就来了。他很简单地介绍了诸葛亮这个人物，在场的青年人笑了，仪式的气氛活跃起来。

张先生接着讲，从校龄来说，鲁汶天主教大学成立于1425年，是大哥哥，所以，我们派了很多留学生到这里来学习。我们也很欢迎你们比利时的青年人到北大学习。他说完，便揭下了那块白色的幕布，会场上响起了热烈的掌声。

在张先生讲话之后，马稣校长讲话。马稣校长是神学院教授，他从1969年起任这所大学的校长。过去，天主教大学都是神职制的终身校长。而马稣主教自行改革，在他65岁时就退休了。马稣校长除了对张先生的回访表示欢迎外，还特别强调竖立在办公楼外墙的北大校牌是第一块外国大学的校牌，这是由比利时青年雕刻家制作的。鲁汶天主教大学非常荣幸能请到张校长亲自为之揭幕。他希望其他世界名校，继北大之后，也送来它们的校牌。仪式结束后，张先生很热情地接见了那位青年雕刻家，夸奖了他的作品，对他说：这两个字来自毛泽东主席为北大所写的校牌。并说如果他有机会到中国，也很欢迎访问北大，看看西校门上那块蓝底金字的真校牌。张先生在会见了出席这个仪式的学校各方人士后，回答了记者的提问，接见了所有的中国留学生。

鲁汶天主教大学医学院设在首都布鲁塞尔市，并有装备最现代化的附设大医院。该院前院长、酶化学专家德·迪夫教授是1974年诺贝尔医学奖的获得者。张先生听了他们的工作介绍，看了实验室和他们近年发表的一些论文，也不时提些问题。在实验室的座谈会上，研究室的负责人代表德·迪夫教授向大家表示很荣幸能接见张先生这样的同行教授，请张先生讲话。张先生对他们的工作思路、工作效率及方法、技术设备和人员组织都给予很高评价，并祝他们出更多成果，还很幽默地说，我等你们再次获得诺贝尔奖的好消息。张先生非常流利、非常标准的英语演讲赢得了所有人的尊重。阎守和在张先生身边的这一天，感悟到语言作为人与人交流的工具，竟然有如此重要的魅力。张先生所达到的高度，她是毕生都可望而不可即的。

回瓦坦家的路上，她问张先生："您的英语怎么会这样好？"

张先生很轻松地笑了笑，说："你努力的话，也能这样好。"她知道，那是老师的鼓励，自己不可能达到他的高度。

在张先生来访的不到一周时间里，中国的留学生还请张先生吃了一顿自己做的比利时饭菜。饭后，张先生很高兴地说，很好，这是我在国外吃到的最有特色的饭。看到校长很高兴，每个留学生的心情自是妙不可言。

张先生特别关心阎守和的进修事宜，当阎守和把博士论文的选题情况向他介绍之后，他首先关心的是阎守和有没有把握完成这样的工作。阎守和说，我要张先生放心，近红外光谱应用是一个新领域，此领域中，我和其他各国的研究者相距不远。我向他说了自己的计划和存在的困难，计算机和英文是我的弱点，要特别努力加强。张先生听了这些陈述后，很高兴地说，那就努力吧，我等你的好消息。不过，一个人在外面要照顾好自己，吃好、睡好、每天坚持锻炼，不要让自己太辛苦。饭总是一口一口地吃，实验总是一个一个地做，本领也总是一点一点去学。张先生叫阎守和不要怕失败，也不要寄希望于一次就成功。阎守和感到，很久没有人对她说这些话了，父亲去世八年后，这些话出自恩师之口，怎能不让人刻骨铭心，她找不到能表达此刻心情的话语，只说了三个字——"记住了"。

那天，阎守和与马竟飞两个北大学生陪张先生参观了鲁汶天主教大学的教堂。

张先生问："这钟楼的形状像什么？"

阎守和心里的直观感受是像个炸弹，这显然是不可能的，天主教的教义是仁爱。

张先生见两学生为难，就说这是一双伸向上苍的手……

参观体育运动中心时，张先生对游泳池不用漂白粉很感兴趣。那里的负责人贾赫里耶先生介绍，这是从法国引进的铜片净水设备，它和水羟基结合，这种结合的最终结果是包埋了水里的异物，便于过滤除去，让过滤后的水再流入游泳池。处理后的水可以直接喝，贾赫里耶先生当场喝给他们看。阎守和照样喝了半杯。张先生问他们是否也来游泳，他们都回答来的次数不多。

他们离开学校后，来到湖边的牧场散步。

牧场里的马、羊和其他动物都在外面自由活动。出了牧场，沿着林边小路进入梦之林，小路靠山的一边，有一条弯弯曲曲的小河，河深也不过一米上下，河水是从山泉里流下来的，水流清冽，是小鱼、小虾和野鸭的游乐场所。

河的终点是梦之湖，它两面环山，秋日的山林色彩绚丽，很像北京秋天的香山。湖边种了不少柳树和花草。湖的面积约有四个足球场大，中间是一个二十平方米左右的小岛，岛上建有小木屋，供动物栖息。

湖的另一边有咖啡厅和儿童游乐场。

远处，便是大片的农田。小山坡上的树林里，小鸟在枝头欢乐地歌唱，满地落叶在阳光下闪烁着媚人的金光。林里的凳子是一段从中间分成两半的树干，再用两个树桩支撑着。到了这里，就像进入了一个梦的境界，一个静谧的世外天地。

林子的另一边，除人行小路外，还有一条供骑马用的小路。

在不知不觉中，张先生的回访就要结束了。

行前阎守和陪他去买些东西。张先生是北大人人皆知的孝子，学生们都知道他有个勤劳慈祥的老母亲。此刻，张先生第一个想到的是给老母亲的礼物。他们很快找到了他母亲喜欢吃的饼干。张先生说家里人少了，老伴要小一点的食品盒便于冰箱存储。他自己常外出，需要一个中等偏小的箱子。

张先生问她要不要带点什么给家人。

阎守和说，我想给儿子带个傻瓜照相机。

张先生说，我给你挑个好的。

然而，万万没有想到的是，他们师生在布鲁塞尔机场的分手，竟成了最后的一次话别。

1988年，阎守和取得了比利时的博士学位，并留在鲁汶天主教大学从事科学研究工作。主要科学专著有中文版《速溶茶生物化学》和英文版《近红外光谱鉴别乳腺癌研究》，还被特约参编英国出版的五卷本《光谱学百科全书》（负责编写啤酒应用篇），她先后发表了近九十篇科学综述论文和专题论文。出色的科研成果使她在比利时和英国召开的两次国际近红外光谱学会上当选为常务理事（共十七人）。她每每在科学研究上取得成绩的时候，就非常想念祖国，想念北大，想念张龙翔先生。但她身在异国，一直没有机会见到张先生。

1998年母校百年庆典，阎守和博士第一次回国才知道恩师于两年前去世了。大家都说张先生是北大出名的福将，因为他的一生尽管艰难坎坷但都是成功的，即使在六七十年代里，他也没有受到波及。阎守和很遗憾地感到自己回来晚了，没能见到恩师，没能像过去每一次那样感受到他那一种慈祥亲切的关怀。她想，这样的福将若在天有灵，一定知道在我的心田里，有他一方永存的土地！

（注：本文根据阎守和《忆恩师张龙翔教授》《博士的异国重逢》改写，特此致谢）

一个"错划"学生的遭际

这位"错划"学生的遭际，

反映了他的坎坷人生，

从另一个侧面体现了张先生

正直、善良、真诚、仁爱的情怀和担当。

我在《张龙翔教授纪念文集》中，看到姚仁杰的《恩师张龙翔先生》一文，深受感动。这篇文章不仅回忆了作者人生的坎坷遭际，而且从另一个侧面体现了张先生正直、善良、真诚、仁爱的情怀和担当。

1953年，张龙翔从化学系调任生物系副主任，担任讲授全系本科生的基础课（"生物化学"课），姚仁杰所在的班级是在全国综合大学中第一个设置"生化专门化"的班，一个组总共七个同学，姚仁杰是小组长，又是张先生讲授的"生物化学"大课和"生物化学实验"课的"课代表"，自然与张先生的接触比一般同学频繁了许多，张先生对他的教育和彼此的了解也多了一些。这也许就是张先生与他此后几十年间师生缘分的开始，让他终生难忘。

姚仁杰说，最使他铭心刻骨的是张先生虽然平时寡言少语，但对学生的前途发自内心地真诚关怀和爱护。在几年的大学生活中，很多老教授如赵以炳、汤佩松、沈同、崔芝兰、张先生等都喜欢他，觉得他聪明好学，理解力和记忆力都好。他对包括张先生在内的老师们也从心底深怀敬佩之意，经常求教。在写毕业论文时，他与冯北元同学分别选了张先生给的题目——"胰蛋白酶（及胰凝乳蛋白酶）对二肽酶活性的影响"，张先生详细地给他们解释了蛋白酶类在体内相互关系的重要意义，要求他们认真做好这项大学本科毕业前进行科研工作的重要学习环节的训练。他们在制订实验计划时，选定的实验试剂高纯度酶（胰蛋白酶和胰凝乳蛋白酶）采购非常困难。张先生带他们去图书馆查阅资料，但因 20 世纪50 年代初期很多外文书刊断档，张先生又拿来几本私人的外文图书给他们参考，鼓励他们自己制造结晶酶。在张先生的亲自指导下，他们参考国外图书资料的有关方法，采用牛胰脏（后来又改成猪胰脏）的胰腺组织，经过多次反反复复的摸索和试验，终于制备出了结晶纯的胰蛋白酶和胰凝乳蛋白酶，顺利完成了毕业论文。

当时在制备过程中，久而久之就易于感到单调和乏味，特别是在培养酶蛋白结晶的过程中，反复摸索仔细微调结晶条件，每次下课和晚自习时几乎都在新建的生物楼二层生化实验室，在冰箱前调试并用显微镜观察，寻找想象中的结晶。张先生要求他们每天汇报实验进展情况，有时晚上也到实验室来看他们做实验，指导他们去思考，去解决遇到的一个个难题，教育他们在实验工作中既要实事求是又要耐心细致。平时，张先生还指导他们阅读文献，帮助他们理解前人工作的意义和已经达到的水平，从而认识自己所研究课题的意义，以及进一步探究的思路和方法。在几个月的毕业论文写作中，他们更体会到张先生对科研工作的热爱，以及为人师表的风范。一天晚上快十点了，姚仁杰照例非常小心地取样在显微镜下观察，忽然发现几粒菱形晶粒，便赶紧叫冯北元过来观察，她也认为很像文献上的胰蛋白酶晶体的显微图像。他们高兴极了。姚仁杰叫冯北元守着，马上骑自行车到张先生家，张先生很高兴，骑上自行车就跟他赶到实验室。经反复取样观察，认真核对无误后，已是凌晨1点多了。回家的路上，沿途夜深人静，但他们心里充满欣慰。随后晶体日益增多，晶形更加典型，测得的比活性也非常理想。他们不但留下了胰蛋白酶和胰凝乳蛋白酶结晶的显微摄影图片，还制备了一次结晶、二次结晶、三次结晶以至五次结晶的样品，而且摸索出一些胰蛋白酶和胰凝乳蛋白酶纯化、培养结晶的实验室条件。他们靠自己制备的试剂，顺利完成了毕业论文学习任务。结晶胰蛋白酶的制备实验结果，使张先生非常满意，之后又经过下几届的同学和张先生的助教、研究生们的不断改进和完善，这个实验成为北大生物系后来生化专业大实验的必备内容，还编入了张先生主编的获奖教材《生化实验方法和技术》中。

1955年春，由文艺界反"胡风集团"开始，继而扩大并演变成的"肃反"运动的寒流，逐渐波及北大校园。6月，姚仁杰已通过毕业论文答辩，在等待分配工作期间，不幸被作为"肃反"对象遭到批斗或"隔离审查"。除了随时听候"提审"外，就是写"补充交代"材料，余下的时间可以自行安排了。姚仁杰找到张先生要求给点工作做，张先生拿来一些生物化学的英文资料让他选择一些翻译，还写了一张便条托化学系管理图书馆的白和懿老师帮助他借一点必备的工具书和期刊资料。此后白老师还给过他许多帮助和方便，让他翻译了一些生化技术和酶学方面的资料，编写了一点"文摘"，不仅在这几个月中有了事做，而且化解了心中的不快。他翻译了二十几万字的资料，张先生还帮助他修改成文，留在教研室供参考，部分文摘还在期刊发表了。这使他由此又结识了和张先生等老一辈学者一样慈祥善良的白如懿老师，从内心感到世上还是好人多。

几个月后，姚仁杰被宣布平反，系党总支书记向他表示"歉意"，并说"按原分配方案"，要他去中科院上海生化所报到。但他到北京文津街中科院人事局后，负责人说因他几个月没有报到，原来的指标早已安排别人，要他去植物所。因专业不对口，他不愿意去。张先生知道了考虑后对他说，自己没有专职助教，如果愿意担任，由张先生去与校人事处商量。张先生这样敢作敢为是很难得的，当时他还不是党员，为一位刚"错划"的学生去担风险，真需要无私无畏的大勇。经校人事处同意后，姚仁杰就留在生物系生化教研室任张先生的助教。从此，他每天都跟张先生一道做实验，辅导张先生教的本科生的生化实验课，批改实验报告和课程作业，带学生外出实习及写作毕业论文。他还做了生化教研室的工会小组长，可以正常工作了。

1956年，由周总理发表《关于知识分子问题的报告》开始，党群关系和国家政治生活，以及高等学校的教育环境和学术民主逐步得到了一些调整，校园的气氛有了明显好转。燕园的林木依然秀丽，未名湖水波光粼粼，令人心旷神怡。北大包括张龙翔在内的一批高级知识分子、老教授，被批准入党了。全国的高等教育和科学研究工作，也都分别制订了发展规划。但好景不长，1957年整风、反右运动的狂风暴雨又席卷而来，北大自然最先受到冲击。姚仁杰又在劫难逃，从刚被"肃反"运动平反，宣布的"历史无罪"变为现行的"右派有罪"了。但在整个运动中，张先生始终没有做过昧良心的事，连随大流的表态都没有过，而是默默地埋头于教研室初创时期刚刚起步的科研工作和规划中，显示了一个学者的磊落大度和卓识远见，不愧为非常值得尊敬的师长。

姚仁杰等北大的一批右派先后被押解到天津附近农场强制劳动教养，扣发工资和劳动所得，开始时还需自己出伙食费，他不得已只好觍颜给张先生写信，请他帮助代为把学校储蓄所的存款和翻译稿费取出。张先生让黄爱珠同学取钱寄他，才暂时解了他的生活之难。当时农场号召他们出主意想办法养活这些人。因为姚仁杰是学生物化学的助教，二十几岁，经公、检、法查证并无反动政治身份和历史，只不过"因言获罪"，尚有可用之处，遂与几个搞化工、学分析化学的科技人员一道被调回北京成立工厂，组织农用抗生素（金霉素、土霉素和赤霉素）的生产，以及生产化学试剂和酶制剂，并由工厂出具介绍信与北大联系，经张先生同意借了一些设备和仪器，成为工厂创建实验室和车间的第一份"硬件"，开始制备小批量的结晶酶，部分卖回北大供科研和学生实验使用，部分供应社会需求。此后，逐步扩大成为一个颇能研制一点高新产品的小有名气的化工厂。幸亏主持管教的政委兼厂长，是一位出身于红军大学的公安干部，颇有事业心而且心地善良，将凡理工科可用者留下做技术工作，还成立了一个翻译组和美工车间，不署名地为出版社翻译资料，绘制油画、图书插图。比之大批送去北大荒"修建地球"的人，总算还能为社会发挥一技之长，每月多几块钱，生活条件也稍好一些。姚仁杰一直被安排担任负责技术室工作的组长，参与主持研制和生产技术管理，先后推出了几十种产品供应市场。"改造"有了成绩，立下汗马功劳，破格于1960年由工厂上报，1961年经北京市委批准宣布摘掉了右派帽子。但他回不了北大工作，幼稚的幻想成了泡影。

"文化大革命"中，姚仁杰再次以"摘帽右派"横遭折磨，以致家破人亡，妻离子散，历尽了人世的辛酸。他当然不服，多次向党委、向中央写申诉材料。"文化大革命"开始后，他又被发配到四川的山区，担心申诉材料交不上去，就写信寄给张先生请其代为转呈。粉碎"四人帮"以后，邓小平复出，在胡耀邦主持的全国平反冤假错案的趋势下，他才得以平反回到北大。此时，张先生才告诉他每一次的材料都是立即帮他转交上去的，使他内心极为感激和感动。其中一次是周培源先生代为转呈的，周先生任北大教务长期间，姚仁杰因为闹转系问题多次找教务处，周先生总是坚持原则耐心说服他留下来，指出这是国家招生计划，生物化学又是非常有前途的学科，应该有更多人去钻研。他听从了周先生的教导，没有转系，与周先生熟识后常有接触，他亲身感到，周先生、张先生等老一辈的长者，不仅学术研究卓有成就，敬业乐群，奖掖后进，而且在他们先后担任北大校长期间，也都是以青年学生的前途为重，在他们力所能及的范围内，给学生们以爱护和帮助。

姚仁杰被错划为右派的错案改正后，经北大校党委批准重回北大工作，张龙翔先生、沈同先生、陈阅增先生和王镜岩先生等，以及校党委和生物系落实政策办公室的负责同志们，都很关心他的工作安排。他认为自己还是老老实实从头开始担任教学工作，参加一些科学研究。张先生很支持他的想法，鼓励他说，你努力就一定能跟上去。还要他发挥潜力兼职担任一些社会工作，并征求他的同意，先后推荐他任生物化学会的常务理事、副秘书长、秘书长，还支持他去北京医科大学协助张昌颖教授筹办中国生物化学会第一个高级学术刊物《生物化学杂志》，使他能在北大的本职教学工作之外再发挥一些作用，弥补了一点被无辜糟蹋了的青春和岁月。

姚仁杰与张先生全家人都很熟悉，常常从心底对他一家的天伦之乐羡慕不已。太师母、张师母都雍容慈祥、彬彬有礼，使到张先生家做客的师生感到分外亲切。姚仁杰因错划右派离校二十年，平反回校后，到张先生家拜访时，太师母还能清楚地叫出他的名字，使他感到无比的温暖。是的，张先生的为人、为学堪称楷模，在认识先生的很多人中口碑载道，很多和先生有过较多接触的同事和曾经受业于他的学生，在回忆先生时都能说出一些生动的感受，自发树立起一座无形的丰碑！正因为这样，在先生生前，甚至他离世之后，他们这些学生都心甘情愿"有事弟子服其劳"，像亲人、长辈一样敬重他，怀念他。

姚仁杰其实是北大的一个特殊的个案。

张龙翔出任校长时曾说："北大要从'文化大革命'的动乱中恢复元气，恢复正常的教学科研秩序，首先要做好人的工作。平反冤假错案，恢复他们应有的名誉，更是新一届班子首先要解决的问题。"1981 年 6 月 20 日，北京大学新一届领导班子在向北京市委汇报工作时指出：学校在平反"文化大革命"中冤假错案、落实党的干部政策和知识分子政策的工作基础上，还先后开展了多次复查、改正 1957 年错划右派和解决 1959 年反右倾遗留问题等工作。共计解决了两千八百六十余件冤假错案，针对全校广大知识分子的落实政策工作目标已基本实现，先后为学校教授、副教授一百九十九人、讲师一百四十五人，其他教师、干部、职工、学生一千六百二十二人恢复名誉。

写到这里，我给元凯老弟发了微信，说了改写这篇文章的过程，并征求他的意见，想进一步了解姚仁杰先生，跟踪采访。

元凯很快回应说："很可惜，他已经去世。"

我默默无言。

但愿他与张先生在天堂相聚，重叙刻骨铭心的师生情谊。

第六章

生命的绝响

- 生命最后的岁月
- 燕南园56号的往事
- 大家闺秀的唯一遗嘱

生命最后的岁月

人生旅途的最后四年，
是他与癌症顽强抗争的四年，
也是他坚强的毅力
和高尚的人格
聚集闪光的四年，
他为我们树立了一个
如何面对命运挑战的典范。

北大原校长、校党委常委张龙翔虽长期兼任行政、业务领导职务，但始终坚持在教学和科研的第一线工作，几十年如一日，敬业爱岗，贡献良多。他人生旅途的最后四年，是与癌症顽强抗争的四年，也是他坚强的毅力和高尚的人格聚集闪光的四年，为他的学生和后辈们，树立了一个如何面对命运挑战的典范。我在撰写此书时，有机会详细阅读了《张龙翔教授纪念文集》，其中他夫人刘友锵，儿子元凯、景怡的怀念文章，更使我不知不觉地走进了北大，试图穿越时空与他的灵魂对话。我透过字里行间，仿佛走进了张龙翔生命最后的日子，领略到他"鞠躬尽瘁，死而后已"的拼搏和奉献精神。

1988 年，张龙翔退休后，仍返聘工作，依然忙碌。1987—1990 年任发展高科技（"863 计划"）生物化学领域蛋白质工程主题评审委员；1991—1993 年任"863 计划"生物技术领域评估员；1992 年 11 月 6 日参加国家自然科学奖励委员会会议。11 月 15—20 日赴上海参加第六届亚洲大洋洲生化学家联合会；1993 年 1 月 4 日赴纽约参加留美中国学人生命科学讨论会。会后赴得克萨斯州达拉斯市景怡家中小住。

当时他妻子刘友锵已先期到达景怡家中。张龙翔到达后，仍每天坚持早晨打太极拳。早餐后夫妻俩出门散步，在附近商场买些新鲜蔬菜、瓜果、鱼虾、鸡蛋等，回家自做午餐。午睡醒来，孙女晓蔚（十二岁）下课回来在楼下与邻居小孩玩耍，时常带一群孩子进屋喝水、吃土豆片。晚上景怡和儿媳朱薇薇下班回来，家中不免热闹一阵子。周末照例是出门参观浏览，在郊外野餐或尝餐馆小吃。可以说，这两个月是张龙翔多年来难得的悠闲生活。

正当刘友锵为长期劳累的丈夫能得以休养生息而高兴时，却没有想到万恶的癌症早已暗中向他袭来。1993 年 3 月 15 日，张龙翔突然觉得颈部不适，日渐消瘦，于是决定提前返回北京。3 月 25 日进友谊医院检查，但未发现什么问题。4 月 4 日便匆匆出院，继续忙于工作：参加中国生物化学会常务理事会，参加清华大学校庆，并在 1937 级同学入校六十周年庆祝会上发言，在"酶和蛋白质研究的现代趋势"（Modern Trend in Enzyme and Protein Research）会上做报告，参加自然科学奖励委员会会议，等等。5 月 24 日，他骑车去北大教室，为研究生讲两节课（每节五十分钟），谁料这是他一生中最后一次骑车，最后一次讲课。

1993 年 5 月 25 日，北大校医院经检查，还认为他是颈部骨质增生，建议理疗。6 月中旬颈部痛区略有扩大，有时感觉脸部麻木。7 月 10 日

1993 年初春，张龙翔与妻子刘友锵摄于美国得克萨斯州

1993 年 3 月在达拉斯市景怡家中为张龙翔过生日

带病参加中英友好奖学金委员会举办的冷餐会。7月，北京医科大学党委书记彭瑞聪托三院安排病房，并在当天中午由北大校医院的急救车把他送到北医三院。经多项检查，确诊为前列腺癌转移成骨癌，已到晚期，当即住院接受治疗，医生认为只能维持三个月的生命。

刘友锵顿觉眼前晴天霹雳，她和子女陷入了万分悲痛的深渊。元凯夫妇与北大生物系师生四处奔波，寻医找药。消息传到美国，景怡和朱薇薇立即到处找医生询问，查阅报纸和有关资料。但他仍镇定自若，泰然处之，反而劝说家人不要着急，而且积极配合医生的药物治疗。

7月25日，经北京大学生物化学系王镜岩教授介绍，元凯夫妇冒着大雨开车找到中日友好医院临床医学研究所副所长，著名病理、生理专家周舒教授（王镜岩的姐姐），询问了解到有一位刘同庆医师曾以毒攻毒对付癌症的情况，在西医一时没法根治的危急关头，就抱着试试看的侥幸心理请刘同庆医师为父亲治病。

7月26日，刘同庆医师和周舒教授、王镜岩教授等一齐去北医三院高干病房为张龙翔教授会诊。在病房主任办公室里，一位主任医生将张龙翔几天前拍的全身骨扫描摄片（ECT）插上读片灯，从片上显见全身呈广泛骨转移病灶。主任向他们介绍说，张龙翔住院以来，经全面检查，发现原发病灶是前列腺癌，现已明确诊断为：前列腺癌全身广泛骨转移。目前最棘手的是，其整个颈椎、腰椎骨质破坏的程度，随时会引起高位截瘫，累及生命。院领导为张校长的病情已多次组织讨论，他们都认为目前没有什么特殊方法来治疗，也邀请了肿瘤界专家来会诊，他们看到ECT片后，连患者都没有去见一见就走了。

当刘同庆一行走进张龙翔病房时，张龙翔欲仰身示意，突然又痛苦地缩回上身，平卧在床上，刘同庆急忙趋前对他说："张老，您千万别动，今天您只管听我们说话就行了。"

坐在床边的张老夫人起身，对刘同庆一行表示感谢。王镜岩教授对刘同庆和周舒做了一番介绍后，就请刘同庆对张校长做常规检查。只见张老明显消瘦，全身肌肉呈萎缩松弛状，颈部及上身其他部位活动严重受限，唯面颊略显红晕，神志尚清。在刘同庆检查时，张龙翔插话说："我现在最主要的问题是胸、腰、肋骨和颈椎不时非常疼痛，几乎不能动。"

至此，一套治疗方案已在刘同庆心中拟定形成。但是有些基本条件北医三院能否接受，还要协商，也就是张老仍住在医院治疗，院方协助观察即可。这样安排，主要考虑万一治疗中发生危急状况，能及时获得救治。刘同庆提出这个问题后，张龙翔说："刘大夫，您提出的问题不是问题，我会安排好的。"

随后，刘同庆将用药方法，怎么配合治疗、观察和注意事项等逐一做了详细交代。院方完全同意刘同庆和张校长家属意见，并表示将会积极配合协助观察治疗。

北大生物系领导和师生对张龙翔先生的病情非常重视和关心，很快派了两位员工到医院日夜轮流照料张老。他所带的研究生也多方努力，积极配合，元凯更是不分昼夜，竭尽全力，未英每天买菜、煎药、熬汤，精心护理。同时，北医三院为积极治疗提供了许多便利，使张龙翔的危重病症很快得以缓解，为其身体渐趋恢复创造了有利条件。

8月1日，他开始服用刘同庆大夫的中药及汤药。

9月1日，他做了一个小手术。

9月2日，儿子景怡从美国回来，在病床边服侍三周。二十多天来，只见生性豁达的父亲始终乐观，认真吃药、进补，饮食和睡眠都很正常，病情趋于稳定。景怡每天去医院照顾他。早上带了家里嫂子未英煎好的中药、熬好的鸡汤及水果匆匆赶去。父亲养病也和他做生物化学实验一样，做每一件事都很有条理。刷牙、洗脸、吃饭、喝汤药都有一定的方法和步骤。这些对一般人来说是轻而易举的事，但对一个癌症晚期病毒侵入到颈椎，需要绝对卧床的病人来说，却是很不容易的。他曾高兴地对景怡说，实践证明，躺在床上什么事情都能干。他很清楚自己病情的严重程度，但他坚信自己一定会好起来。他养病期间，每天仍接待很多客人，除亲属外还有很多同事、好友及他的学生。他与他们谈得那么开心，一点也看不出他是一个身患绝症的人。

有一次，景怡问女儿毛毛："你最佩服的人是谁？"

"爷爷！"毛毛不假思索地回答。

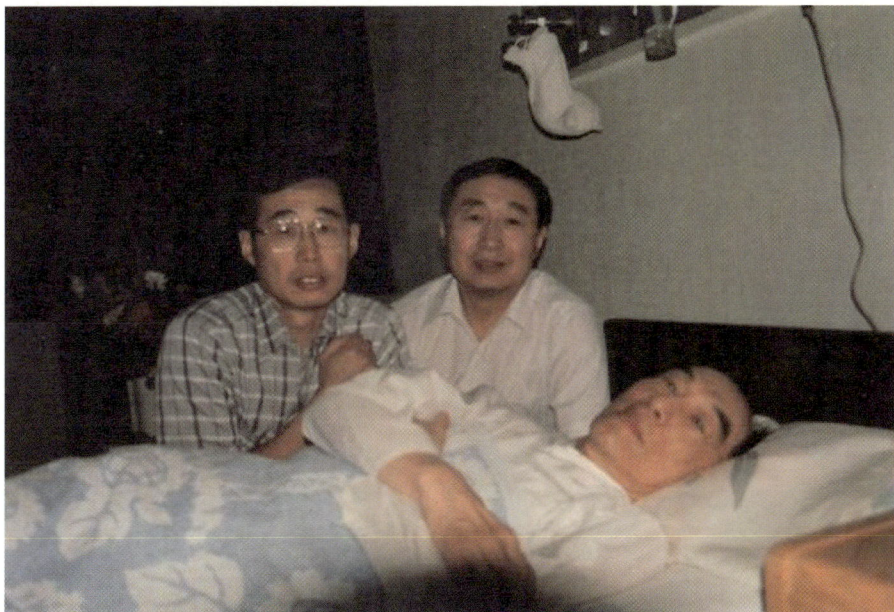

1993 年 9 月张龙翔在北医三院病房

"为什么？"

"爷爷得了癌症一点都不怕！"

9月24日，张龙翔出院，在家继续卧床休养。当时天气转冷，元凯在他卧室装了土暖器，使屋内温度保持在二十三摄氏度左右。北大生物系还派来一位姓高的员工在白天照顾。每天晚上9时，他和老伴在音乐的旋律中安然入睡。

卧床期间，他不断过问实验室的工作，并与研究生交谈。校内外前来探望的人络绎不绝，他与大家言谈欢快。8个月后，病情日渐好转，体重增加。

在治疗过程中，还有一段小插曲。张龙翔本身是生物化学家和分子生物学家，对微量元素铜也有研究，知道医学界很强调铜的毒性。有一次，他和刘同庆闲谈说到，如果不是我亲身体验，我根本不敢想象自己能每天服下如此大剂量的含铜制剂。在我的认识中，三天的服用量，就会让人体出现铜中毒了。但我连续服用了几个月，一点不适感都没有，更没有铜中毒的任何迹象。这说明，你的铜理论，还是符合科学规律的。

1994年3月10日，经X线片检查，第二节颈椎原破坏性病变处已经修复，医生认为可以下地行走了。这时候，窗外的树木开始冒出新绿，他慢慢能起床了。经过病魔的折腾，他的肌肉萎缩，双腿变得很细，但他的心态乐观、坚强，他开始锻炼身体。从站立到扶着走，再到助步器室内走……

3月14日，他起床半小时，即为研究生出考试题目。

此后，逐渐地，他白天不再卧床，可以阅读学生论文，恢复正常生活。

6月22日，龙翔与妻子致景怡、薇薇、晓蔚的信上说："……爸最近恢复不错。昨天他的一个博士生毕业论文答辩，他去参加并与他们一起在学校食堂吃饭（9：00—12：30），坐汽车去的，用WALKER（助步器）走回。他不觉得累，晚上早睡就消除了疲劳。（以上是妈写的）我这一段时间，自我感觉体力大有进步，自理能力增加了，起床穿衣都可由自己完成。现在可以提着WALKER（不是支着，提着是为了保险）走200—300步，在室内实际上可以完全恢复正常生活……（这是爸写的）。"

6月26日，张龙翔去五洲大酒店参加海外归国留学生生命科学及生物工程学术讨论会。

7月间，又参加北京生物化学会的学术报告会，见到了邹承鲁（中国科学院生物学部主任、院士）、杨福愉（中国科学院生物物理所研究员、院士）等好友。

8月26日，参加"748工程"二十周年纪念会。

9月13日，经同位素扫描，身体恢复较好。骨癌基本痊愈，但骨质疏松。张龙翔似乎完全忘记了自己是个癌症患者，重新开始工作，经常去实验室，到图书馆四楼查阅资料。起初还拿个拐杖助行，后来连拐杖也丢掉了。

1996年2月27日，他在给景怡的信上说："我这一段时间很好，还是每周去两次实验室。现在'九五'科研项目又开始招标了，我们科研组由唐建国（博士，突出贡献青年）在张罗，我只是听听汇报。天气已在逐渐转暖，以后将增加室外活动（打太极拳、散步）。""春节参加北大团拜，地点在方正大厦。方正（即以前称为"748工程"）现在年营业额已达二十五亿元。所以盖了新的大楼。大楼在'上地高科技开发区'，那里已有不少新大楼了，地点在圆明园北。"

3月19日是张龙翔的八十岁生日。北京大学为庆祝张龙翔校长八十寿辰及执教五十周年举办了学术报告会。校党委书记任彦申、副书记郝斌出席会议并致贺词。国内教育界、生物化学界及其他学术界许多著名的学者和老前辈以及历届学生都亲临参会祝贺。还有海外的学子特地从海外回国与会贺寿。由此可见，张龙翔一生对教育事业的贡献及在学术界的影响，可谓名扬四海、桃李满园。

6月1日，他执意要去金山陵园安葬母亲的骨灰。刘友锵和元凯、未英只好带上小折椅，让他走一段坐下休息片刻，再继续行走。

北京市海淀区金山陵园坐落于燕京八景"西山晴雪""香山红叶"风景区内，与北京著名寺院"碧云寺""卧佛寺"毗邻。陵园依山而建，取西山之自然景观，背依苍松翠柏，俯视昆明湖水，近看"玉帛趵突"，远眺北京全貌。墓区高雅肃穆，四季常青。墓碑种类繁多，雕刻精美，称为北京碑刻博物馆。金山陵园地处名胜，堪称"叶落归根"之雅地。张龙翔和家人为老奶奶选墓地时挑选了有一棵桑树的位置。那一抹蓬勃的绿叶，蕴含着浓浓的家乡情结，想必也是对奶奶的告慰吧。

一路上，龙翔和家人都沉浸在刻骨铭心的缅怀之中。他心里喃喃自语："妈妈呀，妈妈，我们来送你了。"妻子刘友锵不时掏出手帕，为龙翔擦去额上的汗水，叮嘱他休息一会儿再走。

元凯、未英边走边心里默念着："奶奶呀，奶奶！我们来送你了。"

一路上，他们走走停停，停停走走。

龙翔和家人登上高山为母亲安葬，尽了最后一份孝心。

眼前风光无限，蓝天白云，阳光分外明亮绚丽。

龙翔久久地凝视着墓碑上刻着的一行大字——"倾心尽力，哺育三代人；恩重如山，永驻后辈心"，又深情地望向那棵枝繁叶茂的老桑树。这一刻，让爱，将生与死、天与地、过去与将来，神奇地连在一起，定格于那一束正在绽放的芬芳。他思绪万千，心潮激荡，沉浸在对老母亲用一生的爱养育自己的回忆中，仿佛眼前又闪现了老母亲慈善和蔼的笑容，耳畔响起了老母亲那乡音不改的嘱咐和叮咛，望见了老母亲永远不朽的形象！

6月中旬，张龙翔去兆龙饭店参加中英友好奖学金委员会晚宴。

7月，他去中日友谊医院探望病中的陈阅增先生，后又参加第四届生命科学讨论会，并收看电视节目中的开幕式及各项比赛。

8月初，他颈部开始有些不适，但还步行二十分钟，去北大宿舍文重、王镜岩家看望。当时，文重夫妇都万分惊愕，这惊愕还带点惶恐，想不到他大病初愈便亲访上门，更何况是他们两人的老师。

8月10日，去北京医院体检时，因当时学校派面包车送几位老教授一起去体检，他主动坐到了车辆后座，把前面的座位留给了比他年长的人，由于他的座位比较颠簸，回家后他感觉颈痛加剧。

9月9日，在北医三院检查时，诊断为颈椎3—6节间盘膨出，椎管狭窄，医生要求再做同位素扫描。经北京医院检查，显示前列腺癌正在复发。

10月12日，他的病情恶化，两臂及手麻木乏力，逐渐不能抬高和挪动。

10月19日，他已不能站立，开始高位截瘫。

10月23日晚，导尿困难，体温上升后急送空军总医院。尿很快出来了，他感觉好一些了。不久化验结果也出来了，没有出现尿毒症。医院规定只准一人陪宿，元凯执意留下。当夜输液一直不停，元凯侍候在一旁。他不时劝大儿子抓紧空隙休息。

24日晨，远在美国的景怡接通了他的电话。

"我是爸爸，我在输液。"声音是虚弱但充满希望的。

景怡说已经买好飞机票，再过一天半就可以飞回父亲的身边。

护士来查房，元凯问护士："有没有生命危险？"

"没有。"

张龙翔一直头脑清醒，元凯也没有意识到死神竟然正在一步一步向他走来。在给他洗脸刷牙过后（病中他照样对卫生一丝不苟，这也许是他母亲近乎洁癖的遗传吧），他要元凯喂他吃了半只香蕉，说："我休息一下。"

没想到这竟是父子的诀别！

也许是因为走得突然，没有来得及留下一个字的遗嘱……

此时此刻，元凯的心在颤抖，满怀的痛苦如同山涧泻入波涛汹涌的大海，泪水在波峰浪尖上翻滚。耳畔仿佛由远而近，渐渐地响起了贝多芬的《英雄交响曲》，他觉得，只有这荡气回肠的旋律，才能伴随父亲远行。

此时此刻，一夜未睡的刘友锵接到元凯的电话，就急忙去医院。刚到病房楼前，却见元凯哭着跑出来说："爸说颈部不舒服，要翻身。谁知一翻身，即去世了。"

这突然的噩耗，给了刘友锵一个几乎毁灭性的打击，她顿时疼痛得颤抖不止，眼前昏天黑地。她责怪自己为什么昨晚没去医院，陪他度过这最后的一夜！现在晚了，这一切都晚了，叫天天不应，喊地地无声！她有多少心里话要对他倾诉，有多少事要和他商量，有多少问题要他帮助解决！但不可能了，这一切都不可能了！

元凯想，父亲是搞科学的，虽然走得突然，但他们还是相信他一定会同意进行病理解剖，查明原因，为发展科学再做最后一次贡献的。医院的检查结果表明，张龙翔死于"前列腺癌 II 级广泛浸润并转移至颈椎、腰椎、肺脏。由于颈椎广泛转移破坏，移动时压迫颈椎，而致突然死亡"。

　　景怡想，父亲走了，他走得那么突然。唯一可以让人感到安慰的是，他临终前没有受到太多的折磨。听人讲，骨癌晚期是很痛很痛的，家里人曾为此担心。然而父亲是个大好人，他一生做了那么多好事，总是帮助他人，告别这个他所热爱的世界时他应该平安而去。景怡说，自己总觉得对不起父亲，在他生命的最后时刻未能守护在他身边，给他一点点安慰，这是做儿子的终生遗憾。他知道父亲要他推迟回程是想让他更专心地工作，在科研上多做出些成绩来。可以告慰父亲的是他在那次国际会议上报告的实验结果，是当时湍流全息测量中世界上公认的最好结果。

　　我们想，医生早在三年前就曾预言，张龙翔只能再活三个月，最多只能活半年。但是他像一个无畏的勇士，与晚期前列腺癌广泛骨转移进行了顽强的抗争，以常人难以想象的意志和毅力，配合中医连续服了几百服汤药，从只能卧床到基本活动自如，又高质量地生活了三年多。在两年半的时间里，张龙翔振作精神与疾病抗争，努力参加校内外多项活动。1996年9月学校开学，此时离他去世仅一个月，他还几次去实验室，真是不遗余力。在生命的晚期，他对工作依然高度负责，对研究生的实验数据逐个检查，对论文写作逐字审阅，人家要他写推荐信、题词评语等，他无不认真对待，及时完成。1981年由他主编的《生化实验方法和技术》一书由高等教育出版社出版，1988年获国家教委优秀教材奖。1995年提出重新编写该书第二版，当时张先生已患癌症，但还是亲自过问并鼓励他们认真编写，提出了新版要有新版的新意。他在患病期间花了两个多月时间审阅了八十四万字的原稿，还写了"再版序"。当时他意识到属于自己的时间已经不多了，更是计划做更多的事情。在他的坚持下，1997年北大招收博士生的导师名单中还列入了他的名字。他逝世后，唐朝大诗人李商隐"春蚕到死丝方尽，蜡炬成灰泪始干"的诗句，经常萦绕在他夫人刘友锵的脑海中。他的一生，不是正好印证了诗中所展示的精神境界吗？

他驾鹤西去的那天，痛了丙子十月，痛了燕南园的绿木花卉，痛了北大学子的心！博雅塔下未名湖水瞬间疼痛得颤动不止！扼腕叹息的我们久久伫立——默语内正其心的张龙翔是作为一个胜利者离开这个世界的！人们常说："鞠躬尽瘁，死而后已。"他以无言的行动真正实践了这句名言。他用坚守信仰的大爱、不忘初心的坚韧、牢记使命的辛苦，还有科学的担当，为北大乃至中国的教育和科研事业勤奋耕耘直到生命的最后时刻。他在病中的奋斗历程，是他作为一名教师给他的学生上的最后的也是最令人难忘的一课。生命的烛光，虽然照不了多远，但可以给别人、给这个世界带来些许光明和温暖。也许这是他生命中的最后一缕光亮，抑或是我们黑色的眼睛正在寻找的人类的光明。

我们的思绪一如纷飞的花絮，真想召集那些靠嘴皮的"砖家"，一起面对他，面对教育和科学，在愧疚中深刻反省！每个人的一生不论是平凡还是伟大，都会遇到一份历史的担当和使命。张龙翔作为一位共产党员、一位科学家、一位教育家、一位青年人的导师，尽到了自己的责任。今天，我们对他最好的纪念，就是要传承和弘扬他这种"生命的烛光"精神，把无数前辈为之奋斗终身的事业，作为一种历史责任去励志践行。只要我们每一个人尽到了自己的责任，中华民族伟大复兴的中国梦就一定会更加美满、辉煌！"高山仰止，景行行止"，虽不能至，然心向往之。愿他的灵魂在贝多芬的《英雄交响曲》中飞翔、永生！

燕南园 56 号的往事

著名教育家梅贻琦说：

"所谓大学者，

非谓有大楼之谓也，

有大师之谓也。"

从某种意义上说，

燕南园是北大的精神所在。

北京大学校园里学术积淀最深厚的并不是未名湖，而是燕南园。著名教育家梅贻琦说："所谓大学者，非谓有大楼之谓也，有大师之谓也。"从某种意义上，可以说燕南园是北大的精神所在。

20 世纪 20 年代，司徒雷登初任燕京大学校长，在北京西郊明代勺园（明代画家米万钟故居）和清代淑春园（乾隆赐予和珅的皇家园林之一）旧址基础上，建成了一座中西合璧的园林式校园——燕园。燕南园因位于燕园的南部而得名，燕南园的住宅被定为 51 号到 66 号（20 世纪 50 年代初，燕南园西墙的北端因向外延伸，多了一个编号为 50 号的新宅院）。这一编号从燕大到北大，一直没有变更。

燕南园的建筑以"洋式"为主，多为两层小楼，附带一个小花园。

燕南园 56 号

室内装饰也具有典型的西洋风格：铺设木地板，楼梯设在屋内，屋里有供冬天采暖的壁炉，上下两层楼各有独立的卫生间。门扇窗框用的是上好的红松，精美的门把手全由黄铜制成，房间里铺设打蜡地板，屋角有典雅的壁炉，卫生间里冷热水分路供应，每座住宅还有独立的锅炉房以供冬季取暖，家家门前屋后都有一个宽敞的庭院，花草繁茂。如今，在燕南园那些小楼门口，还能看到当年挂上的黑底白字门牌。

在燕南园的入口处，耸立着两座被龟驮着的石碑，据说是乾隆年间圆明园几位总管所立，圆明园被焚后移至此处，人称"花匠碑"。从清末到现在，这石碑见证了一个多世纪的历史沧桑。让人不能忘却的是，燕南园历经了太多的风雨，无数先者的风骨在这里长存。他们丰富的学识、闪光的才智、庄严无畏的独立思想与耿直不阿的人格操守，构成了一道北大独一无二的风景，充满了一种恒久的人文魅力。

俗话说："山不在高，有仙则名；水不在深，有龙则灵。"在北大流传着这么一句话："住在燕南园的不一定是大师，但是大师一定住在燕南园（还有燕东园）。"元凯、未英如数家珍地回忆说，燕南园63号曾是北大老校长、经济学家、人口学家马寅初之家（1957年搬迁之后，北大副校长、语言学家魏建功入住）。半个多世纪以来，我国的人口一直称作四万万五千万，1954年进行了人口普查，统计结果远超六亿五千万。马寅初教授从经济学观点出发，认为人口的增长过快，对经济发展不利，因而提出了要节制生育以控制人口增长过快的观点。但当时在人多力量大的指导思想下，未被采纳。在北大的一次形势报告会上，康生阴阳怪气地说："听说你们学校出了个人口理论家，而且也姓马。"这样不仅点了马寅初教授的名，而且也对他《新人口论》的学术思想定了性。因为马尔萨斯的人口论，是一直作为反动学术观点来批判的。不久，报刊上陆续发表了一大批批判马老的文章，但马老仍然坚持自己的学术观点，刚正不阿，说就算剩我自己一人，也要应战到底，结果被解除北大校长等职。1979年，党中央为经济学家、教育家马寅初平反，并批准其为北大名誉校长。1981年，张龙翔教授被任命为北大校长后，立马同北大其他党政领导一起去看望了马寅初教授，充分肯定了他的学术观点。这位百岁老人久经沧桑的脸上露出了舒心的微笑。

燕南园66号曾是著名作家冰心与吴文藻的新房。1926年冰心留美归来，被母校燕京大学聘为国文系助教。1929年2月，吴文藻也从美国回来，并被清华、燕大聘为教师，热恋多年的情侣于6月份举行婚礼，司徒雷登担任证婚人，并把60号（后门牌号码调整为66号）小楼分给这对新婚夫妇居住。冰心对婚后曾经居住过近十年的地方饱含深情，她在许多文章中提到过燕南园这座小楼。1937年，北平沦陷后，冰心夫妇在战火纷飞中漂泊四方，1946年7月重返故园，悲伤地发现小楼仍在，而冰心手植的丁香、紫薇、月季、玫瑰都已香消玉殒，楼里更是面目全非，吴文藻临走时藏在阁楼上的几十本笔记和教材全部不翼而飞……原来，"珍珠港事件"发生后第二天，日本侵略军就闯进了隶属于美国教会的燕大，疯狂劫掠。燕南园66号被日本宪兵占领，吴文藻的书房竟成了拷问教授们的审讯室！冰心含泪离开燕南园，从此不再在这里居住。后来，燕南园66号成为美学家朱光潜的住所。

燕南园62号曾是全国人大常委会副委员长、著名社会活动家、法学家雷洁琼的居处，之后东侧是文学史家林庚，西侧是逻辑学家王宪钧；60号燕大时住的是美国心理学家夏仁德，之后是语言学家王力；64号曾为北大副校长、历史学家、社会主义活动家、教育家翦伯赞所住；61号燕大时住的是现代社会学和教育家赵承信，之后是著名地理学家侯仁之；65号住的是经济法学泰斗、中国经济法学和国际经济法学的学科奠基人

1988年5月，张龙翔和罗建本（左一）、邢其毅（左二）、张滂（右一）三位化学教授在北大燕南园家中合影

芮沐；50 号住的是历史学家、北大图书馆馆长向达（土家族）；54 号住的是北大原校长陆平，之后楼上住的是著名数学家庄圻泰；58 号住的是北大副校长、哲学家汤用彤，以及其子国学大师汤一介和儿媳中国比较文学拓荒者乐黛云；59 号的主人燕大时是美国教育家高厚德，之后是物理学家、教育家褚圣麟；52 号东侧住的是中国物理化学奠基人之一黄子卿，西侧住的是中国经济思想史学家罗志如（曾用名罗志儒）；53 号楼下住的是生物学家沈同，楼上住的是中国历史学家齐思和（字致中）；51 号住的是中国现代物理学家、教育家饶毓泰（名俭如，字树人），以及数学家、教育家、中国拓扑学奠基人江泽涵；54 号的主人是当代杰出的历史学家、教育家洪业；55 号曾为新闻学家、校总务长蒋荫恩所住……难怪人们称誉燕南园是北大当之无愧的象征，是一个民族值得珍惜的精神家园。

燕南园 56 号曾经住过两位北大前后任的校长。

一位是周培源，一位是张龙翔。

周培源早年毕业于美国普林斯顿大学，是爱因斯坦的学生。他是理论物理与流体力学家、教育家和社会活动家、我国近代力学事业的奠基人之一、中国科学院院士，曾任北大校长、全国科协主席、中国科学院副院长。1952 年，周培源在北大领导创办了中国第一个力学专业，即北大数学力学系力学专业，还领导建造了北大直径为二点二五米的三元低速风洞。并相继任北京大学教授、教务长、副校长、校长、党委副书记。周培源是性情中人。他家共四个女儿加一个老伴，唯有他一个男人，所以他称家中有"五朵金花"。他右耳失聪，说话时习惯放大嗓门，据说他每天都要到老伴屋里"请安"，大声宣泄"爱意"："六十多年我只爱过你一个人。你对我最好，我只爱你！"日日如此，持之经年。他爱家里的"花"，也爱园里的花，门前樱花繁茂，风景独秀。当年南浔籍著名作家、诗人徐迟继发表了被誉为新时期报告文学"东风第一枝"的经典名作《哥德巴赫猜想》之后，曾躲进北大燕南园采访物理学家周培源，撰写了以周培源为主人公的报告文学《在湍流的涡漩中》，并在《人民日报》上发表，引起强烈反响。

后来，继周培源迁居国务院安排的住房后，张龙翔即迁入燕南园56号原周培源的住房。周培源和张龙翔一起担任学校领导近三十年，公私交情堪称和谐。张龙翔任北大副校长期间，由于他精通外语，儒雅，有风度，而且学校外事又是他主要工作之一，因此周培源校长每次出访国外或接待外宾，总与副校长张龙翔同行。1974年8月，经周恩来总理批准，我国开展了一项被命名为"748工程"的科研，分三个子项目：汉字通信、汉字情报检索和汉字精密照排。从那时起，时任北大校长的周培源就以超前的目光敏锐地注意到电子计算机为汉字印刷排版等技术革命的前景，从而排除重重困难，和张龙翔一起组织学校的人才和物力，热情鼓励和支持了以王选为首的研制组工作，经过十多年的努力，在投入数百人力之后，终于攻克了计算机处理汉字的难题，在我国出版印刷界引起了一场划时代"告别铅与火"的革命。后来周培源还被推荐为1985年成立的中国印刷及设备器材工业协会的名誉会长。由于这所宅院的前后两任主人，为北大的教育与科研事业贡献卓越，因此这里曾经是广大师生心仪神往的地方。

张龙翔从1981年4月住到燕南园56号，一直到1996年去世前都在这宅院生活。靠东面的一间平房是他的卧室兼书斋。每天清晨，他总是在庭院里打太极拳，或练太极剑。他在这里接待过很多博士生、研究生，以及亲朋好友。老同学、科学家钱伟长是他家的常客。一次，钱伟长的

张龙翔在燕南园家中工作

小车因为没有标记，被北大新来的门卫拦住。接到张龙翔的电话后，这位门卫忙向钱伟长道歉，但钱伟长反倒表扬了门卫，说他按规定办事没错，一时被传为佳话。1996 年 3 月 19 日，北京大学和生物化学与分子生物学系为庆祝张龙翔教授的生日和执教五十周年，举办了一次生物化学学术报告会和聚餐会，会后很多师生到他家里畅谈，分享生日蛋糕，气氛十分愉快。可以说，张龙翔在北大度过了半个多世纪，经过几次搬迁后，最后的归宿就是燕南园 56 号。虽然是平房，但这里的一砖一瓦、一草一木，已经和他的心灵融合在一起，他怎能不深深爱恋着这座宅院呢？

1996年刘友锵八十大寿，晓音从香港回来庆祝，在京的家人于燕南园56号合影

张龙翔的邻居——燕南园 55 号主人，之前是北大副校长、老革命冯定，后来是经济学家陈岱孙。美籍物理学家、诺贝尔奖得主李政道从美国归来，也在此居住。57 号与别处不同，颇具中国传统色彩，两个石狮守着小小院门。小楼整体呈青灰色，掩映在苍松杂花间，显得格外静谧雅致，这便是哲学家冯友兰和宗璞的"三松堂"。不过，冯友兰最初住的并不是 57 号，而是 54 号。原住 57 号的是北大党委书记兼副校长江隆基，据说 1957 年他见 54 号人多狭窄，50 号相对较小，便与经济学家严仁赓搞了一个三角换房方案，冯从 54 号搬到 57 号，严从 50 号搬到 54 号，自己从 57 号搬到 50 号，可见江隆基的坦荡胸怀和对知识分子的尊重关心！冯友兰毕生写作，晚年在此整理，辑为《三松堂全集》。他的女儿宗璞是个作家，在张龙翔逝世以后，宗璞写了《人老燕园》一文。她在

文中写道，"人老燕园"这个题目，在心中存放已久了。当时想的是父辈的老去，他们先是行动不便，然后坐在轮椅上，最后索性不能移动了。接着她借题发挥，提出了"你是谁？""上哪儿去？"的问题，这是个永恒的命题。她说：人们的道路不同，这就是"是谁"；路的尽头则一定是那长满野百合花的地方，人们从生下来便向那里走，这就是"上哪儿去"。老父（冯友兰）去世以后，燕南园中平静了两年，接着江泽涵（当代数学家）和夫人蒋守方走了。说到张龙翔，她有一段追思的文字："10月间我有香港之行，不过十天，回来得知张龙翔先生去世，十分惊讶。张先生是生物化学家，20世纪80年代曾任北大校长。9月间诸位老太太在张家小聚，我也忝列，还见他走来走去。张先生多年前曾患癌症，近年来转到颈部，不能起床，情况十分险恶。但经医疗和家人的用心调护，他竟能站立，能行走，而且能出去开会。我总说张先生是真正的抗癌明星，怎么一下子就去世了呢。56号房屋失去周培源先生之后，又一次失去了主人，唯有庭前树木依旧。"

　　燕南园与人民大会堂、吴晗故居等一起，都属于北京市珍贵的历史文化建筑。张龙翔1996年逝世以后，妻子刘友锵和长子元凯、儿媳未英等家人仍居住在燕南园56号。1999年，元凯的女儿晓音从美国回来看望家人，临行前向他们提了个建议："现在北京的城市建设发展很快，房屋商品化是大趋势，要趁早考虑安排一个合适的家。"元凯、未英认为父亲已经逝世，长久居住在燕南园是不合适的，晓音的建议很有道理。于是他们开始多处看房比较，购置了海淀区万泉新新家园一套新房子。晓音当时已经工作，她很体谅祖母及父母，主动承担了购置房屋所需的费用。

　　但是房子装修好后，问题又出来了。刘友锵说："我们总算有了自己家的房子了。但我真不想走！"元凯心里明白，母亲陪伴父亲一生，对北大的感情刻骨铭心，她是舍不得离开北大啊！她总觉得龙翔还活着，仿佛仍与自己生活在一起，就在她身边。元凯是出名的"孝星"，感到坐立不安，左右为难。末了，还是未英出了点子：元凯夫妇俩陪同母亲去海淀区万泉新新家园看了那套新房子。一切安排得很好，母亲刘友锦领会到后辈们的良苦用心，同意一起搬入新家。从2004年春天开始，经过半年时间，他们终于搬进了新房子。告别燕南园56号的时候，已是丹桂飘香的秋季，老母亲刘友锦含泪凝视着丈夫遗像，喃喃自语："龙翔啊，龙翔！我们一起走吧！"后来，刘友锦在她的《九十自述》中感叹地说道："我们现在住的房子就是晓音买的，宽敞、阳光充足，比燕南园的老房子好很多。我在这里参加了有十几个人的老年合唱队，每周唱两次，很开心。"

我在采访中惊奇地发现，张龙翔生前留下的存款只有二十万元。

我问："这是真的吗？"

"真的！"元凯、未英见我惊讶万分，忙做了解释："这是真的！"

原来他们也不知道父亲遗留下多少存款，一直到2010年2月母亲故世后才看到了她生前保存下来的父亲张龙翔（连同母亲）的存款单，共计人民币二十万元。至于张龙翔生前留下的书籍、信札、手稿、照片、获奖证书等遗物，元凯、景怡已先后分期赠送至北大档案馆。

这是来自北大的两篇有关报道。

一篇是《北京大学生命科学学院张龙翔基金设立，传承名师风骨》：

（2016年）3月19日，纪念张龙翔先生诞辰一百周年座谈会暨"生命科学学院张龙翔基金"捐赠仪式举行。

　　张龙翔先生家人，广东双骏生物科技有限公司董事、总经理陈杰鹏，中国生物化学与分子生物学会副理事长兼秘书长刘小龙，北京大学副校长王杰，王学珍、陈堃铼、陈守良、贾弘禔、黄文一等老教授、老干部，生命科学学院院长吴虹，党委书记柴真，方正集团党委书记韦俊民，校史馆馆长马建钧，教育基金会副秘书长赵文莉，以及张龙翔先生部分生前同事、所教学生和生科院师生、校友百余人共同参加了活动。

　　张龙翔先生是我国著名的生物化学家、教育家、北京大学原校长，曾长期担任多项社会职务，为中国的高等教育事业和生物学科发展做出了重要贡献。为纪念张龙翔先生，广东双骏生物科技有限公司董事、总经理陈杰鹏博士捐资300万元人民币，设立"生命科学学院张龙翔基金"。陈杰鹏博士在致辞中表达了对张龙翔先生竭力推动中国生物化学领域进步的崇敬，他希望该基金的创立能够传承张先生以及北大师长们的精神和风骨，促进北京大学生命科学领域产学研的进一步发展。赵文莉副秘书长代表基金会接收捐赠并表示感谢。

　　座谈会上，王杰副校长深情讲述了张龙翔先生担任北大校长时做出的卓越贡献，对张龙翔先生几十年如一日，不计个人名利，服从大局利益，勇于创新，敢于担当，为国家培养了大批杰出人才的诸多功绩给予了高度评价，对张先生为北大发展做出的重要贡献致以最崇高的敬意和感谢。

　　吴虹院长、朱圣庚教授、刘小龙研究员、陈堃铼教授、昌增益教授纷纷发言怀念张龙翔先生的光辉一生，号召广大师生学习张先生敬业开拓、求真务实的从业精神。梁宋平、余瑞元、俞梅敏、姚仁杰等张先生生前的学生和同事也先后发言,深切缅怀这位曾经的恩师、优秀的领导、学界的楷模。

张龙翔先生长子张元凯先生作为张先生的家人代表,深情回忆了张先生对家人的温情与教诲,并向与会来宾表示感谢。张龙翔先生次子张景怡先生还向北京大学校史馆捐赠了有关其父的珍贵手稿。马建钧馆长代表学校接受了该批资料并向其回赠了《北京大学图史》与捐赠证书。吴虹院长也向张先生家人赠送了由生科院师生撰写的《燕园动物》《燕园草木》及《生命科学学院院史》等书籍。

最后,全体人员共同参观了"纪念张龙翔先生诞辰一百周年"主题展并合影留念。

另一篇是《120周年北大校史文物征集(23):张元凯先生和戴未英女士向档案馆校史馆捐赠张龙翔校长校史文物》。

2018年1月30日,北京大学原校长张龙翔长子张元凯先生(1970届技术物理系校友)偕夫人戴未英(1970届物理学系校友),再次向档案馆、校史馆捐赠了张龙翔校长的教案、日记、手稿、书信、文摘卡片、聘书等40余件校史文物及部分校史材料复印件。

张龙翔先生是我国著名的生物化学家和教育家,1937年毕业于清华大学化学系,1942年获加拿大多伦多大学博士学位,后曾在美国耶鲁大学从事博士后研究。1946年起任教于北京大学,1978年任北京大学副校长,1981年至1984年任北京大学校长。在北大任职期间，他曾大力支持胰岛素合成和"748工程"，为我国的科技进步做出了巨大的贡献。

这批捐赠丰富了北大楼史典藏，对于北大校史及张龙翔校长生平的展示、研究、宣传工作，有着十分积极的意义和作用。

感谢校友及亲属对北京大学校史文物征集工作的大力支持！

如今，燕南园里的老先生们相继谢世了，健在的大师屈指可数，但屋舍与花木依旧，沧桑与风流同存，且不断有新的主人搬进来，诠释着薪火相传的续篇。燕南园60号已成为北大工学院办公室；63号是北大老干部活动中心；57号修缮后将成为北大哲学系办公用房，但建筑外观的沿袭依旧，还是三松堂书友们心中的小小纪念馆；而56号经装修后，已成为北大美学与美育研究中心。艺术学系教授叶朗在这里定期举办美学文化沙龙。也许是"研究中心"的人们更加理解前辈的禀性吧，翠竹、桃树、玉兰、牡丹、芍药等花木把小院点缀得生机盎然。

大家闺秀的唯一遗嘱

她身上这一切美好的品质，

来源于她成长的年代，

来源于她的家庭——

那是中华民族传统美德与科学、民主新思想

完美结合在一起培育出来的一代人。

2010 年 2 月 10 日，张龙翔、刘友锵的亲友在北医三院和刘友锵的遗体告别以后，根据她生前唯一的遗嘱，将其遗体捐献给了北京大学医学部。

刘友锵祖籍为福建闽侯，1916 年 4 月 8 日生于北京。祖父刘冠雄（1861—1927），字敦诚，号资颖。曾祖父早年是个箍桶匠，有五子，除了第四子早丧外，其他四人后来都在海军任职，堪称"刘氏一门四海军"。其中最小的儿子刘冠雄所任海军官职最高，他虽幼时家境贫寒，但勤奋好学，是早年清政府派往英国的海军留学生之一，回国后作为"靖远"舰帮带大副，参加了中日甲午战争，并立下赫赫战功。辛亥革命后，曾任民国政府海军总长，军衔至"上将"。这个"友"字辈的孙女被取名"锵"，

刘友锵自选像

有一个将字，一个金字，旨在纪念这份家族的荣耀。在刘友锵的记忆里，祖父不做官时，就从北京搬到天津去了，当年天津马场道的"刘家大院"就是她幼年成长的地方。那房子的地址虽在中国的地界内，但一出门就是英租界，现在是天津财经大学的校址。这个大楼有三层，还有地下室，后边还盖了两幢楼，还有网球场。因为家里人太多，大饭厅开饭时得摇铃，才能召集所有人。刘家后人至今珍藏着一张当年的全家福，开阔平地上，站了一排老老少少，共计四十一人。据说，当年这张老照片是摄影师让众人沿圆弧形挨个儿站好，用老式的"大转机"拍摄而成的。照片上的刘友锵十一二岁，身穿淡粉色旗袍，胸前挂一珍珠项链，面容素净。但在南开中学，这个个子不高的女生，却擅长体育，曾作为河北省垒球代表队的队员参加过全国比赛，后来在清华大学读书时曾作为华北队成员参加全国运动会排球比赛。

然而，刘氏家族有潮起时，也有潮落时。刘友锵在《九十自述》中回忆，父亲毕业于上海圣约翰大学，英语很好。他是经商的，有一个信富银号，大概是银行的一个组织吧，有信中公司，专卖洋货，还有一个东方实业公司。父亲曾经有一个时期是很富有的，可能也算是百万富翁吧。但没有几年公司就倒闭了，所有的生意钱全都赔完了。

刘友锵入选清华大学女排队

　　1934 年，刘友锵于天津南开中学毕业，考入清华大学经济系，师从经济学家陈岱孙教授。抗日战争全面爆发以后，清华大学南迁，在昆明与北京大学、南开大学组成西南联合大学。1938 年，她从西南联大毕业，由陈岱孙教授介绍进入新成立的清华大学农业研究所植物生理组工作，结识了后来成为丈夫的清华大学毕业生张龙翔。次年张龙翔考上中英庚款第七届留英公费生，但因"二战"爆发未能成行。1940 年张龙翔接到通知改去加拿大留学，准备从上海出发。其间，刘友锵与张龙翔在上海结婚。婚后张龙翔去加拿大留学，刘友锵也计划赴北美留学与丈夫团聚。当时刘友锵英文很好，而且手续都办得差不多了，完全可以申请留学。不料 1941 年太平洋珍珠港事件爆发，海路受阻，计划搁浅，美好的理想成了泡影。这几乎成了她一生无法弥补的遗憾。此后她曾经在开滦矿务局和华北制药厂工作。

　　1944 年秋冬，一心牵挂着丈夫的刘友锵想龙翔差不多该回来了。可那时寄一封信收到时可能要一年多，什么消息都不通，她就想去找丈夫。为了通过日寇占领区，她托人找了一些想去内地的人商量，这里面有工商等各界人士，谁也不认识谁。大家只有一个目标，结伴一起走，走出沦陷区。他们那时从天津出发，到河南界首，在河南走的路最多，完全靠一辆架子车。这辆架子车就靠一块平板儿，有两个轮子，两个车把。一个人拉着车在地下走，其他人就坐在车上或躺在车上，箱子也在车上，就这样走。车夫是当地人，知道哪儿有日本鬼子，就绕着走。晚上就住在农家。农家也没有房子睡，就住在马棚、牛棚，拿一大堆干草铺在地上。马呀，牛呀，在那边拉呀尿哪，他们就在这边睡，好在累了一天躺下就都睡着了。经过七十天，他们抵达了西安，到了西安有了火车就好多了。他们坐了三天的火车，火车好像是白天走，晚上停，抵达了重庆。

到了重庆就好办了，刘友锵直接去找她的八姑刘璧卿，八姑夫叫佘梦庄，在禁烟委员会工作，一到那儿，发现友锦也在那儿，四妹也准备出国，去美国找胡世昌。就这样，刘友锵冒着危险，历尽艰辛，穿过日寇占领区，到重庆找到了刚刚学成归国的丈夫。那时，中国派人到国外招留学生，张龙翔应聘回国，被分配在重庆桐油研究所工作。实际上什么条件也没有，什么也干不了，就是待着。研究人员的宿舍就是用竹辟子编成的片儿，两片儿合在一起叫双夹壁，做外墙。里面的隔墙都是单夹壁。顶上都是通的，屋顶也是竹子做的，地是泥地，这样的一大排房子就是家属宿舍。这是1944年的冬天。

1946年1月，长子元凯出生。3月，刘友锵只身带着襁褓中的元凯坐飞机返回上海，临登机时本该上第一架，但因满座被人挤出原定航班，只好上了第二架，却因祸得福，幸免了一场空难。事后才知道前一架飞机出事了，原因是有人偷带黄金，藏在飞机发动机的某个部位。这种事在那个年代时有发生，也不足为怪。

1946年下半年，张龙翔应聘到北京大学任教，从此一家人定居北京。1969年，北大教职员工到江西鲤鱼洲下放劳动，张龙翔是第一批下放的"创业者"之一，当然更艰苦些。1970年，冶金部有色金属设计院同意刘友锵跟随丈夫去江西鲤鱼洲北大干校劳动。刚到鲤鱼洲时是早春，南方阴湿，那里很冷，倒完水后将热水瓶放在盆里，第二天再拿热水瓶，脸盆跟热水瓶底都冻在一起了。在鲤鱼洲，龙翔在二连当后勤，做酱油、碾米、养猪。在那儿，他能扛起两百斤的大米，练出劲儿来了。她们妇女在干校的劳动主要是平整土地、插秧。那都是红色的黏土，铁含量很高，衣服到那儿洗一次就变得很黄，都是铁锈色。那地方老下雨，土地又黏又滑，一天老摔跤，不知道摔了多少跤。衣服裤子一天到晚都是湿的。但在她晚年叙述一生经历的视频中，老人却平静地对"下放"的经历做了概括，风趣而幽默地说："简直是——受了点小罪吧。"元凯说，母亲受的这些苦，都被她像讲笑话一样讲过去了。

1949 年北平解放后，刘友锵先后在华北钢铁公司、钢铁工业局、重工业部、冶金部有色金属研究院等单位做财务工作，直到 1976 年退休。当时上班地点离北京大学比较远，她又经常出差、下放，对家庭照顾甚少。幸有婆婆主持家务，婆媳关系一直和睦相亲。她在后来的回忆里写道，婆婆精明、能干、勤劳、节俭，房屋内外干净清洁，井然有序。老人家还善于烹调精致味美的江南小菜，使她和一家人在繁忙的工作之余，有一个温馨、舒适的家庭生活。此后，她在北大图书馆西文编目组义务劳动数年。虽然与退休前的财会工作"正职"不同，但她在西文编目组那段时间心情很开朗，自称"这是我最喜欢的工作"。也许因为经历了太多的世事沉浮，她觉得属于自己选择的机会太少了。

刘友锵曾说，她一生经历过几次大难，其中包括两次剖宫产，一次宫外孕和一次胃癌切除。她开玩笑地说，自己的肚子"都可以让人当拉链一样拉来拉去了"。

1983 年，六十七岁的刘友锵被诊断为胃癌住进医院。因为怕老人承受不了，家里人迟迟未敢把诊断结果告诉她。她再三问丈夫，不说；又问次子景怡，也不说。

"别瞒我了，病历上写的是'CA'不就是'cancer'（癌症）吗？"——原来，她早已趁护士不注意时，偷看了护士台上的病历。老人精通英语，一般人看不懂的医学名称，她却已推测出一二。

"不就是长一小东西吗？"她并没有把这太当回事儿。

刘友锵做了胃癌切除手术。接下来的日子，自然是吃药、做化疗了。几次化疗后期，她都因为治疗过程太痛苦而"任性地"放弃。

　　元凯说，可能正是这种没有负担的心态，帮助母亲战胜了病魔。

　　1984 年，她身体慢慢恢复了，即与龙翔一起出国，在美国住了约两个月。回国后，本来就闲不住的她，参加了北大燕南园的老年合唱团；2004 年搬到万泉新新家园的新居后，老人还积极参加了小区的合唱队，参加迎奥运英语演唱，受到所有接触过她的人的敬佩和爱戴。

　　此后的三四年里，住在刘友锵家附近的左邻右舍，经常能看见一个瘦小的老太太穿得整整齐齐，拎着个布袋往合唱团的活动室走去。直到今天，几乎每一位记得她的人都会说："她从不迟到，看歌谱的时候，很少需要戴眼镜。"在她留下的歌本里，四声部的《祝酒歌》歌谱下，一道道细细红线的地方，就是老人专门标志出来的自己唱的声部。

2006 年 4 月 8 日，新新家园合唱队为刘友锵祝寿

刘友锵老人的前半生经历了祖国的动乱和战争，后半生见证了国家日益兴旺强盛的曲折过程。她常说自己是个平凡的人，但是她战胜癌症的勇气和毅力是不平凡的。尽管胃部切除五分之四，她仍然积极乐观向上地生活，没有被癌症所击倒，依然高质量地走完了剩下来的二十多年。在家人眼里，她只是个普通的老人，用随遇而安的心面对着这一切。她为人谦和豁达，进入垂暮之年仍然耳聪目明，头脑清醒敏捷，长年坚持写日记的习惯，直到去世前的几天。下楼晒太阳，亲朋好友来访，以至生病后期的一点点生理反应，甚至家里的生活开支等，都被她细细地一笔一笔地记下。正如她自己所说："做了多年的老会计，都记得很清楚呢。"

2005年，刘友锵八十九岁，老太太只身一人把各种手续打听停当后，让儿子陪着办理了遗体捐献手续。她生前曾多次说过："我一生对社会贡献不多，所以身后愿把遗体和角膜献给医学事业，对社会做最后一点贡献。"

后人翻开她的日记本，不禁惊讶地发现：从2005年起，每一本日记的第一页，都是同样的内容——遗体接收单位的电话分机、联系人，并专门注明"角膜要新鲜，两小时内必须通知协和眼库"和"书桌中有头发和指甲葬入龙翔墓"。

"这是她唯一的遗嘱。"

大儿媳戴未英觉得，老人生前是认真思考过死亡的。但她对死亡并不恐惧，而是一边生活，一边慢慢地等待着那一天到来。

侄女刘景端说，二姑就是这样一个可敬可爱的人。二姑身上这一切美好的品质，来源于她成长的年代，来源于她的家庭——那是中华民族传统美德与科学、民主新思想完美结合在一起培育出来的一代人，空前

2006 年，元凯夫妇陪刘友锵回天津老家

绝后。

2010 年初，刘友锵因为身体不适住过几次医院。

2 月 6 日晚上 6 时，她吃了大儿子元凯为她制作的香蕉奶昔，称赞好吃。9 时左右，在小儿子景怡的陪伴下，疾病缠身的老人安然入睡。也许她只是在睡梦中前往另一个世界，陪伴丈夫去了。

此刻，子女们心里稍微感到一丝宽慰。

2月7日凌晨，刘友锵从睡梦中醒来，有一点吃力的鼻息。

照顾她的保姆小闫陪在她身边。

突然，她说了一句："小闫，我要死了。"

"奶奶，不会的。你要好好休息才能恢复。"小闫安慰她。

"小闫，我爱你。"这是老人说的最后一句话。

她这一睡就没有醒来，脸上仍带着微笑。

2月7日凌晨2点50分，她安详地远行了。

这一次她真的是前往另一个世界，陪伴丈夫去了……

第七章

家风的力量

此间长风忆奶奶

她青春守寡，孀居终生。
凭借其与生俱来的善良、聪慧和勤劳，
坚强地面对生活中的诸多磨难。
她虽不识几个字，
但持家有道，
教子有方，
育子有成，
晚年享受到了四世同堂的幸福时光。

张家奶奶的大名叫朱联璧，是湖州市南浔镇方长港朱家的闺女，排行第八，是一个很贤惠、聪明、勤劳、朴实的女性。据《紫阳朱氏谱》记载，她的父亲是南宋理学家朱熹的二十九世孙朱葆纶（字岑仙），母亲为南浔镇谢子楠之女。兄弟姐妹共十人：前四个夭折，排行五、七、九为男孩，六、八、十为女孩。据江苏吴江的表妹陈爱莲说，她体态丰腴，皮肤白皙，性情贤淑温柔，端庄稳重，待人和蔼。惜乎红颜薄命，结婚不久就守了寡，幸有一子，取名龙翔，从此就依靠这个精神支柱，母子相依为命，慰藉着她一颗几乎破碎的心。在封建礼教的传统观念的束缚下，

20 世纪 80 年代的奶奶朱联馨

她青春守寡，凭借其善良、聪慧和勤劳，坚强地度过了孤寂而漫长的岁月。她虽不识几个字，但持家有道，教子有方，育子有成，晚年修成正果，享受到了四世同堂的幸福时光。可以毫不夸张地说，她是一位平凡而伟大的母亲！

张锡麟在关于南浔张家的回忆录中写道，1930年，龙翔考上了上海沪江大学附中高中部读书后，就跟随母亲离开了家乡南浔，寄住在叔父张学溥（张锡麟之父）家，地点是上海卢湾区黄陂南路恒昌一条小巷里的一幢小楼，与老家二房谈氏等一起生活。龙翔母子住在一间小房间，没有卫生间和厨房，生活比较拮据，家庭经济开支主要靠叔父星海接济，母亲同时也做些针线活添补家用。这位叔父当时是一家生产味精的企业的高级职员，对从小勤奋刻苦读书的龙翔爱护有加，谆谆教导，鼓励他立志成才。高中三年毕业后，龙翔升入上海沪江大学学化学。在这段时期内，龙翔与母亲一直在叔父星海的大家庭生活。1934年，龙翔考到清华大学化学系读书，母亲仍住在上海星海叔父家。1940年3月龙翔与友锵成婚，婚后便将其母接到了上海陕西南路永嘉路口（原法租界亚尔培路口）新租的两间厢房居住。五个月后龙翔出国留学，他们便请了龙翔的六姨，也就是母亲的姐姐朱哲英，带着两个儿子陈守坚、陈守堂来同住。1946年，龙翔与母亲迁居北京。可以说，母亲的善良、豁达、勤劳、和气、聪慧，给了龙翔一生和后人不可磨灭的影响。张锡麟在他的回忆录里说："龙伯母待人诚恳，和蔼可亲，还会烧菜烹调伙食，她做的'虾米麻油粉皮拌黄瓜'和'雪菜开洋冬笋炒肉丝'是非常可口的美食。后来每当吃到这两个菜，总是引起对龙伯母的无尽怀念。"

我在采访中发现，张家的后人，无论是元凯、景怡兄弟俩，还是大儿媳未英、小儿媳薇薇，以及左邻右舍，只要说起奶奶，没有一个不是赞不绝口的，语气里充满了敬重与爱戴。未英感慨地说，奶奶做人做事，有句口头禅："做人要讲良心。"可以说，她用毕生的心血和汗水影响和培育了张家三代人。她虽然远离家乡几十年，但乡音未改，依旧讲一口南浔话，烧一手地道的家乡菜。

此刻，元凯接过话题说，早年他家里还有一只奶奶自制的臭卤甏。民间谚云"臭南浔，辣乌镇"，意思是说乌镇人喜欢吃辣，南浔人却爱吃臭。南浔一带过去几乎家家户户都会制臭卤，内含酵母菌，常贮于甏中。只要把豆腐干或毛豆、菱角、苋菜梗等浸入臭卤甏中一天时间，捞起后洗净，即可烹调做菜。光是臭豆腐干，吃法就有几种：一种是油煎臭豆腐干，拌上甜酱、葱末等佐料便可食用；一种是臭豆腐干放入青葱、土酱、菜油、白糖、姜末等佐料，清炖；一种是臭豆腐干炒虾仁；等等。臭豆腐干虽闻起来臭，但吃起来香，其味道甚佳。用南浔人的话来说，这是"纯正的南浔风味"。

哈哈！元凯笑着，风趣地戏说不已。什么喝起来"呼噜噜"的太湖莼菜汤，什么风味独特的"葱烧芋艿""葱椒爆蛋""面涂毛豆""火炖蛋"等，还有自己腌制的酱蹄髈、酱肉（以猪蹄髈、猪肉用盐腌之，再用酱油浸之，风干煮食），这是南浔人过大年时一般都喜欢准备的美食。也许是未英长期与奶奶厮守帮厨，潜移默化，受到奶奶的熏陶，她已得奶奶的真传，也能烧很多奶奶的拿手家乡菜。元凯说，这些家乡菜我特别爱吃。"南方的家乡菜味道真好，让人回味一辈子。""奶奶呀，奶奶！我们是吃着你烧的家乡菜长大的！"——元凯的话语里充满了缅怀之情。

远在美国的景怡也感触很深地说，奶奶不仅做菜手艺高，还会自己做许多南方家乡的传统小吃。例如她做的酒酿又香又甜，她做的豆腐乳比商店买来的北方腐乳要鲜香好吃得多。有时奶奶还会做豆沙或枣泥饼，是一种用豆沙或枣泥做馅、米粉做皮的点心，用木模板刻出来带有花纹的外形与商店里买来的月饼一样好看，而且好吃。因为奶奶的制作手艺特别精细，豆沙和枣泥都是要去皮去壳的。她曾经与父亲一起用自家产的葡萄酿酒，我们小孩子也喝了，印象中有点像喝怪味果汁的感觉。有时奶奶也会自己做黄豆酱，这可是哥哥和我最怕的了。因为在黄豆发酵时会产生一种难闻的气味，充满了全屋，我们小孩子一回到家里就喊"太难闻啦！太难闻啦！"，奶奶就说"侬小白戏勿懂，做好了蛮好吃格"。

奶奶没有上过学，不识字，但喜欢看《人民画报》。于是张龙翔为家里订了一份《人民画报》，奶奶是每期都要看的。她常常捧着《人民画报》不放手，看得高兴时免不了与儿子龙翔唠叨几句，有时问问媳妇。她说《人民画报》能使她看到国家的发展，知道天下大事。奶奶的语言

20 世纪 50 年代，元凯、景怡和奶奶朱联璧

十分丰富，说话风趣，表现力强。当她说到一个人嘴上说得多而实际做得少时，会说："空起楼房，呼噜噜一碗莼菜汤。"当家人做事没有互相帮助时，她就会诙谐地说："江西人补碗，自顾自。"（自顾自，补碗时拉着绳子钻孔发出的"嗞—咕—嗞—"的声音）在给孙辈讲一些老家的事情时，孙辈因为时代不同，有事情不能明白，她会说："搭侬讲，就像山东人吃麦冬，一懂伢勿懂。"

奶奶还有一个好传统，非常爱干净，天天揩抹，家里总是窗明几净，清洁又整齐，所以当时北大学校居委会每次来检查家中卫生，都是插红旗的。奶奶对卫生插红旗是很重视的，并引以为荣。国家困难期间学校居委会组织了一些居民活动小组，奶奶参加了毛线组。她织毛衣极其认真，针脚均匀且密实，虽然速度较慢，但质量总是最好的。那时候她织毛衣是尽义务的，织好以后就送给家境贫困有需要的人了。奶奶陆陆续续织了好几件，并乐此不疲。

1970年，元凯夫妇从北京大学毕业后，被分配在河北省承德地区平泉县劳动锻炼了一年半，接着被分配到边远的平房公社中学，那时工作、生活条件非常艰苦。女儿晓音一出生就留在北京家里，不到两个月就断了奶，只能喂奶粉（为了确保婴儿的健康，爷爷配入了一点中药），由太婆、爷爷、奶奶抚养长大。晓音从小就受到太婆的呵护、疼爱、熏陶和影响，很小就学会自己穿衣、折被、洗脸、刷牙、洗脚等。可以说，从晓音勤劳、好学、办事认真、有条不紊等很多优良的品质中，我们可以窥见太婆和爷爷、奶奶为人做事的家风影子。甚至连太婆那一口乡音不改的南浔话，俗语、民谚、歇后语等，晓音也能听懂，有时还会与太婆说几句，逗得老人家捧腹大笑。等到元凯夫妇调回北京中国铁道科学研究院（原铁道部科学研究院）电子计算技术研究所工作时，晓音已经七岁了。

未英说奶奶一生勤劳，活到老，做到老，对奶奶的印象至今仍记忆犹新，历历在目。她虽缠着一双小脚，但一直主持家务，默默地为晚辈们尽心操劳。大概是奶奶来自美丽而富裕的江南水乡，她对江南蚕乡的丝绵情有独钟，或者说她本身就像一棵朴实无华的老桑树，根在老家南浔。未英在奶奶的言传身教下，学会了家乡的"剥丝绵兜""翻丝绵被""翻丝绵袄"等绝活。因为到了寒冬腊月，北方的气候很冷，穿上"丝绵袄"或夜里盖上"丝绵被"，既保暖，又轻巧。当时屋里还没有空调，但家里人睡觉时，一钻进被窝就感到暖乎乎的，原来是奶奶早已把老家带来的"汤婆子"装上热水，替他们预热了。（"汤婆子"是一种家庭取暖用具，一种铜质或瓷质的扁扁的圆壶，充满热水后放置被窝以提高温度。我国宋代已有，又称"锡夫人""脚婆""汤媪""烫婆子"。"汤"古代汉语中指滚水；"婆子"则戏指其陪伴人睡眠的功能。）从这些点点滴滴的琐事里，元凯夫妇和晓音不仅体会到奶奶（太婆）真切的关爱，更领略到老人家节俭的美德。现在，他家还保存着这种家庭取暖用具"汤婆子"，因为在元凯、未英的眼里，这不是一件简单的"老古董"，而是承载了奶奶节俭的美德，以及对子孙无微不至的关爱！

景怡的回忆中还有许多关于奶奶的故事。记得奶奶在"文化大革命"期间一个人住在中关园。家里五口人分在了四个地方，爸爸和妈妈去了鲤鱼洲，那是北大和清华在江西的"五七干校"。哥哥尚未毕业，随北大技术物理系去了陕西汉中，后来毕业被分配到河北省平泉县中学教书。景怡其实是全家第一个离开北京的，1968年初到青海乐都锻造厂工作，那是一个正在山沟里建设的三线工厂。家里仅剩奶奶一个人住在中关园很不方便，她缠着小脚自己外出买东西有困难，爸爸妈妈在临走前做好了安排，托付邻居傅鹰教授（物理化学家和化学教育家，中科院院士，曾任北大副校长）家的保姆孙阿姨帮她买粮买菜，晚上孙阿姨来他家陪奶奶过夜。当时傅鹰教授平时家里是一个人，女儿上山下乡了，儿子媳妇在外地工作，难得回家。孙阿姨回安徽老家时总要给奶奶带回农村新鲜的花生米，那是奶奶的最爱，奶奶把带皮花生米炸得金黄，每天吃一小撮。南方人管花生米叫长生果，看来是有一定道理的，坚果是现代健康饮食中不可缺少的成分，奶奶活到九十六岁高龄，不知是否与此有关。孙阿姨不识字，每次景怡从青海回家看奶奶，孙阿姨都让景怡帮她给儿子写信，她在城里做保姆努力攒钱准备到时候给儿子盖房娶媳妇。奶奶尽管小脚出门不方便，但是她对外界的新鲜事物还是很感兴趣的。北京市第一条地铁刚通车时，她说了几次，一定要景怡带她去乘坐一次，终于如愿以偿。那时收音机里天天在播"革命现代京剧"，她也很想去看一出，后来景怡带她去北京天文馆电影院看了一场《红灯记》。难怪傅鹰的儿子傅本立称赞说：我最佩服的人就是张奶奶！张家奶奶真是不容易啊！

奶奶在这个家里几十年如一日，一天到晚忙忙碌碌。八十六岁时，从厨房出来不幸摔了一跤，股骨头骨折后保守治疗，卧床牵引。她在卧床数月期间，还天天锻炼，常挂在嘴上的一句座右铭就是"动得动就要动"。能下地后从练习站立开始，逐渐地靠椅子支撑着练习迈步行走（那时还没有助步器），直到恢复生活能够自理。以她的年龄完成这个过程，可以想象需要多大的毅力！九十二岁时她又不幸患脑血栓，人不能动了，两周左右起不来床，全家人都十分焦急。一天放学后，上高二的晓音请来了曾给她治近视的中医针灸大夫郭桂芝，希望郭大夫能用针灸给太婆治病。郭大夫说："一个孩子对老人家有这样的孝心，我一定尽力试试，但不能打百分之百的包票。"经过两个星期的针灸，奶奶竟然奇迹般地能起床了。那天，晓音放学回家时，就见到奶奶移动着一双小脚，像孩童似的高兴地扶着桌子说："看，我能走两三步啦！"

晓音激动得跳了起来，欢快地喊道："太棒了！太婆又能走路了！"

顿时屋里仿佛充满了灿烂的阳光。

后来奶奶使用助步器，又做到了生活完全自理。

1992年1月30日那天晚上，已病重卧床近半年的奶奶呼呼入睡以后，就再也没有醒来，享年九十六岁。

龙翔、友锵、元凯和未英等家人心里都明白，奶奶是带着美好的梦想走了！奶奶呀，奶奶！你虽然是一位普普通通的家庭妇女，但你是一位了不起的母亲！你一生一世都竭尽所能，齐家育人，你是一家人行为举止的"标杆"！你就像那江南水乡的蚕娘一样，给子孙后代留下了"春蚕到死丝方尽"的风范和精神！

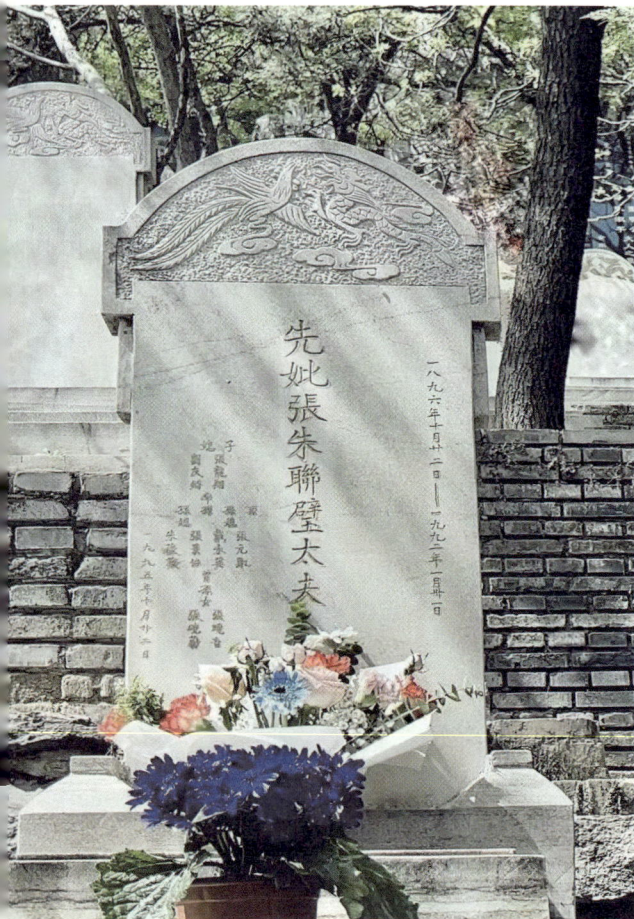

奶奶朱联璧墓碑

　　我在撰写此书时，听元凯、未英、景怡、薇薇说起当年奶奶上了《人民画报》，以及她的许多往事，因此补写了这篇文章。元凯为了找到新中国成立初期，曾刊登过奶奶和邻居胡伯母为中国人民志愿军做慰问袋照片的那一期《人民画报》，三次到国家图书馆查找，遗憾的是三次都扫兴而归。他又通过孔夫子旧书网查找，结果还是两手空空。后来，我的忘年交陆剑、张永和又分别去杭州、上海图书馆查找，还是找不到。也许是记忆出错，又或是年代太久，但这一切都已过去，欣慰的是可窥见奶奶在我们后代人心中有着何等重要的分量！

孩子回忆里的父母

父母对花钱管得很严，
他们从小没有零花钱；
但父母鼓励他们学科学，
培养自己动手的能力，
还引导他们接触大自然。

张龙翔到北京大学化学系任教后，便在北京定居。

刚到北京时，他先住在北大红楼，次子景怡就是在那段时间出生的，给景怡接生的是林巧稚大夫（著名妇产科医生、中科院院士）。后来他又住在北大宿舍，地址是东城区府学胡同三十六号。这是一个很大的院子，曾经住过几十位北大教授，他家具体住几号宿舍不详。现如今，北大宿舍是北京市文物局的办公地址。

这个大院的历史可不简单，曾经住过不少清朝的达官贵人，可谓深不可测。有趣的是民国时期北洋政府海军总长刘冠雄上将的官邸也设在这里。他在中日甲午海战中立有战功，后来又为民国海军的建设做出贡献，一生故事很多。刘冠雄是张龙翔的妻子刘友锵的祖父，元凯、景怡的外曾祖父。时隔三十载，祖孙曾孙三代都曾先后住进了同一家院落，成为他们家族史上的一段颇具传奇色彩的佳话。

北京城解放前夕，已经听到隐约的炮声了，张龙翔在双人床底下铺了一张大凉席，上边放了一些玩具，白天就让元凯、景怡兄弟俩钻到床底下去玩，这样他们不会到院子里乱跑，感觉安全一些。对当时才两三岁的兄弟俩，那双人床底下的空间已经足够大了。

那时他家附近是德高望重的著名爱国人士许德珩先生（后来曾任全国政协副主席、全国人大常委会副委员长）家，孩子们都叫他许公公。一次，许家买了一些苹果放在后院，结果被元凯和永千（邻居小孩）发现了"新大陆"。没想到等许家大人来拿苹果时，苹果是一个没少，但每一个苹果都被咬了一口。此事一度成为两家大人的笑谈趣闻。

他家从北大府学胡同宿舍搬到中关园宿舍（沟东257号）。刚去的时候，外面还是一片高高耸立的脚手架，施工现场人声鼎沸，忙忙碌碌。记得睡午觉的时候，兄弟俩总是听到工地上的大喇叭还在播放戏曲或音乐。景怡说，他从家里走到紧靠沟西边的幼儿园不到两百米，时常是自己一个人走去上幼儿园的。

景怡自幼体育好，与哥哥元凯和永千三人比赛拍皮球，他一个人连续拍的数量比他们两人加起来还要多。但是哥哥元凯更有值得骄傲的时候。有一天苏联伏罗希洛夫大元帅在国务院副总理邓小平、北京市市长彭真的陪同下来北大参观，高教部部长杨秀峰和北大校长马寅初一起在学校里等候、接待。伏罗希洛夫参观后在办公楼前向聚在草坪上的近千名学生发表演讲，他说："你们一定要顽强地掌握人类创造思想所产生的全部精华，要成为具有高度水平的专家，新社会的建设者"，"不仅要为自己祖国人民的幸福工作，而且要为世界上一切国家人民的幸福而工作"。伏罗希洛夫是苏维埃社会主义共和国联盟主席，苏联"老大哥"

哥俩好

的二号人物。元凯和李宗仪、沈琨代表北大附小全体学生，在博雅塔下
未名湖畔向伏罗希洛夫等外宾献花并戴红领巾，大幅彩色照片被摆放在
北大新闻橱窗里，光彩夺目。这在当时是无比光荣的事情！

孩提时代的生活是无忧无虑的，充满了歌声、笑语、鲜花和阳光。
20世纪五六十年代大人们之间发生的事，父母亲是不会跟孩子们讲的。
在元凯、景怡兄弟俩的记忆中，夏天的傍晚是暑假中最令人期盼、最开
心的时光。他们在外边玩够了，都喜欢到永千家去听胡伯母讲《西游记》
的故事，每晚一段。胡伯母嗓门大，讲得绘声绘色，孩子们听得如痴如醉，
从来都不肯错过一次。

永千是元凯兄弟俩的好朋友。永千的父亲胡世华，早先在北大哲学
系当教授，后来调任中科院研究员，之后又成为中科院院士，是中国数
理逻辑研究的奠基人。张家与胡家从府学胡同时就是好邻居了。胡伯伯
喜欢和景怡开玩笑要做他的干爹，每每见了儿时的景怡就会说："快！
快叫干爹！"而景怡总是不肯叫拼命逃走，若是被他抓住了只好敷衍一

声"干爹"，"哈哈……"胡伯伯就会非常高兴地把他放了。

　　父母在学生时代对他们的教育和影响，往往是潜移默化、耳濡目染的。景怡记得最清楚的是有一年小学放暑假，他把成绩单交给妈妈，妈妈奖给他一个崭新的硬皮笔记本，上边写着"本学期考试全五分，妈妈送笔记本以资鼓励"。从那时起，景怡才知道，原来学习好是一件可以让爸爸妈妈高兴的事，从此一直努力。

　　在兄弟俩的记忆中，父亲很重视孩子的读书，一直鼓励他们从小爱科学，培养善于动手的能力。他们曾经看到父亲在周末自己动手，把自行车的链条拆下来用煤油清洗，并把车轱辘卸下来给轴承加黄油。清理过后宛若新车一样。兄弟俩看在眼里记在心里，很快就学会了。

　　而元凯和景怡自己动手则是从初小做模型飞机开始的，后来又做收音机，从矿石收音机一直做到六灯电子管收音机。那时候有些组装零件买不到，他们就动脑筋想办法，用小木块和三合板钉在一起代替，再把可变电容器等不易安装的零件安装上去，这样一台电子管收音机就做好了，不仅选台多，收音效果也相当不错。后来又把它组装进了家里的一个旧收音机的空壳内，成为一个完整的收音机。景怡没想到多年后去青海三线工厂当工人时还真派上了大用场，它一度是他们那一群从北京去的学生中唯一的一台收音机，直到若干年后有人开始有半导体收音机了，它才渐渐淡出人们的视线。

　　父母亲对两个儿子的教育很宽松，基本上是随他们自由发展，从来不苛求他们必须做什么或课外再学些什么。但如果他们有了什么爱好，就会积极引导、鼓励和支持。例如父亲早早就给他们买了冰鞋，让他们冬季能在未名湖上滑冰，而夏季也会利用周末带他们去颐和园游泳，后来北大修了游泳池，就在那里游。有一段时间兄弟俩都酷爱音乐，父亲就在他们的要求下买了一台手风琴，让哥俩练习。

然而，父母亲对孩子花钱总是管得很严的。他们从小没有零花钱，也没有在过年时得到过压岁钱。景怡记得，有一次还是在小学低年级时，妈妈让他到合作社帮忙买样东西。这是景怡生平第一次拿钱买东西。到了合作社一问，要买的东西没货，于是他就用手里的钱买了水果糖，高高兴兴地回家了，到家后把水果糖递给妈妈看，妈妈见他没有买回该买的东西，却自作主张地买了水果糖，于是与父亲商量后，把水果糖全部收了起来，没有让他吃到一颗。这件事让哥俩印象很深，由此懂得了爸爸妈妈教他们不要乱花钱的道理。此后，一直到上中学住校，他们手里才有了很少的零花钱，那也是学校伙食费没有花完后退回来的。他们那时只要有了零花钱，就总喜欢去新华书店看书，然后买回自己认为有用的书。

除了学习书本知识外，父亲还鼓励孩子们接触大自然，热爱大自然。兄弟俩记得还在小学低年级时，父亲就带他们去附近的俞家花园买了四棵果树，其中两棵桃树、一棵苹果树、一棵梨树，另外家里还种了两棵葡萄藤，好像是从城里带出来的。他家的葡萄藤是中关园里长得最好的，一串串的奶油葡萄颗粒又大又甜，秋天收获时可以有好几十斤甚至上百斤。丰收的喜悦自然是要和来访的客人们一起分享的，然而，父亲总是兴致勃勃地不忘再剪一枝长得好的葡萄藤送给客人带回去种，大概也是秉承了"授人以渔"的理念吧。后来很多人家都说他们的葡萄树获得了丰收。夏天的时候，兄弟俩喜欢在葡萄架下细心观察，只要发现有虫屎的地方，再抬头仔细察看总能找到那种青绿色的大肉虫，长得能有手指头那么粗、那么长，他们就用竹竿把它们敲下来消灭掉。另一件除虫任务是每年都要给其他果树喷药。父亲教他们用硫酸铜按比例加水兑成药液，再倒入一个肩背式的喷雾器里，打足气以后可以把药水一直喷到果树的最高处，这是多么有趣的事呀！

在元凯、景怡的童年回忆里，父母亲平时都是一心扑在工作上的，他们管孩子的机会不是很多。北大附小的郝校长曾经不止一次对元凯、景怡抱怨说，"张龙翔先生从来没有参加过一次你们哥俩的家长会"，不过那已经是兄弟俩都有了自己的孩子以后的事了。当年的郝校长恐怕不知道，或是忘记了，家长会总是母亲参加的。郝校长只是抱怨父亲当年忙工作不管孩子。

据孩子们回忆，父亲只要有了空，在家里也是一个能干的多面手。他不时会忙里偷闲给全家人烧一两样他的拿手好菜，如用烤箱做的烤鸡和奶汁烤鱼。他做的奶汁烤鱼，飘逸出沁人肺腑的奶香，清淡滑嫩的味道令人胃口大开。他还喜欢做西式点心，像面包圈和黄油蛋糕等。元凯哥俩一进家门就闻到西点面包房那种特有的诱人气味——浓郁的黄油甜香味，便知道是父亲做的蛋糕快要出炉了。每次父亲看见他们爱吃他做的菜和点心时，总是露出得意的微笑。这种微笑是很有感染力的，家中顿时充满了温馨的气息。晚饭后，他偶尔空了也会说"今晚我来洗碗"，但是更多的时候是学校的人又来找他谈工作了。

景怡的女儿出生在夏季，由于气候炎热，婴儿若不经常洗澡就易患湿疹等皮肤病。初为父母的景怡和薇薇第一次把新生的女儿抱回家后，正在发愁如何给她洗澡。

父亲走过来说："我来给她洗。"

只见他打来一盆水，用手试好温度，将小孙女托抱在他的臂弯上，一只大手牢牢地把控住婴儿头部的姿势，让孩子感觉舒适，同时也方便用另一只手拿着小毛巾给她清洗。整个洗澡过程中小家伙没哭一声，甚至洗头时都不闹，看上去很舒适、很喜欢。

薇薇说父亲平时给人的印象总是温文尔雅，不急不忙，但看他给婴儿洗澡的动作却是如此之快，干净利索，又是如此轻柔，而且洗完以后桌上和地上都没有溅落的浴水。

薇薇问母亲："阿爸给毛毛洗澡时好像变了一个人。我站在旁边看得眼花缭乱，目瞪口呆，可他洗起来却是既快又有条不紊，而且滴水不洒。"

母亲笑着说道："因为他是做实验的呀，如果动作慢了，实验就做不成功了。"

母亲的话真是说到点子上了。记得郭保章教授在一篇文章中赞誉父亲具有高超的实验技巧，一次上有机化学分析实验课，有一个实验大家做不出结果，在座的讲师、助教们皆束手无策。刚好父亲开会回来，也许是对学生实验不放心，他走进实验室，看到这场面，就自己做了。只见他操作娴熟、用量准确、干净利落，很快就得出结果，令人叹服。事后一位讲师说："别人穿西装怕弄脏不敢进实验室，他敢；别人做不出的实验，他能做出结果！"

小学期间，元凯和景怡的生活基本上都是奶奶管的。每天中午放学回到家，奶奶和保姆已经把饭菜做好，用两个大碗，下边盛饭，上边放满了好吃的菜肴，哥哥和弟弟一人一碗，吃完了就去睡午觉，下午还要去上学。父亲工作忙，回来晚，奶奶要等父亲回来一起吃中饭，而妈妈在北太平庄的有色金属研究院上班，路太远，中午不回家。

奶奶烧的南方家乡菜味道特别好，但奶奶做的有一样东西他们不爱吃，那就是在甜豆沙包里一定要放一块用糖腌好的生猪油，这是南方人的习惯。他们从小不爱吃肥肉，豆沙包蒸熟了里边的猪油块变得透明发亮，看了实在难以下咽，可是奶奶不许他们吐掉，所以他们只好硬着头皮勉强把它吞下去。

奶奶不识字，奶奶的信都要元凯或景怡读给她听。景怡记得有一次正在给奶奶读信，读着读着发现奶奶哭了。这是景怡生平头一次看到奶奶流眼泪，于是停下来问，才知道刚刚读到的过世老人是奶奶的姐姐，她与儿子陈守坚一家住在广州。奶奶与姐姐已经有几十年没有见过面了，想到今后再也没有机会了，奶奶怎能不心痛啊？！

一个人年青时代的记忆往往是清晰的，甚至连细节也都是原汁原味的，而最难以忘怀的往往是成长过程中的转折点。1967年底，元凯正在北大技术物理系学习，景怡已经高中毕业一年多了。由于"文化大革命"，大学不招生，景怡还待在中学校园里，感觉很无聊。一天，三线工厂来校招工，他马上就报了名，也没有和父母商量。等他向家里宣布自己已经被录取要去青海当工人时，父母亲感到很突然，他们心里其实是很舍不得的，但在那个年代又无可奈何，只是说应该早点让他们知道才对。1968年初一个严寒的日子，父母亲和元凯去北京火车站把景怡送上了首次独立生活的道路。

景怡在青海一待就是八年。他记得自己从青海三线工厂回北京看完奶奶后还有更重要的任务，那就是南下去看望父母亲，并给他们带去急需的物品。其中有江西鲤鱼洲必备的高筒防滑雨靴，因为那边雨水多，道路泥泞很容易摔跤，还有奶奶精心做好的一大罐豆腐乳，以及他买的午餐肉和其他罐头食品。

现在景怡想想年轻时真是本事大，那时没有带轱辘的拉杆行李箱，他拎着一个沉重的大行李包就上路了。除了坐火车再转长途汽车外，还有最后的一段路程没有交通工具，他当时不知是如何找到那前不着村、后不着店的北大"五七干校"的。

1962 年春节，全家福

　　到了鲤鱼洲，那时母亲已经有了一间分给她和父亲使用的单间房，房子是红砖砌的，里面漏着砖缝，没有任何装饰，地面就是黄土地。

　　他跟母亲住在一起，而父亲平时却不能回来。

　　父亲一向是个阳光乐观的人，即使在人生的逆境中也没有消沉过。在江西鲤鱼洲劳动时也不忘利用自己的生化专业知识，尽量做点儿有用的事情。他主动负责办起了酱油作坊，为干校酿造酱油，自力更生解决数千教职员工及家属食堂做饭调味的问题。酱油作坊离妈妈住的地方很远，并且晚上有时还要起床检查发酵过程的状况，所以父亲需要住在那边平时不回来。

　　因为景怡的到来，母亲从大食堂买来饭菜和儿子一起在自己"家"

里吃晚饭。江西有一种精巧的小木炭炉，好像比景怡在青海常用的煤油炉还要小，把木炭放进去一点就着了，没有声音也没有烟，热饭非常方便。妈妈说鲤鱼洲很潮湿，炭火炉平时也可以常点着以保持室内干燥。

母亲把豆腐乳和午餐肉罐头都打开了让他吃，他不肯吃："妈妈，你们这里很少有荤菜吃，这是专门给你和爸爸带来的。"

然而，母亲坚持要和他一块儿吃，他只好拿起了筷子。

在那个年代即使家里有人远道来探亲，父亲也没休假，景怡很少有机会见到他。记得有一天货船运来了一船水泥，男劳动力都要去参加卸船。从船上背着一袋袋沉重的水泥走那斜坡的小路上大堤可不是一件轻松的事，一天下来就像景怡这样二十出头的小伙子也累得够呛，真担心作为知识分子的父亲会累出病来，那时他已经五十多岁了，可是父亲硬是挺过来了。

时间飞快，景怡该走了，父亲终于请到半天假送他去长途汽车站。

那天，天阴沉沉，父子俩一前一后，一脚深一脚浅地在稻田埂上艰难前行，很少能说上几句话。

就这样走了大约半个小时，从后边远处开来一辆北京吉普，车上坐着两个年轻人。景怡心里想，真希望能捎上他们一段就好了。若是在青海山沟里，遇到这种情况，厂里的大卡车总会停下来，把去县城或从城里回来的职工捎上的。

然而，那吉普车很快就追上来了。两个年轻人却说笑着擦肩而过，很快就看不见影儿了。

天似乎更加阴沉了，田野一片静悄悄。只有父子两个人在稻田中默默前行。

父亲送他到离长途车站大约一半路程的地方，因为还要按时赶回去，就停下来给景怡详细地指明下一段路如何走，景怡让父亲赶快回去，可是走了很长一段路回头看时，却发现父亲还在远远地望着他。

他向父亲使劲地挥手，父亲这才开始往回走。

景怡每走一段就回头看看，直到父亲的身影消失在远方的地平线。

在景怡的心里，父亲就是一棵大树，一座大山。

【附记】

张元凯，长子，1946年1月生于重庆。小学毕业于北大附小，中学毕业于北京101中学，大学毕业于北京大学技术物理系。1970年参加工作，做过中学教师、中国铁道科学研究院工程师、网络室副主任、美国康奈尔大学访问学者、中信投资控股有限公司高级工程师。2006年退休。他的妻子戴未英毕业于北京大学物理学系，是元凯的同届校友，与元凯同年参加工作，一起任教，后一起调入中国铁道科学研究院电子计算技术研究所，任副研究员，现已退休。

张景怡，次子，1947年4月生于北京。小学毕业于北大附小，中学毕业于北京101中学，1967年底报名到三线工厂当工人，1977年考上清华大学力学系，获清华大学本科及硕士学位，美国内布拉斯加－林肯大学博士学位。曾在美国约翰斯·霍普金斯大学、摩托罗拉等公司从事基础研究与新产品研发工作，2017年从高级首席机械工程师任上退休。他的妻子朱薇薇在国内从事羊毛衫生产与设计工作，在国外从事财务出纳相关工作，也已退休。他们一家身在异国他乡，但心系祖国，常常思念奶奶和父母亲。

孙女的茁壮成长

从秉承家风的砖雕门楼内，
走出了两个小天使，
一个叫张晓音，
一个叫张晓蔚。
她们以自强不息的精神，
追赶太阳，
茁壮成长。

一、为爷爷生日写诗的晓音

1991 年张龙翔先生七十五岁生日前，晓音送给爷爷一张自制贺卡。张先生生前十分珍爱这张饱含深情的贺卡。

晓音在贺卡上写着一首诗：

送给爷爷：

一片夏天的绿叶
一点秋季的红色
一束冬日的芦花

257

这是我所独自走过的日子，它使我意识到从前的我受到了
多少宠爱和关怀。

永远会记得

　　是爷爷给我一个春天的乐园

　　让我在其中自由地成长

　　是爷爷带我走过那美丽的一草一木

　　让我学会去爱自己的家园

　　是爷爷给了我幸福的童年、少年与青年

　　让我童年遐想

　　　　少年梦

　　　　青年的理想

　　　　都能实现。

十年前的我曾想，爷爷再过十年会是什么样？

十年后的我会说，他还和十年前一样，

还是我心目中最有风度的爷爷！

爷爷，我爱你！

　　　　　　　　　　　　　　　　孙女　晓音

　　　　　　　　　　　写于爷爷七十五岁寿辰之前　三月六日

　　　　　　　　　　　　　　　　一九九一年

张晓音，张龙翔长子元凯之女，于 1971 年 12 月 15 日在北京出生。
1970 年 3 月，元凯、未英从北大毕业后，被分配到河北省承德市平
泉县偏僻边远的山区平房公社中学当老师，合教一个高中班，共三十五

个学生。教室是一座旧庙，没有玻璃窗，到了冬天，教室内滴水成冰。为此元凯回北京买了一把玻璃切割刀，自己动手切割并安装玻璃。那里既不通电，又没有自来水，生活十分艰苦。在预产期前十五天，元凯送未英回京待产，路途可谓艰难。为了能赶上一天一次开往县城的班车，必须起个大早，步行十余里山路赶到车站，班车在颠簸不平的山路上行驶。晚上坐上开往承德缓慢行驶的绿皮火车，半夜到承德换车，到北京时已是次日早晨了。回京路途的颠簸劳累，致使未英到家后第三天，女儿就降生了。由于怀孕期间缺乏营养，孩子生下来体重还不足五斤！为此未英给她起名叫"晓音"，取自"小婴"的谐音。一周后，元凯即返回公社中学。

五十六天产假结束后，未英也返回工作岗位，从此只能

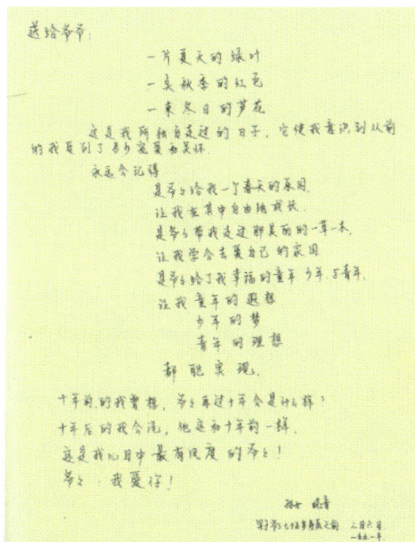

晓音的贺诗手稿

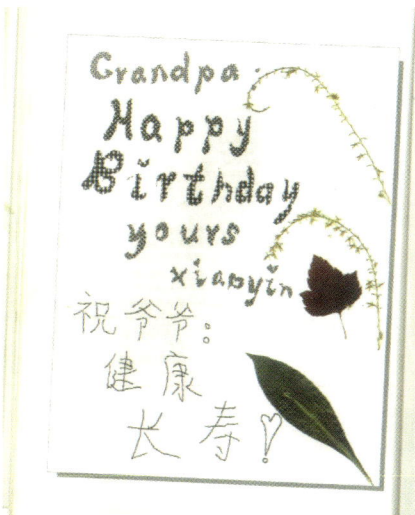

晓音的贺卡

在寒暑假期回家探望。因此，晓音失去了母乳喂养及与父母朝夕相处的条件，她一直留在北京，由太婆、爷爷、奶奶抚育长大。

太婆、爷爷、奶奶有了新一代格外高兴，尤其是爷爷为晓音的成长倾注了大量心血。从出生开始每次都是爷爷为晓音洗头洗澡，定期称体重，量身高，并依次记录画出曲线，平日注意她的排便和消化吸收能力及体征表现。当时没有婴儿配方奶粉，爷爷用自己的专业知识和细心观察，科学地为她选择最佳的食物配比。开始时把牛奶上面的油全部撇干净，加入一定量的米汤与蜂蜜混合均匀喂食；稍大一点儿后每日都榨取新鲜果汁让小家伙吃，适时增加鱼肝油和含钙的营养物质；再大一些后渐渐加入主食、蔬菜等。就这样晓音一天天健康成长，百日时已经白白胖胖，五个多月时一下就出了四颗牙，长成一个健康快乐、笑靥如花的可爱小宝宝。

当时爷爷、奶奶尚未退休，晓音在家得到太婆的呵护关爱，自幼耳濡目染、潜移默化，学到了太婆许多优秀品质。太婆勤劳，做事精益求精，操持家务事无巨细，凡事均考虑得严谨周到，做起来有条有理。在她的言传身教下，晓音自幼就知道能做的事情要"自家来"（自己来，南浔口音）。太婆虽离开南浔家乡几十年，但乡音未改，说一口南浔话。晓音也听得懂，有时还会跟着学说几句。晓音和太婆合住一间卧室多年，晚上经常听太婆讲旧时的故事，太婆一边讲，晓音一边帮太婆挠背，所以太婆非常疼爱晓音，是她让太婆在晚年享受到四世同堂的天伦之乐。直到今天，晓音还经常给她的女儿们讲太婆的故事。

儿时和少年时期的晓音就表现出她性格上的特点：要强上进，敢于尝试自己未曾经历过的事情。虽为独生子女，但能吃苦、不娇气。上小学一年级时，她们家从中关园搬到了蔚秀园。到北大附小上学要横穿马路进北大西校门，再穿过整个北大校园，出北大东门后再走一段路才到达北大附小。她每天清晨很早就起床和同学们一起走去学校。老师让她担任蔚秀园路队的队长，中午和下午放学后负责带领同学们尽快回家。一路上要管理同行队伍中班上最淘气的男生，沿途不要上校园内的山坡追打玩闹，冬季不要到未名湖冰上走……有不听话的她就会去找同学的家长，因此她当路队长老师是很放心的。

初二第一学期时北大附中要举行全校歌咏比赛。班上没有会指挥的学生，班主任决定让晓音指挥班级合唱。在排练过程中晓音在老师、同学们的鼓励下毫不退缩，积极学习指挥，不厌其烦地在家里面对镜子边唱边练习指挥动作，学会了初步技能。她当年在日记里写道："明天就要彩排了，我应该怎样对待呢？一要拍节准，二要有感情，三还要灵活。有的休止符要打出来，有的地方要注意节拍长短，总之要尽力而为，为班级争光。明天即使不是正式比赛，也要使出最大的力气。"就这样她所在的班级在北大附中歌咏比赛中获得了全校第一名，同时她也获得了指挥奖。老师在她当年的日记本批语中写道："你为集体做出了贡献，敢于承担责任，这是你热爱集体的表现！"

晓音自幼对感兴趣的事都要听一听，看一看，学一学，就像她在初中时的自传中写的："我有广泛的兴趣爱好，滑冰、游泳、网球、排球、乒乓球都还不错，甚至有时还跟男孩子踢足球。我学一些新东西还是挺快的。记得小学四年级时我开始学滑冰，没有人教我，只能自己练，我第一天摔了二十多跤，学会了在冰上走，第二天就会滑两步，第三天差不多学会在冰上滑行了。后来又想学花样滑冰，我又模仿别人的动作或按照在电视里看到的，学会了前后倒脚，第二年就学会了跳三。游泳和骑自行车都是我自己学会的，有爸爸妈妈帮助反而学不会。"她在初三那年参加了冰上运动会组委会主办的首届未名湖冰上运动会，获得了北京中学生女子组单人自由滑第三名。前两名都是来自体育世家的子弟，是从四岁就开始滑冰的"老手"。

20 世纪 80 年代末已经有高中学生到国外留学，晓音就读的北大附中高年级和与她同年级的同学也有多个出国留学。高二暑假时，晓音自己决定争取高三毕业就去美国学习。为实现自己的愿望，在高三除了照常上课，准备高考外，她晚上还参加了大学生们的托福培训班，努力学习英文，并顺利通过了托福考试。紧接着又参加了国内高三第一次模拟高考兼毕业考试，她的成绩进入了北大附中文科班前十名优秀生的光荣榜。之后她很快收到了美国大学的录取通知书，并获得了学生签证。1990 年 6 月，十八岁的她只身飞赴美国，开始了在美国的大学求学生涯。

在美国大学学习期间，晓音以前辈们为榜样，勤奋、刻苦、全身心投入学习中。大学毕业她获得了华盛顿大学（西雅图）的工商管理学士学位，毕业时总成绩为优等，GPA 3.93/4.0[①]；她还于 1995 年 5 月通过了美国华盛顿州注册会计师的资格考试，获得了排名第五的好成绩，取得了注册会计师的资格，并获得了奖金。凭这些优异的成绩，她被美国麻省理工学院（MIT）斯隆工商管理学院、耶鲁大学商学院、康奈尔大学商学院等一流大学录取。最终她选择去 MIT 斯隆工商管理学院攻读工商管理硕士学位。

---

① GPA（Grade Point Average，简称 GPA），意思就是平均成绩点数（平均分数、平均绩点）。GPA 是大多数大学及高等教育院校采用的一种评估学生成绩的制度。美国一般大学的 GPA 满分是 4 分，也有满分是 5 分的。GPA 的精确度往往达到小数点后 1 到 2 位，如：GPA：3.5/4.0，表示在满分为 4.0 的评分制度中，某个学生各科平均成绩是 3.5；4.7/5.0，表示在满分为 5.0 的评分制度中，某个学生各科平均成绩是 4.7。

1999 年 6 月，父母参加晓音的硕士毕业典礼

　　MIT 斯隆工商管理学院要求入学前要有两年的工作经历，于是晓音开始求职。她看到中国正在全面走向改革开放，整体环境和人民的精神面貌都发生了很大的变化，特别是为建立现代化的金融体系，中国正在进行金融改革。为了解和不失去这样的好机会，她和爷爷、爸爸一样，选择了回国工作。

　　回京后她被德意志银行录取，就职于德意志银行北京代表处。在德意志银行她担任公司银行业务部金融主管，从事对中国大型企业、中外合资企业和全外资企业的信用评估，销售银行产品和服务，包括债券发行、短期/中期债务融资和项目融资，满足企业的财务需求，以促进企业的发展。晓音还担任过该行在中国电信团队的覆盖主管，负责中国主要电信公司和行业监管机构的相关工作。在该行工作期间，晓音还参加了中国河南小浪底多坝项目运营贷款融资工作，该项目总成本为十二亿美元，其中百分之七十由世界银行资助。小浪底水利枢纽工程是我国黄河流域最大的水利工程，于 1994 年始至 2001 年竣工。该工程建成后，可使黄河下游防洪标准由六十年一遇提高到千年一遇，基本解除了黄河下游水患威胁。可滞拦泥沙七十八亿吨，相当于二十年下游河床不淤积抬高。电站总装机一百八十万千瓦，年均发电量五十一亿千瓦时。1995 年小浪底水利枢纽工程正在紧张进行中，工地周围人烟稀少、气候干燥、尘土飞扬，条件艰苦。晓音曾陪同德意志银行北京首席代表参观该项目建设现场，了解项目进展情况，亲身经历第一线的项目建设。

为积累工作经验和拓展学习、训练的空间，更好地为两年工作期满后进入 MIT 攻读 MBA 学位做全面的准备，1996 年晓音从德意志银行辞职，进入香港百富勤投资银行工作，担任金融分析师。在这家投资银行工作期间，她是执行北京控股 IPO 工作三人团队的核心成员，负责整个上市的全过程，从起草招股说明书开始，进行折现现金分析，构建财务模式，准备营销材料，与各方协调执行流程，直到组织并参加路演。在香港回归祖国前夕，1997 年 5 月 29 日北京控股有限公司在香港联交所上市，创下了港股 IPO 集资金额数第一，市盈率倍数第一，超额认购一千两百倍等多项纪录，为北京的企业连接国际资本市场、开拓海外融资渠道走出了一条新路，引领了香港回归前后香港证交所红筹股上市高潮。

　　1997 年晓音进入 MIT 斯隆工商管理学院攻读工商管理硕士学位。她一如既往，励志自强，以优异的学习成绩获得了工商管理硕士学位。1998 年暑假期间，她到纽约华尔街的美林证券做实习生的工作。第二学年除学习外，还担任 MIT 斯隆工商管理学院斯图尔特·迈尔斯（Stewart Myers）教授的教学助理，辅导低年级同学的习题课，并从中得到了锻炼。

　　MIT 斯隆工商管理学院 MBA 学业结束后，晓音在 1999 年入职纽约华尔街投资银行美林总部，在美林投资银行部的全球电信部工作。当时

1999 年 6 月，晓音获工商管理硕士学位后在 MIT 校园留影

正值全球电信行业及互联网行业第一次高速发展的顶峰时期，而晓音进入的投资银行全球电信部是当时最难加入的部门。在美林投资银行部的两年，晓音学到了丰富的行业知识，从卫星发射到海底电缆，从固网宽带到移动电话，同时有机会目睹美国第一代互联网公司的崛起。这些都为日后晓音在香港的事业发展奠定了深厚的基础。

美国"9·11"事件后，晓音选择了回国到香港工作。2002年她加入高盛集团（亚洲）有限责任公司，从分析员做起，勤奋敬业，勇于探索，积极开拓市场。在高盛的十五年中，她自主开发并培养了新一代中国高科技、媒体和电信（TMT）的客户群，代表高盛集团操盘了腾讯、百度、新东方、阿里巴巴B2B、高德地图、优酷、去哪儿、唯品会、微博、汽车之家、阿里巴巴集团等公司的上市。服务的客户还包括中国移动、新浪、网易、携程、分众传媒、美团等。在这十五年中，晓音领导的高盛中国TMT团队为中国最好的TMT公司服务，树立了科技投资银行界的第一品牌，成为所有中国高科技企业在海外上市的首选。

在中国改革开放时代，这些中国民营企业的成功上市，对中国社会经济发展起到了积极作用。由于工作卓有成效，晓音担任了高盛集团（亚洲）有限责任公司中国电信、传媒及科技业务部（TMT）主管、董事总经理，2014年又被推选为高盛集团合伙人。她是第一个大陆出身的在美国高盛集团获得如此高职位的女性。

2017年按高盛集团的规定她可以选择退休了。在高盛工作十分紧张，随叫随到，没日没夜，她无暇顾及两个年幼的女儿和日趋年老的父母，而且她心里早有想法，有条件时应该做一些自己喜欢做的事，于是她毫不犹豫地决定退休。退休后时间完全由自己支配，她感到由衷地高兴。一方面，她有时间陪伴两个还在上小学的女儿，关心她们的学业，安排她们的课外活动，使她们健康快乐成长；另一方面，她从零开始，建立了自己的公司从事投资工作，致力于帮助由中国人创立的高科技企业发展，在国内外融资上市。她对创业者说："我做了二十年的投资银行工作，其中十五年在高盛集团，主要负责中国的 TMT 投行业务。在这十五年里，有幸服务了中国在海外上市的前二十家科技及教育公司，包括 BAT 的上市，受益匪浅。我认为成功的第一步就是不要只为赚钱而创业，只有为社会创造真正的价值，才可立于不败之地。我在离开高盛后开始做投资，可以不断学习新的事物，这是最快乐的。我投资除了看市场潜力、商业模式、竞争格局等外，最注重的还是人，人的人品和能力决定一切。"短短三年，2019 年她参与投资的图森未来公司于 2021 年 4 月中旬在美国纳斯达克成功上市，这是全球自动驾驶第一股。她的投资原则是少而精，找到有潜力、与创始人志同道合的企业一起成长。她的目标是投资处于成长期的、中国人创立的科技或被科技赋能的最优秀企业，帮助这些企业成为世界一流的公司，为社会造福。

二、晓蔚成长花絮

张晓蔚，张龙翔次子景怡的女儿，出生于 1980 年夏天。那时张龙翔是北大副校长，一家四世同堂住在北大西校门对面的教职工宿舍蔚秀园。元凯的女儿取名晓音，所以奶奶就给她起了个名字晓蔚。晓蔚出生时七斤多，有一头浓密的黑发。因全家都是浙江人，浙江人喜欢将婴儿叫小毛头，后来毛毛就成了她的小名。

晓蔚小时候很乖，不爱哭。晓蔚学会走路和叫人后，每次带她上街，小家伙嘴就特别甜。再大一些，晓蔚对周围生活中的一些现象有了兴趣并不时观察。晚饭后在校园中散步时，仰望着天空群星闪烁，她就会问，为什么我们走到哪里，星星也会跟到哪里啊？坐公共汽车时，看着路边向后移动的大树，她又会问，为什么汽车向前跑，可大树却向后跑啊？还有一次景怡骑车带着晓蔚，经过一家商店门前时，晓蔚喊了起来，"负1""负1"，景怡不明白她在说什么。晓蔚说："你看，7减8不是负1吗？"景怡一看，原来是商店门口的牌子上写着，营业时间：7—8。那时她还不识字，不知道牌子上7—8是说营业时间从早7点到晚8点。景怡这才想起来，过去教她数字和简单加减法时，顺便也提到了小数减大数会得到负数，没想到还没上小学的她就记住了。

晓蔚是在一个自由宽松的家庭中长大的。小时候有一天她不知怎么了，叫爷爷时改成叫张龙翔了，爷爷听了不但没生气，还很高兴地回应她。但景怡和薇薇听了觉得她没礼貌，赶紧制止。可爷爷却笑着说，没关系，西方国家的孩子都可以直接称呼长辈的名字，那不是不礼貌，而是关系亲密的表现。听爷爷这样一说，薇薇忽然想起了德国电影《英俊少年》，那影片一开始就是少年海因切在大声呼唤他父亲的名字，"卡尔，卡尔，起床喽"。当时看着就觉得挺怪，可这会儿祖孙俩一叫一答的还挺高兴。这样叫了些日子后，景怡和薇薇担心别人误会晓蔚没有家教，就跟晓蔚说："中外习俗不一样，你还是应该按中国人的礼节去称呼长辈。"后来她就又改回来叫爷爷了。

晓蔚是这个大家庭中年龄最小的一个，全家人都很疼爱她。她对中国古代孔融让梨的故事牢记不忘。那时她吃饭不好，对荤菜无兴趣。那个年代大虾很难买到，只有在重要的节假日菜场里才有供应，但她却不肯吃，还美其名曰她是孔融让梨，让家人多吃一点。家里人笑着说她这是活学歪用。不过从她日后成长过程中的许多小事上，可以看出她的谦让精神还是很有传统的。

1986 年，晓蔚上了北大附小，同年景怡赴美攻读博士学位，薇薇也继续脱产上职工大学，每两周才回家一次。薇薇叮嘱晓蔚要听长辈们的话，早晨按时起床，每天从学校回家后要先做好功课再去玩。小家伙懂事地点头答应。可是薇薇后来发现，每次自己回家后，周末早晨她总是耍赖不肯起床，心想这可不行，那每天爷爷奶奶和大伯大妈光为让她起床就要花掉多少时间呀。薇薇便问爷爷奶奶，平日早晨晓蔚起床是否也是这样，让他们花费很多时间。结果他们却笑着说女儿是在跟妈妈撒娇呢。平时早上她被闹钟叫醒后都是自己起床，然后跑到爷爷奶奶卧房门前敲门，大声喊："爷爷起床啦！爷爷起床啦！"其实爷爷早就起来了，笑眯眯地打开门，小家伙一看爷爷开了门，就自己跑回洗漱间去刷牙洗脸，然后出来吃大妈或爷爷为她准备好的早餐，餐后便和邻居小朋友冯莉一起去上学了。所以她每天早上起床还是蛮自觉的，上学从未迟到。这时薇薇的心才稍微安定一点。但奶奶又提出了一个新问题，说她每天回家后好像尽在外面玩，没看到她做作业。她一听就很委屈地说，她每天回家后都是先到太婆屋里报个到，说"太婆我回来了"，然后去自己屋里把作业做完后，才出去玩的。因为奶奶下班回家晚，所以总是看见她在外面玩。听了她的话，薇薇和奶奶都笑了，感到很欣慰。

晓蔚上小学后不知怎么突然早上不肯喝热牛奶了，家人只好将她未喝完的牛奶存放在冰箱内，谁想她放学回家后喝起冰牛奶来却特别起劲，还说好喝。薇薇怕她喝冰牛奶对她的胃不好。于是爷爷说话了，他说多数外国人都只喝冰牛奶，不喝热牛奶，如果晓蔚爱喝冰牛奶就让她喝去，不会有问题的。后来薇薇也尝了尝晓蔚的冰牛奶，觉得冰牛奶还挺好喝的，有点像流质的冰淇淋。薇薇到美国后看到这里人们确实都喝冰牛奶。

有一次景怡的一个美国同学看到他喝热牛奶，也如当初薇薇看晓蔚喝冰牛奶一样，惊奇地说他从来没有看见过有人喝热牛奶，可见不同民族文化习俗有差异。

景怡赴美国读博士的两年后，1988 年 7 月薇薇与晓蔚赴美与他团聚。当时晓蔚刚过完八岁生日，美国学校正在放暑假，于是她待在家里把带到美国去的书全都读完了，有些还读了多遍。她正苦于没有新书可读时（刚到美国还不会英文），他们认识了一对从马来西亚移民来美国的老华侨，家中有很多中文儿童书，都是从台湾侨办寄来的。他们便时常带着晓蔚去老两口家看书，尽管书都是繁体字，而且晓蔚也才学了两年中文及汉语拼音，但她还是读得津津有味。薇薇问她读得懂吗，她说读得懂，不认识的字就根据句子的前后意思来猜嘛。

1993 年初春于美国南部城市达拉斯

晓蔚上的小学与她家租住的房子很近，就在大街的对面。刚到学校时外国学生都要在 ESL（English as Second Language）班上课，但没多久老师就发现晓蔚的数学很好，所以她英语继续随 ESL 班上，而数学课就转到当地孩子三年级的正常班上了。到四年级时，全部课程她就都跟正常班同学一起上了。一天，她回到家中高兴地对父母说："今天老师表扬我了。"原来那天老师在课堂上让大家猜谜。说有这么一种生物，早晨用四条腿走路，中午用两条腿走路，晚上用三条腿走路，问大家：这是一种什么样的生物？同学们你瞧瞧我，我看看你，都猜不出。只有晓蔚举手回答：是人。老师让她解释为什么。她就讲，人在刚出生的婴幼儿时期犹如一天的早晨，手脚并用爬行，所以用四条腿走路；长大后犹如一天的中午，用两条腿走路；到了老年时期犹如一天的晚上，需要用拐杖帮助走路，所以是用三条腿走路。老师听了很吃惊，问她怎么知道的。她说妈妈曾给她讲过的希腊神话中有这个故事。

五年级时，晓蔚的班主任是赛伯特先生（Mr. Seibert）。晓蔚很钦佩她的这位老师，因为他是参选过美国宇航局（NASA）选拔的第一位教师宇航员。赛伯特先生是州里的胜出者，然而在全国选拔时被淘汰了。晓蔚说多亏他最后没被选上，否则赛伯特先生就不会当她的老师了。因为被选上的七位宇航员乘坐的航天飞机就是 1986 年那艘升空七十三秒后爆炸的挑战者号。赛伯特先生很看重这位中国学生，把她视为自己教过的学生的骄傲。赛伯特老师曾经把晓蔚完成的一个英语课业项目作为学生完成项目的典范，保留了许多年。那是一本关于虎鲸的小册子，当时她借阅了很多关于虎鲸的书，然后自己又画又写，编纂出一本图文并茂、知识性强、适合少年儿童阅读的小书，赛伯特先生非常欣赏。在美国，老师一般不保留学生做的课业项目，这次是老师跟她借的，多年后还是寄还给了她。

晓蔚虽然是独生子女，但不娇气，而且很懂事。晓音姐姐来美上学时，头一年住在她家。当她知道姐姐要来住时，就说自己人小，把她睡的单人床让给姐姐。自己则很高兴地睡在一个从二手商店买来的、像长沙发一样的、有靠背的木椅上（上面铺了厚厚的褥子）。晓音来后，学习非常努力。但是有一天夜里，她的胃突然疼得不行，家里的胃药服了也不管用，需要紧急去医院。因晓蔚第二天要上学，就留她一人在家睡觉（严格来说这不合法，美国规定十二岁以下孩子不能独自在家）。薇薇叮嘱晓蔚一定要关好门，任何人敲门都不要开，那时她才十岁。到医院后经过医生及时诊治，晓音的胃痛缓解了，并无大碍。等他们回到家时天都快亮了，但是大门进不去。因为晓蔚把门锁了的同时把防盗锁链也挂上了。晓蔚一人在家早已睡熟，他们花了很大力气才把她唤醒。进屋后，薇薇问她一个人在家怕不怕，她说开始有点怕，但后来太困了，就睡着了。

晓蔚上完五年级时，景怡刚好获得了博士学位，转去得克萨斯州立大学做博士后研究，他们便搬到了达拉斯。当时他们征求晓蔚的意见，她是愿意直接跳级上初中还是接着上六年级，她说虽然她的数学学得多，但其他课程并没有比别人多学，她不想跳过那些文化课程，而且她觉得自己的岁数在班里几乎是最小的，她不愿意到一个同学都比她大的环境里去，更愿与同龄人在一起。景怡和薇薇觉得她的想法也有道理，就同意了。近日他们重读父母当年来信时，看到父亲也认为"跳级并不一定是上乘的办法"，并在信中提到"最近杨振宁在新加坡讲了不赞成在大学办少年班"。

晓蔚上小学六年级时，音乐课可选修一门乐器，她开始说要学打击乐器，薇薇一想，那要是在家里练习起来得多吵啊，于是向她推荐了长笛，因为景怡上中学时在军乐队里就是吹长笛的。于是晓蔚就开始学长笛了。到了中学以后她继续学习，并参加了学校的管弦乐队。不想没多久学校就跟景怡、薇薇讲她有音乐天赋，只在学校的课堂上学长笛太耽误她了，让他们给她请专业的私人老师。但他们那时根本请不起这样的老师，原本让她参加乐队，也只是希望通过掌握一种乐器，锻炼她在乐队里的协作本领和做事持之以恒的精神，并培养她对音乐和艺术的爱好，并没有想让她将来以此为业。但学校的音乐老师不断地跟他们讲，最后学校提出由学校及家长各付一半学费给晓蔚请私人教师。他们被深深感动，就同意了。这个私人长笛课一直上到一年多以后他们搬家去了美国东部的巴尔的摩市，那时她已经是学校乐队的主力了。

两年后景怡转去约翰斯·霍普金斯大学继续做基础研究，他们全家又搬到了美国东部的巴尔的摩市，晓蔚也要转入附近的中学继续求学。当时她有两个选择：一个是私立中学，一个是公立中学。他们原想私立学校的教学质量比较好，而且晓蔚的学习成绩一直都很好，入私立学校会有补助，并不一定要多花太多钱。但晓蔚决意不去私立学校，原因是她在达拉斯上学时，一位老师曾经讲起过她在私立中学教书时不愉快的体验。那里的学生不是比学习、比知识，而是喜欢攀比谁穿的衣服是名牌，谁的家中更有钱、更有势。这个老师后来辞职了，转去公立中学，她对晓蔚的影响很大。所以到了巴尔的摩市后，她决意不去私立中学。

有一次，加利福尼亚州的亲戚一家六口来东部旅游，都住在她家。那时薇薇的父母正好也在美国访问，与他们同住。十一个人住在一起，床铺不够用，晓蔚便主动将自己睡的床让出来给了客人家的两个女儿，自己则睡在长沙发上。

晓蔚上学时，父母与其他同学的家长一样，关心孩子在学校的学

习成绩。但每每问起晓
蔚，她总会说，班上的同
学都可聪明了。言外之意
是不要以为就自己孩子聪
明，学习成绩好。上高中
时，有一天晓蔚回家说，
她的 PSAT 成绩出来了。
PSAT/NMSQT 是美国国家
优秀奖学金的资格考试，
每年有两万多所高中的约

晓蔚上高中时获得的部分奖状和奖章

一百六十万高中生参加这个奖学金的资格考试，竞争这个很有名气的国
家优秀奖学金。考试主要衡量入试者的批判性阅读能力、数学问题解决
能力和写作能力，而不是死记硬背的知识。晓蔚考得不错，入围了半决赛。
半决赛选手是每个州得分最高的参赛者，代表该州高年级学生排名的前
百分之零点五。半决赛选手还需要提交详细的奖学金申请材料，包括论文、
课外活动成就、曾经获奖项目和领导能力等。半决赛选手还必须拥有出
色的学习成绩，并得到校方的认可与推荐。晓蔚经过认真准备，最后终
于入围，成为一名美国国家优秀奖学金获奖者。

晓蔚虽然学习好，平时晚上和周末却很少加班加点做功课。此外高
中生还需要利用课余时间去做义工，晓蔚做的义工是和几个同学一起去
老人中心服务。晓蔚从小学到中学搬过好几次家，换了不少学校。她小
学在中国上到二年级，去美国后先后又上了两所不同的小学。上中学时
跟着家人换了三座城市上了三所学校。好在她的适应能力很强，无论在
哪所学校，老师和同学们都很喜欢她，并且她能交到很多朋友。在她上

高中二年级时，她的一篇作文被英语老师选中送到《巴尔的摩太阳报》（早年国内的《参考消息》报经常转载此报的消息及文章），参加在那里举办的全市中学生作文比赛。她的文章主要阐述的观点是反对用动物做化妆品实验。她得了二等奖，被邀参加了《巴尔的摩太阳报》的发奖大会。她的英语老师很激动地说，一个英语是第二语言的孩子，写的文章能够超过大多数本土出生的孩子，并获得此奖，真是太棒了！

　　美国学校一般是不给在校生排名次的。只有高中毕业班在毕业时才会排，而且是按全校排名。对晓蔚来说，一件有趣的事就是她从初中到高中毕业不论比赛还是全校排名基本都是第二，从未得过第一名。在巴尔的摩市，高二的学生已经开始寻找自己喜欢的大学及专业。各大学招生人员也来到中学介绍宣传自己的学校，想吸引优秀的孩子们去报名。一次景怡他们跟晓蔚一起去她的学校参加这种活动，那时他们已跟学校讲了，下学期要搬家到芝加哥去。忽然一位母亲和她的儿子一起走过来，那位母亲问他们是否是晓蔚的家长，他们说是，她便主动与他们聊起天来，说她儿子回到家里经常在家人面前谈起晓蔚，非常佩服她。那个男孩子更有意思，说虽然舍不得晓蔚离开，但她走后，男孩在学校的排名就可以从第三名升到第二名了。后来晓蔚在芝加哥郊外的一所学校上了高中的最后一年，毕业时又是全校第二。看来她从未刻意追求过名次，也不看重学校里的排名，所以不会仅仅为了争名次而做出额外努力。

　　一般来说，孩子们都不愿意在上高三时换学校。但由于景怡接受了摩托罗拉公司的新工作岗位，因此在晓蔚放暑假期间，他们全家又搬到了芝加哥的郊区。这期间景怡的母亲和他们在一起生活，晓蔚又换了一所中学。开学后，听说新学期学校里要选学生会，她决定参加竞选。因为是在新学校谁都不认识，她便拿了个小本子一个人一个人地去找，请同学们签字支持她，最后竟收集到了一百多人的签字，她如愿以偿进入了学生会。在学生会组织的一次有名的活动是中学时代过最后一个鬼节，活动组织得很成功，同学们都非常满意。

晓蔚这种执着的性格后来在上大学中也表现了出来。在选择学校期间，景怡和薇薇带她去各个她感兴趣的大学参观。一次在参观密歇根大学时，学校介绍情况的人问那些参观的孩子里有谁已决定了自己将来要学的专业，二十几个孩子中只有晓蔚和另一个孩子举了手。在她大二暑假的一个周末，他们一家与朋友们去密歇根大湖边野餐并滑轮滑。在滑轮滑中，她很困惑地谈到班里的一些同学会贬低其他同学以表现自己，她很看不惯。晓蔚从小学到高中毕业都是个与世无争的孩子，大概她的能力比较强，没有碰到过什么强手，所以不争也可以拿到好名次。但她考上的大学是宾夕法尼亚大学沃顿商学院（当年全美排名第一的商学院），薇薇开导她："这里的学生都是来自全美和世界各地顶尖学校里的尖子，各路尖子聚到一起互相竞争是难免的。当然免不了有少数人会投机取巧甚至用不太道德的方法。你若坚持不相争就可能会不适应新的学习环境。再有你学商业金融就是要在不违规的前提下适应这种相互竞争的环境。如果你实在不喜欢这种环境可以在校内换一个专业去学。"她考虑了几天后，说这个专业是她自己选的，她不能半途而废，一定会坚持学到底的。她说到做到了。

在大学里，新生必须住校园内的集体宿舍。她们的宿舍有三间卧室，四人合住，其中两间单人，一间双人。开学时她和另外一个同学先到，她俩就将单人卧室让给了后来的两位同学。以后几年她也没去校外住。由于她每学期都将单人卧房让给其他人，所以最后一年大家一致决定让她住单人间。一次放假回家后，她与薇薇谈起班里有个男同学想跟她交朋友。他是个富家子弟，很聪明，原有一个女朋友是他的高中同学。大家讲这个同学在班里对谁都很傲慢，说话态度也不好。但全班同学中，他只对晓蔚一个人好。晓蔚觉得她不能同意与这个男同学交朋友，因为他还有个女朋友，她不能去拆散他们，而且她觉得这个人只对自己一个人好，而对其他人不好，她不能接受。在择偶问题上，晓蔚从不以对方家庭是否富有或者有权势作为标准，而是注重对方的品德、自身的能力以及是否热爱学习。

晓蔚大学毕业后，先在芝加哥的第一银行（Bank One）工作。因为在工作中要接触到金融市场交易和政府对其管理的各项条例，所以必须通过这方面的考试以取得资格认证及证书。最后晓蔚以极高的成绩通过了考试。她的主管，一个在这领域工作了几十年的专家说，晓蔚是多年

晓蔚 2002 年毕业于宾夕法尼亚大学沃顿商学院

来头一位考试成绩超过他本人的人。晓蔚后来又做了这位专家写的一本金融方面的教科书里面的全部练习题，校对了所有的正确答案。专家也在自己的书里感谢了晓蔚对他撰写此书的帮助和贡献。

晓蔚现在与丈夫（Joe）、儿子（Noah，张亦龙）幸福地生活在芝加哥。她任职于一家独立的跨国投资与金融服务公司，专注于投资管理、私人财富管理和投资银行方面的业务。作为投资管理部门战略团队的高级成员，晓蔚专注于开发、领导、执行和支持所在公司投资管理的关键战略计划，重点领域涵盖企业发展（包括公司收购、人才吸纳及其他公司投资等）、分销战略、市场分析和其他战略举措。

（注：本文晓音部分系戴未英所作，晓蔚部分系朱薇薇所作，略有删改，特此致谢）

第八章

墓碑上的悼词

- 少小离家老大回
- 哲人其萎，日月做证

少小离家老大回

他一踏上故土，
就有说不完的话题。
跨进沉重的石库墙门，
抬头又见那象征家风厚重的
"和气致祥"题词，
仿佛回到了那个时代。

　　1992年10月6日，天高云淡，秋阳格外灿烂。应邀参加湖州市技术经济洽谈会的张龙翔和夫人刘友镕，由湖州市政府驻北京办事处一名干部陪同，回到了阔别五十五年的故乡——浙江省湖州市南浔镇，受到了镇领导和老同学的盛情接待。

　　故乡之于作家，就像脐带之于婴儿。哪个作家笔尖最初流淌出的文字缺少了故土营养的滋润？美国作家威廉·克纳说，他那邮票大小的故乡是值得好好描写的。鲁迅的绍兴、沈从文的湘西，则是中国文人故乡情结的佐证。南浔籍著名作家、诗人徐迟在他的长篇自传体回忆《江南小镇》一书中用六十六个"水晶晶"来深情地描绘他的故乡。如今，"水晶晶"的南浔不仅成了各种媒体的关注的焦点，而且多次上了央视的屏幕、

南浔小莲庄（沈勇强摄）

报刊的头条。"水晶晶"似乎已成为故乡的代名词。

江南古镇南浔是一部中国近代生丝外贸发展的历史线装书，也是一段中国近现代经济发展的精彩的蒙太奇。它位于太湖南岸，历史悠久，物华天宝，人杰地灵，凝聚了千百年的人类文明。众所周知，南浔古镇是由古村落发展而来的。大约在10世纪末至13世纪中期，这里开始形成村落。初时因滨浔溪河而名浔溪，后又因浔溪之南商贾云集，屋宇林立，而名南林。至南宋淳祐十二年（1252），取南林、浔溪二村名之首字，合并改为南浔，设官立镇，设监镇衙，隶属于安吉州乌程县（今湖州）。早在南宋时，这里已"耕桑之富，甲于浙右"，明万历至清中叶，由于辑里湖丝声名鹊起，被皇家御用，蜚声京都，远销海外，南浔遂成为江浙雄镇。清末民初时期，辑里湖丝更是声震天下。随着上海开埠和国内外对丝绸的需求，南浔的发展达到了鼎盛时期，涌现了一批以俗称"四象八牛七十二小金狗"为代表的富商巨贾，是中国近代最大的丝商群体。他们的财产总额相当于晚清政府一年的财政收入，堪称富可敌国。这一富商阶层的崛起，对湖州乃至当时最富裕的江浙地区的政治、经济和文化产生了重大的影响。

南浔古镇历来人才荟萃，名人辈出，许多名人在各个历史时期，卓有建树，声名远播。早在明代时就有"九里三阁老，十里二尚书"之谚。宋、明、清三代，出了南浔籍进士四十一名，状元一名；宋、元、明、清四朝，南浔籍京官五十六人；明、清时期全国各地州县官五十七人。许多文人著书立说，学术研究成果丰硕。仅清代有著述问世的南浔人就有二百八十人之多。近现代史上，又出了清乾隆年间女词人、《再生缘》作者陈端生，鉴湖女侠秋瑾的闺蜜徐自华，近代著名书画收藏大师庞莱臣，孙中山的忠诚追随者庞青城，民国元老张静江，近代体育教育家徐一冰，中国画学研究会创始人金城，杰出的竹刻家金西厓，中国炼油第一人金开英，燕京大学原校长陆志韦，北京大学原校长张龙翔，中央大学首任校长张乃燕，中国航天专家屠守锷，中国导弹驱逐舰总设计师潘镜芙，中国热能工程专家林宗虎，中国当代农学家卢良恕，中国海岸和近海工程专家邱大洪，中国治蝗专家邱式邦，中国通信技术专家李乐民，当代书画鉴定泰斗张珩，民国藏书第一人刘承干，参加过辛亥革命的藏书家蒋汝藻，当代著名作家、诗人徐迟，军旅作曲家沈亚威，新中国第一架飞机设计师徐舜寿，中国档案教育事业的奠基人吴宝康，叔蘋奖学金创始人顾乾麟，中国历史文化学者葛剑雄，中国早期彩色摄影家刘旭沧等知名人士。现在全国有影响的南浔籍专家、学者百余人，其中"两院"院士八人（两人已故），更使这个灵秀的江南古镇平添了浓郁的人文色彩。

张龙翔 1916 年出生于南浔，从小在南浔长大，在南浔读书。1930年秋，十四岁的他离开南浔到上海读书，就很少有机会回故乡了。但他对生于斯长于斯的故乡，一直怀有深深的情感。北京章庆权同乡回忆，1984年底旅京湖州同乡的聚会上，当时张龙翔因公事繁忙，刚从美国回

百间楼

283

来，略微休息就赶来会场。此时会议已经开始，著名物理学家钱三强同乡招呼他到主席台就座，但张先生抱拳向大家致歉后就随意坐在台下空位上。席间他发言，期望家乡振兴经济，重视教育。他说南浔乃至湖州历来人杰地灵就是一贯重视教育的缘故，言辞十分恳切。会后他与到会者一一交换了通信地址，欢迎大家到北大去。一位著名学者、我国最高学府的北大校长竟如此谦逊、平易近人，使在场人深受感动。

章庆权同乡还回忆说，张龙翔生前非常关心故乡的教育事业，对母校和老同学一往情深。几年前章庆权曾受湖州市教育委员会和南浔中学委托请张龙翔先生题词。前者是湖州中专建校，他题了"培育科技人才，振兴湖州经济"；后者是母校南浔中学七十周年校庆，他题了"培育人才，造福南浔"。为此他写了好几张，反复挑选后亲自到邮局寄出。南浔中学题词时因他患病复查，略微耽搁了一些时间，几次打电话和写信要章庆权转达他的歉意。

人们常说，有一种醇厚的记忆叫乡情。天下游子哪一个没有怀乡之情的困苦？亲人可携行，但乡情不可以携行，唯有回到这一特定的环境，方能体会这种乡情、乡音、乡趣和乡愁。张龙翔这次回到湖州南浔，最关心的话题依然是家乡的建设和发展。此前，他到德国出差时带回一把多功能的精制小刀，十分喜欢。考虑到湖州有传统的金属加工工艺，可以模仿和改良这种小刀，于是把它送给湖州有关部门参考。别看一把小小的刀具，可萦绕着游子的一片拳拳爱乡之情！当时七十六岁的张龙翔一踏上故土，精神矍铄，步履敏捷，依然说一口地道的南浔话。他显得十分兴奋，有说不完的话题。他说："离京前我打电话给屠守锷（火箭技术和结构强度专家、中国科学院院士），约他一道来。因为正要发射卫星，他说这次不能来了。"

张龙翔偕夫人刘友锵穿过南浔古镇熟稔的大街小巷，穿行于乡人市

嘉业堂藏书楼

并潜行的身影，兴致勃勃地浏览了江南名园小莲庄、嘉业堂藏书楼、江南至今保存完好的沿河民居百间楼和江南皮货市场。那些留下他少年时代身影、足迹的地方，那些久违了半个多世纪的梦境和温馨，犹如那百年佳酿，时间越久，就越黏稠沉厚，点点滴滴，桩桩件件，瞬间勾起了他一串串美好的回忆。他觉得自己就像一只风筝，鼓满温暖清新的春风，即使飞遍天涯海角，心的另一头仍在故乡。多少年的追寻，多少次的叩问，乡愁是一碗水，乡愁是一杯酒，乡愁是一片云，乡愁是一生情……他沉浸在乡愁、乡情的无限畅想之中，不时感叹，陶醉不已：

"南浔是美丽繁华的江南名镇！"

"南浔的变化真大！"

"我不认得故乡了！"

此后，张龙翔和夫人刘友锵就沿着顿塘运河走到南浔镇马家港，专

1992年，张龙翔与陆庆淦摄于南浔镇小莲庄

程拜访了陆庆淦老师。陆庆淦是张龙翔在 20 世纪 30 年代南浔中学时的同学，后来陆庆淦在南浔中学任教几十年，一直到退休。中午，陆庆淦请张龙翔在家里品尝了家乡土鸡、淡水鱼、虾和绣花锦菜……彼此仿佛有说不完的同窗情。张龙翔对陪同的干部说，他是南浔中学第三届毕业生，这届毕业生总共才七人。除陆庆淦、张龙翔外，还有徐舜寿（著名作家、诗人徐迟之弟，中国飞机设计的一代宗师）和桂雪如（当时两人均已故世）、吴唯一（香港）、蒋新华（上海）、史敏言（安徽）。张龙翔清华大学毕业后，考取中英庚款公费留学，原拟去英国留学，因太平洋战争爆发改为留学加拿大，后又留学美国。回国后不久在北大任教。1981年，继周培源后任北大校长，后来为中国生物化学学会理事长，并继续担任着培养研究生、博士生的工作。他说："南浔是生我养我的故乡，我

是喝着浔溪水长大的。我过些时候不带研究生、博士生了，要多回来几次。"

下午，张龙翔夫妇特地来到北庄家弄 7 号旧址，寻访"张丰泰"老家祖居。当他和夫人跨进沉重的石库墙门时，抬头又见那砖雕门楼上象征家风厚重的"和气致祥"题词，仿佛回到了童年和少年时代。原来他约定和他的堂弟张继塈（小名鼎鼎）见面，当他穿过一进楼厅后，情不自禁地连声高呼："鼎鼎！鼎鼎！"可惜由于约定时间临时变动，未能与鼎鼎见面。但当他走进第二进石库墙门时，看到二厅正中的那间自己住过的楼房，眼前霎时一亮，他激动地说："是这间，是这间，我记得的。"他驻足在二进石板铺设的天井里，看见石凳依旧，宛如孩童似的笑说："小时候，我常和大家庭的兄弟姐妹们在这里玩捉迷藏，我就躲在这石凳后面。"

"来，龙翔！我们合个影！"

"好好好……"

他和夫人友锵满怀深情地坐在石凳上，随着"咔嚓——"一声，相机留住了这一珍贵的瞬间。

张龙翔 1937 年冬离家后，1992 年 10 月回南浔北庄家弄老家探望时留影

　　张龙翔徘徊在老家祖居，徘徊复徘徊。他在惆怅中寻故觅旧，凝视着正厅后面东侧颇有些西洋味装饰的小洋房间，眼前仿佛闪现出当年一幕幕的生活镜头；他回忆起小时候与屠守锷一起背着书包蹦蹦跳跳上学的情景，不禁浮想联翩，如果两人一同来感怀这百年老宅里淡淡的乡愁，那该是多么诗意的瞬间！他驻足在后进的砖雕门楼下，凝视着门楼上镌刻的"莼鲈遗韵"四字，仰望院外的天空，给夫人绘声绘色地讲述了西晋张翰思乡的典故，也表达了自己无尽思念的心境。

　　我在《南浔通讯》（镇政府主办的地方小报）上看到有关张龙翔回乡的消息，已是当年 10 月 20 日了。我即去外婆家找继堃舅舅（鼎鼎）。继堃舅舅说："龙翔是应邀来湖州的，顺便到南浔转一转。我来不及通知你们，实在非常抱歉。本来他与屠守锷相约一起返乡，由于屠守锷有要事而未能如愿。但那天我按约定时间在南浔镇政府大院等他，他却直接到北庄家弄 7 号寻访老家，结果也未能碰头。"我很遗憾未能与龙翔舅舅见上一面。也许是人生无缘，他从 1937 年冬离开故乡后，只有这一次返乡的机会，真让我遗憾一辈子。

　　1995 年，龙翔舅舅的长子元凯曾来过南浔。当时我在浙江省南浔经济开发区宣教部工作。因为接待元凯的同志不了解我俩的亲戚关系，所以彼此未能见面。事后，那位接待的同志也不免遗憾："真是对不起，我在南浔开发区管委会三楼接待元凯时，你就在底楼宣教部办公，可偏偏错过了良机。"此时，我得悉龙翔舅舅不幸患了癌症，非常思念家乡。据说元凯是来南浔为父亲看坟地的，倘若龙翔舅舅的骨灰真能送回老家，魂归故里将了却他一生魂牵梦萦的心事了。

　　1996 年 7 月，我母亲还与龙翔舅舅通过电话。

　　母亲说："听说你身体不大好？"

　　龙翔舅舅回答："现在身体好多了。"

　　"我没有时间，空点给你们写信。"

　　"趁我还健在，你们有空到北京来玩。"

　　母亲还为我外甥陶莺考大学的事与他联系过，不久就收到了他寄来的书籍和资料。

　　1996 年 9 月 10 日，北京章庆权同乡去北大张龙翔家祝贺教师节和他八十寿诞。他很高兴，送给章庆权《八十回顾》一文，回忆少年时代在故乡的生活，低声吟唱南浔中学校歌，沉浸在当年住在报国寺宿舍的欢乐遥想中。他还对章庆权目前的工作十分关心，提出了不少中肯的建议。临别时一再表示，感谢家乡南浔对他的关心和厚爱！

　　1996 年 10 月 28 日，在南浔张氏老家的继堃舅舅突然收到了龙翔舅舅逝世的讣告。讣告上写道："著名的生物化学家和教育家、北京大学教授、博士生导师、北京大学原校长、中国共产党党员、中国民盟盟员张龙翔先生因病医治无效，不幸于 1996 年 10 月 24 日 11 时在北京逝世，享年 80 岁。"但当时赴京参加他的遗体告别仪式已经来不及了，继堃舅舅叮嘱我以他和我的名义发一封唁电。

　　我虽与龙翔舅舅生前无缘一见，留下了永远无法弥补的遗憾，但我总觉得他还活着，离我们并不遥远。我在无尽怀念中久久地凝视着照片上的龙翔舅舅，仿佛看见他正注视着诗与远方，注视着即将迎来百年华诞的北京大学——他倾注了一生心血的地方。恍惚间，他慈善的微笑、深邃的目光，延伸出他的性格品质；他修长的身材、戴着眼镜的形象铭刻在我的脑海，在我的心里永恒；他是挺拔的潇洒的、亮丽的自然的、真情的明朗的。我四处环顾，举目眺望，但怎么也看不到他，却惊见未名湖陡然"消瘦"。遥望北大燕南园，我要毕恭毕敬地奉祭他一炷心香！

现在，我可以告慰于龙翔舅舅的是，2014 年，元凯夫妇与我相逢于南浔纪念著名作家、诗人徐迟诞生百年的座谈会上，并共进晚餐。虽然相聚是瞬间之事，但心中的乡情、亲情却是永恒的！2021 年 4 月 19 日下午，经中共南浔区委统战部熊副部长牵线搭桥，南浔"七十二小金狗"之一"张丰泰"大房、二房（东、西厢房）后人张元凯（张龙翔之子）和夫人戴未英、张永和、张永平（张龙翔之侄女）、陶宏（张琪华之女）、庞其伦（张默厂之子）和女儿庞莉诺（湖州市政协委员、南浔久安公益事业有限公司总经理）等十余人在家乡碰头，一起参观了南浔中学，并在校园的张龙翔雕像前合影。夜晚，张家后人还特地邀请了原南浔经济开发区管委会主任、南浔镇党委书记朱倍得等新老朋友，在南浔文园观景楼相聚畅谈，这是一次充满乡情、亲情的盛会。窗外，唯有一轮明月高挂中天，疏星闪着晶亮的眼睛，连徐徐的夜风也陶醉了。

次日早晨，我们又一起到"张丰泰"老宅问祖寻根，张元凯和陶宏分别接受了电视台记者采访，还参加了南浔区"象牛"侨贤后裔故乡行暨浔"迹"乡贤叙事项目启动仪式。听张家老辈人讲，不知什么原因"张丰泰"祖宅大房、二房（东、西厢房）抗战以前就不大往来，但砖雕门楼上象征家风精神的"和气致祥"四个大字历经岁月的磨炼，沐浴着新时代春天的阳光雨露，依然薪火相传，至今又写下了浓墨重彩的一页。

哲人其萎，日月做证

谦逊严谨

教书育人

桃李满园

师范长存

1996 年 11 月 14 日，北大原校长张龙翔教授的遗体告别仪式在八宝山革命公墓举行，全国政协副主席、中科院院士钱伟长教授，全国政协副主席、中国工程院院长、中国科学技术协会主席、中科院院士朱光亚教授，国家教委副主任韦钰（代表国家教委主任朱开轩），中国科学院生物学部主任邹承鲁院士，北京大学党委书记任彦申，北京大学常务副校长王义遒，北京大学原党委书记王学珍以及北京大学其他党政领导人和北大师生代表共六百多人参加了遗体告别仪式。北京大学校长陈佳洱及前任校长吴树青分别在国外访问和在外地开会，未能参加，特送花圈；专程从国外回来参加遗体告别仪式的生前好友及学生们因时间关系未能参加遗体告别仪式，特前往北京大学燕南园张龙翔同志住宅送花圈及挽幛。

张龙翔教授热爱祖国，追求真理，追求进步，作风正派，坚持原则，

张龙翔、刘友铿夫妇墓碑上悼词

治学严谨，谦虚谨慎，克己奉公，平易近人，待人宽厚。新中国成立后他积极参加北京大学的各项改革活动，于1951年参加中国民主同盟，1956年加入中国共产党。张龙翔教授将他的一生奉献给了北京大学和新中国的高等教育事业，做出了重要的贡献，值得我们永远怀念。

张龙翔教授任北大生物学系副主任时，根据国际上生物化学迅速发展的趋势，与沈同教授等向教育部建议建立生物化学专业，以开展科学研究，培养专门人才。1956年，经教育部批准在北京大学生物学系建立了我国第一个生物化学专业，到1996年，四十年来共培养出专业人才

鞠躬尽瘁 师范长存

一千四百余人。

20 世纪 50 年代《北京大学学报》（自然科学版）创办初期，张龙翔教授即负责学报工作。由于他严肃、认真、深入、细致的工作，《北京大学学报》（自然科学版）成为北大师生发表创造性研究成果的园地，在科学界享有较高的声誉。60 年代初，张龙翔教授受教育部领导的委托，参与起草了我国第一个高校研究生培养条例，促进了我国研究生培养的规范化、制度化。

张龙翔教授在担任北京大学科学研究处和自然科学处处长期间协助校长组织和领导北大的科学研究工作，制订科研规划，组织许多重大项目的实施。从 1958 年起，他积极支持中国科学院上海生物化学研究所、中国科学院有机化学研究所和北京大学化学系合作进行人工合成胰岛素的研究。经过七年的努力，这项研究终于取得了合成第一个具有生物活性的蛋白质——牛胰岛素的重大成果。

1976 年 3 月，张龙翔教授任北大"748 工程"（计算机激光汉字编辑排版系统）领导小组组长。他直接参与重大决策，克服各种困难，不遗余力地组织有关各系参加研究，安排工程场地，推进实验研究。1978 年张龙翔教授任副校长期间又兼任北大汉字信息处理研究室主任。在担任校长期间以及卸任校长以后，他对汉字激光照排工程始终是充满热情地全力支持，具体帮助解决一系列的困难。北大的科学技术专家们终于解决了计算机处理精密汉字的难题。1985 年生产样机研制成功，随后批量推广，在我国印刷界引起了一次革命。北大后来成立了"方正集团"，专门经营这一项目，该项目创造了巨大的社会效益和经济效益。

张龙翔教授于 1981 年任北京大学校长，他积极拥护和贯彻执行党的十一届三中全会以来的路线、方针、政策，尊重并维护党委的集体领导，进一步加强了北京大学的团结和稳定。他根据新形势的要求，积极推进改革开放工作，增强了北京大学与世界各国著名大学的联系，稳步地进行校内各项改革。

张龙翔教授任副校长、校长期间，亲自主持利用世界银行贷款加速建设北京大学科研教学实验室的工作。他充分发挥学校各方面机构和干部、教师的积极性，使第一笔世界银行贷款在北大较好地发挥作用，使北大的科研教学实验室建设和师资培养工作在"十年动乱"之后向前迈进一大步。

张龙翔教授一贯重视北京大学的基本建设工作。早在 20 世纪 50 年代初，他任"三校建委会"副主任时，便主持北大海淀新建校区的建设工作，在较短的时间内完成了新区教学楼和宿舍区的建设任务，保证了院系调整后北大教学和生活的需要，并从此基本上确定了北大现址的建设范围。他任校长后又与校党委韩天石书记联名报请国务院批准，将北京大学扩建工程列为国家基本建设重点项目，为学校长远的基本建设创造了重要条件。

张龙翔教授在承担繁重的行政领导工作的同时，积极开展科学研究，1953 年就开始研究胰蛋白酶，1958 年又指导生化教研室的青年教师完成了八肽的化学合成。60 年代初，张龙翔教授选择了分子生物学中的蛋白质结构与功能作为研究方向，对胰蛋白酶在自溶过程中化学结构的变化与酶活性的关系开展了系统研究，并逐步建立起一个设备齐全的蛋白质结构与功能研究实验室。1985 年，在胰蛋白酶结构与功能研究的基础上，又开始了胰蛋白酶分子设计与蛋白质工程研究，在我国率先开展了蛋白质工程的研究工作。这项研究后来成为国家高技术发展计划中生物技术领域的一项研究课题，他的实验室也成为"蛋白质工程和植物基因工程国家重点实验室"的重要组成部分。张龙翔教授的另一项科学研究是以蛋白质的氨基酸序列作为生物进化和分类学特征，研究我国珍稀动物大熊猫与相关动物的亲缘关系及其在进化过程中的地位。大熊猫的分类学地位一直是学术界有争议的一个问题，通过系统的研究对比，他们提出了大熊猫应在食肉目中划为独立一科的见解。这一成果在《中国科学》上发表后，引起了国内外的重视。大熊猫生物学的研究集体获得了国家教委科技进步一等奖。

张龙翔教授十分重视教学工作，多年来坚持站在教学第一线，为生物学系的学生讲授"生物化学""生物化学大实验""蛋白质化学""酶学""分子生物学"等多门基础课和专业课程。张龙翔教授知识渊博，思维敏锐，讲课逻辑性强，课堂教学效果很好，深受广大学生欢迎。他时时注意培养学生的优良学风，要求学生刻苦学习理论，认真训练他们的实验技能，增强他们的动手能力。无论是授课还是指导学生实验，他都极其细致、

为新中国高等教育事业奉献终生

龙翔同志，千古

黄辛白

教育部原副部长黄辛白题词

昔贤有言，"学而不厌"，"教而多术焉"；故曰"学而不厌智也，教不倦仁也"。仁且智其夫生，教业东群大德之车手。

敬题

张龙翔教授纪念文集

陈岱孙 一九七年三月

著名经济学家、教育家陈岱孙
题词

严格。张龙翔教授实验技能水平很高，在早年实验室建设中，新到的精密仪器常由他亲手示范操作。他让学生反复训练，受业于他的学生，都深感终身受益。

张龙翔教授还总结主持生化教研室多年的实验教学经验，出版了《生化实验方法和技术》。这本书不仅是大学生化专业的教材，而且为广大生化科技工作者引用，成为一本重要的生化实验方法学工具书，获得了国家教委高校优秀教材奖。在培养研究生工作中，他十分重视基础理论和科学素质的培养，同时强调实验技能的严格训练。要求学生注意生物化学发展的前沿，培养独立思考、主动分析问题和解决问题的科学思维能力。他对研究生的实验数据认真检查，一丝不苟；对论文写作逐字审阅，反复修改。他为国家培养了一批高水准的专业人才，有的已成为学科发展的带头人和中坚力量。

张龙翔教授一贯热心学术团体和社会工作。他是中国生物化学会（现名中国生物化学与分子生物学会）发起人之一，历任常务理事、副理事长和理事长。1982年北京生物化学会成立，他两届连任理事长。他连续三届担任《生物化学杂志》常务编委，还被选为中国科协第四届全国委员会委员。1980年任国务院自然科学奖评审委员会成员。1981年任国务院学位委员会生物学科评议组副组长。1985年任王宽诚教育基金会考选委员会委员及学务委员会委员。1986—1992年任中英友好奖学金资格审查委员会副主任，受国家教委的委托多次赴英国考察，与英方代表哈塞尔教授共同提出有关的规划。1987—1990年任国家发展高技术（"863计划"）生物技术领域蛋白质工程主题评审委员。1991—1993年任"863计划"生物技术领域评估员。

改革开放初期张龙翔教授担任中美生物化学招考委员会（CUSBEA

项目）中方主席长达九年，他始终秉公办事，通过考核选拔人才。他还不顾自己年老体弱，多次受国家教委的委托到美国各著名大学去慰问留学生，考察他们的学习和生活情况，参加他们的学术讨论会，鼓励他们早日学成回国，报效祖国。他热爱科学、尊重同行、关心青年、奖掖后进、团结合作的精神，受到了生物化学界和教育界广泛的尊敬和爱戴。

　　张龙翔教授一生不求名利，一贯服从工作安排，从教五十余年，教书育人，始终如一。在身患癌症之后，他依然乐观坦荡，一如往昔，继

张龙翔、刘友锵夫妇之墓

续招收博士生，指导青年教师的教学和实验工作，批阅并修改论文。直到逝世前一天，他在病情危重之时还关心北大的工作。张龙翔教授热爱教育，热爱北大直到他生命的最后一刻。

肃穆的告别仪式，高悬灵堂的横幅并没有"北大校长""著名生物化学家"或者"教育家""科学家"等显赫的头衔之类的字眼，只有一行醒目的白底黑字"向张龙翔教授遗体告别"。人们无声的静默。三鞠躬是无声的，泪花是无声的，沉重的心灵是无声的。不是所有的泪水都是悲痛，不是所有的喧哗都是歌唱。大音希声，此时无声胜有声，真正的思索、心底的怀念是无声的，还有玫瑰的芬芳、松柏的绿叶都是无声的。也许这就是生者与死者的心灵交流，也是最后的告别！

但北大的师生、生前的好友、张龙翔的家人，所有人心里都回荡着一种刻骨铭心的绝响——贝多芬的《英雄交响曲》的旋律。因为这是他生前最喜爱的音乐，甚至在病重期间，这音乐常常伴他进入梦乡。唯有这荡气回肠的旋律，才能伴随着他的灵魂在天堂里安息。

张龙翔教授的墓地设在北京金山陵园，松柏簇拥的墓碑上刻着全国政协副主席、中国科学技术协会主席、中国工程院院长、党组书记、两院院士朱光亚教授的悼词——"谦逊严谨　教书育人　桃李满园　师范长存"。这十六个大字就是对他一生最朴素、最本色的诠释！今天，让我们在阳光下，合着此起彼落的《英雄交响曲》的旋律一起向他致敬、缅怀！

生命的烛光不会熄灭！

一切都在传承中永恒！

附 录

张龙翔大事年表

1916 年

3 月 19 日，张龙翔诞生于浙江省湖州市南浔镇，祖居因丝行名而名张丰泰（北庄家弄 7 号）。父为教师，早逝。由母抚育长大，自幼就受到为人须自强自息的教诲。在家上小学、中学。

1930 年

考入上海沪江大学附中高中部学习。

1933 年

升入沪江大学学化学，受到教师的启发，对化学、生物学产生了浓厚兴趣。

1934 年

考入清华大学，继续学习化学。

1937 年

清华大学毕业后，原来准备参加清华留美公费生考试，后因"七七事变"暂停。

1938 年

成为广州岭南大学化学系研究生，继续攻读有机化学。

1939 年

应清华大学招聘，到昆明清华大学农业研究所任汤佩松教授的研究助理。同年考取中英庚款公费留学，因第二次世界大战爆发，英国大学停止接受海外留学生，未行。

1940 年

3 月，张龙翔与刘友锵在上海结婚。

8 月，改派到加拿大多伦多大学生物化学系学习，从事致癌多环芳烃代谢作用的研究。

1942 年

获博士学位后，到美国耶鲁大学化学系在著名生物有机化学家安德森（R. J. Anderson）教授指导下，从事博士后研究工作，进行结核杆菌脂质化学的研究。1944 年抱着回国决心，应聘到重庆桐油研究所任研究员。但事与愿违，当时的桐油研究所不适合搞科学研究工作。

1946 年

1 月，长子张元凯出生。

10 月，张龙翔离开重庆桐油研究所到北京大学化学系任教。北大化学系有一条规定，所有教授必须讲授一门普通化学和一门其他课程。他先后讲授过有机化学、有机分析化学，并在化学系第一次开设了生物化学课程。除了教课外，在当时艰难的物质条件下，他还克服种种困难，开展了脂肪酸醣酯的研究，合成了几种高级脂肪酸葡萄糖酯新化合物，并发现这类化合物的同质多晶现象。

夏天，由于物价飞涨，生活困难，张龙翔参加了"反饥饿、反内战、反迫害"的爱国主义运动。

1947年

4月，次子张景怡出生。

1948年

岁末，北大化学系几名学生地下党员，给张龙翔等进步教授看《论解放区战场》等油印进步刊物，这给了他极大的教育和鼓舞。新中国成立前夕，由于国民党的倒行逆施，学校经常有学生罢课，张龙翔等几个教授就以罢教声援学生运动。当时，进步学生常在他和许德珩、袁翰青等教授处讨论时政。有一次，五六个人在他家里起草和平解放北平的文稿，上面有百余名教授签名，抗议北平市警备司令部逮捕学生，声势很大。

1950年

1月3日，北京大学校务委员会常委会讨论决定：成立沙工、沙医教学委员会，其人选请汤用彤、曾昭抡与申又枨、郑华炽、孙承谔、李汝祺、张龙翔、罗士苇等有关教授接洽后再定。〔新中国成立初期，北大的工学院、农学院、医学院各系一年级（有些系是一、二年级）学生在沙滩校区学习基础课，简称"沙工""沙农""沙医"，工学院本部在西城端王府大街，农学院本部在西郊罗道庄，医学院本部在西城西什库后库。〕

1月10日，北京大学校务委员会常委会举行会议，通过沙工、沙医教学委员会人选。其中，沙工为申又枨（主席）、郑华炽、孙承谔，沙医为李汝祺（主席）、张龙翔、罗士苇。

6月5日，北京大学具文报教育部"校务委员会委员"名单：

校长：马寅初

教务长：张景钺　　副教务长：杨晦

秘书长：王鸿祯（张龙翔代）

图书馆馆长：向达

文科研究所所长：罗常培

理学院院长：饶毓泰（张景钺代）

文学院院长：汤用彤

法学院院长：钱端升（汤用彤代）

工学院院长：马大猷（陈士骅代）

数学系主任：江泽涵

物理系主任：饶毓泰（赵广增代）

化学系主任：曾昭抡

地质系主任：孙云铸（王嘉荫代）

动物系主任：李汝祺

植物系主任：张景钺

哲学系主任：郑昕

史学系主任：郑天挺

中文系主任：杨晦

东语系主任：季羡林

西语系主任：冯承植

俄语系主任：曹联亚

图书馆专修科主任：王重民

博物馆专修科主任：韩寿萱

法律系主任：费青（黄觉非代）

政治系主任：王铁崖

经济系主任：樊弘（陈振汉代）

机械系主任：李酉山

电机系主任：马大猷（胡筠代）

土木系主任：陈士骅

建筑系主任：朱兆雪

化工系主任：傅鹰

工会代表六人，学生会代表二人。

主席：马寅初

副主席：汤用彤　钱端升

9月7日，马寅初校长给周恩来总理写信说：北大教授中有新思想者，如汤用彤副校长、张景钺教务长、杨晦副教务长、张龙翔秘书长等十二位教授，响应周总理改造思想的号召，发起北大教员政治学习运动。"他们决定敦请毛主席、刘副主席、周总理、朱总司令、董必老（对董必武的尊称）、陈云主任、彭真市长、钱俊瑞副部长、陆定一副主任、胡乔木先生为教师。嘱代函请先生转达以上十位教师。"周总理将信转给毛主席。

1951 年

张龙翔加入中国民主同盟。

5月14日，北京大学校务委员会常委会举行会议。因工学院院长马大猷、经济系主任樊弘、地质系主任孙云铸参加"土改"，秘书长王鸿祯因公出国，会议决定由陈士骅代理工学院院长、胡筠代理电机系主任、陈振汉代理经济系主任、王嘉荫代理地质系主任、张龙翔代理北大秘书长。

9月22日，"北京大学庆祝国庆筹备委员会"成立，委员有：马寅初（主席）、汤用彤（副主席），张景钺、张龙翔、马大猷、张群玉、楼邦彦、刘樸、闻家驷、孙云铸、郭麟阁、胡启立。下设办公室。

1952 年

1月8日，清华大学、北京大学、燕京大学三校调整建筑计划委员会主任梁思成（清华）、副主任张龙翔（北大）将三校调整建筑经费概算及建筑计划草案书面上报教育部三校调整组，其中北京大学部分：（一）教室楼（兼作阅览室）一座三千平方米，其中二百五十人一间的教室共十间，六十人一间的教室共八间，其余面积为办公室。（二）生物楼一座三千五百平方米，其中一百五十人一间的教室一间，五十人一间的教室两间，图书馆两百平方米，动物专业实验室一千一百一十平方米，植物专业实验室一千一百一十平方米，心理专业实验室五百平方米。（三）校医院扩充四百五十平方米。（四）学生宿舍八千平方米。（五）学生饭厅九百平方米。（六）住宅六千三百平方米（每间七十平方米，共九十间）。（七）住宅四千五百平方米（每间五十平方米，共九十间）。（八）住宅三千五百平方米（每间三十五平方米，共一百间）。（九）住宅六百平方米（每间二十平方米，共三十间）。（十）中小学四百平方米。（十一）新运动场浴室及其他三百平方米。当时张龙翔主持北大海淀区新校区的建设工作，在短时间内完成了新区教学楼和宿舍区的建设任务，保证了院系调整后北大教学和生活的需要，并从此基本上确定了北大现址的建设范围。他任校长后又与校党委韩天石书记联名报请国务院批准，将北京大学扩建工程列为国家基本建设重点项目，为学校长远的基本建设创造了重要条件。

11月1日，北京大学34号布告公布了10月29日校务委员会上通过的四个委员会的名单，其主要负责人为：

（一）北京大学教员政治学习委员会

主任：马寅初　　副主任：江隆基　周培源　张凌青

（二）北京大学文娱体育委员会

主任：侯仁之　　副主任：赵占元　刘士英　　青年团一人

（三）北京大学基本建设委员会

主任：汤用彤　　副主任：张龙翔　蒋荫恩

（四）北京大学工资评议委员会

主任：马寅初　　副主任：江隆基　汤用彤　蒋荫恩

1953 年

3月上旬至中旬，北京大学基本建设委员会由主任汤用彤，副主任张龙翔，委员蒋荫恩、侯仁之、文重等组成。

张龙翔调北京大学生物学系任教授、系副主任。

是年，桑格（Sanger）报道了胰岛素A、B链的全部氨基酸序列和二硫键的位置。沃森（Watson）和克里克（Crick）提出了脱氧核糖核酸（DNA）结构的双螺旋模型。他在教学工作中，注意传授新理论和新技术，每天讲授两小时的课，总要花一整天的时间备课，取得了较好的课堂教学效果。

1954 年

在20世纪50年代《北京大学学报》（自然科学版）创办初期，张龙翔即负责学报工作。由于他认真、深入、细致的工作，《北京大学学报》（自然科学家版）成为北大师生发表创造性研究成果的园地，在科学界享受较高的声誉。

1956 年

张龙翔加入中国共产党。他和北大生化教研室同事们向教育部建议单独设置生物化学专业，制订独立的教学计划。这个建议很快得到教育部的批准，于是在北京大学生物学系建立了我国第一个生物化学专业。生物化学需要有较强的数、理、化基础和生物学基础，同时需要了解现代生物化学的发展趋势。在新制订的生物化学专业教学计划、教学大纲，基础课和专业课的设置等方面都体现了这一指导思想，为生物化学专业的发展奠定了坚实的基础。他先后开设了生物化学、生物化学大实验、蛋白质化学、酶学等课程，到1996年，四十年来共培养出专业人才一千四百余人。

12月11日，高教部（56）综黄大辂字1578号文，批准北大新的校务委员会及校务委员会下设的自然科学、社会科学、语言文学三个委员会的委员名单。（一）校务委员会五十七人：马寅初（主席）、江隆基、汤用彤、马适安、周培源、严仁赓、向达、蒋荫恩、史梦兰、李今、张侠、张龙翔、段学复、褚圣麟、孙承谔、张景钺、侯仁之、翦伯赞、吴达元、杨晦、曹联亚、季羡林、冯承植、郑昕、陈岱孙、陈守一、王重民、王向立、赵占元、江泽涵、叶企孙、饶毓泰、黄子卿、傅鹰、乐森璕、陈桢、李继侗、陈振汉、李汝祺、游国恩、王力、魏建功、马坚、朱光潜、闻家驷、冯友兰、唐钺、周炳琳、金岳霖、罗常培、华罗庚、曾昭抡、张奚若、许德珩、许宝骉、王铁崖、杨人楩。（二）自然科学委员会三十七人：周培源（主席）、李继侗（副主席）、傅鹰（副主席）、段学复、程民德、江泽涵、许宝骉、徐献瑜、闵嗣鹤、诸圣麟、赵广增、黄昆、王竹溪、杜连耀、谢以炳、李宪之、文重、黄子卿、严仁荫、张青莲、邢其毅、冯新德、张龙翔、陈阅增、赵以炳、崔之兰、李汝祺、林昌善、汤佩松、侯仁之、林超、乐森璕、申又枨、庄析泰、叶企孙、饶毓泰、张景钺。（三）社会科学委员会二十八人：汤用彤（主席）、翦伯赞（副主席）、冯友兰（副主席）、江隆基、马适安、严仁赓、向达、邵循正、邓广铭、杨人楩、苏秉琦、周一良、王铁崖、孙国华、汪子嵩、任继愈、洪谦、樊弘、陈振汉、罗志如、芮沐、刘国钧、张凌青、赵宝煦、郑昕、陈岱孙、陈守一、王重民。（四）语言文学委员会二十二人：王力（主席）、冯至（副主席）、季羡林（副主席）、杨晦、罗列、游国恩、吴组缃、王瑶、钱学熙、高名凯、魏建功、李毓珍、田宝齐、马坚、金克木、吴达元、杨周翰、吴兴华、田德望、闻家驷、王岷源、俞大纲。

1958 年

张龙翔在担任北京大学科学研究处和自然科学处处长期间，主管科学研究，协助校长组织和领导北大的科学研究工作，制订科研规划，组织许多重大项目的实施。从 1958 年起，他积极支持中国科学院上海生物化学研究所、中国科学院有机化学研究所和北京大学生物化学系合作进行人工合成胰岛素的研究。经过七年的努力，这项研究终于取得了合成第一个具有生物活性的蛋白质——牛胰岛素的重大成果。

1960 年

20 世纪 60 年代初，受教育部委托，张龙翔参与起草了我国第一个高校研究生培养条例，促进了我国研究生培养的规范化、制度化。

高教部和北京市委为了满足国家建设需要，要求北大迅速建立一些新兴学科。陆平同志指示张群玉、张龙翔和理科有关同志共同研究，很快建立起计算机技术、空气动力学、原子能物理、世界经济、地球物理、生物物理、声学与环境科学等一系列新兴学科和专业，计划为国家培养这方面的人才。陆平同志又为北大党委起草请示报告，报教育部党组和北京市委，还当面将报告呈交给周恩来总理。中央书记处讨论后批准200 号为全国重点工程，国家计委正式下达了设计任务书。200 号一期、二期工程具有一万学生的规模，三十五万平方米的建房面积（不包括家属宿舍），总投资五千万元，于 1960 年开工，要求在三年内基本完成。北大副教务长张群玉和张龙翔、王学珍等同志参加了 200 号的研究起草报告、选校址、规划设计等前期工作。北大专门成立了基本建设处，教育部派田家林同志来任处长，学校调总务处秘书王希祜同志任副处长，两人主要负责昌平分校的基建工作。

9 月 27 日，巴基斯坦旁遮普大学副校长克拉玛特夫妇接受北京大学邀请，到校进行参观访问。陆平校长，严仁赓校长助理，崔雄崑教务长，张群玉副教务长和季羡林、张龙翔等教授接待并宴请了他们。

1963 年

2 月 3 日，北京大学第五次党代会闭幕，张龙翔当选校党委委员。

3 月，北大人事部编制教职员名册（摘录校系级党政干部）：自然科学处处长张龙翔，副处长陈守良、方靳。

10 月 16 日，校务委员会开会，讨论并通过了张龙翔汇报的《北京大学 1963—1972 年自然科学研究发展规划纲要》（简称《纲要》）。《纲要》规定，北大十年内准备强化与发展二十项重点科研项目和重点学科，建立十七个研究机构（现已建三个），补充专职人员七百名（研究人员五百七十名，科研辅助人员一百三十名），增加科研专用基建面积两万四千平方米。会议还听取了侯仁之副教务长关于全校体育工作情况的汇报，并通过了《关于开展体育工作的决定》。

1964 年

9 月 12 日，北大周培源、张龙翔、周一良、冯至四位教授作为中国科学代表团成员参加了"1964 年北京科学讨论会"。

1976 年

3 月，张龙翔任北大"748 工程"（计算机激光汉字编辑排版系统）领导小组组长。他直接参与重大决策，克服各种困难，不遗余力地组织有关各系参加研究，安排工程场地，推进实验研究。在任副校长、校长期间以及卸任校长以后，他对汉字激光照排工程始终充满热情地全力支持，具体帮助解决了一系列的困难。随后北大的科学技术专家们终于解决了计算机处理精密汉字的难题，1985 年生产样机研制成功，随后批量推广，在我国印刷界引起了一场革命。北大后来成立了"方正集团"，专门经营这一项目，该项目产生了巨大的社会效益和经济效益。1978 年张龙翔任北京大学副校长，兼任北大汉字信息处理研究室主任。

1978 年

6 月 15 日，北大校党委常委开会，确定汉中分校搬迁指挥部名单：

> 指挥：周培源
>
> 副指挥：张龙翔、文重（文重兼搬迁办公室主任）
>
> 指挥部成员：谢青、伊敏、陈守良、王永成、刘家祯、沈承昌、方靳、马石江

7 月 20 日，学校接到中共教育部党组《关于周培源等同志任职的通知》：中共中央组织部通知，经华主席、党中央 1978 年 6 月 27 日批准，周培源同志为北京大学校长，高铁、汪小川、冯定、殷玉昆、王竹溪、季羡林、张龙翔、沈克琦同志为北京大学副校长。

10 月 7 日至 21 日，以北大副校长张龙翔为团长的中国大学代表团一行十一人出访比利时。

1979 年

4 月 5 日，张龙翔进北大校党委常委班子。

5 月 5 日，北大举行春季学生田径运动会，党委副书记马石江、副校长张龙翔等同志出席了开幕式。

12 月 22 日，北大体育运动委员会正式成立。委员会由三十五人组成，由党委常委、副校长张龙翔任主任委员，由文重、王常在、刘昆、尹企卓、胡寿文、赵振江、隋风花、刘士英任副主任委员。

1980 年

张龙翔任国务院自然科学奖评审委员会委员。

1 月 22 日，北京大学在图书馆接待厅举行"视听教学设备交接仪式"，并欢迎日本国际交流基金及松下电器公司代表团。中国教育学会副会长张健首先发表了讲话。日本驻华大使吉田健三发表讲话后，将设备清单面交张健。张健向日方两代表团赠锦旗；周培源校长代表北京大学和复旦大学致辞，并表示谢意，以北大名义向日方赠送礼品。日本国际交际基金会代表和松下电器公司副社长樋野也发表了讲话。教育部副部长高沂、中日友协副会长孙平化、教育部外事局胡守鑫、复旦大学副校长盛华以及北大张龙翔等负责人和师生代表共二十多人参加了仪式。

3 月 28 日，北京大学校长办公会决定成立"外事工作小组"。小组人员：王路宾、王竹溪、张龙翔、文重、倪孟雄、陈守良、夏自强、艾青春。

4 月 10 日，北京大学校党委常委开会，决定在今年 9 月份召开党代会；批准经济、西语、俄语三个系党总支委员会改选结果；通过《北京大学学报》自然科学编委会名单，周培源任编委会主任，张龙翔、邢其毅任副主任。

5 月 10 日，北京大学校长办公会决定：成立北京大学教职工业余教育委员会，由王路宾任主任；成立北京大学开展创汇工作领导小组，组长是张龙翔，副组长是王学珍。

8月20日，北京大学校党委常委开会。张龙翔汇报说，关于世界银行贷款问题，教育部共提出八个项目，但这次只重点解决第一个项目，即加强二十二所重点高校和四十四个教学、科研中心及其他一些重点项目（学科和科系），贷款额为二十五亿元，我国自己出二十五亿元。二十二所重点高校中有北大，四十四个中心中北大有四个（计算机、固体物理、实验分析、生命科学），遥感另为一项，作为重点项目解决，总共给北大两千万元。学校应成立工作班子，立即开始工作，把盘子定下来，一个星期搞出方案，9月1日学校汇总审查，9月5日上报。会议决定：（一）成立中心实验室领导小组来负责此事，主任是张龙翔，副主任是沈克琦、陈守良、谢青。（二）明天即由行政部门召开干部会布置。（三）保持全校一盘棋，要有重点，不可能平均使用，大家要协调一致。

11月28日，北京大学党的第七届委员会确定三十三名委员（以姓氏笔画为序）：丁石孙、马石江、马振明、尹企卓、王希祜、王学珍、王丽梅、王效挺、王路宾、刘昆、伊敏、张炜、张萍、张龙翔、张学书、张起永、花文廷、陈守良、巫宇苏、沈克琦、武兆令、季羡林、郝斌、赵国栋、赵宝煦、费振刚、桂智贞、徐华民、顾孝诚、谢青、谢道渊、韩天石、魏自强。

12月5日晚，北京大学举行"一二·九"运动四十五周年、"一二·一"运动三十五周年纪念大会。校党委常委、副校长张龙翔在会上讲话。原西南联大高声唱歌咏队、原北大沙滩合唱团、大地合唱团，原北大医学院健声合唱团，原清华大学大家唱歌咏队、新声歌咏队，原南开大学南星合唱团，原燕京大学高唱队，原中法大学合唱团共两百多人演出了诗歌联唱。校学生会文工团话剧队演出了反映"一二·九"运动的独幕话剧《命运》。

1981—1984 年

张龙翔任北京大学校长。他积极拥护和贯彻执行党的十一届三中全会以来的路线、方针、政策，尊重并维护党委的集体领导，进一步加强了北京大学的团结和稳定。他根据新形势的要求，积极推进改革开放工作，加强了北京大学与世界各国著名大学的联系，稳步进行校内各项改革。在承担繁重的行政领导工作的同时，积极开展科学研究。1985 年，在对胰蛋白酶结构与功能研究的基础上，又开始了对胰蛋白酶分子设计与蛋白质工程的研究，这代表我国率先开展了蛋白质工程的研究工作。这项研究后来成为国家高技术发展计划中生物技术领域的一项研究课题，他的实验室也成为"蛋白质工程和植物基因工程国家重点实验室"的重要组成部分。他的另一项科学研究是以蛋白质的氨基酸序列作为生物学进化和分类学特征，研究我国珍稀动物大熊猫与相关动物的亲缘关系及其在进化过程中的地位。大熊猫的分类学地位一直是学术界有争议的一个问题，通过系统的研究与对比，他们提出了大熊猫应在食肉目中划为独立一科的见解。这一成果在《中国科学》上发表后，引起了国内外的重视。大熊猫生物学的研究集体获得了国家教委科技进步一等奖。

1981 年

张龙翔任国务院学部委员会生物学科评议组副组长，并任中美生物化学与分子生物学考选项目中方主席。

5 月 12 日，津巴布韦共和国总理罗伯特·穆加贝及其随行人员访问北大。北大负责人王路宾、张龙翔在临湖轩向穆加贝总理介绍了北京大学简况并赠送北大纪念章和画册。随后，在办公楼礼堂举行欢迎会，欢迎会由张龙翔主持，由王路宾致欢迎词，穆加贝总理发表了演说。

5月22日，北京大学党委召开校、系两级干部会，传达中央任命张龙翔为北京大学校长的决定。教育部部长蒋南翔，副部长曾德林、高沂出席了会议，并表示祝贺。蒋南翔在宣读了中共中央的任命后说：第一，张龙翔同志担任北大校长是北大的一个喜讯，代表着北大工作的一个前景。在向邓小平同志报送的《关于北京大学问题调查报告》中提出了一个重要方针，即北大要依靠自身的力量来解决，除必要的个别领导掌握方针政策以外，北大并不需要从外面派人来。邓小平同志赞同这个意见。周培源同志离任以后，怎样考虑北大校长人选？北大自己完全有力量来解决，这是符合北大情况的，也是符合教育规律的。新中国成立以来，北大是重点中的重点，培养出来的学生的业务水平是全国一流的。这个工作是谁做的呢？主要是党中央的领导，是在党中央的领导下北大师生员工做的。北大的党委不管是江隆基时代、陆平时代，还是周林时代，以及现在的韩天石时代都是有功的，党委书记都是做了工作的。尽管各个时期有各自的特点，有各自的长处，但总的来说，党委主观上也好，客观上也好，都是努力贯彻中央方针的。第二，北大现在朝什么方向前进呢？北大是教育界带头的一个学校，教师在学校里起相当大的决定作用。当然，北大的成绩，干部、工人乃至全校师生员工都是有贡献的。新中国成立后，北大发生了根本的变化，党的领导、社会主义方向起了决定性作用，这同教师起相当大的决定作用毫不矛盾，恰恰是党的领导、社会主义方向、全校师生员工的积极努力，使北大的面貌发生了根本的变化。第三，北大过去成绩是主要的，方向是正确的，工作是有成绩的，因此，要沿着这个方向，依靠原有的队伍作战，但不排斥向外国学习，向古代学习，洋为中用，古为今用，这是符合北大实际情况的，也是符合中央精神的。张龙翔同志在北大任教三十年了，这很重要。实践证明，经过亲身实践的人，对经验、成绩更珍惜、更有感情，对缺点、错误也更了解。校长好比是司令员，党委书记好比是政委，希望校长、书记分工合作，办好北京大学。我们还是党委领导下的校长负责制，党要发挥行政作用，行政要尊重党的领导。曾德林也在会上讲了话。校领导韩天石、王路宾、张学书、马石江都表示拥护中央的决定，共同合作办好北大。张龙翔表示，要尽一切力量，把中央交下来的任务努力做好。

6 月 24 日，北京大学师生员工代表和各界来宾六百多人，庆祝马寅初名誉校长从事教育活动六十五周年和百岁寿辰。参加庆祝大会的有全国政协副主席刘澜涛、教育部部长蒋南翔、北京市市长焦若愚、中央统战部副部长方知达、全国政协副秘书长聂真、全国人大副秘书长张加洛、社会科学院副院长许涤新以及贝时璋、高沂、孙冶方、刘达、聂菊荪、韩天石、张龙翔等。马寅初先生的夫人王仲贞及子女马本寅、马仰惠、马仰峰，女婿徐汤萃等也出席了大会。张龙翔主持庆祝大会，季羡林副校长介绍了马老刚直不阿、疾恶如仇、坚持真理、不怕牺牲个人一切的斗争精神，和他几十年来兢兢业业从事教育工作，为国家培养大批人才的经历。蒋南翔在会上讲了话，许涤新、聂真和徐汤萃等也在会上讲了话。马寅初名誉校长因病住在医院未能亲临大会。6 月 23 日下午，党委书记韩天石和校长张龙翔去医院看望马老，并代表全校师生员工向他送了鲜花。

7 月 20 日，北京大学党委会开会，讨论下学期工作要点。校长张龙翔谈了下半年的行政工作：（一）继续贯彻和调整方针，加强基层（系、所、处）建设，加强师资队伍管理。（二）贯彻上半年修订的改进教学工作、提高教学质量的文件，加强教学第一线的师资培养，整顿科研，加强理科实验室的建设工作。（三）搞好规划，按教育部召开的"六五"规划会，搞好重点大学的五定（定规划、定任务、定编制、定专业、定学制）工作。（四）后勤保证工作。党委副书记王路宾谈下半年的思想政治工作：（一）认真抓好《决议》的学习。（二）抓紧校、系党政领导班子和各系办事机构的建设。（三）认真加强教学、科研、后勤方面的领导，努力改善师生员工的工作、学习和生活条件。

9月17日，北京大学举行迎新大会。大会由副校长王学珍主持，党委书记韩天石、校长张龙翔在会上讲话。校领导王路宾、张学书、马石江、王竹溪、沈克琦、季羡林等出席了会议。

张龙翔校长曾说："积极响应党中央的号召，作为中国高等学府的排头兵，北京大学在呼吁两岸和平统一的征程中，应当走在最前面。"10月6日，在《告台湾同胞书》的基础上，北京大学率先发出致台湾大学倡议书，内容如下："台湾大学，叶委员长关于台湾回归祖国、实现和平统一的九点建议，充分体现了海峡两岸人民长期渴望统一的迫切心情，凡我炎黄子孙莫不欢欣鼓舞。我国是个有着悠久文化历史的文明古国，我们都愿为建设一个繁荣昌盛的祖国而共同奋斗。但三十二年来我们被人为地隔开了。北京大学作为有悠久历史的大学之一，有许多校友在台湾工作，我们渴望能早日团聚。为了促进和平统一早日实现，振兴中华，共同发展祖国的教育事业，我们热烈欢迎台湾大学的教授和学生代表团来我校参观访问或派学者来我校讲学，参加学术活动。如有机会，我们也很愿意到台湾看望台湾同胞或参加你们的学术活动，增进互相了解。"

10月21日，北京大学召开师生员工代表会，就开展"尊师爱生月"活动做了动员，韩天石、张龙翔、王路宾、马石江等参加了会议。校长办公室主任文重宣读了"北京大学在全校师生员工中开展'尊师爱生月'

活动的通知"。党委副书记、副校长王路宾在会上讲话："尊师爱生月"活动内容，对学生来说，要尊重教职员工，说话、待人讲礼貌，遵守教学纪律和校规；对教职工来说，要把关心学生、为学生服务放在工作的首位，要全面地关心学生的成长。

11月6日，北京大学举行1978级研究生毕业典礼。是年，全校共有四百名研究生毕业，其中包括1979级六名提前毕业的研究生。在这批研究生中，初步确定十七名继续留校攻读博士学位。毕业典礼由副校长季羡林主持，校领导韩天石、张龙翔、王路宾、张学书、王学珍及教职工代表、在校研究生代表参加了典礼。党委书记韩天石、校长张龙翔、导师代表王楚、在校研究生代表李援朝、应届毕业研究生代表李国华在典礼上讲了话。

12月24日，北京大学隆重集会，庆祝我国"物化"专家、化学系教授黄子卿任教五十五周年。化学界的一些专家、学者，校党政负责人、知名教授、化学系师生员工九百多人参加了庆祝会。化学系教授、系主任张青莲在会上致贺词并介绍了黄子卿教授为我国的科学、教育事业做出的贡献。张龙翔校长代表学校党政领导向黄子卿教授表示热烈祝贺，并赠给黄老一副贺联：芬桃芳李弟子三千，学海碧帆（碧帆是黄老的号）扬程万里。经济系教授陈岱孙、科学院化学部副主任黄耀曾、复旦大学化学系主任吴浩青、南开大学化学系主任何炳麟、科学院化学研究所所长钱人元先后在会上讲话。黄子卿教授讲话，感谢党和同志们对他的盛情祝贺。

1982 年

1月9日，北京大学举行毕业典礼，欢送1977级学生走向工作岗位。张龙翔、项子明、张学书、张萍、沈克琦、王学珍等校领导参加了典礼。

张龙翔校长发表讲话，沈克琦副校长宣读《关于表扬八一届优秀毕业生的决定》，对毕业生中德智体几方面取得优秀成绩的二十七名学生授予"优秀毕业生"称号。

1月18日，北京大学党委常委开会，决定成立校学位评定委员会（分理科、文科），系成立分会。理科学位评定委员会委员为：张龙翔、王竹溪、段学复、虞福春、张青莲、王乃梁、陈阅增、王仁、谢义炳、沈克琦。文科学位评定委员会委员为：季羡林、朱德熙、王瑶、周一良、黄枬森、陈岱孙、王铁崖、李赋宁、洪谦、王学珍。

1月20—21日，北京大学党委举行（扩大）会议，传达中央书记处情况通报（依法判处三起干部子弟的犯罪案件）和北京市通知（反走私问题）；党委书记韩天石做了《党委1981年工作总结和1982年工作意见》的报告，校长张龙翔做了《教学、科研、行政工作的基本情况和1982年工作的初步意见》的报告，然后分组讨论。韩天石说，1981年是我校在政治上进一步巩固发展安定团结的局面，在教学、科研、行政、后勤等工作中努力贯彻以调整为中心的八字方针，并取得稳步前进的一年。1982年的工作要点是：（一）继续抓好思想政治工作，加强社会主义精神文明建设；（二）大力加强党的建设，增强共产党员的党性，改变党组织的涣散软弱状况，使党风进一步好转；（三）加强对教学、科研、行政、外事、后勤工作的领导，使这些工作在继续调整和改革中稳步前进；（四）加强校系党政领导班子和各职能部门的建设，加强党政管理干部队伍和教师队伍的建设。张龙翔说，1981年，我们在"调整、改革、整顿、提高"方针的指导下，在教学、科研、师资队伍建设、后勤工作等方面都有了新的进展，取得了新的成绩。在教学方面，制订了《北京大学关于改进教学工作提高教学质量的几点意见》（简称《意见》）。

根据《意见》，对少数口径过窄或培养目标不是很明确的专业进行了研究，并为调整做了准备工作；修订各专业的教学计划；报送了我校申请学位授予权的专业和导师，并经国务院批准，有四十五个专业、七十位导师有权授予博士学位，九十三个专业有权授予硕士学位；加强了教学第一线的师资力量：1981—1982 学年第一学期，文科共开设一百五十八门课程，任课教师共两百零七人，其中教授、副教授八十一人，讲师九十七人，教员一人，助教二十八人，助教只占任课教师总数的百分之十三点五；外语各系共开设一百零一门课程，任课教师一百三十二人，其中教授、副教授二十二人，讲师五十人，教员十三人，外籍教师十四人，助教三十三人，助教占任课教师总数的百分之二十五；理科共开设基础课九十三门，主讲教师一百一十人，其中教授、副教授二十九人，讲师六十八人，教员四人，助教九人，助教只占主讲教师总数的百分之八点二。在科学研究方面，1978—1981 年，理科各系由学校上报给教育部的重大科研成果有七十一项，其中，经教育部审核，作为重大科研成果向国家科委推荐的有十七项（1978 年四项，1979 年五项，1980 年两项，1981 年六项）。1978 年科学大会以来，北大共获得成果奖三十一个，合作成果奖五十一个，两项合计共八十二个。1980 年，北大理科在全国性学术会议上报告的论文有四百四十一篇，在国际性学术会议上报告的论文有九十五篇，在全国性学术刊物上发表的论文有二百六十六篇，在国外学术刊物上发表的论文有三十五篇。目前理科正在进行的科研项目有二百二十九个：列入国家科委和中央各部委计划，由北大负责的项目有三十三个；列入中央各部委和北京市科委等的计划，由北大参加协作的项目有九十六个；各系自选的项目有一百个。文科和外语的各系、所，据不完全统计，粉碎"四人帮"以来，已经公开出版或已交稿即将出版的书籍共三百五十八部。其中，教材六十九部，专著一百零二部，翻译一百一十三部，资料十九部，工具书二十三部，论文集十四部，古籍整理十三部，外文注释五部。1981年下半年，教育部已初步确定北大理科二十五个学科为重点学科。世界银行贷款已经确定，北大第一批指标货单也已准备好。北大出版社两年来共出版了七十多种书和四种期刊。在师资队伍建设方面，1981年选留了一百六十位毕业研究生和本科生（研究生九十七人，本科生六十三人），为我校的师资队伍补充了一支不小的生力军。选送出国进修的有九十五人，连同前两年共二百五十三人。后勤工作方面，全年基建竣工两万九千平方米，分配新房四百零一套，分配旧房四百户，抗震加固楼房一万八千平方米。四个工厂完成新产品研制任务二十五项，全年完成产值五百二十六万元，超过年计划五百万元的百分之五，纯利润六十八万元，超过年计划五十万元的百分之三十六。1981年度共上交学校利润五十万元。张龙翔说，1982年要继续贯彻"调整、改革、整顿、提高"的方针，继续贯彻党的教育方针，坚持以提高为主，着重提高质量，适当发展数量，扎扎实实地稳步前进，为把我校建设成既是教育中心，又是科研中心的现代化社会主义大学而努力奋斗。1982年的主要工作：（一）积极改进教学工作，努力提高教学质量。要继续贯彻执行《改进教学工作提高教学质量的几点意见》。（二）加强科研工作的领导和管理，不断提高学术水平。（三）健全教师管理制度，加强师资队伍建设。（四）抓紧重点工程建设，做好后勤服务工作。（五）改进领导作风，提高工作效率。

2月11日，北京大学党委常委开会，传达市委学生工作会议和市纪委会议精神。决定成立财经纪律检查领导小组，由张学书任组长，张萍、巫宇苏任副组长。通报上级批复：同意王连龙、魏银秋、郭宗林、李家宽、霍生杰等五人回部队等待处理。决定由虞福春任物理系主任，免去其技术物理系副主任职务，免去褚圣麟物理系主任职务。

2月15日，埃德加·斯诺逝世十周年纪念大会在北京大学举行。廖承志、黄华、黄镇、王炳南和专程来北京的斯诺夫人、斯诺女儿与他的亲属好友及我校师生一千多人参加了大会。在纪念会开始之前，廖承志、黄华和斯诺夫人等一起到斯诺墓地肃立致敬。纪念大会由对外友协会长王炳南主持，国务院副总理黄华、斯诺夫人洛伊斯发表讲话。参加纪念会的还有斯诺好友戴蒙德大夫、鲍威尔和夫人、罗森夫人、在京的一些美国客人、美国驻中国大使恒安石、雷洁琼、丁玲和北大校长张龙翔等。

2月20日，北京大学召开干部会，校长张龙翔代表党委和行政部，根据党委扩大会议的讨论，对学校今年的工作做了部署。

4月1日，教育部批复北京大学：同意你校建立学位评定委员会，由张龙翔、王竹溪、段学复、虞福春、张青莲、王乃梁、陈阅增、王仁、沈克琦、谢义炳、侯仁之、季羡林、朱德熙、王瑶、周一良、黄枬森、洪谦、陈岱孙、王铁崖、李赋宁、王学珍等二十一位同志组成，张龙翔同志任主席，王竹溪、季羡林同志任副主席。

4月10日，北京大学举行1981年度先进集体和先进工作者表彰大会。受表彰的有十六个先进集体和四十八名先进工作者。校领导韩天石、张龙翔、项子明、王路宾、张学书、马石江、季羡林、王学珍等出席了大会。党委副书记项子明在讲话中提出了三点要求：加强思想工作，坚定四化信心，振奋精神；团结协作，互相支持；树立全局观点，服从大局，即服从为国家培养又红又专人才的需要。

5月22日，北京大学校领导韩天石、张龙翔等和学校各民主党派代表及各系系主任、师生员工代表，前往北京医院向马寅初遗体告别。

6月21日，北京大学在办公楼礼堂举行授予吴健雄博士名誉教授仪式。中国科协主席、中国科学院副院长钱三强，教育部副部长彭珮云，中国科学院物理研究所名誉所长施汝为和许多著名物理学家，以及校领导韩天石、张龙翔、王路宾、沈克琦和师生代表八百人出席了授予仪式。仪式由沈克琦副校长主持，张龙翔校长致辞，并代表学校向吴健雄博士颁发了名誉教授证书。吴健雄教授发表了讲话。周培源、彭珮云、教师代表赵光达、学生代表薛文琼发言。（会后两天，吴健雄博士做了题为《八十年代的中微子》的学术报告。吴健雄博士的丈夫袁家骝做了题为《高能物理研究和高能加速器进展》的学术报告）

6月24日，北京大学与日本早稻田大学学术交流协议签字仪式在临湖轩举行。北京大学副校长王学珍和早稻田大学常任理事西原春夫在协议书上签字。张龙翔校长和早稻田大学代表团成员出席了签字仪式。

7月4—9日，应北京大学邀请，由哈佛大学文理学院院长罗索夫斯基率领的哈佛大学代表团一行九人访问了北京。他们于7月5日上午访问北大，由张龙翔校长、王路宾副校长、陈岱孙教授等接待。

7月，北京大学技术物理系承担的国家重大科研项目——"4.5兆伏静电加速器"主体机械结构，在上海先锋电机厂组装试运转成功。张龙翔、沈克琦、陈佳洱、胡济民、徐华民等到上海验收。用于"4.5兆伏静电加速器"的"束流输运模拟机"由北京大学技术物理系成功研制，并于8月中旬做了鉴定，该机填补了国内空白。

8月13日，美国地质学家葛利普墓迁入燕园。北京大学张龙翔校长主持迁墓仪式，中国地质学会理事长黄汲清致辞。葛利普教授1920年来华任北大地质系教授，为培养中国地质和古生物地层学者做出了重要贡献。他还是"中国地质学会"的创立者之一。根据他生前的愿望，在他病逝后，北京大学教授会一致通过决议，在当时的北大沙滩地质馆前为他建了墓。

8月30日—9月2日，日本京都大学译田敏男总长一行四人应北京大学邀请访问了北京。在京期间与张龙翔校长、王学珍副校长、文重、倪孟雄等商谈了关于建立校际交流关系的有关事宜。

9月2—20日，应北京大学邀请，美国加利福尼亚大学伯克利分校校长海曼一行七人访问了我国。在京时，张龙翔校长接待了他们，参加接待的还有王学珍副校长、文重、倪孟雄等。他们除访问北京外，还访问了西安、兰州、大同、敦煌、上海等地。

9月21日，北京大学党委召开中层干部会（校党委委员、总支书记、系主任、部处长以上干部参加会议），教育部部长何东昌、北京市委大学工作部部长汪家镠在会上传达教育部党组和北京市委决定：韩天石调中纪委工作后，由项子明代理北大党委书记。何东昌说：韩天石到中纪委任书记，王路宾借调在外有任务，决定由项子明代理书记。因是代理，就不办手续。韩天石在北大工作是稳步前进的，特别是1980年，那时形势不是太安定，但他处理得较好。经过工作，形势有变化，有进展，在前进。今后，党的工作，市委有安排，中心是学习十二大文件。南翔到教育部前，邓小平曾委托他了解几个重点大学。报告中邓小平有个批示：要调点骨干，北大的工作还得靠北大的同志自己来搞好。由于五四以来，北大在国内高校中所处的地位，希望大家今后起更好的作用。北京市委大学工作部部长汪家镠说，韩天石在十二大当选中纪委书记，中央催他赶快去上班，教育部提出韩天石离开北大后，北大党的工作由项子明代理，市委常委经过讨论后同意。北大这两年（1980年以来）工作有变化。北大过去有反复，各方面影响大，工作难度大。北大是出人才的地方，今后工作还得靠北大自己，希望北大今后工作一天天搞得更好。韩天石和项子明也讲了话，张龙翔、王路宾、王学珍等对韩天石表示欢送，同时表示支持项子明的工作。

9月30日—10月7日，由麦凯校长率领的美国密执安州立大学代表团一行五人应北京大学邀请访问了北京。10月4日代表团访问了北大。麦凯校长和张龙翔校长签署了两校学术交流协议。

9月26日—10月12日，由兰民校长率领的美国埃默里大学代表团应北大邀请访问了我国。9月27日，代表团访问了北京大学，兰民校长和张龙翔校长签署了两校学术交流协议。在华期间代表团还访问了西安、上海、杭州等地。

10月17日，北京大学学生会召开第十四届学生代表大会。四百多名代表和一百多名列席代表参加大会。校长张龙翔，校党委副书记张学书、马石江，团中央书记处书记陈昊苏，全国学联副主席袁纯青，团市委大学工作部部长蒋孝愚应邀出席大会。清华大学等九所院校的学生会和北京大学研究生会派代表到会祝贺。潘维明代表第十三届学生会执委会主席团做工作报告。第十三届学生常代会副主席蔡中瓯做关于学生会章程的报告。陈昊苏代表团中央致辞。马石江代表校领导讲话。大会选举产生了第十四届学生会执委会。代表大会后，执委会选举朱善璐为学生会主席，穆晓枫、于宁、赵明宁、李跃进为学生会副主席。

10月18日下午，北京大学在临湖轩举行朱光潜教授任教六十周年庆祝会。校内外一些知名人士和学者，校领导和师生代表七十余人出席了庆祝会。胡乔木到朱先生家里表示祝贺。周扬给朱光潜教授写来贺信，并送来朱光潜教授1939年就准备去延安一事写给他的一封信的复印件。朱光潜教授是我国著名的美学家、文艺理论家。他1897年生于安徽桐城县，1922 年毕业于香港大学，并在英国、法国留学八年，获博士学位。回国后曾在北京大学、清华大学、四川大学、武汉大学等校任教和兼课，任西语系教授。他先后担任第二、三、四、五届全国政协委员，以及全国作协理事、全国美学学会会长、全国外国文学学会理事、社会科学院学部委员等职。西语系主任李赋宁教授介绍了朱光潜的生平和他在美学研究和教学中做出的贡献。张龙翔校长发表了讲话。教育部副部长黄辛白和民盟中央副主席楚图南分别代表教育部和民盟中央讲话。西语系学生代表宣读了他们的贺词。

11 月 17—18 日，北京大学为著名史学家、原历史系主任、副校长翦伯赞举行学术纪念会。周扬、白寿彝、廖沫沙、雷洁琼、胡华、戴逸、郦家驹，以及校内外有关专家、学者和师生一百余人出席了会议。周扬说，翦伯赞是我国最早运用马克思主义阐释历史的学者之一。他们是拓荒者、开路人，我们要继承他们的珍贵遗产，为建设社会主义精神文明服务。校长张龙翔和历史系主任周一良在讲话中对翦老的一生做了高度的评价。雷洁琼、吴泽、邓广铭、林耀华、宁可等历史学家和学者在会上讲了话。会上还宣读了侯外庐、翁独健的书面发言。

12 月 10—17 日，北京大学代表团访问泰国朱拉隆功大学。团长张龙翔，副团长张萍，团员黄永宝、黄竹坡、张汉青、陈贻欣、赵茂勋。

1983 年

1 月 14 日，北京大学校长办公会开会后，决定成立老干部处；通过了北京大学图书馆和美国加利福尼亚大学伯克利分校图书馆关于互换图书资料的协议书；通过了"北京大学创汇管理办法"，并决定调整北京大学创汇工作领导小组名单，组长张龙翔，副组长王学珍、张萍。

2 月 25 日，北京大学校长办公会决定成立由项子明、张龙翔等十三人组成的校园建设规划委员会；决定由学校复信法国巴黎第七大学，表示可考虑建立校际合作协议，由西语系签复法国巴黎第三大学，表示两校法语专业可进行合作。

3月4日，北京大学校党委召开全校干部会，校党委代理书记项子明做关于1983年工作的报告。他说，1983年主要抓四件大事：（一）学校的改革，主要是机构改革；（二）研究、制订学校的发展规划，包括教学、科研的改革设想；（三）整党和加强思想教育；（四）准备召开党代会，总结以前的工作，讨论、制订进一步改革的方案。会上，张龙翔校长提出了关于制订北大长远发展规划的设想。他说，北大作为重点大学，要适应现代化建设的需要，就要努力提高教学质量，大力开展科学研究，做到既是教学中心，又是科研中心。为此，要做到四方面：（一）北大的系、科设置应比较齐全；（二）在国家需要的专业，不仅要培养大量本科生，还要培养大量的硕士生、博士生，使高级人才的培养立足于国内；（三）科技工作要面向经济建设，科技规划要把有重大经济效益的项目放在第一位；（四）加速校舍建设，加速科研手段的现代化，争取到1990年建立一批现代化的实验基地、实验室、图书馆。

4月1日，北京大学与日本京都大学签订校际交流协议。张龙翔校长和泽田敏男校长代表各自学校签字。

5月5日，北京大学举行学生春季田径运动会，项子明、张龙翔、张学书、王学珍等校领导出席开幕式。张龙翔校长致开幕词。这届运动会共有二十三个系的六百七十名男、女运动员参加比赛。获男、女团体总分冠军的是法律学系和生物学系。

5月25日，北京大学党委常委开会，张龙翔传达教育部在武汉召开的全国高等教育工作会议精神和教育部部长何东昌在会上所做的《关于调整改革和加速发展高等教育的若干问题的报告》。武汉会议指出，为完成党的十二大提出的任务，高等教育工作的根本指导思想是从我国的实际出发的，走自己的道路，努力为社会主义现代化建设服务，逐步形成具有中国特色的社会主义高等教育体系。今后三五年，高等教育工作的方针是：继续贯彻执行"调整、改革、整顿、提高"八字方针，加快调整、改革步伐，继续进行整顿，加快发展数量，努力提高质量。改革应有利于出人才和科研成果，有利于调动各方面积极性和教职工队伍建设，有利于用较少的人力、物力，取得较好的办学效果。改革必须有领导、有步骤地进行，重大的改革要经过试验。当前应主要抓好高等教育领导体制和学校内部管理制度改革，改变目前高等教育领导管理权限过于集中和普遍存在的"大锅饭"现象。常委会认为这次会议很重要，决定召开全校党支部副书记、教研室副主任、副科长以上干部会议进行传达。常委会还批准图书馆党总支改选结果，由庄守经任党总支书记。

6月3日，著名的文艺理论家，作家，教育家，北大原中文系主任、一级教授杨晦的追悼会在八宝山革命公墓礼堂举行。他于5月14日逝世，终年八十四岁。生前曾担任北大副教务长，中国作家协会第一、二、三届理事和北京市第五、六届政协委员。全国文联主席周扬，教育部副部长彭珮云，北大党委代理书记项子明，中国作协副主席冯至，文艺界、教育界、新闻出版界的知名人士，北京大学党政负责人，中文系师生代表及杨晦的亲属、生前好友共四百人参加了追悼会。校长张龙翔主持追悼会，副校长王学珍致悼词。

6月，北京大学张龙翔校长与纽约州立大学纽沧兹学院校长艾丽斯·钱德勒教授在北京签订了为期三年的学术交流协议。

8月4日，北京大学举行仪式，授予联合国教科文组织总干事阿马杜－

马赫塔尔·姆博北京大学名誉博士学位，授予数学系研究生张筑生理学博士学位。张龙翔校长在仪式上讲话，祝贺姆博和张筑生荣获名誉博士和博士学位。他说授予博士学位在北京大学还是第一次，因此，这是值得庆贺的一件大事。他向姆博和张筑生颁发了名誉博士学位证书和理学博士学位证书。塞内加尔驻我国大使姆邦格及夫人、姆博先生夫人、教育部副部长黄辛白、我国教科文组织全国委员会主任高沂及我校师生代表六百多人出席了授予仪式。

9月1日，北京大学举行开学典礼，校党政领导项子明、张龙翔、王学珍等出席典礼。

9月9日，北京大学受中国科学院和教育部委托主办的第四届国际双微会议（DD4）于8月29日至9月9日在北京国际经济技术交流中心召开。国际双微讨论会由国际著名数学家、北京大学名誉教授陈省身先生倡议召开，自1980年起，每年举行一次。本届讨论会的主题是微分动力体系和常微分方程。会议邀请了六个国家的十三位外国数学家参加，我国许多著名数学家和知名学者出席了开幕式。我国各地代表和列席的同志在会上交流了他们在双微方面的最新研究成果。北京大学廖山涛、张芷芬、钱敏、丁同仁教授和张筑生等在会上发言。开幕式由大会组织委员会主席廖山涛主持，张龙翔校长致开幕词，教育部副部长彭珮云和中国科学院系统科学研究所所长吴文俊向大会致了贺词。

9月14日，北京大学在新改建的大讲堂召开迎接1983级新生入学大会。校党政领导项子明、张龙翔、王学珍、张学书、季羡林、张萍、谢青等出席会议。会上，张龙翔校长讲话，周怡、王强分别代表新老同学发言。本年是北大历史上招生数量最多的一年，共计有本、专科生两千七百六十一人，硕士研究生五百三十七人，进修教师四百零七人，外国留学生一百五十人，北大分校三百四十人。

9月12—16日，受中国联合国教科文组织委员会委托，由北京大学主办的亚洲地区实验物理教学会议，在北大勺园大楼举行。来自澳大利亚、印度、马来西亚、新西兰、菲律宾、新加坡、泰国等八个国家和中国香港地区的二十四名外宾和国内四十七所高等院校，以及出版社、杂志社的五十七名代表参加了会议，提交会议的物理实验教学论文共七十一篇。会议期间，还参观了北京大学物理系的实验室。张龙翔校长及会议组织委员会主任沈克琦副校长，参加了开幕式和闭幕式。

9月18日，台湾中央研究院院长钱思亮病逝。钱思亮生前在北京大学的同事和好友张龙翔、邢其毅、江泽涵、孙承谔、袁翰青、文重联名致电钱思亮的亲属，表示沉痛的哀悼。

10月4日，北大国际政治系举行国际文化专业开学典礼。文化部、教育部、外联部、外文局负责人及校内有关各部处、有关各系的领导和教授出席会议。张龙翔校长和文化部负责人在会上讲话。国际文化专业是北京大学遵照教育部的指示，决定在国际政治系增设的双学士学位专业。该专业学制三年，学生修满学业后享受"双学士学位"待遇。凡北京大学英语专业、国际政治专业、国际共运专业、世界史专业、世界经济专业、国际法专业修满三年的本科生，以及文科、外语系其他各专业修满三年，英语基础好的本科生均可报名应考。毕业后主要从事对外文化宣传方面的工作。

10月13日，庆祝曹靖华从事教育文化工作六十周年大会在临湖轩举行。一百五十余人出席大会，其中校外来宾六十余人。会上北大副校长季羡林报告了曹靖华的生平事迹，张龙翔校长到会讲话，邓颖超赠送了花篮，并派赵茂峰到会宣读她的亲笔贺信。李伯钊参加了大会，亲自宣读杨尚昆的贺信。会上还宣读了周扬、黄树则及臧克家的贺信和贺诗。会上发言的还有中国翻译工作者协会会长姜椿芳，作协书记处书记孔罗荪及俄语系师生代表陈玫等。曹靖华最后讲话致谢。

10月27日，著名的马列主义哲学家、教育家，原全国第五届政协常务委员，北京大学顾问冯定于10月15日在北京医院病逝，终年八十一岁。当日，在八宝山革命公墓举行追悼会，并向遗体告别。北京大学张龙翔校长主持追悼会，中共中央书记处书记、中宣部部长邓力群致悼词。陈丕显、韩光、韩天石、洪学智、周培源、夏衍、张承先、黄辛白、彭珮云、刘导生、汪家镠等参加了追悼会。参加追悼会的还有：王学珍、张学书、张萍、沈克琦、汪小川、马石江、朱光潜、王力、江泽涵、陈岱孙、张岱年、王铁崖、邓广铭、褚圣麟、沙健孙，以及哲学系的师生代表、冯定的亲属及生前友好。遵照冯定生前遗嘱，他的部分骨灰将撒在北大校园里。

11月1—2日，为纪念我国著名哲学家、中国哲学史专家、佛学史专家、北京大学原副校长汤用彤教授诞辰九十周年，哲学系举行汤用彤先生诞辰九十周年纪念大会。张龙翔校长参加了纪念会。季羡林副校长、哲学系主任黄楠森分别代表校系师生在会上发言。在纪念会上发言的还有哲学界和史学界等知名学者冯友兰、任继愈、石峻、田光然等。参加纪念会的还有中外学者六十余人。

11月2日，张龙翔校长与延边大学校长朴文一签订北京大学、延边大学关于建立校际协作的协议。

11月3日，北京大学"树立新风、严肃校纪"大会在东操场举行，一万多名师生参加了大会。会上表扬了三千八百零二名三好学生，七十八名优秀三好生，十八名优秀三好学生标兵和三十六个先进集体；

授予了二十一名班主任"优秀班级主任"称号;表扬了五十四名班级主任。同时,宣布对结伙打架的十二名学生的处分决定。张龙翔校长在会上讲话,他说,校风的好坏不仅关系到学校秩序,关系到社会主义精神文明建设,而且直接关系到学生德智体三方面的成长。在全校开展树立共产主义新风的教育,是为了提高学生爱国主义、共产主义的觉悟以及识别和抵制精神污染的能力。

12月21日,《北京大学学报》编辑部在图书馆外宾接待室举行社会科学版创刊一百期纪念会。学报主编、副校长王学珍主持会议,学报编辑部主任苏志中代表学报编辑部汇报了学报工作。校党政负责人项子明、张龙翔、张学书、季羡林等出席了会议。应邀参加会议的还有王力、陈岱孙、邓广铭、杨周翰、肖超然、张汉清等八十多人。大家希望将学报办成国内一流水平的学术性刊物。

12月28日,北京大学经济系熊正文教授及其兄熊梦巖先生,将其家藏祖传的明人王世昌、清人郑燮所作的两幅名画,赠送给学校图书馆珍藏。学校于当日举行接受仪式。张龙翔校长代表学校向熊正文教授颁发纪念状,副校长沈克琦、图书馆领导庄守经参加了接受仪式。

12月30日下午,北京大学哲学系举行茶话会,庆祝冯友兰教授从教六十周年、张岱年教授从教五十周年。校党政领导项子明、张龙翔,哲学系主任黄楠森,党总支书记朱德生,以及冯友兰、张岱年两位教授的同事和好友朱光潜、任继愈、丁伟志、王致兴、张世英、邓广铭、江泽涵、熊伟、陈岱孙、褚圣麟、阴法鲁等出席了茶话会。到会的还有中国社会科学院、中国人民大学、北京师范大学、河北大学、人民出版社、中国大百科全书出版社等单位的同志,来学校讲学的美国哥伦比亚大学教授钟启录,回国定居的清华大学原校长梅贻琦先生的夫人韩咏华女士及其女儿。张龙翔校长、清华大学副校长赵访熊和哲学系主任黄楠森在会上讲话，并表示祝贺。

1984 年

3 月 3 日，北京大学校党委召开党员干部会，部署 1984 年工作。会议由张龙翔校长主持，党委代理书记项子明代表党委做了题为《北京大学目前的形势和 1984 年的主要工作》的报告。报告说：1984 年全校工作总的指导思想是继续贯彻党的十二大和党的十二届二中全会精神，认真执行《中共中央关于整党的决定》，扎扎实实地搞好整党，用整党促进思想政治工作的加强和社会主义精神文明的建设，促进教学、科研、后勤、学校管理等方面的改革和学校发展规划的制订，为全面提高教育质量、科学水平和管理水平，培养又红又专的人才，建设与四化相适应的、具有中国特色和北大特点的社会主义现代化大学，奠定更加坚实的基础。（一）认真贯彻中央整党决定，搞好整党工作。第一，抓紧时间继续做好整党前的各项准备工作。要认真抓好整党文件的学习；要做好整党的组织准备；要贯彻边整边改，未整先改的精神。第二，按照自上而下，先领导班子、领导干部，后党员群众的步骤，认真搞好整党。第三，坚持整党和工作两不误，在搞好整党的同时，促进学校各项工作前进。（二）加强思想政治工作，推进社会主义精神文明建设。要大力抓好三件事：召开全校教书育人经验交流会；加强思想政治工作干部队伍的建设；加强工会、共青团、学生会的工作，更好地发挥它们在思想政治工作等方面的作用。（三）制订学校发展规划，积极开展改革，提高教学质量和科研水平，改善后勤服务工作。要全面开展定编定员、建立岗位责任制的管理改革，加强教职工队伍建设；加强教学改革，提高教学质量；加强科学研究工作，改变科研中存在的某些课题陈旧、脱离实际、力量分散的状况；搞好后勤服务和基建工作。

3月11日，北京大学校第十四届共青团代表大会和第十五届学生代表大会在大讲堂召开。张龙翔、王学珍、张学书、沈克琦、王效挺等校领导出席大会。团中央书记刘延东、候补书记李克强、团市委副书记张虹海、团市委大学部部长蒋效愚和清华大学、中国人民大学等四十余所兄弟院校代表应邀参加了大会。刘延东代表团中央向大会致贺词。潘维明、王琦分别代表上一届团委和学生会做了工作报告。大会通过了潘维明、王琦的工作报告和修改后的学生会章程，并以无记名投票的方式选举了新的团委会和学生会，团代会还做出了"加强思想建设和组织建设，提高团的战斗力"的决议，学代会发出了"大力开展绿化祖国植树种草活动"的倡议。王效挺代表校党委发言。刘晓峰致闭幕词。第十四届团委会选举刘晓峰为团委书记，张力、朱善璐为副书记。第十五届学生会选举刘能元为主席，薄智跃、谭军、孙荣根、刘洁为副主席；选举谭军为常代会会长，许少军、傅传、李文亚为副会长。

3月13日，北京大学校党委和校行政召开干部会。教育部部长何东昌宣读中宣部3月3日干组字〔1984〕19号文件：王学珍任北京大学党委书记，丁石孙任北京大学校长，张学书任党委副书记、副校长，王效挺、郝斌任党委副书记，朱德熙、沙健孙任副校长，项子明、王路宾任顾问，原校长、副校长不再办免任。他宣读后说，北大这一段在原有基础上，工作还是前进了一大步。1984年工作要点还是反映了抓大事，有干劲，要改革的；校长、书记领导班子是团结的。

5月18日，北大校长办公会议决定：成立北京大学教师职称整顿领导小组。小组由丁石孙、王学珍、张学书、朱德熙、沙健孙、张龙翔、沈克琦、季羡林、李赋宁、黄楠森、王仁、郑乐民、孙亦梁、田余庆、张国华组成。

6月16日，经校长办公会提名，并经党政领导共同研究决定，以下同志组成"北京大学校园建设规划委员会"，负责全校校园建设规划：主任委员丁石孙，副主任委员项子明、张龙翔、谢青，委员王学珍、张学书、朱德熙、沙健孙、文重、汪永铨、王希祜、侯仁之、宿白、谢凝高、张启运、沈承昌、陈佳洱。

7月14日，教育部党组批复：同意北京大学设置校务委员会。决定由丁石孙校长兼任校务委员会主任，张龙翔任校务委员会第一副主任，季羡林、沈克琦、陈岱孙任校务委员会副主任。

9月，张龙翔赴美国考察留学生并讲学。

1985年

张龙翔任王宽诚教育基金会考选委员会委员及学务委员会委员。

5月8日，在新华社举行的"计算机激光汉字编辑排版系统和新华社中间试验工程"鉴定验收会议举行最后一次大会。国家经委副主任、鉴定委员会主任林宗棠在会上宣布鉴定结论：系统的设计思想先进，高倍率字模压缩和高速还原等核心技术具有我国特色，处于世界领先地位；系统设备可以投产，并尽快推广应用；系统研制成功为提高印刷出版行业的社会经济效益做出了重大贡献。周培源、杨家祥、魏鸣一、张龙翔等专家在会上讲话，并肯定了这项科研成果。国家经委表彰了为研制该系统工程做出突出贡献的个人和集体，北大的王选、李新章、陈堃銶（王选夫人）和计算机科学技术研究所汉字信息处理技术研究室受到表彰和奖励。全国人大常委会副委员长胡愈之、中国科学院院长卢嘉锡出席了会议。

11月14日，美国惠普公司与北大合作协议书换文仪式和美国惠普公司在北大建立"惠普计算中心"成立典礼在南阁举行。美方向北大赠送一套价值五十万美元的超小型计算机系统。张学书副校长、张龙翔教授、美国惠普公司国际部总裁爱伦·毕凯尔和亚洲部总经理瓦特·苏沙出席会议并讲话。

12月28日，美国加利福尼亚大学伯克利分校副校长、美籍华人田长霖教授访问北大，并向大家介绍了美国高等教育的情况。王学珍、丁石孙、张学书、陈佳洱、张龙翔、汪永铨、文重、赵茂勋等校领导和有关人员参加了接待。

1986 年

1986—1992年张龙翔任中英友好奖学金资格审查委员会副主任。

11月，北京大学丁石孙校长及张龙翔、程民德、程兴华、童建昌应邀赴日本九州大学访问两周。

1987 年

1987—1990年张龙翔任国家发展高技术"863计划"生物技术领域蛋白质工程主题评审委员。

2月13日，北大心理系教授唐钺的遗体告别仪式在八宝山革命公墓举行。他于2月5日病逝，享年九十六岁，唐钺教授生前曾任全国政协委员、北京心理学会名誉理事长。全国政协副主席周培源，国家教委副主任邹时炎，校领导王学珍、张学书、张龙翔，著名学者陈岱孙、张岱年等，以及北大师生代表三百多人参加告别仪式。

3月29日，张龙翔、顾孝诚书面向北大校领导汇报了他们于3月7—8日参加在美国纽约举行的中国留学生（美东北地区）生命科学讨论会的情况。张龙翔在讨论会上宣读了在国内培养的博士研究生梁宋平的论文，博得专家好评。张龙翔还介绍了年轻博士在中国的科学研究机会、博士后科研流动站、国家开放实验室、在北大申请科学研究基金的渠道等情况。

4月2日，北京大学校长办公会决定：原则上同意人事处草拟的《关于实行职务聘任制工作中几个需要明确的问题》；任命王阳元为微电子学研究所所长；同意设立王世仪（北大化学系已故老校友，美籍华人生物化学家）奖学金，奖学金评委会主任由张龙翔担任；同意设立朱光潜奖学金，并成立朱光潜奖学金管理委员会，由王学珍任主任委员，向景洁任副主任委员。

1987—1990年，张龙翔任国家发展高技术（"863计划"）生物技术领域蛋白质工程主题评审委员。1991—1993年，任"863计划"生物技术领域评估员。

1988年

5月4日上午10时，在北京大学大讲堂隆重举行庆祝建校九十周年大会。出席大会的有：中共中央政治局常委胡启立，中共中央政治局委员、国务委员、国家教委主任李铁映，国务委员、北京市市长陈希同，中顾委常委黄华，人大常委会副委员长费孝通、雷洁琼、王汉斌，全国政协副主席周培源、屈武，北大名誉博士、日本著名学者井上靖，北大客座教授、美籍著名学者林家翘，日本早稻田大学校长西原春夫。出席大会的还有中央部委和北京市的领导何东昌、滕藤、杨海波、唐敖庆、朱光亚、孙平化、林丽韫、曲格平、王迺、胡兆森、黄坚、汪家镠、陆宇澄、陈昊苏。出席大会的有二十三所兄弟院校的领导：张孝文、王晶宇、曲绵域、胡孝宣、顾方舟、方福康、石文春、母国光、王文俊、逄颂丰、杨辉、沈家聪、陆庆王、郭豫适、袁相碗、杨孔章、齐民友、张清明、徐碧辉、张纯祥、邬国森、毕镐钧、胡之德、曹之江、张纪生、邱殿辅、葛明德。

海外国外来宾有：王赓武、尤淑瑞、王丽真、浅野长一郎、白土吾夫。

出席大会的北大著名校友：朱穆之、冯至、任继愈、刘居英、葛佩琦、刘玉柱、刘导生、刘祖春、孙思白、郭超人、陈忠经、张大中、周南、张硕文、甘重斗、胡昭衡、袁翰青、王士光、罗章龙、杨国桢、聂大江、白文治。全国政协常委、全国劳动模范、棋圣聂卫平，海淀区委、区政府领导沈仁道、王茂才出席了大会。出席的北大前领导有：陆平、彭珮云、史梦兰、张群玉、戈华、谢道渊、黄辛白、周林、高铁、韩天石、马石江、沙健孙、张龙翔、项子明、沈克琦。大会由党委书记王学珍主持，校长丁石孙讲话，政治局委员、国务委员国家教委主任李铁映和校友代表、中国科学院物理所所长杨国桢致辞。李铁映在致辞中说：他受李鹏总理的委托，代表国务院、国家教委热烈祝贺北大建校九十周年。他在充分肯定了北大取得的成就后说，我们纪念北大建校九十周年，最好的办法，就是继承北大光荣革命传统，并且赋予它新的时代内容，发扬爱国主义精神，进一步提倡北大历来就有的勤奋、严谨、求实、创新的良好学风，为中华民族兴旺发达，为社会主义现代化事业的胜利，为繁荣祖国的教育科学文化事业，做出新的贡献。他说，我们希望北京大学师生在认真总结自己九十年办学经验的基础上，坚持社会主义初级阶段的基本路线，根据国家经济和社会发展的需要，按照教育"面向现代化，面向世界，面向未来"的要求，进一步把教育与改革开放和"四化"建设的实践结合起来，努力把北大建设成为一所具有世界先进水平和中国特色的社会主义大学。丁石孙在讲话中说，北京大学在这九十年里，和我们国家同呼吸、共命运，为国家的进步和发展做出了应有的贡献。北京大学具有光荣的革命传统。在中国革命和变革的各个历史时期，北大师生中都涌现出一批站在斗争前列的先进人物。我们要继承和发扬北京大学光荣的革命传统，坚持改革，深化改革，通过卓有成效的改革，书写北京大学历史上的新篇章。杨国桢在致辞中希望北京大学继续保持、发扬自己的优势和特色，办得更好。在十年后的今天，庆祝北大成立一百周年的时候，北大能取得更多、更好的成绩，真正成为具有世界先进水平的社会主义大学。会上，宣读了彭真的题词："继承发扬北大革命优良传统，站在历史潮头，推动历史车轮前进。"会上，还由人大常委会副委员长许德珩的秘书宣读了这位五四民主斗士的贺信，他用"科学园地，民主先锋"八个字赠予母校。会上，还宣读了北大名誉博士、国际法院院长辛格的贺信；宣布林家翘教授资助一万美元，在北大设立"周培源奖学金"。

1989 年

张龙翔写了《几种蛋白质的结构、功能和进化》一文，总结了多年的研究工作，刊登在由邹承鲁教授主编、美国学术出版社（Academic press）出版的《当前中国的生物化学研究》上。

1991—1993 年张龙翔任"863 计划"生物技术领域评估员。

1992 年

11 月 6 日，张龙翔参加国家自然科学奖励委员会会议。

11 月 15—20 日，赴上海参加第六届亚洲大洋洲生化学家联合会。

12 月 21 日，北京大学隆重举行纪念北京大学图书馆建馆九十周年庆祝大会。全国人大常委会副委员长雷洁琼，国家教委副主任王明达和北大前任、现任领导周林、张龙翔、丁石孙、吴树青等出席了庆祝会。党和国家领导人江泽民、李鹏、李铁映、薄一波专门为学校图书馆建馆九十周年题词。

1993 年

1993 年直到 1996 年他逝世前，张龙翔被推选担任在北京召开的"海外及归国中国生物学者生命科学暨生物技术讨论会"主席和名誉主席。

1月4日，张龙翔赴纽约参加留美中国学人生命科学讨论会。会后赴得克萨斯州达拉斯市小儿子景怡家中小住。

4月28日，北京大学校庆九十五周年前夕，学校邀请在北大任过职的老领导陆平、韩天石、张龙翔、丁石孙、高铁、汪小川、季羡林、沙健孙、王效挺、沈克琦等参观北大校园，看看北大的发展情况，并由校党委书记汪家镠、校长吴树青等现任校领导汇报工作，共商北大改革发展大事。

8月17—21日，第一届"海外及归国中国生物学者生命科学暨生物技术讨论会"在北京大学举行。此次会议由北大生物系张龙翔、陈章良、顾孝诚教授，美国康奈尔大学吴瑞教授，以及八十年代初派往美国学习并已提升为副教授的罗明、李鲁远、王小凡三位博士共同发起，并得到国内有关领导部门的支持。会议的目的是吸引海外留学人员回国工作或与国内开展合作研究，支持归国科技人员与国外同行进行学术交流，促进我国生物科学领域中的科研和开发，实现创建具有我国特色的高技术园区"生物城"的设想。出席会议一百人，其中国内三十三人。收到论文一百一十五篇，其中国内三十四篇。

1995 年

5月4日，生命科学学院在北京大学办公楼礼堂举行建系七十周年纪念大会。北大老校长陆平、张龙翔，老系主任陈阅增，时任校党委书记任彦申，中科院、协和医大、北京医大、清华大学等兄弟院校领导，四通集团和来自中国香港、印尼的企业界人士，以及几百名校友参加了大会。生命科学学院院长陈章良教授发表了题为"开拓进取，迎接挑战"的讲话，国家教委左铁镛司长宣读李岚清副总理的贺词。吴树青校长、国家科委副主任朱丽兰及各单位来宾、校友和师生代表先后在会上讲话。

香港企业家李港龙将自己收藏的从河南流失到境外的六枚恐龙蛋赠给生命科学学院。

1996 年

3月19日，生命科学学院为北大原校长张龙翔教授举行八十寿辰纪念会暨学术讨论会。党委书记任彦申、副书记郝斌出席会议并致辞。

10月24日，北大原校长、著名生物化学家张龙翔教授逝世，享年八十岁。

11月14日，北大原校长张龙翔教授的遗体告别仪式在八宝山革命公墓举行，全国政协副主席、中科院院士钱伟长教授，全国政协副主席、中国工程院院长、中国科学技术协会主席、中科院院士朱光亚教授，国家教委副主任韦钰（代表国家教委主任朱开轩），中国科学院生物学部主任邹承鲁院士，北京大学党委书记任彦申，北京大学常务副校长王义遒，北京大学前党委书记王学珍以及北京大学其他党政领导人和北大师生代表共六百多人参加了遗体告别仪式。北京大学校长陈佳洱及前任校长吴树青因分别在国外访问和在外地开会未能参加，特送花圈；专程从国外回来参加遗体告别仪式的生前友好及学生们因时间关系未能参加遗体告别仪式，特前往北京大学燕南园张龙翔同志住宅送花圈及挽幛。

说明：本资料主要参照《张龙翔校长校务大事》（来自北大档案馆《北京大学纪事》，因资料有限，无法逐一核对，可能有误）

八十回顾

《生理科学进展》编者按：张龙翔教授是我国老一辈著名生物化学家和教育家。他曾在北京大学建立了我国综合大学第一个生物化学专业，并从事蛋白质结构与功能的研究，卓有成效。他还参加了几项国家重点科技项目的组织工作，曾担任北京大学校长和中国生物化学会理事长，为我国的科技事业和教育事业做出重大贡献。

我 1916 年出生于江南小镇湖州市南浔镇。父为教师，早逝。由母抚养长大，自幼就受到为人须自强不息的教诲，对我后来的成长有深远的影响。在家乡小学、初中读书时，就养成了自觉学习的习惯，成绩一直较好，初中时跳了一级。1930 年秋，考入上海沪江大学附中高中部学习；1933 年毕业后，升入沪江大学一年级，学化学。在沪江时期，受到教师的启发，对化学、生物学发生了浓厚的兴趣。中学以及大一的化学和生物学实验，都是在实验室做的，并且都是自己动手做，这在当时是很难得的。再是沪江对英语教育十分注重，中学的英语课由美国教员任教，经常的课堂提问给人很好的练习机会。在沪江，不但英语课，有些别的课程，如数学、物理、化学、世界史等也用英语教材。这些为我的英语能力打下了良好的基础。

我在沪江时，就确定要念化学，并听说清华大学化学系在国内享有很高的声誉。于是1934年考取了清华大学，就转学清华化学系继续学习。清华化学系当时确实名师云集，有教普通化学的张子高教授，教分析化学的高崇熙教授，教有机化学的萨本铁教授，教物理化学的黄子卿教授，教工业化学的张大烃教授。他们都是德高望重的学术泰斗，对学生循循善诱，严格要求。在大四时，萨本铁教授开设了生物有机化学课，我很感兴趣。我的毕业论文就是由萨本铁教授指导的，研究成果还发表在荷兰化学杂志上。清华不但使我在化学专业方面受到了扎实的训练，而且使我在德育方面受到了"自强不息，厚德载物"校训的陶冶，体育锻炼方面也养成了良好的习惯。例如体育课要求学生在百米、跳高、游泳等方面都要达到一定的标准。课外体育活动也很普遍，下午四时后，学生都去健身房或体育场锻炼，最有趣的是"斗牛"（一种不大讲究规则的打篮球）。

1937年，清华毕业后，原来准备参加清华留美公费生考试，后来因为"七七事变"，清华留美公费生考试暂停。我在1938年到广州岭南大学化学系当研究生，继续攻读有机化学，一直到1939年应母校清华招聘，到昆明清华大学农业研究所任汤佩松教授的研究助理。同年考取中英庚款公费留学，因第二次世界大战爆发，英国大学停止接受海外留学生，次年改派到加拿大多伦多大学生物化学系学习，从事致癌多环芳烃代谢作用的研究。1942年获博士学位后，到美国耶鲁大学化学系在著名生物有机化学家安德森（R. J. Anderson）教授指导下，从事博士后研究工作，进行结核杆菌脂质化学的研究。

　　1944年，我抱着回国服务的心愿，应聘到重庆桐油研究所任研究员。但事与愿违，当时的环境和条件不适合搞科学研究工作。因此，在抗日战争胜利后，1946年我决心离开桐油研究所到北京大学化学系任教。北大化学系有一条规定，所有教授必须讲授一门普通化学和一门其他课程。我先后讲授过有机化学、有机分析化学，并在化学系第一次开设了生物化学课。除了教课外，在当时艰难的物质条件下，还克服种种困难，开展了脂肪酸醣酯的研究，合成了几种高级脂肪酸葡萄糖酯新化合物，并发现这类化合物的同质多晶现象。

　　1953年，由于工作需要，我被调到生物学系担任生物化学课和生物化学大实验的教学工作。50年代初，正是生物化学发展十分迅速的时期。1953年，桑格（Sanger）报道了胰岛素A、B链的全部氨基酸序列和二硫键的位置。沃森和克里克（Watson and Crick）提出了脱氧核糖核酸（DNA）结构的双螺旋模型。我在教学工作中，注意传授新理论和新技术，每次讲授两小时的课，总要花一整天的时间备课，取得了较好的课堂教学效果。当时学习苏联，生物化学只是作为"人体及动物生理专业"的一个"专门化"方向，这对于培养生物化学专门人才有一定的局限性。1956年，我和生物化学教研室的同事们向教育部建议单独设置生物化学专业，制订独立的教学计划。这个意见很快得到教育部的批准，于是在北京大学生物学系建立了我国综合大学的第一个生物化学专业。生物化学需要有较强的数、理、化基础和生物学基础，同时需要了解现代生物化学的发展趋向。在新制订的生物化学专业教学计划、教学大纲，基础课和专业课的设置等方面都体现了这一指导思想，为生物化学专业的发展奠定了坚实的基础。我还先后开设了生物化学、生物化学大实验、蛋白质化学、酶学等课程。

　　生物化学是一门实验科学，为了建立起生化专业的实验体系，参考了各国的生化实验教材，制订了实验课的教学大纲。我和青年教师一起对逐个实验进行操作，强调严谨的实验作风和科学的求实态度，这对培养具有较高素质的青年教师起了很好的作用。自从生化专业成立以来，经过二十多年的教学实践，我积累了丰富的实验教学经验，并结合我国的实际情况，在实验方法上也有所建树。一本总结实验教学的教材《生化实验方法和技术》于1981年由高等教育出版社出版。这本书不仅为高等学校生化专业解决了教材问题，而且为广大生物化学工作者经常引用，成为一本重要的实验方法学工具书。这本书曾经九次印刷，仍不敷应用，还获得了国家教委高校优秀教材奖。

在研究生培养工作中，我十分重视基础理论和科学素质的培养，强调生物化学实验技能训练和动手能力的养成，要求他们勤学多练，注意生物化学发展的前沿，独立思考，培养主动分析问题和解决问题的科学思维能力。对研究生的实验数据认真检查，严格要求；对论文写作逐字阅读，认真修改。教师严谨、求实的态度，对学生最具有感染力，有利于养成他们的优良学风。

60年代初，国家制订了第二个科学技术发展长远规划。根据这个规划的基础研究部分，我选择了分子生物学中的蛋白质结构与功能作为研究方向，并以具有应用价值的胰蛋白酶作为研究对象，对胰蛋白酶在自溶过程中化学结构的变化与酶活性的关系开展了系统研究，得到了结构不同但仍具有酶活性的 δ、γ、σ 三种胰蛋白酶自溶产物以及它们与苯甲脒复合物的晶体，并对它们的化学结构、溶液构象和性质做了研究。还合成了 δ 胰蛋白酶与绿豆胰蛋白酶抑制剂的复合物单晶，进行了 X 射线晶体结构分析。在研究过程中，还建立了一个设备较齐全的蛋白质结构与功能实验室。

实验室的另一项科学研究是以蛋白质的氨基酸序列作为分类学特

征，研究我国珍稀动物大熊猫与相关动物的亲缘关系。通过乳酸脱氢酶同工酶 M_4 的氨基酸序列分析来判断大熊猫在动物分类学中和它在进化过程中的地位。大熊猫的分类学地位一直是个有争议的问题。根据解剖特征和化石标本，有的学者认为大熊猫是一种高度特化的熊，应把它归入熊科（Ursidae）；另有学者认为大熊猫更接近于小熊猫，应属浣熊科（Procyonidae）；也有学者提出大熊猫应列为独立的一科（Ailuropodidae）。蛋白质的氨基酸序列可以作为一个客观信息来研究动物的亲缘关系。首先用亲和层析等方法从大熊猫骨骼肌中分离纯化了乳酸脱氢酶同工酶 M_4，又完成了 M 亚基 331 个氨基酸残基的序列测定，并与小熊猫、黑熊、狗、猪等相关动物同一酶的氨基酸序列做对比，发现大熊猫乳酸脱氢酶同工酶 M_4 有其独特性，从而提出了大熊猫应在食肉目中划为独立一科的见解。这一成果在《中国科学》上发表后，引起了国内外同行的重视。

随着国际上分子生物学，尤其是基因工程的迅速发展，1985 年在胰蛋白酶结构与功能研究的基础上，又开始了胰蛋白酶分子设计与蛋白质工程研究。这项研究后来成为国家高技术发展计划中生物技术领域中的一项专题研究。为了探索加强胰蛋白酶稳定性和提高对底物作用的专一性，提出了对胰蛋白酶分子改造的设计方案，并用定位突变方法得到了几个相应的突变体，对这些突变体在大肠杆菌中进行了表达和性能测定，已经得到了一个稳定性和活性较野生型胰蛋白酶有所提高的胰蛋白酶分子突变体。

1989 年，我写了《几种蛋白质的结构、功能和进化》一文，总结了多年来的研究工作，刊登在由邹承鲁教授主编、美国学术出版社（Academic Press）出版的《当前中国的生物化学研究》上。

在科学上，要有雄心壮志，敢于攀登科学高峰。1958 年，中国科学院上海生物化学研究所提出了人工合成胰岛素的倡议。当时我在北大担任行政工作，主管科学研究，积极响应和支持这项重大研究。由中科院生物化学所、有机化学所和北京大学化学系大力协同，真诚合作，经过七年坚持不懈的努力，终于取得了显著成绩。1965年，在北京科学讨论会上，向世界宣布人工合成了第一个具有生物活性的蛋白质——牛胰岛素，使与会各国的科学家，尤其是发展中国家的科学家深受鼓舞。这项研究大大推动了我国生物化学、有机化学的发展，并为我国科学事业在国际上争得了荣誉。另一重大的科技项目是"计算机激光汉字编辑排版系统"，即"748工程"。这样重大的科技项目往往需要多学科的联合作战。1975年，北大承担了这个国家项目。当时由我组织了北大计算机系、物理系、中文系、无线电系等单位的科学工作人员参加这项研究。大家都有一个共同的心愿，就是精密汉字进入计算机处理的难题应该由我国科技人员自己解决。工作人员齐心协力，坚持不懈，到1985年第一台生产样机通过鉴定，整整用了十年的时间。它的研究成功，在我国引起了印刷界的一次革命，从此印刷业告别了铅与火，进入了计算机和激光的时代。北大后来成立了"方正集团"，专门经营这一项目，产生了巨大的经济效益。

回顾过去，我只是为生物化学专业的成长和培养生物化学专门人才做了一些铺路搭桥的奠基工作。北大生物化学专业自1956年成立以来，已培养了生物化学本科毕业生一千三百零六人，硕士生一百二十六人，博士生十八人。生物化学专业培养出来的人才，现在遍布全国各地，有些人已经登上科技界的重要岗位，在一些领域成为学科发展的学术带头人和中坚力量。每当看到他们在事业上的成就时，我心里总有说不出的高兴，这也是作为教师最大的欣慰。

张龙翔

（原刊《生理科学进展》1996年第27卷第2期"刊头专文"）

张氏安凝堂世系表

一世祖：魏国公[注1]

第二世至第十九世有务农的，经商的，行医的，等等。自十六世至二十二世一连七世单传。

二十世	二十一世	二十二世	二十三世
张睡亭	张博文（采山）	张　辅（春帆）	张介寿（长子）
×××	×××	×××	张镜清（次子）

二十三世东厢房：长子张介寿，夫人蒋珍

二十四世	二十五世	二十六世	二十七世	二十八世
张××（长子）				
张问槎	张建华（子，美国）[注2]			
×××	张觉安（子，上海）			

二十四世	二十五世	二十六世	二十七世	二十八世

张哲民
沈银芳 {
　张美玲（女）
　陆厚甫
} {
陆士龙 { 陆翔宇（子）
周珠儿 { 王贤芳（媳）
陆士虎 { 陆　静（女）
盛云玲 { 李　强（婿）
陆敏华 { 陶　莺（女）
陶伯华 { 陶　威（子）
陆培华 { 许　欢（女）
许如德 { 董平丰（婿）
}

张××
××× {
张继堃（子） { 张佩莉（女，又名小玲）
顾逸英
张鼎妹 { 张永林（子，已故）
（女，上海）
张美珠
（女，上海）
张××（女，小名四毛）
}

张麟右
××× {
张亚龙（子，台湾高雄）
张亚虎（子，浙江缙云）
}

二十四世　　二十五世　　二十六世　　二十七世　　二十八世

张明远
屠玉和

张玫玲（女）
谢鸿植
- 谢　鸣（子）
- 谢　鸥（子）
- 谢　鹤（子）

张玮玲（女）
卢友弟
- 卢群辉（女）
- 卢群跃（女）
- 卢群锋（女）

张继明（子）
啜得英
- 张　毅（女）
- 张　志（子）
- 张公方（子）

张佩玲（女）
姚　奋
- 姚　苏（女）
- 姚　翔（子）

张××　（不详）
（长女）

张小英
朱檼椿
- 朱芸台（长子，2004年病故于上海）
- 朱宝松（次子，十八岁早逝）
- 朱宝珊（三子）
  - 朱文元（子）
  - 薛秀英（媳）
- ×××

张婉香
钱××
- 钱爱伦（女）
  蒋舜年
  - 蒋文立（子，小名铁生）
  - 蒋文正（子，小名阿牛）
  - 蒋乙冰（女，已故）
  - 蒋小冰（女，已故）

二十四世	二十五世	二十六世	二十七世	二十八世
张芷香 周祖同	周载铭（女） 王××	王如玫（女） 王 正（子）		
	周载扬（子） ×××	周新华（子） 周卫华（子）		
	周载琳（女，黑龙江）	陈宝珠（子） 陈秀英（女）		
	周载洪（子，黑龙江）	周秀梅（女） 周建华（子） 周振华（子）		
张桂宝 肖××	肖镇东（子） 肖镇南（子） 肖镇西（子） 肖爱贞（女） 肖××（女）			
张默厂 庞君度	庞其扬（子） 王礼嬚	庞元平（子） 庞元中（子）		
	庞其振（子） 施琴芳	庞冬诺（女） 庞宁诺（女）		
	庞其捷（子） 李铜玲	庞怡诺（女） 庞铃诺（女）		
	庞其伦（子） 顾爱莉	庞莉诺（女） 朱 滨（婿）		

二十三世西厢房：次子张镜清，原配夫人刘氏，续弦夫人谈氏

二十四世	二十五世	二十六世	二十七世	二十八世

张学敷
（民视）
朱联璧

张龙翔
刘友锵

张元凯（子）
戴未英

张晓音（女）
黄嘉信

黄若晞（女）
黄若璇（女）

张景怡（子）
朱薇薇

张晓蔚（女）
乔·哈格罗夫

张亦龙（子）

张湘云
桂森堂

桂鸿宝

桂世祚
吴碧莲

桂馥华
郎慰濂

桂美华
席臻衍

席寅（子）
薛张欣

桂　全
金大云

桂　怡

桂世礽
曹玉华

桂　京
余　颖

桂　悦

桂　平
高　元

桂　濛

二十四世	二十五世	二十六世	二十七世	二十八世
张爱云 吴××	吴余庆 ×××	吴银河[注3]	朱 刚（子）	朱黎玮（女）
		吴荷平	黎 敏	
			朱 毅（女）	胡大卫
		吴石粼	胡耀兴	胡婷婷（女）
		朱昭鸿	朱 军（子）	朱斯澄（女）
			陈明杰	
张学溥 （星海） 汤明瑾	张琪华 陶 尧	陶 宏	康 亮（子）	康晨然
		康金林	应 瑛	
		陶 进	陶 宇（子）	
		陶晓华	陶洁丽（女）	
			邱永贤	
	张锡麟 郑涤薇	张永和		
		张永平	沈佳琳（女）	郝请舟（子）
		沈 静	郝伯南	
张学衡 （持平） ×××	张 璿 陈士鹤	陈征宇	陈文捷	
		王念苏		
		陈知宇	陈文博	
		沈梅琴		
	张棣华 张 挑	张丹亚	纪 翔（子）	
		纪 森	纪 玥（女）	
		张丹非	张宇航（子）	
		方卫珍		

张××（女，名不详）[注4]

354

二十四世	二十五世	二十六世	二十七世	二十八世
		王京跃（子）	王安琪（女）	左致远
	邱文美	卢予欣	左　鄰	
	王云龙	王申生（子）	王宏信	
		吴　纯		
张掌珍	邱文英	张　虹（女）	张　开	
邱调梅	张香根	John J. Liscoe	张皓福	
	邱鸿华	邱　伟（子）	邱韵逸（女）	
	吴玉兰	余　杨		
张学鼎 [注5]	张天麟	×××		
周微纹	×××	×××		

注1：一世祖魏国公及其后二十三世一说是根据张学鼎的一封信，他曾看到张氏家谱中有所记载。据网上所查中国历史上曾有过七十八人被封为魏国公，其中三人姓张：

（1）张浚（1097—1164），南宋名臣、学者，封爵，先为"和国公"后为"魏国公"；

（2）张文谦（1216—1283），死后追认魏国公；

（3）张留孙（1248—1321），三代祖先都为魏国公，道士。

具体哪一位是张氏家族祖先还有待进一步考证。

注2：大房张建华（又名乾虎），早年跟随抗日名将张自忠，后去台湾，再到美国（已故），其余不详。

注3：吴银河、吴荷平这两个名字是根据张龙翔的回忆而写出，二人早年应住湖南长沙。

注4：根据张龙翔的回忆，他有一个五姑，名不详，无子女。

注5：二房张学鼎，曾任民国交通部处长，后去台湾。1980年大陆改革开放后，他偕妻周微纹（福建人）多次回沪，去南浔探望。1998年回沪治病，2001年5月在上海中山医院逝世，享年九十岁。

张丰泰家族人物补遗

我的外婆家——南浔"张丰泰"出了很多人才，其中也有不少杰出的女性，如：上海交通大学地下党员张琪华；高盛集团（亚洲）有限责任公司执行董事，电信、媒体和科技负责人张晓音；著名海外企业高管张永和；等等。她们不愧是巾帼不让须眉的时代新女性。我小时候就听母亲说，新中国成立前夕，有位"四毛阿姨"参加了中国人民志愿军，奔赴抗美援朝的战场，冒着枪林弹雨救护伤员，当时寄来过照片。据说后来嫁给了一位志愿军营长。抗美援朝战争胜利后，她回国后在东北某地工作。可惜具体情况不详，我至今仍与她无缘相见。

上海交通大学地下党员张琪华

张琪华（又名汤又新）出生于 1925 年 1 月 23 日，是张锡麟的亲姐姐，张龙翔的堂妹。她在见证和参与了一个世纪的变迁后，于 2020 年 11 月 3 日安然离世，享年九十五周岁。

张琪华

　　张琪华女儿陶宏说，母亲年少时求学于上海交通大学铁路运输管理专业。当时正值新中国成立前夕，母亲于 1946 年 4 月在上海交通大学加入了中国共产党。在中国共产党的领导下，她参加了当年震惊全国的"反饥饿、反内战、反迫害"学生运动。

　　当时通货膨胀，物价飞涨，民不聊生。在教育事业方面，教育部不断削减经费，教职工长期欠薪，学生生活日益恶化。吃的是发红有时甚至发霉的糙米，蔬菜根本谈不上，即使这样的饭也时常被抢光。学生们总结出一条经验：第一碗饭要少盛，赶快吃完；抢第二碗饭，第二碗饭就可以装得满满的。校门口张贴着讽刺漫画，画着一架天平，一头是一天的伙食费，另一头是两根半油条。

面对这种生活条件，学生们强烈要求调整伙食费，并响应南京中央大学倡议，决定自 5 月 13 日起罢课，提出了"反饥饿、反内战、反迫害"及"抢救教育危机"的口号，与平、津、杭、汉等地学生采取一致行动，宣布成立"上海国立大学学生联合会"，同时派代表于 5 月 20 日与南京同学一起向南京政府请愿。

5 月 19 日上午，十余所公办院校的学生会和前来支援的四所私立大学的学生七千多人，先于暨南大学集中，再到北火车站广场开欢送代表会。沿路举行了"反饥饿、反内战、反迫害"大游行。游行队伍出发前就遭到国民党上海警备司令部阻拦，学生们冒险冲出警戒线。上海交通大学队伍的卡车上挂着两根半大油条的漫画，另有五个人在队伍前各举一只大破饭碗，碗上各写一字，连成"我们要饭吃"。同时，他们还沿路散发传单。反动当局调来了军警在前面阻挡，还调来马队想冲散队伍。上海交通大学学生冒着极大危险，冲在最前面，带领大家冲过军警队伍，或向后转，后队改成前队绕道而过。这次游行震动了整个上海，得到了上海市人民的广泛同情与支持。在中国共产党领导下，在这样尖锐复杂和激烈的斗争中，交大党组织发动了一次又一次声势浩大的学生运动，起到了某种"先锋"和"带动"作用。张琪华与同年级的中国共产党党员成为这场著名学生运动的主力军。

张琪华从上海交通大学毕业后，在某女工学校任教。当时白色恐怖笼罩上海，美蒋特务到处捉拿共产党人。1948 年的一天晚上，特务突然闯进学校，问："张琪华在哪里？"正巧问到张琪华本人，张琪华一看此人不认识，感觉是个特务。她沉着镇静，脸不改色心不跳，不慌不忙地向特务指了指楼上。特务上楼，当时幸亏地下党领导人王知津同志在场，在王知津的帮助下，张琪华巧妙撤离学校，逃过一劫。

1948 年深秋，张琪华奉上级指示，去苏北山东边界解放区。从上海到苏北山东农村，为躲避敌人的追踪，她不用交通工具，在共产党线人的带领下，徒步越过深山老林，淌过结冰的河流，锋利的冰碴像刀一样，在她的双腿上划出一道道血口子。她忍着刺心的寒冷和疼痛，勇敢地前进，艰难地走了几天几夜，才到达指定地点。解放区也到处有国民党特务，为避免株连上海的战友和父老乡亲，张琪华改名汤又新（外婆姓汤，是与南浔毗邻的江苏省吴江震泽镇上的一位大家闺秀）。在敌人的枪林弹雨下，她出生入死，为解放全中国和接管蚌埠、浦口，做出了卓越的贡献。她骑马的照片就是在解放区拍摄的。

新中国成立后，张琪华奉上级指示回上海工作。她在上海铁路管理局车务处管理全华东地区的客运及货运的铁路调度。1957 年上海铁道学院建立，张琪华被调入上海铁道学院，担任首任运输系系主任，历任上海铁道学院教务长、副校长等职务。之后，在上海铁道医学院任党委副书记和纪委书记等职务。

张琪华的丈夫陶尧是上海交通大学的同学，陶尧比张琪华高一级，也是上海交通大学的中共地下党员。新中国成立后，陶尧在上海工作，后为厅局级离休干部。

另张永和的表哥陈征宇、陈知宇在南浔寻根问祖时告知，他们的母亲张璿是南浔张氏二房张镜清与后妻谈氏所生的张学衡（字持平）的长女，出生于 1929 年 4 月。陈知宇说，1938 年张持平逝世后，外婆偕母亲张璿及姨妈张棣华赴上海投靠伯父张星海，居住在上海永嘉路，当时母亲仅九岁。一个月后，外婆病逝，之后汤明瑾外婆收养母亲及棣华姨妈为女儿。1949 年，母亲张璿受姨妈张琪华影响，加入了中国共产党，参加了革命。新中国成立后，母亲历任上海市民政局团总支书记、上海妇女教养所所长、闸北区政府园林科科长兼党支部书记等职。母亲于1954年与父亲陈士鹤结婚，生有哥（陈征宇）和我（陈知宇）二子。母亲一生工作勤奋，慧敏睿智，为人谦和，家庭和睦，于1970年病故。

陈知宇还说，张棣华，1933年5月出生于南浔，后受张琪华和张璿两个姐姐（她们都是上海中共地下党员）的影响，于1951年1月抗美援朝期间参军。1954年8月转业到福建机电学院读书，1956年加入中国共产党。1958年8月中专毕业后分配到福建纺织设计院，后为设计工程师，直至1988年8月退休。

[附记：上海铁道学院、上海铁道医学院目前已并入上海同济大学。张琪华去世后，同济大学在2020年11月9日《解放日报》上发了讣告]

知名外企高管张永和

张永和（英文名Nancy），她从一名钳工到一名船舶轮机工程师，与船舶和海运结缘近四十年，成长为一名业内知名外企的高管。

张永和出生于1957年2月26日。当年她父母和祖父及太婆同住在上海卢湾区黄陂南路的一个老式里弄房子里，这是个大家庭。父亲张锡麟毕业于东吴大学，是造纸专家、高级工程师，一生著作颇丰；母亲郑涤薇毕业于江苏医学院，是外科副主任医师。张永和出生时体重不到三斤，在暖箱里度过了约一个月。也许是她的福分，祖母找到了一位好奶妈喂养她长大。她还有一个妹妹，叫张永平。由于书香门第的儒雅家风的传承和熏陶，长辈们对她们的要求是十分严格的，家规、家教和家风仿佛阳光雨露一样时刻滋润着姐妹二人的茁壮成长。张永和从小天性调皮，经常闹事，没少挨过妈妈的打骂。至今还记得那一刻，每次妈妈打骂时，爸爸总是把她高高举起，可能也是父母俩的默契吧，虽要教训女儿，但又舍不得呀！

　　张永和九岁的那年，正是她上小学二年级，遇上了"文化大革命"那个特殊的年代，她没有好好读书。中学（1974届）毕业后，被分配到上海闵行区的上海汽轮机厂技校就读，学期两年，从事磨床工艺。毕业后被分配到上海螺帽九厂当冲床工。1979年国家恢复高考后，当时无论是她自己，还是父母，都非常期待她去实现那个美好的大学梦。然而，要在半年之中修完所有小学、中学的课程谈何容易，何况她当时还是一个在职的工人。好在母亲为她到处奔波，千方百计找老师帮助她补习。至今还记忆犹新的是，当年她每天在工厂里上早班（早晨6点至下午2点），晚上补习功课（6点至9点），风雨无阻，这样坚持了一年。就在高考的前夕，她突然有了一个离开工厂岗位的机会。她母亲的一位朋友得知上海船舶设计研究院需要描图员，她经考核后被录取了。可能是命运的安排吧，工作的更换给她带来的却是高考的难题。由于张永和的工作表现，当时上海船舶设计研究院没有同意她考大学的要求，只同意她考本专业内的职工大学，船舶轮机制造专业。于是三年毕业后，她回到了上海船舶设计研究院第一研究室任职。从此，她的命运就和船舶、海运紧密联系在一起。从一位轮机工程师开始了自己近四十年的船舶职业生涯。

　　回顾中国造船业的发展，张永和说，中国曾经是世界上最早拥有船舶的国家之一，它的发展可以分为改革开放之前的奠基发展和改革开放之后的振兴发展两个阶段，实现了由计划经济走向市场经济、由国内市场走向国际市场、由造船小国走向造船大国三个重大的历史跨越。

　　张永和告诉我们："我服务于全球最有实力的四大船舶设备企业，

并且担任过高管。在船舶界小有名气。至于自己的成才，除了父母的培养之外，还离不开两位长辈对自己的影响。"

一位是伯伯张龙翔，曾任北京大学校长。

张永和说，龙翔大伯是南浔家族的荣誉。她父母在家经常提及龙翔大伯的刻苦读书及人生奋斗的经历，这成为张永和从小就牢记在心里的形象。记得她第一次出国，大约在 1993 年，船舶设计院派出一个代表团去印度航运公司考察。归来时，途经北京中国船舶工业集团总公司汇报工作。她曾经去大伯家看望他及家人。龙翔大伯陪着她在北大校园散步，仔细询问了她的工作情况，鼓励她说，这么年轻，就去国外谈判，应该好好把握时机，继续努力、奋斗，希望张家有更多的造船业人才。这一小时的散步，对张永和的影响甚大。

2016 年 5 月，张永和参加福建马尾船厂海矿船下水仪式

　　另一位是姑姑张琪华，曾任上海铁道医学院党委副书记、纪委书记。

　　张永和自懂事的那天起，就非常崇拜这位姑姑，把姑姑当作偶像。可能是血脉关系，父母一直对张永和说，她身上有很多地方非常像姑姑，如自强、自立、勇敢、理智。但她谦虚地说，我深深地感到自己差远了，应该永远向姑姑学习。

　　如今，六十多岁的张永和，依然是活跃在船舶界知名外企的高管。除了工作之外，张永和还喜欢旅游、烹调。她说，自己退休后最大的安慰就是陪伴年迈的父母周游了近四十多个国家、六十多个城市，游览了世界顶级的旅游景点，品尝了世界各地的美食。由于父亲是位美食家，她也学得了一手烹调技术，可以尽可能满足父母的舌尖需要。在朋友圈里，张永和是一位大家公认的孝女。2019年的8月是她人生最痛苦的日子，她突然失去了她最爱的父亲，享年九十二岁。2020年6月又突然失去了她最爱的母亲，享年九十岁。张永和含泪说，慈祥的父母虽已远在天堂，但他们将永远活在她的心中。她心中的承诺是自己会永远带着父母的照片，去继续践行他们的念想。

　　南浔张丰泰家族代有传人出。但由于本书主人公张龙翔之缘，本书侧重涉及张氏二房，即张镜清一房，相比之下，张氏另一房，即大房（张介寿）的笔墨颇少。其实张介寿的后代中，也有很多人在教育、医学、科技、部队、企业等诸多领域都不约而同地追求卓越。如张默厂的长子庞其扬（原上海第一医学院教师，"文化大革命"中被迫害致死，已平反昭雪），其子庞元平（小名登登）是美国明尼苏达大学梅奥医学中心教授，三子庞其捷和夫人李铜铃是成都医学院药物学家、教授、博士生导师，其女儿庞怡诺是美国芝加哥雅培维药业公司科学家（高管、资深研究员，相当于国内的教授）；张明远之子张继民（曾任沈阳蓄电池厂厂长，高级

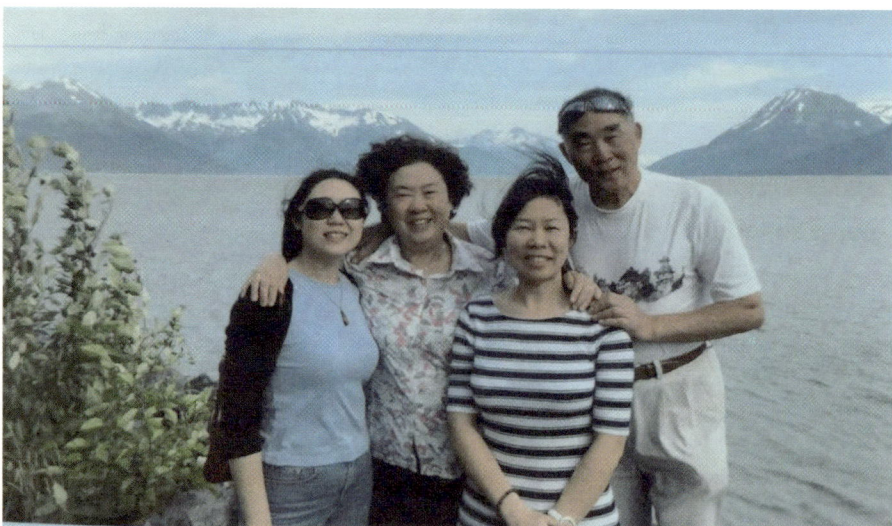

在美国阿拉斯加（左起：庞铃诺、李铜铃、庞怡诺、庞其捷）

工程师，已故），小女儿张佩玲之夫姚奋是高级工程师，大女儿张玫玲是原苏州市中医院保健科医生（其丈夫谢鸿植曾任苏州市第五医院院长，其子谢鸣曾任苏州市台办主任等职）；张美玲的外孙女陶莺是浙江工商大学国际交流合作处处长、副研究员、硕士生导师；张婉香的外孙蒋文立曾任上海市卢湾区教育局局长、档案局局长，外孙女蒋乙冰曾任江苏省南通市交通局局长、建委主任；张芷香的外孙女王如玫是上海电力大学副教授，其弟王正，医学博士，现在美国行医；等等。因为此书旨在为北大原校长张龙翔作传，这里对张丰泰家族人物就不再一一赘述了。需要说明的是，由于时间、精力、采访和资料等诸多方面的局限，本书遗漏和缺憾在所难免，恳请有关专家和南浔张氏后人，以及同乡、读者指正，以期再版时更趋于完善。

1947年5月30日上海《大公报》北大清华两校教授一百零二人的宣言

北平教授宣言

劝学生避免牺牲不废学业　希望政府对纠纷合理处理

【本报北平二十九日发专电】北大清华两校教授，钱瑞升等一百零二人，顷发表为《反内战运动告学生与政府书》，原文如下：

我们看了五二〇本市各大中学学生的反饥饿反内战大游行，深深感到青年们的情绪热诚，精神勇敢，行动严整而有规律。至其动机天真纯正，诚如胡适先生所指出，尤值得予以同情，而不容稍加曲解或污蔑。我们下一代的青年有这样优秀进步的表现，堪为国家民族的远景欣慰。

同时我们听到天津京沪等地因游行而发生的殴打及逮捕事件，而本市则于行将复课之际，朝阳学院又突有寻衅凶殴的惨案，我们又不得不致憾于某些当局措置失当，有纵容暴徒摧毁学生之嫌。

　　近来有人喊出六月二日为全国反内战日的声音，届时各地或将有更大规模的游行宣传，要求温饱，是自然的人情。争取和平乃今天的国是，民苦饥饿，国濒危亡，青年学子乃至各阶层的广大群众，于此紧急的时会，做此迫切的呼吁，理属当然，事有必要。我们一方面对于运动表示同情，但另一方面又感到事态险恶，站在教育工作者的立场，本着爱护学生的诚意，我们愿披肝沥胆做如下的劝说与忠告：

　　姑不谈学生应以学业为重的老话，青年亦实应珍重其血肉，宝贵其精神。从远处说：优秀青年为建设国家的支柱、社会的主力，主力应当善自保持积极培养。就近事言：复杂困难的政治问题，确非一言一行所能辩解，争取势在长期工作，须能持久，此原则如称正确，则我青年之气要敛，心要沉，所见要远，所行要稳。而尤要者则为能发能收，动作机敏，不屈于强暴，亦不惹无谓之纠纷。运动工作固无懈怠停顿之理，而如何可以不废学业，避免无谓牺牲，其理至明，其道正大。亲爱的同学们，允宜慎思明辨，稳健以行。

　　政府当局则应深切省悟，政治败坏之责任，本在政府而不在学生，学生由苦闷郁愤而发生之呼吁及运动，只能善导而不应高压。治本之道，在求实现其正当合理之要求；治标之法，亦惟有疏导以缓和其情绪，此乃政府起码的责任，亦当局应有的措施。今竟纵任暴徒凶殴，动员警宪逮捕，喋血于都市，逞威于青年，并进而禁止请愿，封闭报馆，自乱法纪，自毁道德，民主何有，宪法云何？我们本着爱护国家之心，故敢进严正之忠告，现有纠纷应作公平合理的处理，此后务宜切实制止一切类此的暴行。

　　时至今日，全国上下均应彻底醒悟，开诚相处，惟亲爱可以召致祥和，惟理性可以解决问题。心绪沉重，言不成章。政府当局，社会名达，青年民众，其共鉴之。

北大教授：钱瑞声、周炳琳、杨振声、汤用彤、郑天挺、郑华炽、吴子椿、陈占元、闻家驷、费青、赵广增、马大猷、俞平伯、龚昕、游国恩、冯文炳、向达、容肇祖、殷宏章、肖鸿麟、樊弦、赵迺抟、马坚、潘家洵、钱学熙、袁翰青、楼邦彦、胡世华、谢文通、张景钺、吴恩裕、杨人楩、王铁崖、张龙翔、赵荣普、郭嗣禹、贺麟、沈从文、蔡福衡、陈振汉、薛愚、冯承植、袁家骅、徐仁、俞大绂。

清华教授：陈岱孙、吴景超、褚士荃、朱自清、李继侗、张溪若、吴达元、邵循正、周培源、潘光旦、张席褆、费孝通、赵访熊、庄前鼎、吴晗、钱伟长、郑之蕃、曹本熹、陈省身、陈定、黄眉、赵绍熊、刘致平、方祭棠、王遵明、唐钺、沈同、徐毓枬、余冠英、赵人镶、许维迻、黄子卿、陆近任、浦江清、余瑞璜、吴柳生、莫宁江、张任、王裕光、孟庆基、刘德慕、黄会屏、李辑祥、张明伦、杨津基、叶楷、孟昭英、唐统一、刘大中、屠守鄂、沈元、王德荣、宁梵、段学复。

　　　　　　　（据 1947 年 5 月 30 日上海《大公报》，人名可能有误）

张龙翔教授及其指导的学生们的主要论著目录

[1] Peter P. T. Sah, Long-Hsiang Chang, " m-Bromobenzazide as a Reagent for the Identification of Amines, " *Recueil des Travaux Chimiques des Pays-Bas*, vol.58 (1939) , pp.8–11.

[2] P. S. Tang, L.H.Chang, " A Calculation of the Chinese Rural Dietary from Crop Reports, " *Chinese Journal of Physiology*, vol.14 (1939) , pp.497–508.

[3] L. H. Chang, Leslie Young, "Urinary Excretion of Acid-Decomposable Hydrocarbon Precursors Following Administration of Polycyclic Hydrocarbons, "*Experimental Biology and Medicine*, vol.53 (1943) , p.126.

[4] L. H. Chang, Leslie Young, "The Metabolism of Acenaphthene in the Rat, "*Journal of Biological Chemistry*, vol.151 (1943) , pp.87–91.

[5] L.H.Chang, "The Fecal Excretion of Polycyclic Hydrocarbons Following Their Adimimistration to the Rats, "*Journal of Biological Chemistry*, vol.151 (1943) , pp.93–99.

[6] M. M. Creighton, L.H.Chang, R.J.Anderson, "The Chemistry of the Lipids of Tubercle Bacilli：LXVII.The Lipids of the Human Tubercle Bacillus

H-37 Cultivated on a Dextrose-Containing Medium, "*Journal of Biological Chemistry*, vol.154 (1944), pp.569–579.

[7] 张龙翔、程榕时：《高级脂肪酸的葡萄糖酯 I. 葡萄糖软脂酸脂、葡萄糖硬脂酸酯及葡萄糖混合五酯的合成》，《化学学报》1953 年第 3 期，第 129—138 页。

[8] 张龙翔、程榕时：《高级脂肪酸的葡萄糖酯 II. 软脂酸 – α –D– 葡萄糖五酯的同质多晶现象》，《化学学报》1953 年第 3 期，第 139—143 页。

[9] 生物系生物化学研究室：《催产素的合成》，《北京大学学报》1959 年第 2 期，第 177—185 页。

[10] 茹炳根、杜锦珠、曾耀辉等：《猪胰蛋白酶自溶后的活性产物》，《北京大学学报》1979 年第 4 期，第 48—56 页。

[11] 茹炳根、黄玉芝、张龙翔：《由生产胰岛素后的猪胰残渣和废液中用亲和层析法制备胰蛋白酶抑制剂》，《北京大学学报》1979 年第 4 期，第 48—56 页。

[12] Ru B G, Du J Z, Zeng Y H, et al, "Active Products of Porcine Trypsin after Autolysis," *Scientia Sinica*, 01, vol. 23 (1980), pp.1453–1460.

[13] 张龙翔、张庭芳、李令媛：《生化实验方法和技术》，北京：人民教育出版社，1997 年第 2 版。

[14] 曾耀辉、杜锦珠、张龙翔：《C– 反应蛋白的研究：1. 驴 C– 反应蛋白的纯化与理化性质》，《北京大学学报》1983 年第 6 期，第 81—89 页。

[15] 王孟淑、曾耀辉、徐浩大等：《C– 反应蛋白的研究：2. 骆驼和猪 C– 反应蛋白的分离和性质》，《北京大学学报》1983 年第 6 期，第 90—96 页。

[16] 郭虹、倪逸声、张龙翔：《猪胰蛋白酶自溶产物中 δ−，γ− 和 σ− 胰蛋白酶的分离与结晶》，《生物化学杂志》1985 年第 Z1 期，第 53—60 页。

[17] 倪逸声、郭虹、华庆新等：《猪胰蛋白酶及其自溶活性产物的圆二色性研究》，《北京大学学报》1986 年第 3 期，第 114—119 页。

[18] 杨赞威、张建业、茹炳根等：《猪胰蛋白酶自溶后活性产物的亲和层析分离和动力学性质》，《中国科学（B）》1986 年第 8 期，第 819—825 页。

[19] 韩家淮、王志美、张龙翔：《C− 反应蛋白的研究：3. 熊 C− 反应蛋白的分离及其某些特性》，《北京大学学报》1986 年第 4 期，第 39—46 页。

[20] 梁宋平、张龙翔：《大熊猫乳酸脱氢酶同工酶 M4 的纯化与某些性质的研究》，《生物化学杂志》1986 年第 1 期，第 67—73 页。

[21] 关瑛、杜锦珠、曾耀辉等：《百日咳杆菌去内毒素及保护性抗原的纯化》，《生物化学杂志》1986 年第 4 期，第 37—42 页。

[22] 梁宋平、张龙翔：《大熊猫乳酸脱氢酶同工酶 M4 胰酶水解后的 HPLC 肽谱分析》，《生物化学杂志》1987 年第 1 期，第 65—73 页。

[23] 梁宋平、杨端、张龙翔：《大熊猫乳酸脱氢酶同工酶 M4 的一级结构》，《中国科学（B）》1987 年第 1 期，第 43—53 页。

[24] 王孟淑、刘敬东、袁洪生等：《北京鸭血清中 C− 反应蛋白的研究》，《北京大学学报》1987 年第 4 期，第 63—68 页。

[25] Liang S P, Yang D, Zhang L X, "The Primary Structure of the Lactate Dehydrogenase Isozyme M$_4$ from Giant Panda, " *Scientia Sinica.Series B, Chemical, Biological, Agricultucal, Medical and Earth Sciences*, 01,

vol.30 (1987) , pp.149–160.

[26] Liang S P, Zhang L X, "A Comparison of the Primary Structures of the Lactate Dehydrogenase Isozymes M₄ from Giant Panda, Red Panda, Black Bear and Dog, " *Scientia Sinica.Series B, Chemical, Biological, Agricultucal, Medical and Earth Sciences*, 01, vol.30 (1987) , pp.270–282.

[27] 张龙翔：《从蛋白质结构功能研究到蛋白质工程》，《前进中的生物化学论文集》，北京：中国科学技术出版社，1987 年，第 171—177 页。

[28] 梁宋平、张龙翔：《小熊猫、黑熊、狗与大熊猫乳酸脱氢酶同工酶 M₄ 一级结构比较研究》，《中国科学（B）》1988 年第 3 期，第 275—286 页。

[29] 张龙翔：《蛋白质工程的进展》，《第一届分子生物物理学术讨论会论文集》，北京：中国生物物理学会，1988 年。

[30] 张龙翔、吴国利：《高级生物化学实验选编》，北京：高等教育出版社，1988 年。

[31] 徐浩大、茹炳根、张龙翔：《猪 C– 反应蛋白的纯化及其物化特性》，《生物化学杂志》1989 年第 3 期，第 193—198 页。

[32] 夏东元等：《河蚌 C– 反应蛋白的酶解及肽段氨基酸序列分析》。（此文系作者在张龙翔教授指导下完成，当时因故未及发表，待发表）

[33] 夏东元等：《河蚌 C– 反应蛋白一级结构分析》。（此文系作者在张龙翔教授指导下完成，当时因故未及发表，待发表）

[34] 卢光莹、华子千、周岚等：《猪胰蛋白酶自溶活性产物——绿豆胰蛋白酶抑制剂复合物的初步晶体学研究》，《生物化学杂志》1989 年第 1 期，第 24—27 页。

[35] Zhang L X, " Structure, Function, Evolution of Certain Proteins, " in C.L.Tsou, *Current Biochemical Research in China*, San Diego: Academic Press, 1989, pp.39–49.

[36] 张龙翔：《蛋白质的分子进化》，王宽诚教育基金会：《王宽诚教育基金会学术讲座汇编》（第 1 集），北京：王宽诚教育基金会，1989 年，第 104—108 页。

[37] 张龙翔：《蛋白质分子设计与分子工程》，王宽诚教育基金会：《王宽诚教育基金会学术讲座汇编》（第 1 集），北京：王宽诚教育基金会，1989 年，第 109—113 页。

[38] 陈洁、倪逸声、张龙翔：《胰蛋白酶原分子中 Arg105 的定位突变》，《863 计划生物技术领域年会论文摘要（1987—1988）》，北京：国家高技术发展计划生物技术领域专家委员会，1988 年。

[39] 尹宝芸、倪逸声、张龙翔：《猪胰脏细胞胰蛋白酶原基因的克隆》，《863 计划生物技术领域年会论文摘要（1987—1988）》，北京：国家高技术发展计划生物技术领域专家委员会，1988 年。

[40] 来鲁华、徐筱杰、倪逸声等：《胰蛋白酶的分子设计》，《863 计划生物技术领域年会论文摘要（1987—1988）》，北京：国家高技术发展计划生物技术领域专家委员会，1988 年。

[41] 郭虹、周育、倪逸声：《胰蛋白酶与弹性蛋白酶杂合分子的构建及其二硫键的改造》，《863 计划生物技术领域年会论文摘要（1988—1989）》，北京：国家高技术发展计划生物技术领域专家委员会，1989 年。

[42] 张雁、郭虹、倪逸声等：《胰蛋白酶分子表面碱性残基定位改造》，《863 计划生物技术领域年会论文摘要（1988—1989）》，北京：国

家高技术发展计划生物技术领域专家委员会，1989 年。

[43] 卢光莹、顾孝诚、倪逸声等：《对连续两个碱性残基具有特异性的胰蛋白酶的工程设计》，《863 计划生物技术领域年会论文摘要（1988—1989）》，北京：国家高技术发展计划生物技术领域专家委员会，1989 年。

[44] 倪逸声、吴雪梅、郭虹等：《胰蛋白酶高效表达载体 pT3 的克隆与表达产物的分离纯化》，《863 计划生物技术领域年会论文摘要（1988—1989）》，北京：国家高技术发展计划生物技术领域专家委员会，1989 年。

[45] 王正新、茹炳根、张龙翔：《人肝金属硫蛋白 –1A（hMT–1A）a 结构域基因的定向多拷贝克隆》，《863 计划生物技术领域年会论文摘要（1988—1989）》，北京：国家高技术发展计划生物技术领域专家委员会，1989 年。

[46] 张雁、刘和平、倪逸声等：《胰蛋白酶分子表面碱性氨基酸残基的多点突变》，《863 计划生物技术领域年会论文摘要（1989—1990）》，北京：国家高技术发展计划生物技术领域专家委员会，1990 年。

[47] 周育、郭虹、倪逸声等：《胰蛋白酶分子中二硫键的改造》，《863 计划生物技术领域年会论文摘要（1989—1990）》，北京：国家高技术发展计划生物技术领域专家委员会，1990 年。

[48] 杨端、王正新、张龙翔：《中国鲎凝集素的分离纯化及性质研究》，《生物化学杂志》1990 年第 6 期，第 505—510 页。

[49] 茹炳根、潘爱华、王正新等：《小鼠肝脏金属硫蛋白 Metallothioneins 的分离纯化与鉴定》，《生物化学杂志》1991 年第 3 期，第 284—289 页。

[50] 葛世军、张龙翔：《固定化胰蛋白酶亲和层析法制备低 STI 残存大豆分离蛋白质》，《生物化学杂志》1991 年第 3 期，第 339—343 页。

[51] 倪逸声、张龙翔：《胰蛋白酶工程研究进展》，《生物工程进展》1992 年第 1 期，第 2—7 页。

[52] 倪逸声、尹宝芸、郭虹等：《猪胰脏细胞 cDNA 文库的构建》，《生物化学杂志》1992 年第 3 期，第 321—325 页。

[53] 倪逸声、陈洁、张龙翔：《用定位突变探讨胰蛋白酶的稳定性》，《生物化学杂志》1992 年第 4 期，第 443—447 页。

[54] Ni Y S, Chen J, Zhang L X, "Probing the Stability of Trypsin by Site-Directed Mutagenesis,"*Chinese Journal of Biochemistry and Molecular Biology*, vol.8 (1992) , p.443.

[55] Ge S J, Zhang L X, " Control of Degree of Hydrolysis of a Protein Modification with Immobilized Protease by the PH-Drop Method, " *Acta Biotechnologica*, vol.13 (1993) , pp.151–160.

[56] Ge S J, Zhang L X, " Predigestion of Soybean Proteins with Immobilized Trypsin for Infant Formula, " *Applied Biochemistry and Biotechnology*, vol.43 (1993) , pp.199–209.

[57] Lai L H, Wang Y L, Xu X J, et al, " Molecular Design of Trypsin Towards High Substrate Selectivity, " *Science in China.Series B, Chemistry, Life Sciences and Earth Sciences*, 01, vol.37 (1994) , pp.1–5.

[58] Ge S J, Zhang L X, " The Immobilized Porcine Pancreatic Exopeptidases and Its Application in Casein Hydrolysates Debittering, " *Applied Biochemistry and Biotechnology*, vol.59 (1996) , pp.159–165.

[59] 王军、唐建国、张庭芳等：《胰蛋白酶分子中二硫键 Cys129–Cys232

的定位改造研究》，《生物化学杂志》1996 年第 5 期，第 583—587 页。

[60] 张东裔、唐建国、张龙翔：《胰蛋白酶活性的定量测定方法》，《生物化学与生物物理学进展》1996 年第 6 期，第 551—553 页。

[61] 吴冠铭、张龙翔：《小鼠免疫球蛋白 K 链的克隆和噬菌体展示表达》，《免疫学杂志》1996 年第 4 期，第 223—228 页。

（编者注：据杨广微、杨兴文、唐建国等供稿，由姚仁杰补充、订正）

主要参考资料

一、公开发表的文献

[1] 周庆云辑，赵红娟、杨柳等点校：《浔溪诗徵》，杭州：浙江古籍出版社，2020 年。

[2] 方惠坚、郝继谦、宋廷章：《蒋南翔传》，北京：清华大学出版社，2013 年。

[3] 程镕时：《楷模恩师》，《科学的道路 上卷》，上海：上海教育出版社，2005 年。

[4] 杨新育：《SBFSS 十年回顾》，《神州学人》1997 年第 8 期，第 10—13 页。

[5] 熊卫民、王克迪：《胰岛素人工合成课题的提出》，《中国科技史料》2002 年第 1 期，第 1—8 页。

[6] 胡帆：《青山断处青鸟飞：叹王选与陈堃铼之爱》，《名人传记》（上半月）2006 年第 4 期，第 21—24 页。

[7] 陈小科、张大庆：《CUSBEA 项目及其对中国生命科学发展的影响》，《自然辩证法通讯》2006 年第 1 期，第 53—61 页。

[8]李卉、蔡怡：《林毅夫世行为官两年记》，《人民文摘》2010年第10期，第4—5页。

[9]赖继年：《三边互动下的留英教育："中英友好奖学金计划"的执行及其影响》，《现代大学教育》2011年第5期，第44—49页。

[10]刘怀、孙春艳、任爽：《把一切献给你 我的祖国》，《人民周刊》2017年第10期，第14—15页。

[11]王缉思：《中美关系中的"身份政治"》，《中国新闻周刊》2021年第3期。

[12]蒲以康：《第七届中英庚款留学生的出国求学之路》，《科学文化评论》2021年第1期，第5—25页。

[13]《王选与陈堃铣：两个人就是一个人》，《华声文萃》2018年第8期。

[14]《北平教授宣言》，《大公报》1947年5月30日。

[15]张龙翔、张维：《重点大学既是教育中心又是科学研究中心》，《人民日报》1983年1月13日，第3版。

[16]张龙翔、张维：《高等教育发展中值得注意的几个问题》，《人民日报》1983年1月17日，第3版。

[17]《大家闺秀手术后笑谈肚子成拉链》，《新京报》2010年3月28日，第11版。

[18]《漂泊一生，心系家国——程镕时自述》，《宜兴日报》2021年5月15日，第3版。

[19]《创新篇：1978年至今》，"北京大学研究生教育"公众号，2015年5月28日，https://mp.weixin.qq.com/s/8PGK8eLdS0Zu2tv5HaLr8Q。

[20]《冰雪初消融，燕园又逢春——1981—1984：张龙翔校长在北大》（一），"北大生科"公众号，2016年3月15日，https://mp.weixin.

qq.com/s/E5bF9MPGlT8pSMeQIlumdQ。

[21]《冰雪初消融，燕园又逢春——1981—1984：张龙翔校长在北大》（二），"北大生科"公众号，2016 年 3 月 16 日，https://mp.weixin.qq.com/s/QVnjBkriVWXUssUlUBQ2gQ。

[22]《冰雪初消融，燕园又逢春——1981—1984：张龙翔校长在北大》（三），"北大生科"公众号，2016 年 3 月 17 日，https://mp.weixin.qq.com/s/C01zwfQ17V8ar5juiOiFrQ。

[23] 林凛：《易纲二三事：读书人、感恩者与责任感》，"秦朔朋友圈"公众号，2018 年 3 月 19 日，https://mp.weixin.qq.com/s/Yrzqvm8-aLScjHV6jqYiMg。

[24]《易纲：学者之心，责任之心》，"秦朔朋友圈"公众号，2018 年 3 月 19 日，https://mp.weixin.qq.com/s/uX-E9LOrDSry5r7i6avstA。

[25] 徐燕燕：《易纲获任央行行长，他是坚定的改革派》，"第一财经"公众号，2018 年 3 月 19 日，https://mp.weixin.qq.com/s/DhXFTSW2sbNtql3AmJ-Nxw。

[26]《大师陨落！我国高分子物理学科开拓者程镕时院士逝世》，2021 年 2 月 9 日，http://baijiahao.baidu.com/s?id=1691198479695070759。

[27]《程镕时院士的生前点滴：为"经师"，更为"人师"》，2021 年 2 月 9 日，http://www.scimall.org.cn/article/detail?id=5170743。

[28]《张筑生：北大第一位博士，因人太"傻"，始终评不上博导》，2021 年 9 月 15 日，https://page.om.qq.com/page/Oaj6f0J61czmGEo76ZW61Ykg0。

[29] 李响：《张筑生：北大第一位博士》，https://www.cdgdc.edu.cn/zgxw30n/info/1096/1629.htm。

[30]《1983 年中国第一批博士仅 18 人领证，邓小平当年如何推动教育发

展》，2018 年 12 月 19 日，https://baijiahao.baidu.com/s?id=162025500

2885158825&wfr=spider&for=pc。

[31] 王延凤：《首届国家教委"中英友好奖学金"获得者武波为我校师
生做报告》，2018 年 11 月 2 日，http://sfl.dlmu.edu.cn/info/1038/1117.
htm。

[32]《朱自煊：忆"三校建设委员会"》，http://xsg.tsinghua.edu.cn/info/
1003/2624.htm。

二、未刊文献

[1]《张龙翔教授纪念文集》，北大部分师生编辑，1996 年。

[2]《北京大学纪事》，北京大学档案馆提供。

[3]《生命科学九十年》，北京大学档案馆提供。

[4]《张龙翔校长校务大事》，北京大学档案馆提供。

[5]《北京大学纪事摘录》，张元凯整理注释。

[6]《刘友锵日记摘抄》，戴未英查阅摘抄整理。

[7] 刘友锵《九十自述》，张元凯请母亲讲述录音，刘景瑞整理制作光盘，
2006 年 4 月 24 日。

[8]《张家门、故居、发展史以及琐事点滴》（张锡麟回忆录），2011 年 7 月。

[9] 王希祐《告别红楼进燕园——纪念院系调整 70 周年》。

[10]《张龙翔先生诞辰一百周年活动纪念册》，2016 年 3 月，北京大学
生命科学学院校友会。

[11] 张龙翔《忆沈同学长》。

[12] 刘友锵《怀念龙翔》。

[13] 张元凯《忆父亲》。

[14] 戴未英《为爷爷生日写诗的张晓音》。

[15] 张景怡《往事的回忆》。

[16] 朱薇薇《张晓蔚成长花絮》。

[17]《张龙翔刘友锵等书信若干》，张景怡、朱薇薇保存并提供。

[18] 张元凯、张景怡《怀念亲爱的母亲》。

后　记

十多年前，我撰写的反映南浔百年丝商钩沉的长篇纪实文学《江南豪门》初版本（文汇出版社，2008年）问世后，其捷舅舅（小名奥毛）从成都返回故乡，曾多次建议我写一本反映外婆家的书。

2014年，在湖州市南浔区纪念著名作家、诗人徐迟百年华诞的座谈会上，我与龙翔舅舅的长子元凯及其夫人未英不期而遇。通过老领导朱倍得书记的介绍，我当即与他们相认。当时我走过去打了个招呼："很高兴见到你，我们是亲戚。"元凯很谨慎地递过来一张字条："请写一写我们的关系。"晚上，我们同桌一边进餐，一边聊天，心情放飞，如窗外景色般美丽。这时我才得知他有龙翔舅舅一房的家谱，于是两人开始酝酿写一本关于外婆家的书。2019年12月初，承蒙陆剑的热心引见，我又相识了一批外婆家的人，了解了很多鲜为人知的故事碎片。这时我又一次产生了强烈的创作冲动，但还是迟迟不敢动笔。直到2021年4月19日，元凯夫妇和张永和姐妹等人再度相聚南浔。在陆剑的牵线搭桥和策划鼓励下，我与元凯商定写作这本书。

但一开始就遇到了很多困难，主要是反映张氏家族这样一个历史久远、人物众多、影响广泛的大家族，并非一件轻松的事情。难度最大的是关于张龙翔的材料太少，由于时间跨度大，纵贯半个多世纪，亲历者或已故世，或年逾八九旬，往事如烟，记忆或支离破碎，或被似水岁月涸得模模糊糊。加上新型冠状病毒肺炎疫情的影响，远距离外出到北京等地采访十分困难，很难深入。幸亏元凯、未英夫妇承担了主要任务，与他远在美国的弟弟景怡、薇薇夫妇都把这本书当成自己的事，及时伸手相助，鼎力支持。元凯建立了一个"南浔交流"微信群，以便资源共享，共克难关，互通信息。我们的主要联系点是北京、上海、美国、南浔等地，北京、上海、南浔等地还可以通电话，而与远在美国的景怡夫妇唯一的联络方式就是这个"微信群"。在采访过程中，我们时常为一句话或一个字反复沟通，就这样像蚂蚁啃骨头似的，我与元凯、景怡一起整理并写出了《张氏安凝堂世系表》。

我的写作方法是很笨拙的。进入构思阶段后，先写出全书大纲交元凯夫妇、景怡夫妇讨论初定，然后按照"先易后难"的办法逐章逐节进行，每稿都要经过反复讨论，征求意见，然后补充、修改（有时往往修改数次）。平心而论，这是一次很艰难的写作。为了寻找龙翔舅舅与张维发表在《人民日报》的文章和刊登在《人民画报》上的奶奶朱联璧的照片，元凯三次到国家图书馆查找；为了寻找当年《大公报》刊发的北大清华一百零二名教授的宣言，元凯、永和分别在京、沪两地图书馆多方查证，才如愿以偿；为了呈现龙翔舅舅之妻刘友镕的录像回忆材料，由于景怡自己的那份 CD 盘坏了，表妹刘景端就把她的那份可以勉强播放的 CD 盘上刘友镕的回忆全部抄录成文字。为了帮助我搜集资料，元凯不仅多次与北大档案馆和校史馆联系，还设法与需要采访的有关亲属和师生牵线搭桥；

未英也常常放弃休息，帮助我查阅刘友锵多年的日记，考证和提供了很多鲜为人知的资料和素材，还常常帮忙出点子、想办法，甚至帮助修改文稿，使我的写作得以持续有序地向广度和深度进军；薇薇不仅献计献策，提供资料和线索，还应我的要求提供了晓蔚成长的详细素材。其中让我最感动的是，元凯、未英夫妇不仅为全书提供了很多珍贵的照片，还一起登门拜访了北大原党委副书记、副校长郝斌先生，这位八十七岁高龄的老前辈欣然应邀为本书撰写了别开生面、不同凡响的代序《子不语》。

旧岁末，当书稿快要杀青之际，我突然收到景怡发来的微信。他说："家书抵万金。我们赴美后搬过五次家，分别住过五个城市，最近翻出一箱旧信，薇薇居然把这些家信都保留下来了。我从中把我父母亲的信挑了出来，大概有上百封，准备找一找，看看其中是否有可以为你的书提供素材的。"我顿觉大喜，实在太给力了！这些家信是研究龙翔舅舅不可多得的历史文献。我希望更多地了解龙翔舅舅，以使这本书更能贴近龙翔舅舅的高度。我自忖达不到龙翔舅舅的高度，但我希望至少能让读者看到，在全书中不减损重要的部分。我在阅读这些家信时发现，龙翔舅舅夫妻俩对景怡一家在国外的工作、学习、生活等方面都表现出无微不至的关心和厚爱。很有意思的是，他们的信很多都是连在同页纸上写的，是分不开的。（景怡说，凡是用第一人称"我"的都是爸写的，凡直接用"爸"的都是妈写的）人们常说"父爱如山""母爱如海"，天下父母对子女的爱往往是山海般连在一起的，是无法替代的人间至爱。

这是一本汇集了众多力量而完成的作品。可以说，张元凯、戴未英夫妇，张景怡、朱薇薇夫妇是我的第一合作者；还有张龙翔舅舅的侄女张永和、张琪华的女儿陶宏，包括南浔老家大房的庞其捷舅舅、庞其伦舅舅、庞莉诺表妹、朱文元表弟、王如玫表妹等亲戚，他们和我一样，是本书的直接耕耘者，每一章、每一节都倾注了他们的智慧和心血，甚至每一句、每一字都带着他们的亲情和温度。

感激之情像苕溪之水一样在我的心里流淌不息。我要感谢的人很多，除了张氏家族后人以外，还要特别感谢北京大学原党委副书记、副校长郝斌先生，感谢我的忘年交陆剑先生的高度重视、悉心关怀和鼓励支持，感谢中国报告文学会会长徐剑先生，感谢郭瑞前辈师长馈赠墨宝，感谢北京大学出版社社长马建钧先生，感谢湖南师范大学原副校长梁宋平教授，感谢中科院院士程镕时三子程昀先生，感谢南浔区图书馆馆长李翠女士，感谢南浔区委统战部副部长熊颖女士，感谢南浔区人大常委会原副主任、南浔区古镇文化研究会会长潘金宝先生和摄影家马俊先生，感谢南浔区委原副书记、南浔开发区管委会主任兼南浔镇委书记朱倍得先生，感谢浙江工商大学出版社的编辑老师，感谢我的文朋诗友张振荣先生、屠国平先生、舒航先生、王山贤先生、章九英女士、柳湘武先生、沈勇强先生、赵良臣先生、沈旭霞女士、眭桂庆先生、沈嘉允先生、徐顺泉先生、钱永强先生、金石先生，感谢我的爱人盛云玲和外甥陶莺、许欢一直以来对我的写作的理解和支持。

现在，书稿已杀青即将付梓。但我总觉得自己似乎还未从外婆家的百年老宅里走出来，总觉得龙翔舅舅还活着，挺拔、聪慧、谦逊、低调，名字里包含着奋发、吉祥；我总觉得自己依然置身于龙翔舅舅跌宕起伏的人生故事中，仿佛超越时空地与他继续对话，甚至梦回北大的燕南园56号，与他的母亲和妻子品茗聊天，跟踪采访他的师生和家人。可惜龙翔舅舅与我早已阴阳相隔，我今天已离他很远，没法零距离面对面，但我经常会感受到他那不存在的存在，经常与他在梦里约见、在书中细语。

脱稿的那个早春之晨，窗外的树木吐出了嫩绿的叶芽。我忽然有了灵感，即兴在键盘上敲下了一首题为《生命的烛光》的诗，试图以这样的方式完成与龙翔舅舅的心灵交流。唯愿龙翔舅舅那饱经沧桑而执着追求的灵魂能感受这一切。

生命的烛光

生命犹如不灭的烛光，
把自己燃尽，
把别人照亮。

一条春蚕，
能否算是不灭的烛光？
无悔的追求，
倾诉着一生的梦想。

一片桑叶，
能否算是烛光的飞翔？
化作银丝闪烁，
勾画出心中圆圆的月亮。

生命犹如不灭的烛光，
虽然照不了很远，
但给人的温暖和光明地久天长。

2022 年 3 月 8 日写于湖州南浔